H. S. Eglund

Nomaden von Laetoli

Dies ist ein Roman. Handlungen und Personen sind
frei erfunden. Ähnlichkeiten mit lebenden oder
verstorbenen Personen sind zufällig.

H. S. Eglund

Nomaden von Laetoli

Roman

1.Auflage
ViCON-Verlag
Niederhasli 2021

H.S. Eglund ist Ingenieur und Publizist. Der gebürtige Leipziger hat als Wissenschaftsjournalist und Reporter aus Afrika unter anderem für „Der Tagesspiegel", „Frankfurter Rundschau" und „Die Zeit" gearbeitet. Seit 2005 ist er als Fachjournalist für erneuerbare Energien tätig.

Schon 1993 veröffentlichte Eglund seine erste Kurzgeschichte: „Die Nonne und das Sterben". Mit ihr gewann er den Essay-Wettbewerb des Bezirksamtes Berlin-Kreuzberg. Es folgten Geschichten und Essays in mehreren Anthologien bei Elefanten Press in Berlin. 2009 erschien im Verlag Cortex Unit sein Wenderoman „Die Glöckner von Utopia". Im März 2011 gründete er den Kulturblog Berg.Link, den er gemeinsam mit Urs Heinz Aerni aus Zürich gestaltet. 2016 erschien sein Roman „Zen Solar", gleichfalls bei Cortex Unit. H.S. Eglund lebt und arbeitet in Berlin-Prenzlauer Berg.

© Urheberrecht: H.S. Eglund
© Urheberrecht und Copyright: ViCON-Verlag
1. Auflage 2021
Lektorat: Andrea Mayer, Berlin, www.textverdelung.de, nach deutschen Normen lektoriert
Verlag: ViCON-Verlag, Heiselstrasse 105, CH-8155 Niederhasli
Internet: www.vicon-verlag.ch
E-Mail: mail@vicon-verlag.ch
ISBN: 978-3-9524761-9-2
Satz und Layout: LP Copy Center Wettingen
Foto Autor: Ludwig Rauch
Fotos Cover: H. S. Eglund
Coverdesign: Design Resort Bülach
Druck: online-Druck.biz

Laetoli 7

Aksum 163

Jambiani 303

Laetoli

„Ich habe immer gefunden, dass Engel die Eitelkeit besitzen,
von sich selbst als deneinzigen Weisen zu sprechen.
Das tun sie mit der zuversichtlichen Unverschämtheit,
die systematischem, vernunftgemäßem Denken entspringt."

WILLIAM BLAKE

1. Kapitel

Heiß zitterte die Luft. Feiner Staub mischte sich in den dunstigen Hauch, der von Westen über die karstige Ebene zwischen dem Krater des Ngorongoro und der Serengeti trieb. Wie weißes Porzellan glänzte der Himmel und um die blassgrüne Caldera des erloschenen Vulkans ballten sich drohende Wolken. Stumm teilte ein Blitz den Horizont. An den saftigen Hängen des Ngorongoro regnete es bereits, doch die benachbarte Hochebene weiter nordwestlich lag unberührt und verdorrt. Tief fiel das Plateau in eine schmale Schlucht ab, deren trockene Sohle rötlich schimmerte. Das war Olduvai, der Riss am Fuße des Kraters, und die Luft war schwanger von heißer, erbarmungsloser Elektrizität.

„Schauen Sie, das ist Afrika", sagte Aaron Miller. Seine Stimme klang heiser. „Im Internet und in den Prospekten der Reiseveranstalter wird es Ihnen als Paradies präsentiert. Aber Sie müssen auf der Hut sein. Nirgends liegen Paradies und Hölle so nah beieinander, das sage ich Ihnen."

Er schluckte, an seinem Hals zuckten Falten.

„Paradies und Hölle, Licht und Dunkelheit. Himmel und Erde, Hoffnung und Furcht, Geburt und Tod. Hier hat die Schizophrenie der menschlichen Rasse ihren Ursprung. Hier im Osten Afrikas."

Der alte Professor hatte dünne, trockene Lippen in einem roten, sonnenverbrannten Gesicht. Schlohweiße Haare fielen über seine Stirn. Zwischen rissigen, verkrusteten Wangen thronte eine energische Nase. Gebannt starrte er auf das Schauspiel der Elemente.

„In Afrika, Mister Anderson, ist das Paradies in Wahrheit eine Hölle. Lassen Sie sich nicht täuschen."

Es war die Jahreszeit der kurzen Schauer, die jeden Nachmittag am Ngorongoro niedergingen. Seine saftigen Hänge dampften vom Regen wie ein Dschungel, aber die Schlucht von Olduvai lag offen, ungeschützt und glühend. Das vulkanische Gestein war spröde und knochentrocken, malerische Schichten durchzogen die steilen Wände. Längst hatte die karge Vegetation resigniert.

„Die Leute hier erzählen eine Sage, dass diese Klippen früher den Thron eines weisen Königs trugen", erzählte Miller. „Eines Tages wird er auferstehen und dann wird es keinen Unterschied mehr geben zwischen dem Himmel und der Unterwelt und dem schmalen Streifen dazwischen, den wir ach so aufgeklärten Europäer die wirkliche Welt nennen."

Er ließ die Hand sinken und strich sich über das Kinn.

„Was rede ich schon wieder. Die Leute hier ... Sie sehen doch selbst: Olduvai ist der Riss am Rande des Planeten."

Sein Gesprächspartner war Martin Anderson. Er war blond und viel jünger als der alte Mann, schmal und groß. Noch hatte seine Haut nicht den dunklen Teint angenommen, der sich unter der gnadenlosen Sonne Tansanias einzustellen pflegt.

Schweißnass klatschte Andersons Hemd gegen seinen Rücken, immer wieder wischte er sich mit einem Taschentuch über das Gesicht. Er konnte kaum verhehlen, dass ihm die Predigt des Alten auf die Nerven ging. Dieses Geschwätz von Rasse, Paradies und Hölle.

Insgeheim verfluchte er den alten Mann, sehnte sich nach einer Erfrischung. War er für diesen Unsinn hierhergekommen? Den langen Weg aus Europa? Aus Amsterdam mit dem Flugzeug nach Nairobi, in diese lärmende, stinkende, überhitzte Kloake der kenianischen Metropole; danach mit dem Bus über trockene Pisten bis Arusha, endloser Staub. In Arusha hatte ihm der schwarze Mitarbeiter der Autovermietung die Schlüssel für den Jeep in die Hand gedrückt, für den Sprung zu den Seen von Momella, zum Basiscamp der Archäologen. Dort war es besser, viel kühler. Sanfter Wind spülte über die grasigen Wellen, und die sinkende Abendsonne spiegelte sich auf den Seen, zwischen dichten Kolonien von Flamingos.

Müde bat er:

„Lassen Sie uns hineingehen, Herr Professor. Sonst werden wir nass. Vom Schweiß oder vom Regen."

Hinter ihnen parkte der Jeep mit dickem Stahlgehörn vorm Kühler. Der Wagen stand an der grauen Wand einer verwitterten Baracke, Olduvai Gorge Visitors Center. Vor der Baracke hockten junge Massai mit farbigen Bändern an der Stirn. Sie warteten auf die Touristen, die sich in dem kleinen Museum drängten. Auch unter dem Schatten spendenden Pavillon am Rand der Schlucht standen Reisende, die ein verstaubter Bus ausgespuckt hatte.

Erstaunt griff Anderson in seine Hosentasche, zog das Handy hervor. Seit der Ausfahrt aus dem Camp am Morgen war es tot gewesen, ohne Verbindung. Nun hatte er plötzlich Empfang, an diesem Vorposten zwischen Hölle und Himmel. Lautlos vibrierte das Gerät, auf dem Display leuchtete eine SMS.

„Ich soll Ihnen Grüße ausrichten von Professor Leiden aus Amsterdam", las er ironisch. „Sie mögen aufpassen, dass Sie keinen Koller kriegen."

„Hat er das wirklich geschrieben?"

„Nicht so", korrigierte Anderson lächelnd. „Er schreibt: Grüßen Sie den alten Globetrotter und greifen Sie ihm ein bisschen unter die Arme."

„Dieser Leiden, der hat sein Lebtag nichts anderes gesehen als seinen Schreibtisch", grunzte Miller unwillig. „Hat er Sie gut behandelt?"

„Ich konnte mich nicht beklagen."

„Bilden Sie sich nicht zu viel darauf ein. So schnell, wie Sie in seiner Gunst steigen, so schnell lässt er Sie fallen. Wie ich hörte, waren Sie vorher an der Universität in Reykjavík."

„Und in New York. Und in Paris und in Brisbane. Darf ich Ihnen meine Vita zeigen?"

„Seien Sie nicht gleich beleidigt, junger Mann", knurrte der Alte. „Ich kenne Ihre Meriten. Sie haben ein paar interessante Arbeiten über Wikingersiedlungen auf Grönland publiziert. Sie haben recht, lassen Sie uns reingehen. Ich zeige Ihnen die Artefakte."

Der Türsteher grüßte Miller, auch die Kassiererin an dem kleinen Tisch hinterm Eingang nickte freundlich. Miller führte seinen jüngeren Kollegen in einen Raum, dessen Wände große Schautafeln und Karten zierten. Längst waren die Farben verblichen, verstaubt, vertrocknet. Am Fliegengitter im Fenster klebten tote Insekten. Unter der Decke quietschte ein altertümlicher Ventilator.

„Lange ist es her, als Mary Leakey in Olduvai die Gebeine der frühesten Homininen ausgrub", dozierte Miller. „Sie waren so alt, dass sie an der Luft sofort zerbröselten. Damals war ich ein junger Student, nur wenig jünger als Sie heute, Mister Anderson. Mit dieser Entdeckung rückte Afrika in die Schlagzeilen der Fernsehsender und Zeitungen: nicht als Schauplatz des Hungers oder der mörderischen Bruderkriege, nicht als Opfer von Dürren und Heuschrecken, sondern als Wiege der Menschheit. Afrika: Hier begann der Vormensch seine Wanderung bis in die entlegensten Winkel der Erde."

„Und jetzt kommen die Touristen hierher zurück."

„Spötteln Sie nur, junger Mann. Ich kam mit derselben Arroganz in dieses Land. Doch was wissen wir schon über Tansania? Abgesehen von den Prospekten für die Touristen …"

Schwitzende, hellhäutige Leiber scharten sich um die Vitrine in der Mitte des stickigen Raumes um ein paar Gipsabgüsse von Fußspuren. Vor Jahrzehnten waren sie freigelegt worden, der schlagende Beweis, dass die frühe Menschheit ihre Wurzeln in Ostafrika hatte. Im Rift Valley, in den grasigen Savannen am Ngorongoro, hatte sich der urzeitliche Affe auf die Hinterbeine erhoben, war er zu seinem langen Weg aufgebrochen. Mit den Ausgrabungen hatten die Australopithecinen, die Südaffen, wie die Wissenschaftler jene Ahnen bezeichneten, zum zweiten Mal das Licht der Welt erblickt.

Unschlüssig standen die Touristen an der Vitrine, sichtlich enttäuscht, dass die erhabenen Vorfahren so erbärmlich und armselig daherkamen: eine Handvoll verlorener Fußspuren, vor dreieinhalb Millionen Jahren in den weichen Tuff des vulkanischen Bodens getreten. Der Museumsbeamte, ein rabenschwarzer Tansanier im Khaki der Ranger, lehnte an der Wandtafel mit dem Stammbaum der Menschheit. Ohne Hast drehte er sich eine Zigarette. Professor Miller senkte die Stimme.

„Die Fakten finden Sie in jedem Lehrbuch der Anthropologie: Es waren zwei aufrecht gehende Frühmenschen, vermutlich eine Frau und ein Mann. Eine dritte, undeutliche Spur deutet darauf hin, dass ein Kind bei ihnen gewesen sein könnte. Offenbar war der Boden warm und leicht formbar von vulkanischer Aktivität. Möglicherweise waren sie auf der Flucht vor einer Eruption des Kraters. Denn kurz darauf ging der Ascheregen nieder, der die Spuren konservierte, über Millionen von Jahren."

Anderson war froh, dass sich das Gespräch auf die wissenschaftlichen Details verlagerte. Er fragte:

„Wo genau wurden diese Abdrücke gefunden?"

„In der Schlucht von Laetoli. Sie liegt vierzig Kilometer südlich, bei den Nebenkratern Lemagrut und Sadiman. Die Vereinten Nationen haben die originale Fundstätte gesichert. Wenn Sie ein paar Tage warten, bekommen Sie die Erlaubnis, sich die Spuren vor Ort anzusehen. Im Prinzip hat sich dort seit den Ausgrabungen Leakeys nichts verändert. Die Zeit hat hierzulande ein anderes Maß als im fernen Europa."

Hier gerinnt die Zeit in der Hitze, dachte Anderson. Ströme von Schweiß flossen seinen Rücken hinab. Langsam schoben sich die Touristen zum Ausgang. Der Museumsbeamte wechselte einige Worte auf Kisuaheli mit Miller, dann ging auch er hinaus. Anderson wollte ihm folgen, doch der alte Anthropologe hielt ihn zurück, zog eine Fotografie aus der Tasche.

„Jetzt wollen wir darüber reden, was Sie nicht in den Lehrbüchern finden", flüsterte er erregt. „Schauen Sie sich das an, bitte!"

Anderson nahm das Bild und drehte sich zum Fenster. Draußen stiegen die Reisenden in den Bus, in die kühle Frische der Klimaanlage, mit der Aussicht auf eine bequeme Fahrt zur Lodge, wo Dusche, Büfett und Swimmingpool warteten. Der Auspuff spuckte Qualm, knatternd fuhr der Bus an, hinterließ Rußwolken über dem braunschwarzen Basalt.

Anderson folgte ihm einige Sekunden mit den Augen, dann vertiefte er sich in das Foto. Es war zerknittert wie ein Taschentuch. Offenbar hatte der Alte die Aufnahme wochenlang mit sich herumgeschleppt. Anderson erkannte Fußspuren, genau wie in der Vitrine. Das musste in Laetoli sein, an der ursprünglichen Fundstelle, am frühen Morgen oder am späten Abend. In diesen Stunden werfen die spärlichen Dornenbüsche der ausgedörrten Vegetation lange Schatten. Die dicke Schutzplane, mit der die archäologischen Kostbarkeiten gesichert wurden, war sorgfältig zur Seite geschlagen. Man konnte jede Einzelheit erkennen. Aufmerksam musterte Anderson das Foto, bevor er es Miller zurückreichte.

„Sehen Sie genau hin!", beharrte der Alte. „Fällt Ihnen nichts auf?"

Nochmals betrachtete Anderson das Bild, schüttelte den Kopf:

„Die Spuren stimmen mit den Abdrücken hier im Museum überein. Auf den ersten Blick ..."

„Haben Sie nicht gelernt, Ihre Augen zu benutzen?", fuhr ihn Miller barsch an. „Ich habe Ihre Aufsätze gelesen und Sie hergebeten, weil ich dachte, dass Sie vielleicht etwas von dem verstehen, was hier vorgeht. Also sperren Sie gefälligst Ihre Augen auf!"

Wütend warf er das Foto auf die Vitrine. Widerwillig beugte sich Anderson darüber, ließ seine Augen abwechselnd von der Aufnahme zu den Gipsabdrücken unter der Glashaube gleiten.

„Sir, Ihnen ist eine großartige Aufnahme gelungen. Sie sind sehr früh aufgestanden, um dieses wunderbare Foto zu schießen."

„Darauf können Sie Gift nehmen, mein Lieber!" Millers rotes Gesicht färbte sich dunkelrot. „Ich habe unzählige Nächte an diesem Loch zugebracht. Sehen Sie nicht dieses merkwürdige Lichtmuster auf dem Boden der Schlucht? Diese Flecken haben fast genau dieselben Umrisse wie die Spuren. Wenige Minuten nach meiner Aufnahme waren sie verschwunden."

„Die Sonne ist weitergewandert. Das ist nicht ungewöhnlich."

„Aber diese Ähnlichkeit! Schauen Sie genau hin!"

Anderson betrachtete das Bild, mehr als vage Übereinstimmung vermochte er nicht zu erkennen. Um die Fußabdrücke herum hatte die Sonne ein dichtes Netz von Lichtflecken ausgelegt, alle mehr oder weniger elliptisch verzerrt.

„Das ist nur ein Zufall, Herr Professor", murmelte er. „Wissenschaftlich lässt sich daraus nichts ableiten."

„Ich weiß", erwiderte Miller, der sich augenblicklich beruhigte. „Einem alten Knacker wie mir wird ohnehin niemand glauben. Ich habe den Afrikakoller, das hat sich sogar bis zu Professor Leiden nach Amsterdam herumgesprochen. Vielleicht stimmt es sogar. Aber in der Nacht vor dieser Aufnahme ist mir der Australopithecus erschienen. Eine Gruppe von drei Individuen, genau wie bei den Fußspuren. Ich blieb noch weitere Nächte dort, ohne dass sich die seltsame Erscheinung wiederholte. Niemals wieder stellte sich ein ähnliches Lichtmuster ein, nicht am nächsten Morgen, auch nicht am übernächsten. Was hat das zu bedeuten? Hat es überhaupt etwas zu bedeuten?"

„Sind Sie sicher, dass es kein Traum war?"

„Ganz sicher! Ich habe sie gesehen, eine kleine Familie. Ganz deutlich vor mir, wie Sie jetzt. Es war nachts, verhältnismäßig kühl, eine sternenklare Nacht. Der Hitzekoller scheidet also aus."

Anderson schwieg. Fast zärtlich nahm Miller das Foto an sich.

„Ich habe Sie hergebeten, weil ich sichergehen wollte. Beweisen Sie mir, dass ich verrückt bin, dass ich mich verrannt habe. Sie sind jung und neu in Afrika, Ihr Urteil wird ehrlich ausfallen. Ich bin zu lange hier, schon zu verwirrt, stecke viel zu tief drin in diesem ganzen Schlamassel."

Heftig atmend wandte sich der alte Professor zum Ausgang. Beinahe stieß er mit dem Museumsführer zusammen. Breit lächelte der Ranger, zu Anderson gewandt.

„Sind Sie zum ersten Mal in Tansania, Mister?"

„Ja."

„Gefällt es Ihnen?"

„Ziemlich heiß hier."

Demonstrativ fächelte Anderson mit der Hand nach Luft. Unentwegt lächelte der Afrikaner, tiefe Falten um den Mund und auf der schwarzen Stirn.

„Hat Ihnen der Professor das Foto gezeigt? Hat er Ihnen von seiner Begegnung erzählt?"

Anderson nickte. Der Ranger winkte ab:

„Er ist ein herzensguter Mensch, hat viel für dieses Land getan. Bitte helfen Sie ihm, sich nicht zu blamieren."

Martin Anderson zuckte mit den Schultern. Er ging an dem lächelnden Afrikaner vorbei, vor die Tür, wo die Gewitterhitze unbarmherzig auf der Savanne lastete, auf dem dunklen, heißen Basalt von Olduvai oder Oldupai, wie die Massai sagen. Es ist das Wort, das sie für den wilden Sisal benutzen, eine ungewöhnlich schöne und kräftige Pflanze, die an hoher Staude herrlich blüht und an deren fleischigen, scharfen Blättern man sich leicht die Adern aufreißen kann.

***

„Haben Sie ein Telegramm für mich?"

„Nein, Sir."

„Wann kommt die nächste Post?"

„Der Bote kommt immer nachmittags. Vielleicht haben Sie morgen Glück."

„Gibt es hier keinen Handyempfang?"

„Nein, der Router ist ausgefallen. Schon seit Wochen, es ist zum Haareraufen. Wenn Sie wollen, kann ich Ihnen eine Funkverbindung herstellen. Wir haben einen Sender für den Notfall."

„Nach Amsterdam?"

„Nein, Sir, nach Arusha. Weiter reichen die Antennen nicht."

Anderson hatte einen Laptop unterm Arm geklemmt, mit der anderen Hand wischte er nachdenklich über die holzgetäfelte Rezeption. Kerzengerade stand der Concierge vor ihm, mit feingliedrigen, dunklen Händen und schmalem Goldkettchen am Gelenk.

„Sir, ich tue wirklich, was ich kann. Das sollten Sie wissen."

„Ja, das weiß ich. Vielen Dank. Wie heißen Sie?"

„George, Sir."

„Um wie viel Uhr kommt der Postbote, George?"

„Um sechs Uhr, mit dem Fahrzeug, das die Lebensmittel bringt."

Anderson schaute auf die Uhr hinter der Rezeption. Sie funktionierte.

„Jetzt ist es fünf."

George nickte steif. „Manchmal kommt der Bote schon eher. Heute zum Beispiel. Das hängt davon ab, in welchem Zustand die Straßen sind. Sir, bestimmt ist Ihr Telegramm morgen dabei."

Groß und rund hefteten sich seine braunen Augen auf den Gast.

„Kann ich noch etwas für Sie tun?"

„Nein. Ist die Bar schon geöffnet?"

„Offiziell nicht. Wenn Sie wollen, mache ich Ihnen einen Drink. Welchen wollen Sie?"

„Haben Sie etwas gegen Bauchschmerzen? Ich fühle mich nicht wohl."

George lächelte. „Natürlich, Sir, den Konyagi. Der ist billig und er reinigt den Magen. Aber seien Sie vorsichtig. Es ist erst Nachmittag und hier oben ist die Luft dünn. Konyagi ist eher etwas für kühle Abende."

„Haben Sie Professor Miller gesehen?"

„Um diese Zeit pflegt der alte Herr seine Aufzeichnungen zu machen. Er möchte nicht gestört werden."

„Ist er allein?"

„Nein, seine Sekretärin ist bei ihm."

„Gut." Anderson zupfte sich an der Lippe. „Dann bringen Sie mir den Konyagi."

George nickte ergeben. Beflissen schlüpfte er hinter die Bar, die sich in der Lobby befand, ein paar Treppenstufen hinab, in der Halle, deren nördliche Front hinter den Tischen auf eine großzügige Terrasse wies. Martin Anderson lief auf die hohe Glasfront zu. Ein älteres Ehepaar grüßte ihn kurz. Am Nachbartisch lungerten Jugendliche, möglicherweise Finnen oder Schweden oder Dänen, nein, keine Dänen, denn während seiner Studien auf

Grönland hatte Anderson einige Brocken dieser Sprache gelernt, er hätte sie sofort erkannt. Er zwängte sich zwischen den Tischen hindurch, schob die Glastür auf und trat ins Freie.

Ein erfrischender Hauch pfiff um die Lodge. Als er sich über die Brüstung lehnte, blickte er geradewegs in den Krater des Ngorongoro, in diese gigantische, reiche Schüssel, die sich in endlosem Schwung unter ihm ausdehnte. Eisgraue Wolken wälzten sich über den Kraterrand wie Muren aus Schlamm. Träge schoben sie sich über bewaldete Hänge, schickten dichte Regenfetzen in den flachen Grund. Warme Tropfen schlugen Anderson ins Gesicht. Er nahm einen Plastikstuhl, rückte ihn unter das Vordach, dazu stellte er einen kleinen, runden Tisch. Er setzte sich auf den Stuhl, legte den Laptop auf den Tisch und begann, seinen Nacken zu massieren. Die Muskeln fühlten sich hart an. Anschließend lehnte er sich zurück, ließ die Hände unschlüssig sinken. Surrend schob sich die Glastür auf, George brachte den Konyagi. Der Weinbrand war klar wie Regen und als der Concierge den Verschluss aufdrehte, stieg feiner Nebel aus der Flasche.

„Danke", meinte Anderson. „Ich gieße mir selbst ein."

Gehorsam stellte George die Flasche, das Glas und einen kleinen Napf mit Eis auf den Tisch. Er klemmte das Tablett unter den Arm und fragte:

„Kann ich Ihnen noch etwas bringen?"

Anderson schüttelte den Kopf. Wieder surrte die Glastür, er blieb allein. Hinter den Wolken glomm zaghaftes Leuchten. Dieser helle Streifen wuchs schnell, als triebe das Licht die Wolken vor sich her. Plötzlich brach die Sonne durch, fingerte mit gierigen Strahlen in den Krater. Gleißendes Licht krallte sich in die Baobabs und die Akazien, die man mühelos erkennen konnte. Ausgelassen tobte eine Horde Paviane über die Terrasse. Wenige Augenblicke später spannte sich der Himmel blau und unberührt über den Ngorongoro, brannte die Sonne auf Andersons Arm. Die Paviane setzten sich auf die Brüstung und hielten ihre Schnauzen in die Sonne. Ein starkes Männchen baute sich vor Anderson auf, beäugte ihn voller Argwohn. Knurrend zog das Tier die Oberlippe hoch und entblößte zwei starke, gelbe Reißzähne.

Erneut schob sich die Glastür auf. Vorsichtig trat der ältere Herr heraus, der Anderson vorhin am Tisch gegrüßt hatte. Er war breit und bullig und er ließ den Pavian nicht aus den Augen.

„Entschuldigen Sie bitte meine Aufdringlichkeit", sagte er mit ausgeprägtem englischem Akzent, „aber Sie dürfen den Affen nicht so nah an sich heranlassen. Wenn er merkt, dass er Sie in Schach halten kann, macht ihn das übermütig."

„Was soll ich tun?", fragte Anderson, ohne sich zu bewegen.

Der Pavian fixierte ihn, zitternd und knurrend.

„Sie könnten ihn verscheuchen", sagte der Brite. „Treten Sie nach ihm, er wird flüchten."

Blitzschnell flog seine Hand in die Richtung des Tieres. Mit einem Schrei machte der Affe kehrt, johlend floh die Horde von der Terrasse.

Höflich fragte der Mann:

„Haben Sie etwas dagegen, wenn ich mich zu Ihnen setze?"

„Als Beschützer gegen die Paviane?"

„Nein. Die sind weg, zumindest für heute."

„Möchten Sie einen Konyagi? Wir können George bitten, dass er uns ein zweites Glas holt."

„Gern", erwiderte der Engländer, der kurzes, graues Haar hatte und ein gegerbtes Gesicht mit tiefen Lachfalten und eine Boxernase mit blassen Ringen unter den Augen. Er winkte dem Concierge und holte sich einen Stuhl.

„Diese Affen sind seltsame Geschöpfe", sagte er. „Im antiken Ägypten wurden sie verehrt als Inkarnation des Gottes Thot, denn diese Kreaturen beten die Sonne an. Das können Sie in den Tempeln von Abu Simbel sehen, in einem dreitausend Jahre alten Wandfries. Oder haben Sie es bei C. G. Jung gelesen? Als er den Jubel der afrikanischen Paviane beim Sonnenaufgang erlebte, schrieb er: Der Augenblick, in dem es Licht wird, das ist Gott. Dieser Augenblick bringt die Erlösung."

Er streckte die Hand aus.

„Entschuldigen Sie, ich habe mich nicht vorgestellt. Ich bin Simon Bloomsbury aus London."

Der junge Wissenschaftler schlug ein.

„Martin Anderson. Sind Sie beruflich hier?"

„Früher war ich oft in Ostafrika", erzählte Bloomsbury. „Ich habe mit den Leakeys am Turkana-See gegraben, in Kenia, und weiter südlich, das Rift Valley runter."

„Sind Sie Archäologe?"

„Nein. Ich habe damals in der Botschaft in Nairobi gearbeitet, als Attaché. Wissen Sie, das ist etliche Jahrzehnte her, aber Ostafrika hat mich nie losgelassen. Meine Frau und ich, wir kommen jedes Jahr hierher. Machen Sie Urlaub?"

„Nicht ganz. Kennen Sie Professor Miller?"

„Natürlich. Ich hatte im vorigen Jahr die Ehre, drei Tage mit ihm auf Safari zu verbringen. Er ist ein außergewöhnlicher Mensch."

„Wir sind Kollegen. Er hat mich nach Tansania geholt, weil er glaubt, etwas Wichtiges entdeckt zu haben."

„Darf man wissen, worum es sich handelt?"

Anderson zuckte die Schultern. „Eine Erscheinung. Eine Begegnung. Ich denke, er weiß es selbst nicht genau. Er hat etwas gesehen und jetzt versteigt er sich in eine Idee."

Bloomsbury wiegte den Kopf. „Ein seltsamer Mensch. Als wir damals in der Serengeti unterwegs waren, suchte uns eines Nachts ein schweres Gewitter heim. Das erleben Sie nur in Tansania, dass

Ihnen in wenigen Sekunden alle Zelte wegschwimmen, weil der trockene Boden so viel Wasser auf einmal gar nicht schlucken kann. Also flüchteten wir in die Jeeps. Mit einem Mal tauchte ein großes Hyänenrudel auf und begann, unser Lager zu durchwühlen. Die Safariführer wollten ihre Waffen zücken, aber der alte Miller schaltete die Scheinwerfer seines Wagens ein, stieg in aller Seelenruhe aus und stellte sich vor die Hyänen. Ich sehe seine hagere, gebeugte Gestalt im Regen noch genau vor mir. Die Hyänen zogen sich zurück, duckten sich ins Gras und warteten. Miller wartete auch, stehend, zwei Stunden lang, bis das Gewitter aufhörte und die Sonne kam."

„Und dann?"

„Dann hat er die Guides zur Sau gemacht. Ob sie nichts anderes im Kopf hätten, als auf die Tiere zu schießen. Auf eure anbefohlenen Kreaturen, wie er sich ausdrückte. Sie hätten ihn erleben sollen: Der Erzengel höchstselbst fuhr mit Blitzen auf seine Opfer nieder, umwoben von dampfenden Schwaden."

Bloomsbury grinste, glucksendes Lachen schüttelte seinen massigen Körper. George brachte ein zweites Glas. Hinter ihm betrat eine junge Frau die Terrasse. Sie war schlank, hochgewachsen, mit geradem Rücken. Sie trug einen Sarong aus blauem Batik, der ihre Schultern frei ließ. Ihre Haut war viel heller als die pechschwarze Haut der Massai oder als bei George, dem dunklen Kikuyu. Ihre Gesichtszüge waren glatt, verschlossen und ruhig, das Haar streng nach hinten gekämmt und im Nacken gebunden. Sie setzte sich an die Brüstung und legte einen Arm auf das Geländer.

„Das ist die Sekretärin von Mister Miller", flüsterte George. „Demnach hat er seine Aufzeichnungen beendet. Sie können jetzt zu ihm gehen, wenn Sie wollen."

Anderson nickte, goss Konyagi in das zweite Glas. George verschwand. Bloomsburys Mund zuckte. Er beugte sich zu Anderson.

„Hat dieser George wirklich gesagt, dass sie seine Sekretärin ist?"

„Ja. Mittags erledigt Miller seine Korrespondenz, sie hilft ihm dabei."

„Ich weiß nicht, was Professor Miller um diese Tageszeit tut, aber bestimmt schreibt er keine Briefe", entgegnete Bloomsbury amüsiert. „Ich wette, diese junge Dame dort drüben kann nicht einmal lesen, geschweige denn schreiben." Er grinste. „Dieser Miller, alle Achtung. Der versteht was vom Leben."

Er hob das Glas, stieß es gegen Andersons Konyagi.

„Auf die Hyänen, auf die Paviane und den alten Miller. Sie haben Glück, junger Mann. Sie dürfen mit einer der letzten Legenden dieses paradiesischen Weltzipfels arbeiten."

Die Sonne knallte auf die Terrasse. Sie war ein Stück über den Himmel gezogen und strahlte in die Fassade, dagegen bot das Vordach keinen Schutz. Anderson glaubte zu spüren, wie sie seine Arme versengte. Zum Glück waren die Schmerzen verflogen, hatte der Konyagi seine Magensäfte neu eingestellt. Die satten, grünen Hänge dampften. Der lange See Makat im Grund des Kraters glänzte blaugrau wie Blech. An seinem Ufer bewegten sich dunkle Punkte. Bloomsbury zog einen Feldstecher aus der Jacke. Langsam ließ er die Linsen über den Ngorongoro schweifen, von den fruchtbaren Quellen im Norden zu den schwarzen Sümpfen am gegenüberliegenden Rand der riesigen Schüssel. Er reichte den Feldstecher zu Anderson.

„Jede Menge Elefanten. Wenn Sie genug Zeit haben, sollten Sie unbedingt eine Safari machen."

Anderson richtete die Linsen auf den See und die dunklen Punkte. Gemächlich schritten die massigen Leiber zur Tränke, in langer Prozession. Bei jedem Schritt wippten ihre Köpfe, ihre Ohren und die Schultern. Beinahe berührten ihre Rüssel die grasige Erde. Zwischen den Ungetümen flatterten weiße Vögel. Anderson erkannte eine Herde kleiner, braun und weiß gestreifter Antilopen, die jenseits der Elefanten ästen. Er setzte die Gläser ab. Es blieben die gemächlich ziehenden Punkte der Kolosse. Bloomsburys Stuhl scharrte über die Steinplatten.

„Meine Frau und ich wollen noch eine kleine Spritztour in den Krater machen. Sie können das Fernglas ruhig behalten, ich brauche es heute nicht mehr. Geben Sie es nachher bei George ab. Vielleicht treffen wir uns beim Abendessen."

Anderson nickte und richtete die Linsen erneut auf den See. Die Glastür surrte, sie blieb offen. Ein Geier huschte vor Andersons Augen. Mit gespreizten Schwingen schwebte der große Vogel über den Elefanten, um in respektvoller Entfernung zu landen. Prüfend hielt die Leitkuh ihren Rüssel in den See. Auch die übrigen Tiere erreichten das schlammige Ufer.

***

Als die Sonne hinter die Lodge gesunken war, warf der hohe Giebel scharfe Schatten über den Tisch. Das Licht überm Krater schien eine Spur gnädiger, aber vielleicht täuschte der Konyagi. Anderson fühlte sich matt und ausgelaugt, angekettet an den Stuhl. Vor mehr als zwei Stunden war Bloomsburys Jeep in den Krater eingefahren. Anderson hatte das weiße Safarimobil mit dem Feldstecher verfolgt, bis es zwischen dichten Büschen verschwand. Die Somalierin war aufgestanden und ins Haus gegangen. Ihr Sarong raschelte, als sie leichtfüßig seinen Tisch streifte.

Später hatte er einige Notizen in den Computer getippt, eine Skizze von Millers Fotografie, aus dem Gedächtnis heraus, dazu meteorologische Beobachtungen. Er hatte eine Karte des Kraterumlandes aufgerufen und sie eingehend studiert. Mit der Maustaste scrollte er nach Süden, nach Laetoli. Dort war der Fundort der fossilen Spuren vermerkt: restricted area.

Anderson lehnte sich zurück, ließ den Blick in den Himmel schweifen. Endlich, im Schatten des hohen Giebels, konnte er einigermaßen klar denken. Seltsamerweise dachte er an Grönland, an die kalten Abende in Qassiarsuk, als er die Sonne in der Labradorsee versinken sah. Am Rande der Arktis war es kalt, immer kalt oder wenigstens kühl, sogar im Sommer. Niemals feuerte die Sonne so steil und unerbittlich wie hier. Man konnte sich ganz auf seinen analytischen Verstand verlassen, der in den nördlichen Breiten reibungslos funktionierte. In Ostafrika dagegen war es heiß und es roch nach Verwesung. Die Hitze drückte auf den Magen und er spürte nichts als unbändiges Verlangen nach Erfrischung. Jede Bewegung trieb Schweiß aus der Haut. Jedes Wort kostete Kraft, jeder Atemzug füllte die Lungen mit erstickendem Brodem. Denk an Qassiarsuk und vergiss den alten Mann, sagte er zu sich. Denk an den kühlen Fjord, an das Packeis und an das Eis in deinem Konyagi.

In diese Gedanken schob sich der heisere Vorwurf Millers: Haben Sie nicht gelernt, Ihre Augen zu benutzen? Nachdenklich legte Anderson die Finger an seine Schläfe. Was bildete sich der senile Trottel eigentlich ein? Hatte nicht Miller selbst bestätigt, dass er, Martin Anderson, ein fähiger Wissenschaftler war? Dass er durchaus gelernt hatte, seine Augen aufzusperren? An Grönlands Küste hatte er Stück für Stück des Puzzles zusammengesetzt, bis er endlich Eiriks Hafen gefunden hatte: eine Handvoll verrotteter Holzpfähle im knietiefen Schlick. Weil niemand vor ihm an dieser Stelle gesucht hatte, waren die stummen Zeugen der Wikinger tausend Jahre lang verborgen geblieben, eingebettet in Salz und Sedimente. Nein, du warst es, der Eiriks Hafen aufgespürt hat. Weil du die Augen aufgemacht hast. Lass dir nichts einreden, du bist kein Schuljunge mehr.

In diesem Augenblick kam George auf die Terrasse, mit frischem Eis und einem Telefon. Seine weißen Zähne blitzten, als er strahlend verkündete:

„Ein Ferngespräch für Sie, aus Europa."

Hastig griff Anderson nach dem Hörer, in dem die näselnde Stimme von Professor Leiden knarrte, Dekan der Fakultät in Amsterdam.

„Hallo, Herr Kollege", säuselte Leiden. „Schön, dass ich Sie endlich an die Strippe kriege. Habe es auf Ihrem Handy versucht, aber das scheint gestört."

„Der Empfang ist gestört, meistens. Wir kommen nur per Funk bis Arusha durch. Dass ich Ihren Anruf entgegennehmen kann, grenzt an ein Wunder."

Leiden lachte, keckernd wie ein junger Fuchs.

„Wie ist es bei Ihnen? Sehr heiß?"

„Unglaublich heiß. Und unglaublich schwül. Das macht es nicht einfacher …"

„Einfacher – womit?"

Anderson war versucht, seine ersten Eindrücke unverblümt zu schildern. Aber er traute dem einflussreichen Dekan nicht. Ein Instinkt warnte ihn und Millers knappe Worte: Gunst war etwas, das man bei Leiden schnell gewann und ebenso schnell verlieren konnte.

„Nun ja, immerhin bin ich zu Besuch bei einer Koryphäe."

„Haben Sie Stress mit ihm?"

„Vermutlich ist es der Jetlag. Ich muss mich erst an das Klima gewöhnen. Auf Grönland wird es nicht halb so heiß."

„Sie sagen es, Herr Kollege. Wie macht er sich denn, unser Alterchen? Ich habe ihn zwanzig Jahre nicht mehr zu Gesicht bekommen. Haben Sie dieses Phantom tatsächlich getroffen? Ich beneide Sie. Miller ist eine Legende, im wahrsten Sinne des Wortes."

„Wenn Sie einverstanden sind, tauschen wir die Rollen. Sie kommen nach Tansania, ich übernehme Ihren Job in Amsterdam."

„Oha! Sind das nicht gewagte Ambitionen für einen aufstrebenden Forscher wie Sie?"

„Ich dachte eher daran, Ihnen eine Auszeit im herrlichen Osten Afrikas zu ermöglichen", erwiderte Anderson sarkastisch. „Die Touristen geben viel Geld aus, um den Ngorongoro zu sehen oder das weltberühmte Museum von Olduvai. Es ist sehr reizvoll, wissen Sie. Bestimmt reizvoller als Ihr Amt an der Universität. Einen Sack Flöhe zu hüten erscheint mir leichter."

Anderson hatte einen Scherz versucht, um sich selbst zu ermuntern. Kaum waren seine Worte durch den Äther und die Drähte nach Amsterdam geeilt, vereiste Leidens Stimme.

„Der Sack Flöhe, von dem Sie so rührend sprechen, sind honorige Professoren und ihre Mitarbeiter. Allesamt gestandene Experten ihres Faches. Ich stelle mir vor, dass es mit einem einzigen Floh wie Aaron Miller viel schwieriger ist. Um in Ihrem Bilde zu bleiben."

„Verstehe", gab Anderson trocken zurück. „Sie wollen nicht tauschen. Ich kann Sie einfach nicht locken. Schade. Also werde ich hier weiterhin die Augen aufhalten."

„Tun Sie das, geschätzter Kollege. Wir setzen große Hoffnungen in Sie. Miller geht demnächst in Ruhestand. Zuvor muss er seinen Lehrstuhl übergeben. Möglicherweise an Sie. Das ist Ihre Chance, den Alten zu beerben. Was nützt uns eine Legende, die irgendwo im afrikanischen Busch verschollen ist?"

„Da haben Sie recht, Herr Dekan."

„Wie lange werden Sie ungefähr in Afrika bleiben?"

„Das hängt davon ab, wann ich die Genehmigungen bekomme. Sagen wir, eine Woche oder zwei."

„Sie bekommen einen Monat, wenn Sie Miller zur Räson bringen. Er muss nach Amsterdam kommen, um seinen Nachfolger einzuarbeiten. Danach kann er von mir aus wieder im Busch verschwinden, auf Nimmerwiedersehen."

„Okay, ich werde es ihm ausrichten."

Leiden schwieg, in der Leitung knackte es, zirpten elektrische Grillen. Plötzlich lachte er.

„Hat er Sie sehr hart rangenommen, der alte Quälgeist?"

„Na ja. Er sagte, ich solle gefälligst meine Augen aufmachen. Sicher ein gut gemeinter Tipp."

„Todsicher, darauf können Sie Gift nehmen. Machen Sie sich nichts daraus. Er war es, der Sie angefordert hat. Weil Sie Eiriks Hafen ausgegraben haben. Offenbar hat ihm das imponiert. Er kann es nur nicht richtig zeigen. Seien Sie nachsichtig mit ihm."

„Bin ich, versprochen."

„Na gut, dann will ich Sie nicht weiter stören. Ich hatte mir Sorgen gemacht, weil ich Sie auf dem Handy nicht erreichen konnte."

„Danke, Herr Dekan. Sehr freundlich von Ihnen."

„Gern geschehen. Und halten Sie mich auf dem Laufenden, bitte. Wissen Sie, Aaron Miller ist vielleicht ein seltsamer Kauz. Aber er hat auch gute Seiten."

Leiden hängte auf, die Grillen verstummten. Anderson legte den Hörer zurück und bemerkte erst jetzt, dass George die ganze Zeit wie ein geschnitzter Götze neben ihm gestanden und gewartet hatte. Wortlos trug er das Tablett zur Bar.

***

Eiriks Hafen. Vor tausend Jahren angelegt, bildete der hölzerne Kai das Sprungbrett zum amerikanischen Festland, nach Helluland und nach Vinland. So berichtete Leif Eiriksson, so überlieferten es die Sagas. Und bezeugen das Scheitern. Nach verlustreichen

Scharmützeln mit Indianern – Skraelingar – kehrten die Seefahrer nach Grönland zurück. Nicht nur dieser Expedition war kein Glück beschieden. Innerhalb weniger Jahrhunderte verfiel die kleine, isländische Kolonie an den zerklüfteten Westfjorden, sie überlebte das Mittelalter nicht. Von ihren Wurzeln in Island und Skandinavien abgeschnitten, ging sie elend zugrunde. Inzucht schwächte die Kolonie, brachte Seuchen und Verkrüppelung. Den Rest erledigten die Angriffe der Inuit. Und die Zeit, die alle Spuren verwischte. Fast alle.

So wurde den Nachfahren Eiriks das gelobte Grünland zur Falle, der niemand entrann. Bei diesem Gedanken stockte Martin Anderson. Es war eine paradiesische Falle: Denn dieses Land, diese große, weite Insel am arktischen Meer war wunderschön. Aufgewachsen an der rauen Nordsee, war ihm das karge, eisige Grönland sofort vertraut gewesen. Er liebte den eisigen Ozean, durch den die Wale zogen auf ihrer Jagd nach Plankton. Er liebte die kreischenden Möwen, die sich gegen den steifen Wind stemmten, und das Geräusch der Wellen an den eisigen Zungen der Gletscher. Vor allem liebte er die Kühle, die klare, salzhaltige Luft und den weiten, endlosen Blick über den Schnee. Als er schließlich am Strand von Brattahlid stand, kam ihm Leif Eiriksson auf seltsame Weise vertraut vor. Es war Juni und ein sanfter Hauch drückte die grünen Flechten gegen das Gestein.

Dagegen Afrika, das Paradies, von dem Aaron Miller schwärmte: Hier gab es nichts, was ihn anzog. Im Gegenteil: Gnadenlos lähmte die Hitze jeden Elan, jede Imagination, drückte bleischwer auf die Gedanken. Er war Millers Ruf gefolgt, weil der alte Professor als Koryphäe der Anthropologie galt. Anthropologie, die Wissenschaft vom frühen Aufbruch des Menschen, vom Beginn seiner Wanderschaft durch die Jahrmillionen. Professor Leiden hatte ihm geraten: Das ist Ihre Chance. Wenn Sie wollen, können Sie den Alten beerben. Seit Jahren war Millers Lehrstuhl in Amsterdam verwaist. Man munkelte, dass der alte Kauz sogar ein traumhaftes Angebot aus Harvard abgelehnt hatte. Lieber zog er es vor, in Tansania zu bleiben.

Seufzend vertiefte sich Anderson in seinen Laptop. Nie hatte er sich sonderlich für Millers Fachgebiet interessiert. Afrika lag für ihn weiter ab als die Antarktis. Sein Thema waren die Wikinger, eine Nation von Seefahrern wie zuvor die Phönizier oder die Polynesier. Die Wikinger fuhren nach Grönland und Amerika, als sie bereits Schwert, Kreuz und Schrift kannten.

Mit Ostafrika hatte dies wenig zu tun. Hier war die Zeit seit Jahrmillionen stecken geblieben, eingedampft in der Glut einer gnadenlosen Sonne. Seit dem Auszug der Frühmenschen hatten die Völker Afrikas keinen signifikanten Beitrag zur Zivilisation geleistet. Kein herausragendes Seefahrervolk schlug hier seine Boote an. Keine bahnbrechende Idee nahm hier ihren Ursprung. Der Schwarze Kontinent war ein schwarzes Loch, in dem Milliarden Dollar Entwicklungshilfe versanken, ein Fass ohne Boden, das Herz der Finsternis.

Der junge Forscher vertiefte sich in einen Bericht der Weltbank. Es war niederschmetternd: Nicht nur, dass Afrika keinen nennenswerten Beitrag zum Fortschritt geleistet hatte. Es schien sich gegen jede segensreiche Gabe der Zivilisation zu sperren. Trotz Milliardenhilfen gediehen weder Wohlstand noch Demokratie, sondern Berge von Unrat, Schmutz und Leichen.

Er dachte: Als ob die ersten Menschen diese verlorene Weltecke verlassen mussten, um anderswo, in Europa und Asien, zur vernunftbegabten Spezies zu reifen. So gesehen, hatte Miller nicht unrecht: Sie waren aus dem Paradies geflüchtet, weil es die Hölle war. Verbrannte Erde statt Garten Eden. Darüber konnte der malerische Ngorongoro nicht hinwegtäuschen, dessen vielfältige

Pflanzen und atemberaubende Fauna wie das Überbleibsel grüner Vorzeit schienen: üppiger, unberührter Dschungel.

Millers rauer Bass riss ihn aus den Gedanken. „Ich dachte, Sie sind auf Safari."

Ohne Umschweife setzte sich der Professor an Andersons Tisch. Er nahm die Flasche, warf einen Blick auf das Etikett.

„Konyagi, nicht schlecht. Haben Sie Probleme?"

„Nicht mehr. Die Hitze hatte sich auf meinen Magen gelegt, aber jetzt ist alles bestens."

„Seien Sie vorsichtig, der Abend fängt erst an."

Miller faltete die Hände und musterte sein Gegenüber aus kleinen Augen.

„Wie ich hörte, hatten Sie ein Telefonat mit unserem Dekan."

„Hat es Ihnen George erzählt?"

„In Afrika hören sogar die Wände mit. Vermutlich hat Ihnen dieser Schwätzer in den Ohren gelegen, dass ich nach Amsterdam kommen soll. Um meinen Schreibtisch frei zu machen. Leiden will mich aufs Altenteil abschieben, der feine Herr Dekan."

„Hat er Sie in den vergangenen zwanzig Jahren wirklich nicht zu Gesicht bekommen? Sind Sie tatsächlich ein Phantom? Ein legendäres Phantom?"

Miller feixte.

„Hat er es so gesagt, auf diese Weise? Der Schlawiner, hat es selber faustdick hinter den Ohren."

„Wie meinen Sie das?"

„Der hat seine Schäfchen längst im Trockenen. Was ihm noch fehlt, ist die Amtskette des Rektors."

„Und ein Professor, der in Amsterdam Vorlesungen hält. Sie haben gut reden, als wohldotierter Ordinarius. Niemand kann Ihnen vorschreiben, was Sie zu tun und zu lassen haben."

„Das stimmt, Gott sei Dank. Doch hat Ihnen unser verehrter

Dekan nicht erzählt, dass meine Professur ruht? Dass meine Bezüge in eine Stiftung fließen, aus der er freie Dozenten bezahlt? Diese Leute vertreten mich und sie vertreten mich gut, soweit ich das beurteilen kann."

„Bekommen Sie keine Forschungsgelder?"

„Um ehrlich zu sein, die Anträge verursachen mir zu viel Aufwand. Dieser ganze Papierkram, ich hasse ihn. Für mich brauche ich nur ein schmales Budget. Schauen Sie, hier in der Crater Lodge habe ich freie Kost und Logis. Weil mich manchmal sehr vermögende Reisende besuchen, wie zum Beispiel das Ehepaar Bloomsbury. Ich habe den Nimbus eines modernen Livingstone. Die Leute lieben solche Legenden."

„Wenn sich die Leute um Sie reißen, warum wollen Sie ausgerechnet mit mir arbeiten?"

Miller wurde ernst.

„Weil Sie es wie ich lieben, draußen zu sein. Im Grunde sind wir der Feldforschung verfallen, dem Abenteuer. Weil Sie frischen Wind um die Nase höher schätzen als den Staub einer Amtsstube." Er zögerte. „Weil Sie genauso ein Eigenbrötler sind wie ich. Und weil ich wählerisch geworden bin. Meine Zeit läuft langsam ab, verstehen Sie?"

Eine Pause entstand. Ohne Vorwurf in der Stimme sagte Miller:

„Es macht mir nichts aus, wenn Sie morgen früh zurückfahren. Ich kann Sie nicht zur Zusammenarbeit zwingen. Diese Entscheidung lege ich in Ihre Hände."

„Ich habe nicht vor abzureisen", widersprach Anderson. „Obwohl ich zugeben muss, ein wenig verwirrt zu sein. Ich habe ein völlig anderes Arbeitsgebiet als Sie, die Wikinger im hohen Mittelalter. Wie passt das mit Ostafrika zusammen, Herr Professor?"

Miller hob die Brauen.

„Irgendwo habe ich gelesen, dass Sie den Winter auf Grönland in einem Zelt zubrachten, ganz allein. Stimmt das?"

„Ich wollte wissen, wie es ist, an einer rauen Küste zu stranden. Wie es sich anfühlt."

„Wie es sich anfühlt, soso. Sie wollten verstehen, was die Wikinger über den Atlantik getrieben hat, nicht wahr?"

„Ich könnte nicht einmal genau sagen, wonach ich suchte. Ich weiß nur: Da war eine Suche, tief in mir. Eine unbestimmte Suche, mit unbestimmtem Ziel."

Miller holte eine schmale Broschüre aus seinem Hemd und legte sie auf den Tisch.

„Das ist Ihr Bericht über die Entdeckung von Eiriks Hafen. Sie erwähnen isländische Sagas, die Sie während des Winters lasen. Sie beschreiben zahlreiche Naturerscheinungen, die Sie verblüfften. Zum Beispiel das Polarlicht als Signal zum Aufbruch von Leifur Eirikssons erster Expedition nach Vinland. Das ist hübsche Prosa, aber keine wissenschaftliche Arbeit. Das hat Ihnen den Vorwurf der Gefühlsduselei eingebracht, wenn ich mich der Fachpresse richtig entsinne."

„Mag sein", hielt Anderson dagegen. „Doch ich habe Eiriks Hafen gefunden. Der Erfolg gab mir recht."

„Stimmt, sehe ich ebenso. Warum also wollen Sie mir einreden, dass meine Beobachtungen in Laetoli unwissenschaftlich seien?"

Anderson schwieg. Miller wandte das Gesicht zum Krater, über den die Wolken einen zarten Saum zauberten, rosa glänzend. Fast berührte die Sonne den Kraterrand. Er fuhr fort:

„Ich werde das Gefühl nicht los, dass unsere feine, wissenschaftliche Analytik nur taugt, das Wesentliche zu übersehen. Beantworten Sie mir eine Frage: Warum wanderten die Wikinger nach Grönland und danach zur amerikanischen Küste? Was trieb sie übers Meer? Warum wanderte der Frühmensch aus Ostafrika aus?"

„Nach neuesten Untersuchungen soll sich vor fast drei Millionen Jahren das feuchte, tropische Klima geändert haben", zitierte Anderson aus einem Bericht, der in seinem Laptop steckte. „Damals entstand die trockene, grasige Savanne. Das ist nur eine Theorie. Noch wissen wir zu wenig."

„Ich kenne diese These. Klimatische Verschiebungen im Nordatlantik werden dafür verantwortlich gemacht oder die Landbrücke von Panama oder tektonische Bewegungen in Indonesien. Das sind nebensächliche Details. Wenn Sie von Millionen Jahren sprechen, können Sie leicht um hunderttausend irren. Der fossile Fund des Kenyanthropus platyops wird auf 3,5 Millionen Jahre geschätzt, der Ardipithecus ramidus aus Äthiopien gar auf 4,4 Millionen Jahre. Und der unlängst gefundene Jahrtausendmensch aus den Bergen von Tugen in Kenia soll sechs Millionen Jahre alt sein. Früher oder später werden wir unsere ganze, nette Sippe genau kennen. Beantwortet das meine Frage? Warum wanderte der frühe Mensch aus Ostafrika aus? Wohin brach er auf? Leiteten ihn die Sterne? Oder ein innerer Kompass?"

„Vielleicht sollten Sie Philosophie lehren, Herr Professor. Kosmologie."

„Eher Psychologie", verbesserte ihn Miller. „In all den Jahren meiner Forschungen in Afrika ist mir klargeworden, dass es einen Grund geben muss, warum der Homo sapiens zum globalen Nomaden wurde. Vielleicht war es ein angeborener Wandertrieb. Tiere und Pflanzen passen sich der veränderten Umwelt an, wenn sie neue Räume erobern. Doch beim Menschen ist das anders: Sofort beginnt er, den neuen Lebensraum nach seinen Bedürfnissen zu verändern. Zu verwüsten, müsste man genauer sagen. Da bleibt kein Stein auf dem anderen. Unser Gehirn, unsere Werkzeuge, unsere Sprache, diese ganze Zivilisation sind eine Folge dieses Expansionstriebs."

„Immerhin sind wir damit erfolgreich. Kein anderer Säuger hat es geschafft, sich mit sieben Milliarden Exemplaren über die Erde zu verbreiten."

„Ob das ein Erfolg ist, bleibt abzuwarten."

„Vermehrung ist das Ziel der Evolution, oder nicht?"

„Vermehrung von Leben in seiner Gesamtheit, als ausbalanciertes Ökosystem, aber nicht einer einzigen Spezies", brummte Miller. „Sieben Milliarden Menschen sind ein Erfolg, wenn man wie ein Buchhalter rechnet."

Die Sonne erreichte die Kammlinie, ließ die Wolken erglühen. Dunstige Schatten senkten sich in die Caldera. Zikaden zirpten von den Hängen vor der Lodge. In den Baumwipfeln hockten große Vögel, ausgelassen schnatternd. Aus dem Krater drang die schrille Trompete der Elefanten. Plötzlich rollte tiefes Grollen über den Ngorongoro, ein starkes, dumpfes, weittragendes Keuchen aus den riesigen Lungen eines starken Löwen. Beiläufig sagte Miller:

„Vorhin kam ein Telegramm aus Dar."

„Was für ein Telegramm? Ich habe George gefragt ..."

„Vergessen Sie George. Das Telegramm kam mit dem Truck, der die frischen Vorräte bringt."

Miller entfaltete den Zettel und gab ihn Anderson.

„Ihre Erlaubnis für Laetoli ist nicht vor Ende der Woche zu erwarten. Die Behörden wollen sich vorher in Amsterdam erkundigen."

Anderson las den Text, auf einem gedruckten Formular, mit blassblauer Tinte gestempelt. Als Absender war das Department für Nationale Archive in Dar es Salaam angegeben. In der Zeile für den Empfänger stand sein Name: Dr. Martin Anderson. Jemand hatte ihn fein säuberlich ausgestrichen und darüber gesetzt: Professor Aaron Miller, Arusha. Säuerlich meinte Anderson:

„Dann sitze ich mindestens fünf Tage untätig herum."

Vorsichtig nahm ihm Miller den Zettel aus den Fingern und verstaute ihn in seinem Hemd.

„Eine Menge Freizeit", bestätigte er. „Haben Sie Lust, den Ngorongoro zu sehen? Und danach die Serengeti?"

2. Kapitel

Martin Anderson erwachte unter einem Moskitonetz, das von der Decke hing. Neben dem Bett stand ein Schemel, darauf hatte er den Rucksack gestellt. Auf dem Boden lagen seine Jeans und eine Jacke, die er gestern Abend auf der Terrasse benutzt hatte, als mit der Dunkelheit ein kühler Wind über die Hänge des Ngorongoro gekrochen war. Es war ein irres Gefühl, hoch über dieser wabernden Pfanne zu stehen, in beinahe vollkommener Nacht. Aus der Lobby fiel spärliches Licht, bis George um Mitternacht die Generatoren abstellte und die Gäste auf die Zimmer bat, wegen der Leoparden, die sich gelegentlich zur Lodge verirrten. Daran erinnerte er sich jetzt, als er die Augen öffnete: an den lärmenden Busch im Krater, an diese schwarze, geheimnisvolle Wand.

Er lüftete das Moskitonetz und rollte sich von der Matratze. Das Wasser aus der Dusche war lau. Es schmeckte abgestanden, er spülte mit Konyagi nach. George hatte ihm gestern eine Flasche auf das Zimmer gegeben, falls die Magenschmerzen erneut einsetzten. Anderson rasierte sich, kramte eine bequeme Leinenhose aus dem Rucksack und eine strapazierfähige Weste. Dazu schnürte er derbe Stiefel an seine Füße. In der Hosentasche verstaute er ein Notizbuch, ein Taschenmesser, Sonnengläser und Öl gegen die Insekten.

Als er vor die Tür trat, parkten im Hof weiße und grüne Landrover. Junge Männer lungerten rauchend an den Autos. Er ging in die Lobby. Der Speisesaal war voll von Touristen. An den Tischen und auf der Terrasse tummelten sich Reisegruppen. Vor der Rezeption stapelte sich Gepäck. George stand am Tresen, sprach mit einem Kofferträger in rotem Overall. Hinter der Lobby gähnte milchiges Nichts. Der Vulkan war verschwunden. Gespenstisch schälte sich ein großer Baobab aus dem Dunst. Anderson erkannte die Bloomsburys und Miller, der mit den Engländern am Tisch saß. Vor dem Alten standen ein Glas Tee und ein kleiner Teller mit Zwieback.

„Guten Morgen, Herr Kollege", rief Miller jovial. „Gut geschlafen?"

„Ausgezeichnet", bestätigte Anderson. „Hier oben gibt es zum Glück kaum Mücken."

„Wie geht es Ihrem Magen?"

„Alles in Ordnung."

Miller lächelte blass. Er wies auf eine Gruppe junger Touristen, die sich an der Rezeption sammelte.

„Diese Meute wird uns bei unserer Safari öfter über den Weg laufen. Sie haben fünf Jeeps, als wollten sie den Krater durchkämmen."

Anderson spürte heftigen Hunger. Er lief zum Büfett, wählte Mango und Ananas, dazu etwas Toast mit trockenem Käse und ein Ei. Gerade wollte er zu Millers Tisch zurückkehren, als die junge Somalifrau durch die Lobby kam. Ihr Gesicht war verschlossen wie gestern auf der Terrasse. Sie trug einen olivgrünen Anzug aus Khaki, sah aus wie eine Rangerin. Anderson jonglierte seinen Teller durch enge Stuhlreihen zurück zu Millers Tisch. Beinahe stieß er mit der jungen Frau zusammen.

„Mister Anderson, das ist meine Mitarbeiterin Mary Sewe Akashi aus Nairobi", sagte der Professor förmlich und erhob sich aus seinem Stuhl. „Miss Akashi ist Botanikerin."

Er wandte sich an die junge Frau.

„Mary, das ist der hoffnungsvolle Kollege aus Amsterdam, von dem ich dir erzählt habe. Er ist für einige Tage unser Gast."

„Herzlich willkommen in Ostafrika, Mister Anderson", erwiderte sie ruhig. Ihre Augen waren klar und ohne Hast. „Haben Sie sich schon eingelebt?"

„Ich glaube schon."

„Gut. Ich freue mich auf unsere Zusammenarbeit."

Sewe setzte sich an den Tisch. Auch Miller und Anderson nahmen Platz. George kam heran. Die junge Frau bestellte Kaffee, Anderson ließ sich einen Tee bringen. Der Tee schwappte grünbraun im Glas. Interessiert fragte Sewe:

„Mister Anderson, wie war es gestern in Olduvai?"

„Ich hatte bisher wenig mit Archäologie und Frühmenschen zu tun", antwortete er verlegen.

„Mein Gebiet sind die Völker des Nordens, die Wikinger. Sie gehören eher in die Geschichte des Abendlandes, der westlichen Zivilisation."

„Ich weiß", sagte sie. „Was, glauben Sie, verbirgt sich hinter den Beobachtungen unseres Professors?"

Anderson köpfte das Ei. Er fühlte sich verhört. Demonstrativ schob Miller einen Zwieback zwischen seine Lippen und kaute still. Es war nicht sicher, ob er zuhörte.

„Das ist eine schwierige Sache. Ich bin eher vorsichtig."

„Das ehrt Sie, Martin", ließ Sewe nicht locker. „Ich arbeite hier seit über zwölf Jahren. Noch nie habe ich solche Lichter gesehen. Diese Erscheinung ist sehr rätselhaft, meinen Sie nicht? Erst recht diese mysteriöse Begegnung in Laetoli, mitten in der Nacht."

Anderson schwieg, flüchtete zum Toast. Miller brummte:

„Mein lieber Kollege glaubt nicht an solche Phänomene, an solche Lichter, höchstens ans Nordlicht. Eigentlich glaubt er überhaupt nichts. Er ist ein Wissenschaftler, Miss Mary. Da zählen nur Beweise, handfeste Beweise. Fakten, Fakten, Fakten. Der akademische Zweifler ist nicht so leicht zu überzeugen, verstehen Sie?"

„Darum geht es nicht, Aaron", wies sie den Alten milde zurecht. „Unser Gast will sein Urteil nicht fällen, bevor er sich mit eigenen Augen überzeugt hat." Aufmerksam richtete sie ihre

Pupillen auf ihr Gegenüber. „Habe ich nicht recht, Martin?"

Anderson wollte etwas entgegnen, aber George erschien am Tisch.

„Der Guide sagt, dass Sie jetzt starten können. Die Verpflegungspakete sind fertig. Der Nebel wird sich schnell lichten."

„Gut, danke, George", murmelte Miller und schob den Zwieback von sich. „Sag dem Guide, er soll eine Plane mitnehmen für den Fall, dass die Hitze zu groß wird. Ich erwarte unglaubliche Hitze."

„Es sieht ganz danach aus", nickte der Concierge. „Ich habe Ihnen einen Kühltank reserviert. Das war nicht leicht. Wir haben heute sehr viele Gruppen."

„Du wirst es weit bringen, mein Junge. Sehr gut, danke."

George lächelte, entfernte sich zur Rezeption. Miller knüllte eine Serviette auf den Tisch und hievte sich aus dem Stuhl.

„Wir treffen uns am Wagen", ächzte er. „Fragen Sie nach Isaak. Er ist unser Guide."

Miller lief zwei Schritte vom Tisch, dann drehte er sich um.

„Dieser Isaak ist der beste Safariführer in ganz Ostafrika. Es wird bestimmt ein wunderbarer Tag."

Als der Alte zur Rezeption schlurfte, wunderte sich Anderson, wie dünn er war. Holmen gleich baumelten seine Arme von dürren Schultern, als wären sie genietet. Er wandte sich an Sewe.

„Woher kennen Sie den Professor?"

„Aus Addis Abeba. Ich habe dort als Übersetzerin gearbeitet. Der Professor verhandelte mit den äthiopischen Behörden über eine Analyse von Schädelfunden aus Hadar. Sie liegen in Addis im Nationalmuseum. Er suchte jemanden, der Amharisch spricht. Wir lernten uns zufällig in der Bibliothek kennen."

„In welcher Bibliothek?"

„In der Universität von Addis, in der alten Kaiserresidenz. Später saßen wir oft stundenlang im Park und redeten. Er wollte viel über Ostafrika wissen, schier unersättlich."

„Deshalb sind Sie ihm nach Tansania gefolgt?"

„Nicht sofort. Ich bekam eine Stelle bei den Vereinten Nationen in Nairobi. Ich habe dort ethnobotanische Kataloge aufgebaut. Vor drei Jahren traf ich den Professor in Arusha wieder."

„Er wird bald nach Europa zurückgehen. Bevor er sich in den Ruhestand verabschiedet, muss er seinen Lehrstuhl übergeben. Werden Sie ihn nach Amsterdam begleiten?"

Langsam schüttelte Sewe den Kopf.

„Der Professor geht nirgendwo hin, nie mehr. Er ist endgültig angekommen, hier, in Tansania."

Sie lächelte mild, als spräche sie zu einem Kind. Dabei glitt ihr Blick auf die Terrasse, die taufeucht glänzte. Noch immer waberten die Nebel aus dem riesigen Krater. Goldiger Glanz lag auf den Schwaden. Leise fragte sie:

„Er ist so dicht davor zu finden, wonach er sucht. Warum sollte er ausgerechnet jetzt nach Europa zurückgehen?"

„Er hat Verpflichtungen. Seine Studenten und die Kollegen."

„Die Studenten und die Kollegen, ach so. Ich habe drei seiner Studenten kennengelernt, die den Weg zu ihm nach Afrika gefunden haben. Keiner von denen ist nach Amsterdam zurückgekehrt. Ein junger Mann blieb in Nairobi bei der Umweltbehörde. Er setzt meine Arbeiten fort. Die beiden anderen sind nach Kapstadt gegangen, an die Universität. Die vielen anderen jungen Leute, die irgendwo auf der Welt in einem Hörsaal sitzen und nur auf ihren Professor warten, sind vollkommen uninteressant. Denen reichen die Bücher."

„Millers letzte Veröffentlichung liegt zwanzig Jahre zurück", wandte Anderson ein. „Im Prinzip zehrt er von früherem Ruhm."

„Bevor Aaron nach Afrika kam, hat er auf der ganzen Welt

geforscht und gelehrt, ganz im Sinne seiner hochgeschätzten Wissenschaft. Zehn Jahre länger in dieser Tretmühle hätten dem nichts Wesentliches hinzugefügt."

„Zwanzig Jahre in Afrika offenbar auch nicht."

„Das können Sie nicht beurteilen", sagte sie nachsichtig. „Sie sind ja erst zwei Tage hier."

Ihr Lächeln war entwaffnend. Auch Anderson musste lächeln. Draußen schlich ein junger Pavian über die Terrasse, lugte neugierig in die Lodge. Überm Krater breitete sich die Sonne aus. Rasch hob sich der Nebel. Schon schimmerte der Makatsee aus der dunstigen Tiefe. Sewe stand auf.

„Wir treffen uns am Wagen. Denken Sie bitte daran: Es wird sehr heiß heute. Nehmen Sie ein paar Tücher mit, für den Nacken und für die Pausen."

„Ich werde daran denken. Es wird heute sehr heiß und morgen und die nächsten fünf Tage."

Sie verschwand zur Rezeption. Anderson trat auf die Terrasse. Sofort floh der Pavian zur Brüstung, um ihn aus sicherer Entfernung zu belauern. Ein warmer Wind strich heran, von Nordwest, ließ die Grashalme sanft erzittern. Martin Anderson lauschte, wie der Wind die Büsche schüttelte. Dieser Wind war ganz anders als die heftigen Böen am Strand von Grönland. Er sah, wie der Luftzug streng in die Kronen der Bäume griff. Wie eine Welle lief diese Bewegung über die Kraterhänge. Ihm fielen Worte ein, die er bei Thor Heyerdahl gelesen hatte. Grün wurde die Erde am Siebten Tag: Dieser Siebte Tag ist jetzt und für alle Generationen. Als er die Terrasse verließ, hockte sich der junge Pavian auf seinen Hintern und begann zu dösen.

***

Isaak hatte das Wagendach ausgestemmt. Gemächlich schaukelte der Landrover über die Piste, durch Haine von staubgrünen Sukkulenten. Die Straße war sandig, mit großen Löchern. Anderson hockte auf der Rückbank, sein Magen revoltierte. Manchmal hatte er Mühe, Halt zu finden, wenn ihn das unebene Terrain gegen die Scheibe warf. Einmal klammerte er sich an Sewe, murmelte errötend eine Entschuldigung. Der Professor saß vorn bei Isaak. Weil die Büsche hoch und dicht standen, schien es, als würde der Wagen durch eine Röhre fahren. Staub drang ins Innere, legte sich auf die Kleidung, auf die Haare und die Schleimhäute im Mund. Es war feiner, rötlicher Staub von roter, eisenhaltiger Erde. Anderson dachte an kühle Getränke, an eine Dusche, an Wasser schlechthin. An Wasser, das in Grönland stets sauber, klar und eisig war und das in Ostafrika völlig abwesend schien. Dieser trockene, rote Boden hatte seit Äonen keinen Regen aufgenommen. Doch das war ein Irrtum, das musste ein Irrtum sein, denn Anderson hatte die Regenschleier an den Kraterhängen selbst gesehen.

Er dachte an den Regen des Nordens, dessen Pfützen sich tagelang zwischen den Flechten und flachen Küstengräsern hielten. Auf Grönland war die oberflächliche Krume fast immer feucht, Staub war unbekannt, nicht zu reden von der schmalen Küstenkante, über die beständig eisige Gischt fegte. Anderson versuchte, sich Einzelheiten ins Gedächtnis zu rufen, denn er spürte, dass ihn diese Gedanken ablenkten, dass sie ihn den Schweiß und die Übelkeit vergessen ließen und die unangenehme Aussicht, für mehrere Stunden in das enge Gefährt eingesperrt zu sein. Dabei hatte die Sonne ihren mörderischen Himmelslauf erst begonnen.

Anderson schaute auf Millers Hinterkopf, auf die schlohweißen Haare. Der Alte hatte das Fenster heruntergekurbelt und lehnte den Ellenbogen hinaus, den Kopf zur Seite geneigt. Vielleicht schlief er. Geradewegs hielt der Landrover auf den Kratergrund zu, der noch weit entfernt schien, denn die Akazien hoben sich kaum gegen die dunklen Kraterwände in der Ferne ab.

Seltsam, dachte Martin Anderson, es ist wie eine ferne Küste. Erneut ertappte er sich bei dem Gedanken, in Grönland zu sein, dieses Mal an Bord der kleinen Yacht, die ihn nach Neufundland brachte, nach Vinland, wie es in den Sagas hieß. Wenn er lange genug auf den Makatsee starrte, der fern vor ihm blinkte, hatte er tatsächlich das Gefühl, auf dem Meer zu sein. Allerdings war das Licht auf dem Nordatlantik nicht so grell gewesen. Selbst der heißeste Sommer erreicht am nördlichen Wendekreis nicht mehr als fünfzehn Grad Celsius, kein Vergleich zur Hitze Ostafrikas.

Oft hatte er Stunden an der rauen Küste zugebracht, um auf das Meer zu schauen oder dem Anschlag der Wellen zu lauschen. Er hatte an der Reling der Yacht gehockt, bis er die amerikanische Küste dämmern sah, zunächst als schmalen Schatten über dem Horizont, dann als deutlicher Streifen, unmöglich konnten es Wolken sein. Diese Reise hatte er vier Mal wiederholt, von verschiedenen Buchten aus, bis er sicher war, Eiriks Hafen gefunden zu haben, jene legendären Stege, von denen die Boote des Wikingers und seines Sohnes ins Gelobte Land aufgebrochen waren.

Es war das Wasser, dessen Zeichen er in den langen arktischen Monaten zu lesen gelernt hatte, vor allem Wasser, das längst versiegt war. Die Wikinger brauchten eisfreie Häfen oder Buchten mit kurzem Anschluss zu den westwärts gerichteten Strömungen, die im Herbst lange schiffbar waren. Zudem waren sie auf Trinkwasser angewiesen, das im Winter nicht einfror, denn das hätte die Versorgung in den ohnehin schwierigen Wochen der langen Nacht erschwert. Anderson kam eine einfache Überlegung zu Hilfe. Wasser hat eine bemerkenswerte Eigenschaft, die es von allen anderen Substanzen scheidet: Knapp oberhalb des Gefrierpunktes erreicht es seine größte Dichte. Die Dichte der anderen Stoffe steigt, je weiter die Temperatur absinkt. Nur für Wasser gilt ein eigenes Gesetz. Deshalb ist Eis leichter, stets schwimmt es obenauf und sackt nicht in die Tiefe wie festes Metall in einer Schmelze. Ist ein Gewässer ausreichend tief, friert es niemals vollständig ein. Am Grund bleibt eine flüssige Blase, die den Winter überdauert.

Die darüberliegende Deckschicht aus Schnee und Eis wirkt als Isolator, der den klirrenden Frost der Arktis aussperrt. Eisbären und die Inuit wissen das: Sie graben wärmende Höhlen in den Schnee, um die lebensfeindlichen Winter zu überstehen. Beherrscht das ewige Eis die Oberfläche, so bleibt unterm meterdicken Panzer genug Wasser frei, in dem sich vielfältiges Leben tummelt. Physiker bezeichnen es als Anomalie des Wassers, als wäre es ein Patzer der Natur. In Wahrheit ist es der Schlüssel zur Evolution des Lebens.

Der mit allen Wassern gewaschene Wikingerhäuptling Eirik kannte den Begriff der physikalischen Anomalie nicht. Aber er kannte die Vorzüge eines sorgfältig ausgewählten Siedlungsplatzes. Als sein isländischer Clan nach einem Hafen Ausschau hielt, mussten ihm eisfreie Buchten mit ihren Tümpeln aus dem Schmelzwasser der Gletscher geeignet erscheinen, nach Süden gelegen, zur Sonne hin, windgeschützt und tief genug, um auch im arktischen Winter nicht gänzlich einzufrieren.

Selbstverständlich hätten sie Eis brechen können, um es am Feuer aufzutauen. Doch Feuer war ein kostbares Gut, weil Holz fehlte. Anderson war sich sicher: Er hatte Spur aufgenommen, die Spur der eisfreien Tümpel.

Immer wieder überprüfte Anderson seine Beobachtungen, vermaß längst ausgetrocknete Senken und Gesteinsablagerungen am Meer, berechnete das Ufergefälle und die Wanderung der Gletscherzungen. Sorgfältig trug er alle Daten zusammen, ließ die Computer tagelang rechnen, bis er mit einiger Sicherheit zwei geeignete Lagerplätze auf seiner Karte vermerken konnte. Nur wenige Wochen nachdem er seine Ergebnisse veröffentlicht hatte, fanden Taucher unter der Wasserlinie die Holzpfähle eines groben Kais. Sie setzten sich in einem verlandeten Seitenarm des Fjords vor Qassiarsuk fort, versteckt in Jahrhunderte altem Schlick. Die Pflöcke waren mit ähnlichem Werkzeug behauen wie die altertümlichen Stege in Trondheim oder in Vik. Später gruben Studenten die Fundamente einer Siedlung aus, auf einem grasigen Hang der Küste.

Das Wasser hatte ihm den Weg gewiesen. Wo es sich einst zurückzog, traten seine Spuren offen zutage. Man musste nur in der Lage sein, sie zu lesen. Aber je intensiver Anderson über seinen Erfolg nachdachte, seine Methode analysierte, umso näher geriet er an das Eingeständnis, dass er vor allem Glück gehabt hatte. Eine gehörige Portion Glück gehört wohl dazu: Am richtigen Ort zum richtigen Zeitpunkt zu erscheinen, mit der richtigen Idee im Kopf; ein Wink des Schicksals, der mit gedruckter Unsterblichkeit belohnt wird. Schwarz auf weiß steht der Name des Entdeckers fortan in den Annalen.

„Mister Anderson", hatte ihm Professor Leiden auf der Pressekonferenz in Kopenhagen ins Ohr geflüstert, „Sie sind ein Glückspilz. Was muss ich tun, um Sie zu uns zu holen?"

Plötzlich ging es um Geld, viel Geld. Anderson erinnerte sich an das Telegramm aus dem Ministerium, in dem ihm der für Grönland zuständige Beamte weitschweifig für seine Entdeckung dankte. Dadurch stieg der Marktwert dieses äußersten Außenpostens vor der Arktis gewaltig an. Ein Hamburger Reeder schlug vor, Spezialschiffe für die Touristen zu bauen, um sie möglichst nah an Eiriks Hafen zu bringen. Die Königliche Akademie in Stockholm stellte Anderson ein eigenes Institut in Aussicht, auf Island, Spitzbergen oder auf Jan Mayen, dem wichtigen Knotenpunkt der Wikingerrouten. Jetzt wühlten in Eiriks Hafen die Bagger. Er, Martin Anderson, war nach Amsterdam geflüchtet, wo er Millers Brief auf seinem Schreibtisch fand. Glauben Sie mir, der Mythos ist in Afrika nicht geringer, hatte der Alte geschrieben. Falls Sie die Schnauze voll vom Rummel um Grönland haben, sind Sie in Tansania herzlich willkommen. Doch seien Sie gewarnt: Es wird schwieriger werden, viel schwieriger.

Du bist ein schwieriger, alter Mann, dachte Anderson verärgert, noch immer auf Millers Hinterkopf starrend. Du hast nichts außer einer mysteriösen Fotografie. Von den Wikingern waren wenigstens die Sagas überliefert, ganze Bibliotheken voll. Bedeutende Ausgrabungen von alten Siedlungsplätzen in Kanada, Island und auf den britischen Inseln hatten das Puzzle vervollständigt. Durch Luftaufnahmen entdeckte man vage Hinweise auf die Fundamente von weiteren Siedlungen.

Die ostafrikanische Savanne hingegen gab nur einige Fußspuren preis. Eine Handvoll Knochensplitter wurde freigelegt, scheinbar beziehungslos zueinander, zur Unkenntlichkeit verwittert. Manchmal war es ein Unterkiefer oder der Teil einer Millionen Jahre alten Schädeldecke. Zu lange war es her, dass die Frühmenschen ihre Schritte durch das Rift Valley gelenkt hatten. Was machen hunderttausend Jahre aus, wenn man in Jahrmillionen zählt? Die Analyse des Inventars aus Eiriks Hafen hatte ein verblüffend exaktes Ergebnis gebracht. Das verkieselte Holz ließ sich fast aufs Jahr genau mit den Sagas in Übereinstimmung bringen. Über die Datierung der Funde in Laetoli tobt seit ihrer Entdeckung ein harter Expertenzwist: Drei Komma fünf Millionen Jahre oder drei Komma sechs Millionen? Dieser feine Unterschied bedeutete die zwanzigfache Zeitspanne seit dem ersten

Pharao am Nil. Es war lächerlich. Es war, als wollte er Eiriks Hafen auf die Minute genau bestimmen.

Anderson quälte sich auf seinem Sitz, rückte näher an Sewe heran, um sich sogleich wieder ans Fenster zu pressen, nach Kühlung heischend. Draußen schob sich ein mächtiger Stamm vorbei, aus dem dickfleischige Äste wuchsen wie die Arme eines turmhohen Kerzenständers.

„Was ist das für eine Pflanze?", fragte er in die Stille im Wagen hinein.

Sewe, die bisher stoisch hinausgeblickt hatte, wandte sich zu ihm.

„Diese Sukkulenten gehören zur Familie der Euphorbiaceae, der Wolfsmilchgewächse. Dieser herrliche Kandelaber gehört zur Gattung Euphorbia. Sie ist in den Subtropen und Tropen heimisch."

„Sieht merkwürdig aus. Ein schöner, gigantischer Kaktus."

„Mit ihrem milchigen Saft schützt sich diese Pflanze gegen Parasiten. Die Massai verwenden Wolfsmilch als Heilmittel. Die Kautschukbäume Südamerikas gehören zu dieser Familie, auch der Rizinus und die Weihnachtssterne."

Sewe lächelte. Anderson fiel auf, dass sie überhaupt nicht schwitzte. Auch Isaaks Hals war trocken. Von Millers Haarschopf fraßen sich gierige Perlen über die rissige Lederhaut in seinem Nacken. Sewe redete weiter:

„Von der Antike bis ins Mittelalter war die Wolfsmilch auch in Europa sehr begehrt. Manche Heilerinnen benutzten sie für sogenannte Hexensalbe. Allerdings haben nur wenige Rezepte die Inquisition überstanden."

„Hexensalbe? Inquisition?"

„Man sagt, dass die Heilerinnen verschiedene Kräuter mischten, um damit Visionen zu erzeugen, die man himmlischen Mächten zuschrieb. Deshalb nannte man sie Flugsalbe. Ich vermute, es war eine Droge, die über besonders sensible Hautpartien und die Schleimhäute wirkte. Haben Sie noch nie davon gehört?"

„Nein."

„Schon Homer berichtet von der Flugsalbe. Hera rieb sich damit ein, um zu Zeus zu gelangen – ohne die Erde zu berühren. Sie wollte ihren Gatten überraschen. Im Mittelalter gab es fantastische Schilderungen, wonach solche Salben Alraunmännchen zum Leben erweckten oder die Heilerinnen in Werwölfe verwandelten. Bis nach Skandinavien waren sie verbreitet, bis zu den Wikingern. Kennen Sie die Fostbroedra Saga?"

„Ende des dreizehnten Jahrhunderts, wenn ich nicht irre."

„Darin ist ihre Wirkung beschrieben: Weit bin ich auf meinem Stab heute Nacht geritten und ich weiß nun Dinge, die ich zuvor nicht wusste."

Der Motor des Landrovers keuchte. Anderson sah einen blauen Vogel durch die Sukkulenten schwirren, glänzend wie Titan. Dornige Büsche schlugen ihre Zweige gegen die Dachbügel. Der Weg folgte engen Kurven, jede Biegung gab eine neue Sicht auf den Krater frei. Am Wegrand lagerten Rinder.

Miller rückte sich zurecht, als hätte er ein Nickerchen beendet.

„Der Ngorongoro ist kein Totalreservat wie die Serengeti. Hier dürfen die Massai mit ihren Herden ungehindert durchziehen."

„Und die Löwen?", fragte Anderson von hinten.

„Tausend Jahre haben die Massai mit den Löwen gelebt. Sie kennen die Raubkatzen besser als jeder andere. Nehmen Sie Isaak. Sein Vater war ein Massai, seine Mutter kam aus Uganda. Er hat die ganze Gegend im Kopf, bis zum Victoriasee. Er weiß, wo die Antilopen stehen und wo die Hyänen die Hitze abwarten oder wo die Löwen ihre Rudel sammeln."

Schweigend lenkte Isaak den Wagen um ein großes Erdloch.

Anderson stieg auf die Sitzbank und steckte seinen Kopf durch das ausgestellte Dach. Sofort schlug ihm der Fahrtwind um die Nase. Ein Dornenzweig streifte seinen Arm, rötete die Haut. Sewe tauchte neben ihm auf. Träge schaukelte der Landrover zum Kratergrund. Der Busch lockerte sich, die Sukkulenten traten zurück. Duldsam wölbte sich der Himmel, hoch kreisten Geier.

Über eine Stunde dauerte die Fahrt, bis der Landrover die letzte Biegung nahm. Plötzlich war die Sicht frei auf den flachen Boden der gewaltigen Caldera. Dichte Herden von Gnus und Zebras säumten den Weg, zwischen ihnen stakten große Sekretärsvögel. Sewe duckte sich in den Wagen und gab Isaak ein Zeichen. Sofort stoppte der Wagen. Verwundert hoben die Gnus die Köpfe, ängstlich drängten sich die Kälber an die Kühe.

„Jetzt können Sie in Ruhe fotografieren, Mister Anderson", flüsterte die junge Frau. „Wir haben genug Zeit."

Anderson hob die Kamera. Er hatte ein Weitwinkelobjektiv aufgesteckt. Dadurch wirkten die Tiere weiter entfernt, rückten die Kraterhänge weiter weg. Er setzte die Kamera ab.

„Zebras und Gnus fressen sich gegenseitig das Gras weg", fragte er verwundert. „Warum suchen sie nicht getrennte Weiden?"

„Die Zebras haben ein ausgezeichnetes Gehör, außerdem sehen sie sehr gut. Kaum einem Löwen gelingt es, sich ihnen unbemerkt zu nähern", klärte ihn Sewe auf. „Die Gnus hingegen sind schwerfällig und fast blind, eine leichte Beute für die Raubtiere. Doch sie riechen Wasser besser als jedes andere Steppentier. Deshalb stehen beide Arten meist zusammen. Die einen passen auf, die anderen kümmern sich ums Wasser."

Steil ragten die Hänge des Kraters, bis sechshundert Meter hoch. Der Vulkan musste früher die Ausmaße eines Mondkraters gehabt haben. Nach den Spuren in Laetoli zu urteilen, war er noch aktiv, als die ersten Menschen in seinen Schluchten campierten.

Das ganze Rift Valley war ein kochender, Feuer spuckender Gürtel. Vielleicht begründete dies, warum die Frühmenschen auswanderten, in die friedlicheren Savannen am Malawisee und zu den fruchtbaren Niederungen des Nil. Das Paradies brannte und seine Berge spien Lava.

Langsam rollte der Landrover auf die Ebene. Die Hitze brannte auf dem Wagendach. Nach dem Sonnenstand zu urteilen, führte die Piste von Westen in den Krater, direkt zum Makatsee, dessen Oberfläche gleißend blitzte. Das Gras war kurz, trocken und braungrau. Überall weideten Antilopen. Unvermittelt hörten die Herden auf. Nur einzelne Tiere ästen vorsichtig, hoben die Köpfe, um zu wittern. Das scharfe Gras wuchs höher, kniehoch. Ein Schakal hechelte vorbei. Der Landrover war fast an die Niederung des Sees gelangt, als Isaak erneut bremste.

„Löwen", flüsterte Sewe. „Er hat Löwen gesehen."

Sie wies in die Richtung, in der die Katzen liegen sollten. Anderson konnte nichts entdecken. Das Gras stand zu dicht, zu hoch. Plötzlich lugten die Ohren, die Mähne und die engen Augen eines großen Löwen heraus, der faul bei einem aufgedunsenen Kadaver lag. Nur die schwarze Spitze seines Schwanzes zuckte. Neben dem Kater entdeckte Anderson ein weiteres Männchen, regungslos im Gras. Isaak gab Gas. Der Löwe schüttelte sein mächtiges Haupt, gähnte gelangweilt und zeigte riesige Hauer. Sein Fell war hell. Es hatte beinahe die Farbe des Grases und der harten Erde. Die Mähne war schwarz wie der Schlamm am Seeufer. Drei Hyänen trotteten in respektvoller Entfernung zum Wasser hin. Es waren Fleckenhyänen, mit mächtigen, dunklen Schnauzen. Unbeholfen humpelten sie durch den Uferschlamm. Eine Hyäne hockte sich auf die Hinterläufe und begann demonstrativ, ihr Fell zu lecken. Dabei ließ sie die Löwen nicht aus den Augen.

„Um diese Zeit ist der Krater ruhig", erläuterte Isaak. „Die

Löwen haben letzte Nacht das Gnu gerissen, davon können sie einige Tage fressen. Die Hyänen warten, bis die Löwen fertig sind, um sich ihren Anteil zu holen."

Eine seltsame Erregung griff nach Anderson.

„Werden die Hyänen einen Angriff wagen?"

„Gegen zwei ausgewachsene Löwen haben sie keine Chance. Sie können nur warten, auf die Knochen, die ihnen die Löwen übrig lassen. Hyänen können sogar die festen Beckenknochen der Antilopen knacken. Ihr Gebiss hat unglaubliche Kraft, aber gegenüber Löwen sind sie unglaublich feige. Oder einfach nur vorsichtig."

Anderson hob einen Feldstecher vor die Augen. Gelassen ruhten die Löwen neben ihrem Opfer, dessen Leib sich wie ein Ballon blähte. Aasgeruch strömte in den Wagen, klebrige Fliegen klatschten gegen die Fenster. Aus dem Gras reckten braune Geier ihre nackten Hälse, als hätte man sie geköpft und ihre Häupter auf die Halme gesteckt, mit großen, toten Augen.

„Manchmal gehen die Hyänen selbst auf Jagd", erzählte Isaak weiter. „Dann schlagen sie eine kranke Antilope oder ein unerfahrenes Jungtier. Aber sie müssen wachsam sein, denn die Löwen könnten ihnen die Beute abjagen."

„Wie lange fahren Sie schon auf Safari?", wollte Anderson wissen.

Isaak überlegte.

„Acht Jahre. Vorher war ich Wildhüter in Seronera. Drüben, in der Serengeti."

„Warum arbeiten Sie nicht mehr dort?"

„Als Tourguide verdiene ich mehr Geld. Das Leben ist leichter, auch für meine Familie."

„Er muss sich nicht mehr mit den Wilderern herumprügeln", warf Miller ein. „Oder mit Banditen, die es auf die Touristen abgesehen haben. Isaak ist Offizier der tansanischen Armee, gelegentlich hilft er bei den Rangern aus. Zum Beispiel wenn sie einen Löwen suchen, der die Ziegen der Bauern reißt."

„Alte Löwen verlieren manchmal ihre Zähne", bestätigte Isaak. „Dann streunen sie hungrig herum. Die Ziegen der Massai sind eine leichte Beute. Doch das ist selten."

„Müssen Sie diese Löwen erschießen?"

„Natürlich. In der Regel gilt jedoch das eiserne Gesetz, alles seinem Lauf zu überlassen. Die Ranger im Ngorongoro und in der Serengeti haben nur eine Aufgabe: darauf zu achten, dass alles bleibt, wie es ist. Wie es immer war."

Anderson schwenkte den Feldstecher zu den Kraterhängen, deren nördlicher Kamm durch den Munge-Fluss eingeschnitten wurde. Dahinter erhob sich der flache Kegel des Olmoti, in dem sich das Regenwasser sammelt und zum Ngorongoro abfließt. Der Munge speist die Mandusi-Sümpfe und den Makatsee. Neben dem Olmoti-Krater erkannte er die erloschenen Vulkane Loolmalassin, fast viertausend Meter hoch, und seinen kleineren Nachbarn Empakaai. Er schwenkte die Linsen zum anderen Ufer des Makatsees. Dort tummelten sich Graureiher, Ibisse und weiße, hochbeinige Vögel mit löffelförmigen Schnäbeln, dazwischen Möwen. Ein Rhinozeros wühlte sich durch die erdige Brühe. Anderson ließ einen leisen Pfiff von den Lippen.

„Ein Nashorn."

Er reichte den Feldstecher an Sewe, auch Isaak und Miller holten ihre Gläser hervor.

„Ein schwarzes Nashorn, ein trächtiges Weibchen", urteilte Isaak. „Wir haben Glück, es gibt nur noch wenige Exemplare."

Ein Jeep näherte sich dem Nashorn. Mit bloßem Auge konnte Anderson sehen, wie die Leute aus dem offenen Dach heraus ihre Kameras auf das Tier richteten. Mit massigem Kopf schob das

Nashorn Schlamm vor sich her. Dann kippte es träge auf die Seite.

„Das tun sie, um ihre Haut zu reinigen", hörte er Isaak sagen. „Der Schlamm klebt an ihnen fest, trocknet und wenn er abfällt, bleiben die Parasiten daran haften. Zugleich kühlt der Schlamm die empfindliche Haut. Die Massai nutzen ihn gegen Sonnenbrand und Insektenstiche."

„Wann wird sie werfen?", fragte Sewe.

„Im Herbst, vermute ich. Das hängt davon ab, ob bis dahin ausreichend Regen fällt, damit genug Gras nachwächst. Ich kenne Fälle, bei denen sich die Geburt lange verzögerte, weil das Muttertier nicht ausreichend Nahrung fand."

Sewe gab Anderson das Glas zurück. Am Waldgebiet von Lerai standen herrliche Elenantilopen, gemischt mit Wasserböcken, deren Gehörn wie verdrillte Speere in die Luft stak. Der Wald erstreckte sich bis zum südlichen Kraterrand. Dort führte eine Piste über den Hang. Dicht wuchsen ausladende Akazien und hohe Büsche mit dunkelgrünen Blättern. Anderson entdeckte eine Herde Elefanten, die ihre Rüssel zu den Akazien hob. In dieser Richtung thronte die blasse Kraterkuppe des Oldeani. Oldeani ist das Wort der Massai für Bambus. Ein kleines Rinnsal brachte sein Wasser über die westliche Kraterseite zu den Sümpfen und den feuchten Niederungen im Nogorongoro.

Ein Ruck ging durch den Wagen. Isaak fuhr wieder an. Er ließ den See rechts liegen und hielt auf die Sümpfe im nördlichen Teil der Caldera zu. Scharenweise flatterten bunte Vögel im Schilf. Der Landrover rollte auf eine Wiese an einem kleinen Tümpel, wo bereits andere Jeeps parkten. Ihre Insassen campierten auf den Felsen am Ufer. Die Guides hatten Klappstühle und Picknickkörbe aufgestellt. Isaak stieg aus. Miller hievte sich von seinem Sitz, er rief:

„Kommen Sie, Mister Anderson, ich zeige Ihnen den Pool."

Anderson kroch aus dem Wagen, seine Gelenke knackten. Miller war bereits zum Wasser gelaufen. Es war durchsichtig, viel klarer als im Makatsee. Auf dem Grund wucherten Algen. Im Wasserloch zeigten sich die glatten Rücken von Flusspferden, wie flache Sandbänke. Braune Falken schwirrten durch die Luft, zielten im Sturzflug auf die Picknickkörbe. Sewe nahm eine Flasche aus dem Eiscontainer.

„Wollen Sie etwas trinken, Mister Anderson?"

„Danke", lehnte er ab.

„Sie müssen etwas trinken. Es ist zu heiß heute."

Anderson nahm die Flasche. Es war klares, kaltes Wasser. Er trank einen Schluck und spülte sich den Mund aus. Auch Miller trank.

„Diese Hitze", stöhnte der Alte. „Wir Europäer sind dafür nicht geschaffen. Schauen Sie sich Isaak an. Ich habe ihn auf Safari noch nie essen oder trinken gesehen. Er raucht eine Zigarette, dann geht er zu seinen Kollegen und sie palavern, wenn es sein muss, stundenlang. Als wären nicht vierzig Grad, sondern zwanzig."

Anderson kniete auf den Steinen, senkte eine Hand in den See. Das Wasser war überraschend kühl.

„Dieser See hat eine Verbindung zum Grundwasser", klärte ihn der Professor auf. „Deshalb liegen die Hippos den ganzen Tag über hier. Erst am Abend verlassen sie die kühle Grube, um zu weiden. Bis zu sechzig Kilo Gras vertilgt ein ausgewachsenes Tier in einer Nacht. Ein großes Männchen bringt bis zu drei Tonnen auf die Waage."

„Ich würde gern sehen, wie sie rauskommen und fressen."

„Keine Chance. Mit Einbruch der Dunkelheit müssen wir in der Lodge sein, das ist Vorschrift. Außerdem kann so ein Riesenvieh ziemlich ungemütlich werden. Genießen Sie einfach den

Anblick, wie er ist. Es ist ein wunderbarer Tag heute."

Das Wasser warf tanzende Lichtflecken auf Millers Gesicht. Sie erinnerten Anderson an das Foto aus Laetoli. Er fragte:

„Haben Sie das Bild dabei?"

„Welches Bild?"

„Ihre Aufnahme von den Abdrücken. Sie haben es mir in Olduvai gezeigt."

Miller zog die Fotografie aus der Hose. Mit Enttäuschung musste Anderson feststellen, dass auf dem Bild kein Wasser zu sehen war. Es hätte eine Erklärung für die Lichtellipsen liefern können. Doch etwas anderes fiel ihm auf: Bei den Fußspuren und im Hintergrund der Abdrücke standen nur dürre Halme und Gestrüpp, keine Blattpflanzen oder gar dichte Büsche. Offenbar lag die archäologische Fundstätte in Laetoli gänzlich ungeschützt. Nichts konnte Schatten werfen, es gab nur Geröll. Nachdenklich kaute er auf seiner Lippe, gab Miller das Foto zurück.

Schweigend spazierten sie am Ufer. Der Professor sammelte Kiesel mit bizarren Formen. Unvermittelt sagte er:

„Mister Anderson, ich habe eine Bitte." Es klang formal, beinahe feierlich. „Ich möchte, dass Sie Mary nach Laetoli mitnehmen."

Anderson stutzte.

„Herr Professor, ich dachte, wir reisen zusammen dorthin."

Miller runzelte die Stirn und schüttelte das weiße Haupt.

„Bald muss ich zum Basiscamp zurück. Dort warten unaufschiebbare Dinge. Bestimmt erhalten Sie in einigen Tagen die Erlaubnis. Dann sollten Sie nicht zögern loszufahren. Warten Sie bitte nicht auf mich. Aber nehmen Sie Sewe mit. Versprechen Sie es mir?"

Verlegen scharrte Anderson im feuchten Sand, starrte auf die Flusspferde. Schnaubend hoben und senkten sich die massigen Leiber.

„Sie ist sehr intelligent", beharrte Miller. „Und sie kennt dieses Land. Sie wird Ihnen eine große Hilfe sein."

Die Flusspferde röhrten, weithin rollte der Lärm. Vögel kreisten überm Pool. Der alte Mann insistierte:

„Sie werden sie brauchen, denn allein haben Sie keine Chance. In Grönland können Sie einsam sein und Sie können es überleben. Aber nicht in Ostafrika. Bitte, tun Sie mir den Gefallen."

Weil Anderson schwieg, setzte Miller ein jungenhaftes Lächeln auf.

„Nun zieren Sie sich nicht wie ein Pennäler! Oder ist Ihnen ihre Gesellschaft unangenehm?"

Gemächlich stapfte ein Flusspferd aus dem Wasser, mit glänzender Schwarte. Aufgeregt flatterten die Vögel aus dem Schilf. Das gewaltige Tier schüttelte sich und drehte den plumpen Kopf zu den Wissenschaftlern. Einen Moment stand es wie angegossen. Danach trottete es ins Wasser zurück.

„In Ostafrika lernt man, dass alle Lebewesen zueinander in Beziehung stehen", sagte Miller. „Sie können eine Hyäne lange spüren, bevor Sie das Tier zu Gesicht bekommen. Einmal war ich am Manyarasee unterwegs, im dichten Busch am Ufer. Irgendetwas warnte mich, also spähte ich vorsichtig umher. Eine große Gabunotter war mir gefolgt, ein ziemlich giftiges Biest. Mit unseren fünf Sinnen können Sie das nicht erklären, erst recht nicht mit Logik. Bitte, nehmen Sie Mary mit. Sie kennt sich aus wie kaum jemand. Ich wüsste Sie in besten Händen, es würde mich beruhigen."

Anderson blieb die Antwort schuldig. Er musterte das zerfurchte Gesicht des alten Mannes, die schmale Nase, die weißen Strähnen, die feucht auf seiner Stirn klebten.

„Deshalb arbeiten Sie mit Sewe zusammen", sagte er. „Weil sie in Addis und Nairobi botanische Studien betrieben hat. Weil sie über sehr altes Wissen verfügt, zumindest teilweise. Sie ist so etwas wie eine Lebensversicherung."

Miller nickte.

„Botanische Studien, junger Mann, ist leicht untertrieben. Mary leitete eine hochdotierte Forschergruppe, die dem ethno-botanischen Weltatlas der Vereinten Nationen zuarbeitete. Sie ist eine Schamanin, die mit Kräutern in die Seele greift."

„Harter Tobak für einen Wissenschaftler, meinen Sie nicht, Herr Professor?"

„Es ist die Wahrheit, Mister Anderson. Manche Pflanzen sind in der Lage, die heilenden Kräfte des Wassers nutzbar zu ma-chen, oder sie zaubern Ihnen unglaubliche Visionen ins Hirn. Die Massai kennen Halluzinogene, die mich glauben ließen, sehr nah am Ziel zu sein. Ich spürte eine unerklärliche Vertrautheit mit den wilden Tieren und den Pflanzen und war vollkommen ohne Angst."

„Ohne Angst? Wovor?"

„Keine Ahnung. Ich gehörte einfach dazu, zu allem. Ich war eingewoben in ein höheres Prinzip und ich konnte alles um mich herum verstehen. Es war ganz leicht. Das Wort Zutrauen drückt nicht den Bruchteil dessen aus, was ich durch Mary erfuhr."

Anderson sah die Falken, ihre schnellen, wendigen Manöver. Miller redete weiter:

„Als ich Ihre Berichte aus Grönland las, hatte ich den Eindruck, dass Sie sich in einer ähnlichen Zwickmühle befanden. Sie such-ten einen Stil, um Ihre intuitive Suche, Ihren unwissenschaftli-chen Umweg zu erläutern: Sie schrieben poetisch. Keiner Ihrer Sätze hätte auf den Kongressen unserer lieben Kollegen Bestand gehabt. Man hätte Sie ausgelacht, in der Luft zerrissen, Sie als Scharlatan abqualifiziert. Aber als Sie Eiriks Hafen entdeckten, waren alle des Lobes voll. Sie waren wie Schliemann, der Troja gefunden hatte, gegen alle Unkenrufe der Gelehrten. Ich hoffe, Sie werden mich eines Tages beerben. Mir fehlt Ihr prosaisches Talent, es ist zum Verzweifeln. Der nüchterne Logos der Fachsprache zerbröselt, wenn ich über meine Forschungen in Ostafrika berichten will."

Anderson fasste sich ein Herz.

„Herr Professor, wonach suchen Sie wirklich?"

Das Wasser des Pools gluckste. Die Sonne spiegelte sich auf seiner Oberfläche, so grell, dass Miller die Augen zusammenkniff.

„Ich kam nach Tansania, weil diese Gegend seit hunderttausend Jahren kaum berührt ist. Überall auf der Welt hat die menschliche Zivilisation dramatische Veränderungen vollzogen. Um auf den ursprünglichen Kern unserer Existenz zu stoßen, müssen wir die dicken Überformungen unserer Geschichte durchbrechen. Deshalb kam ich ins Rift Valley: um vom Ursprung her zu denken. Dass ich den Frühmenschen leibhaftig begegnen würde, daran war überhaupt nicht zu denken ..."

„Ich verstehe nicht ganz ..."

Unbeirrt redete Aaron Miller, beinahe ohne Stimme.

„In jener Nacht in Laetoli glaubte ich mich an der Pforte. Ich konnte beliebig zwischen der Gegenwart und der Vergangenheit wechseln. Alles existierte gleichzeitig, griff ineinander, ohne Grenze in Raum und Zeit. Es war merkwürdig. Als würden viele Räume nebeneinander existieren, getrennt durch einen engen Spalt. Plötzlich stand er mir weit offen. Plötzlich standen sie mir gegenüber: zweibeinige, affenähnliche Wesen."

„Dort trafen Sie die Australopithecinen?"

„Als gingen sie neben mir durch den warmen Tuff der Schlucht."

„Sind Sie sicher, dass es keine Halluzination war?"

„Meine Eindrücke waren real, daran besteht für mich kein Zweifel. Das schließt nicht aus, dass Sie an meiner Stelle möglicherweise andere oder gar keine Wahrnehmungen gehabt hätten. Der größte Irrtum der modernen Wissenschaft besteht in der Annahme, dass alle Menschen in der gleichen Realität leben."

„Das ist eigentlich unstrittig, die objektive Grundlage jeder Wissenschaft ..."

„Nie war es so umstritten wie heute", fiel ihm Miller ins Wort. „Was Sie als objektive Realität bezeichnen, ist eine kollektive Zwangsjacke. Wer davon abweicht, ist ein Junkie, ein Verrückter oder ein unzivilisierter Wilder."

Millers Ton wurde schärfer.

„Tatsache ist: Wir glauben nicht mehr, was wir sehen und was wir spüren, um uns und in uns. Wir trauen unseren eigenen Augen nicht. Ich sage Ihnen: Jedes Individuum ist ein eigenes Universum oder spiegelt das große Universum dort draußen, um uns herum. Mehrere Menschen können nur einen Ausschnitt gemeinsam erkennen, nur ein Stück der Wahrnehmung wirklich teilen. Das Gehirn wurde erschaffen, um individuell zu denken und zu fühlen. Nicht für mathematisch nachprüfbare Logik auf dem kleinsten gemeinsamen Nenner. Das können wir getrost den Computern überlassen."

Ihr Gespräch wurde unterbrochen. Isaak winkte, gab das Zeichen zum Aufbruch. Miller und Anderson liefen über die Uferwiese. Sewe kniete im Schatten des Wagens. Als die beiden Männer nahten, stand sie auf, klopfte Staub von ihrer Hose und stieg ein.

„Wohin fahren wir jetzt?", fragte Isaak. „Zu den Seneto-Quellen oder in den Lerai? Bei den Quellen wurden Warzenschweine mit Frischlingen gesichtet. Im Lerai stehen die Elefanten."

„Was halten Sie davon, Mister Anderson?", fragte Miller zur Rückbank.

„Wir sollten nichts auslassen." Es war heiß, sehr heiß, und

Andersons Kopf dröhnte von Millers Rede. „Fünf Tage sind nicht viel Zeit, um dem Ursprung von Allem auf die Schliche zu kommen."

***

Bei den Quellen von Seneto spielten Warzenschweine, eine Bache mit ihrem Wurf. Als sich der Landrover näherte, stoben sie quiekend davon. Der gnadenlos glühende Ball hatte sich gen Westen verschoben. Hitziger Atem zitterte über dem Kraterboden. Zirruswolken schienen an den Himmel geschweißt, wie das Hemd an Andersons Körper. Er hatte seine Stiefel aufgebunden und die Beine ausgestreckt. Sewe stand auf den Polstern und spähte mit dem Feldstecher in die Runde. Anderson sah ihre schmalen Füße und die feingliedrigen Knöchel, halb vom Khaki verdeckt.

Wonach suchte Miller? Eine logische Erklärung gab es für das Lichtphänomen auf dem Foto nicht, zumindest nicht vordergründig. Vielleicht hatte die Sonne schräg in die Linse von Millers Kamera geblendet. Doch es war nicht das typische Muster gewesen, zwei oder drei verschachtelte Kreise. Und warum behauptete Miller, er habe die Homininen gesehen?

Nüchtern betrachtet, konnten es nur die Hirngespinste eines alten Mannes sein, der langsam die Kontrolle verlor. Dessen war sich Anderson sicher. Er steckte fest in diesem Wagen mit Miller, Sewe und Isaak. Er steckte fest in dieser wüstenheißen Caldera. Das Gras in seiner dichten und endlosen Ausbreitung gaukelte ihm vor, ein Ozean zu sein. Es waren heiße Gestade, an denen er stranden konnte, höhnisch begrinst von Hyänen und Pavianen. Sei ehrlich, sagte er zu sich, du hast dich in ein Abenteuer eingelassen, weil du genug hattest von Grönland, von Europa, von Amsterdam. Du hättest besser Urlaub machen sollen, vielleicht in der Karibik oder auf Hawaii. Oder du hättest nach Stockholm fliegen können, um über dein Institut zu verhandeln. Nun wirst du mindestens eine Woche verlieren, bis du endlich dieser Gluthölle entkommst.

Er schreckte auf, denn der Alte vorn auf dem Beifahrersitz kurbelte das Seitenfenster hoch. Als er den Kopf zu Isaak drehte, sah Anderson graue Flecken auf Millers Wangen und dunkle Ringe unter den wässrigen Augen. Gerade schälte sich der Akazienwald von Lerai aus der flimmernden Luft. Miller hüstelte.

„Mir ist kalt, Isaak. Haben wir eine Decke?"

Der Guide nickte.

„Ja, Sir, sie liegt hinten unter den Polstern."

Sewe stieg von der Bank und klappte die Sitzfläche auf.

„Ich kümmere mich darum", sagte sie scharf. „Gib Gas, Isaak."

Der Afrikaner drückte das Pedal bis zum Anschlag, dass der Motor kreischte. Anderson wurde in seinen Sitz gedrückt, suchte verständnislos Halt. Miller stöhnte:

„Eine Decke, Isaak! Ich friere!"

„Keine Sorge, Sir", beruhigte ihn der Guide, gleichfalls blass bis unter das schwarze Kraushaar. „Wir haben alles dabei. Sie brauchen sich keine Sorgen zu machen. Wirklich nicht."

Sewe wickelte die Decke um den Professor, der sich zitternd an seinen Sitz klammerte. Dann hielt sie zwei starke Ledergurte in der Hand. Rücksichtslos trieb Isaak den Landrover über den Sand. Sewe flog zwischen die Sitze. Sie keuchte:

„Helfen Sie mir, Martin, schnell!"

„Was ist los?"

„Malaria! Wir müssen ihn festbinden, bevor die erste Attacke losbricht. Schnell, nehmen Sie dieses Ende!"

Wie ein Lasso warf sie den Gurt über den Professor, über die

Brust und den linken Arm, um ihn hinterm Sitz festzuzurren. Mit dem zweiten Gurt arretierte sie Millers rechte Hälfte.

„Mary, lass das!", zischte der Professor kraftlos. „Ich bin kein Kind mehr!"

„Es ist zu deiner Sicherheit, Aaron. Wir fahren schnell ins Camp zurück. Du könntest dich verletzen."

Millers Kiefer bebten im Schüttelfrost. Sewe nahm eine Packung aus der Sitzbank und riss sie auf. Sie schüttete den Inhalt in eine Wasserflasche. Entschlossen griff sie dem Alten unter das Kinn, schob ihm die Flasche zwischen die Lippen. Der Alte bäumte sich gegen die Gurte, seine Gesichtsfarbe wechselte zu Kreide, aber die Riemen hielten ihn wie eiserne Schellen auf seinem Sitz. Er konnte nur seinen Kopf bewegen, der kreideweiß aus der Decke lugte. Gehorsam schluckte er die Medizin, mit weißem Schaum vorm Mund. Hin und her flog sein knochiger Schädel, behutsam fühlte Sewe seine Stirn.

„Schnell, Isaak!", drängte sie. „Wir haben nicht viel Zeit!"

Rücksichtslos trieb Isaak den Landrover zum Kraterhang. Zärtlich streichelte Sewe die Wangen des alten Mannes, flüsterte:

„Aaron, ach Aaron ..."

3. Kapitel

Als die Sonne hinter dem Vulkan versank, fraßen sich rote Flammen durch die seidige Wolkenfront, fluteten über die Terrasse. Der Makatsee, das dünne Band des Munge und die fernen Sümpfe von Mandusi loderten wie rotblaue Schmelze. Längst waren die Kraterhänge von der Dämmerung geschwärzt. Nur die Wasserlöcher glommen, als wollte der Ngorongoro erneut Lava speien.

Die Glut des Abends fing sich im Konyagi. Anderson fühlte sich ausgehöhlt. Der alte Bloomsbury saß mit ihm auf der Terrasse. Sie schwiegen. Die Schiebetür fuhr auf, Sewe erschien, Bloomsbury sprang aus dem Stuhl.

„Wie geht es ihm?"

„Er schläft, aber das Fieber ist sehr stark."

„Wann kommt der Doktor aus Arusha?"

„Morgen früh."

Sie setzte sich zu den Männern. Scharfe Falten gruben sich um ihre Lippen.

„Möchten Sie einen?", fragte Anderson und hielt ihr das Glas hin.

Sie schüttelte den Kopf.

„Wie krank ist der Professor?"

„Es ist eine tückische Krankheit. Die Plasmodien kommen aus dem Nichts. Wenn man großes Glück hat, verschwinden sie wieder."

„Ist es sehr gefährlich?"

„Nach der Heftigkeit der Attacke zu urteilen, ist es Malaria tropica, die schwerste Form. Der Erreger ist ein Einzeller, der sich in der Leber und den roten Blutkörperchen einnistet, vollkommen unberechenbar. Wir haben Medikamente, um das Fieber eine Weile in Schach zu halten. Alle zwei Stunden gebe ich ihm Mefloquinhydrochlorid."

„Können wir etwas für ihn tun?"

„Nein." Ihre Stimme klang erschöpft. „Danke. Ich glaube nicht."

„Da kann man froh sein, dass die Malaria in Europa keine Rolle spielt", brummte Bloomsbury. „Ein einziger Stich von einer Mücke haut den stärksten Kerl auf die Bretter. Dieser Wildnis ist nicht zu trauen. Gott sei Dank gibt es hier oben kaum Moskitos."

„Genau genommen ist die Malaria eine Zivilisationskrankheit", klärte ihn Sewe auf. „Sie trat erstmals auf, als die Menschen vor sechstausend Jahren sesshaft wurden, dazu übergingen, Landwirtschaft zu treiben. Vor dreitausend Jahren wanderte das Fieber bis zum Mittelmeer, danach über die Alpen bis in die Kölner Bucht. Erst während der letzten Jahrhunderte wurde es in die Tropen zurückgedrängt. Ein Erfolg des medizinischen Fortschritts in Europa."

„Warum sollte dieser Fortschritt nicht auch in Afrika möglich sein?", fragte Bloomsbury. „Diese Anophelesmücken sind keine unbesiegbaren Monster."

„Selbst wenn es Ihnen gelänge, alle Anophelesbruten zu zerstören, würde das Plasmodium andere Wege finden. Bei fortgesetzter Erwärmung des Klimas besteht obendrein die Gefahr, dass die Malaria über kurz oder lang nach Europa zurückkehrt. Es ist nur eine Frage der Zeit."

„Kaum eine tropische Krankheit ist so gut erforscht wie die Malaria", widersprach der Brite. „Kann man denn nicht impfen?"

„Die Erreger werden schnell gegen neue Wirkstoffe resistent. Außerdem lagern sich Mefloquin und andere Substanzen in der Leber ab. Sie können zu schweren Schäden führen. Wenn Sie Lariam über einen längeren Zeitraum nehmen, sehen Sie weiße

Monster über die Berge steigen. Mit anderen Worten: Sie treiben den Teufel mit dem Beelzebub aus." Sie überlegte kurz. „Der Lebenszyklus der Plasmodien ist von der Luftfeuchte und der Außentemperatur abhängig. Je wärmer es ist, desto schneller reifen sie. Mit Medikamenten kann man das Fieber zeitweilig unterdrücken, aber auf lange Sicht sind Sie dem Ansturm der Einzeller ausgeliefert. Auch ich trage Plasmodien in mir, bin bislang allerdings mit Dreitagefieber davongekommen."

„Schöne Aussichten!", stöhnte Bloomsbury.

„Das ist etwas, das ich nicht verstehe", fuhr sie nachdenklich fort. „Das Wissen ihrer Ärzte hält die Industrienationen nicht davon ab, die ganze Welt in ein tropisches Treibhaus zu verwandeln. Kein Wunder, dass sich die Malaria ausbreitet. Können Sie mir sagen, was diese ganzen Forschungen wert sind, wenn sie offenbar nicht einmal die größten Dummheiten verhindern?"

Bloomsbury verzog das Gesicht, er schwieg. Sewe sagte:

„Jedes Jahr sterben in Afrika Tausende Kinder an Malaria, obwohl die Krankheit medizinisch als beherrschbar gilt. Wenn sich das Klima in Europa erwärmt, können Sie Lariam oder Chloroquin gar nicht so schnell herstellen, wie Sie es an die Bevölkerung verfüttern müssten."

George brachte eine Schale mit Früchten, fragte höflich:

„Möchten Sie einen Tee, Msabu?"

„Gern."

Er wandte sich an Anderson.

„Sir, der Professor ist wach. Er möchte mit Ihnen sprechen."

„Hat er noch Fieber?"

„Ich weiß nicht. Er rief mich, weil er etwas Eiswasser wollte. Und er fragte nach Ihnen."

„Gehen Sie ruhig hinauf", ermunterte ihn Sewe. „Der nächste Fieberstoß kommt nicht vor Mitternacht. Ich habe ihn mit Medikamenten vollgepumpt, damit er sich stärken kann. Aber bleiben Sie nicht zu lange. Der Professor braucht vor allem Ruhe. Er muss schlafen."

Anderson kippte den Konyagi hinunter. Anschließend ging er ins Haus, durch die Lobby zum Innenhof, wo sich die Zimmer befanden. Er klopfte an Millers Tür, aber niemand antwortete. Die Tür war verschlossen. Er klopfte nochmals, lauter.

„Wenn Sie mich suchen, Mister Anderson, ich bin hier", tönte eine Stimme über ihm. „Gehen Sie bis zum Ende des Ganges, dort finden Sie eine Leiter. Ich freue mich über Ihre Gesellschaft."

Anderson konnte den Alten nicht sehen, aber seine Stimme klang kraftvoll und erholt, fast heiter. Er lief zur Leiter, schwang sich auf das flache Dach, das mit groben Teermatten gedeckt war. Der Professor hockte an der Kante und schaute in den Sonnenuntergang. Von hier oben konnte man noch ein Stück des Feuerballs sehen, bevor er endgültig im Westen versank. Miller hatte ein Buch auf den Knien. Er wies zur Sonne.

„In dieser Richtung liegt die Serengeti. Ich hatte Ihnen versprochen, dass ich Ihnen dieses Paradies zeige. Aber Sie sehen ja selbst: Manchmal ist das Fleisch zu schwach."

„Ich kann warten, Herr Professor. In zwei oder drei Tagen sind Sie wieder fit, dann fahren wir gemeinsam."

Energisch schüttelte Miller den Kopf. Die Zahl der Falten in seinem Gesicht und am Hals schien verdoppelt. Und doppelt so tief in die Haut gegraben.

„Morgen früh bringt mich der Sanitätsdienst nach Arusha. Ich fliege nach Nairobi weiter, ins britische Hospital. Möglicherweise dauert es lange, bis ich zurückkehren kann."

„Haben Sie Schmerzen?"

„Halb so schlimm. In der Serengeti brauchen Sie mich nicht. Isaak und Sewe werden Sie begleiten."

„Und in Laetoli?"

„Auch das ist fortan Ihre Sache."

Millers Worte klangen unwiderruflich, wie der Sonnenuntergang überm Ngorongoro, flammender, apokalyptischer Himmelsbrand. Der Alte schlug eine Seite des Buches auf, die er mit einem Lesezeichen markiert hatte.

„Manchmal saß ich am Ufer und wartete auf die Blitze, die den Lichtbändern vorausgingen", las er laut. „Diese Blitze waren grün und scharf gezeichnet wie die grünen Äderchen auf der Unterseite eines Ahornblattes. Das waren die Zeremonienmeister, die zum ersten Akt riefen. Nachdem sich die Blitze ausgetobt hatten, wehten stundenlang strahlende Bänder über das nachtschwarze Firmament, in all den irrwitzigen Farben, für die ich keine Worte habe. Dann, als ich sehr lange gesessen hatte und von dieser Schönheit des Polarlichts kalt schwitzte, explodierte der Nachthimmel. Alle Mythen haben ihren Anfang dort außerhalb, irgendwo da draußen in der Weite des Himmels, ob es das Polarlicht ist wie an Eiriks Küste oder der volle Mond oder ein Sonnenuntergang oder jeder neue Morgen. Die Mythen verbinden mich auf geheime Weise mit dem Universum, unwiderstehlich. Ich kann nur vermuten, dass Eirik diesem Mythos folgte. Stetig zog ihn die sinkende Sonne nach Westen, von Island nach Grönland und über den Golfstrom hinweg. In den Monaten der endlosen Nacht muss das Polarlicht eine magische Faszination auf ihn ausgeübt haben. Das wandernde, vielfältige Licht ist der älteste und widerstandsfähigste Mythos der Menschheit, das schwache Echo ihres Ursprungs. Dieses Licht, das so atemberaubend schön sein kann."

Miller klappte das Buch zu.

„Sie brauchen mich wirklich nicht, Mister Anderson. Wer so etwas schreibt ..." Er legte das Buch beiseite und strich sich übers

Kinn. „Eine Kleinigkeit noch, bitte. Von der Serengeti können Sie den Victoriasee erreichen. Dort lebt ein holländischer Geschäftsmann, er betreibt Bungalows für die Touristen." Miller hielt Anderson einen versiegelten Umschlag hin. „Bitte geben Sie ihm das, eigenhändig. Wenn Sie früh losfahren, können Sie es innerhalb eines Tages zur Speke-Bucht schaffen und rechtzeitig am Abend im Camp in der Serengeti sein."

„Ich sehe kein Problem."

„Bitte", Miller hielt den Umschlag fest in der Hand. „Versprechen Sie mir, den Brief nur persönlich an Mister Kerkhoff zu übergeben! Es ist wichtig. Sie können versuchen, ihn vorher über Funk anzusprechen. Dann kommt er Ihnen vielleicht ein Stück entgegen."

Wortlos nahm Anderson das Kuvert. Der Himmel spannte blutige Folie über die Vulkane. Ein Adler kreischte, weithin gellte sein Schrei. Andächtig sagte Miller:

„In dieser Region gibt es eine Sage, nach der die Tiere die Seelen von Verstorbenen annehmen. Eines Tages werden alle auferstehen. Dann wird es keine Lebewesen mehr geben, nur noch verzweifelte Untote. Es wird keine Pflanzen mehr geben, nur Wüste."

Er hob den Kopf und atmete tief. Die Luft war klar und lau, sie roch nach aasigen Blüten.

„Ich würde jeden Menschen zwingen, diese Stille auszuhalten, mindestens einen einzigen Tag. Es wäre nicht viel, aber immerhin etwas. Ein kaum merkliches Stottern im reibungslosen Selbstlauf der gigantischen Maschine, die sich Zivilisation nennt. Eine winzige Chance zur Besinnung."

„Sie könnten mit ihren Studenten beginnen."

„Oder mit Ihnen."

„Mich haben Sie schon hierhergeführt."

„Sie meinen wohl: verführt. Geben Sie es zu! Aber Sie waren

bereits hier, bevor ich Ihnen meinen Brief schrieb. Ich wusste, dass Sie kommen würden. Ihr Buch über Grönland hat mich fasziniert, weil es die ehrlichsten Gefühle nicht verbarg. Sie haben Ihren Kollegen ordentlich den Kopf gewaschen, mich inbegriffen."

„Darum ging es mir überhaupt nicht."

„Natürlich nicht", lachte Miller. „Sie hatten nur Eiriks Hafen im Sinn. Ist Ihnen nicht aufgefallen, dass Ihr Buch von der Fachwelt ignoriert wurde? Ich habe die wichtigsten Blätter aufmerksam verfolgt: kein einziges Wort."

„Das stimmt", pflichtete Anderson bei. „Leiden meinte, das sei der Neid der Kollegen."

„Nennen Sie es, wie Sie wollen. Tatsache ist, dass Ihre Kollegen jetzt ganz schön bedeppert aus der Wäsche schauen. Werden Sie das Angebot der Schwedischen Akademie annehmen?"

„Ich weiß noch nicht. Es ist sehr verlockend, ein eigenes Institut zu haben."

„Es wird Sie auffressen. Der goldene Käfig. Bis spät in die Nacht werden Sie über Bilanzen hocken, über Forschungsanträgen für Ihre Doktoranden, über mittelmäßigen Berichten und Dissertationen und Masterarbeiten, die Sie im Grunde nur langweilen. Man wird Sie zu jedem erdenklichen Kongress einladen und Ihnen diesen ganzen Irrsinn mit der Ehre versüßen, wichtige Reden halten zu dürfen."

„Ich könnte viele Menschen erreichen."

„Das ist ein Irrtum. Sie erreichen nur diejenigen, die ohnehin bereit sind. Solche Menschen können Sie ein Leben lang suchen. Dies wäre der Mühe wert. Die akademische Community ist einzig und allein dazu erschaffen, ihren hochgeschätzten Mitgliedern gründlich den Kopf zu vernageln." Miller kratzte sich an der Wange. „Ich habe viele Jahre in allen möglichen Gremien gesessen. Ich habe Symposien und Weltkongresse vorbereitet, von Amsterdam bis nach Singapur und Sydney. Ich gehörte dazu, wurde glänzend dekoriert, galt als Koryphäe. Ich war der Kardinal unter Bischöfen, auf dem besten Weg, Papst meines Fachgebietes zu werden. Aber ich hatte Glück. Ich bin nach Afrika gegangen und alt geworden. Alt genug, um diese einfache Wahrheit zu erkennen: Um Gott zu finden, junger Mann, müssen Sie die Kirche meiden. Sie müssen die Altäre und die Katheder vergessen. Christus steckt tief drinnen, in jedem von uns."

„Wir sprechen von Wissenschaft, nicht von Religion."

„Der Glaube an die Objektivität ist das Dogma der Wissenschaft, ist ihre verdammte Religion. Sie stehen am Anfang Ihrer Karriere. Wollen Sie sich ein Leben lang mit langweiligen Abhandlungen abgeben? Aus reiner Vernunft ist noch nie Vernünftiges entstanden, aus analytischem Verständnis noch nie die Verständigung zwischen Menschen."

„Was soll ich nach Ihrer Meinung tun?"

„Gehen Sie nicht zurück an die Universität nach Amsterdam. Verzichten Sie auf das Institut der Schweden. Scharen Sie ein paar intelligente junge Leute um sich, die noch nicht verdorben sind. Denen können Sie zwar nichts beibringen, aber vielleicht können Sie gemeinsam etwas von dem großen Geheimnis verstehen, das uns treibt. Leiden will Sie unbedingt halten, er wird Sie mit großzügigen Budgets locken. Seien Sie auf der Hut! Bleiben Sie unabhängig!" Beschwörend legte der Alte eine knochige Hand auf das Buch. „Doch vor allem: Hören Sie nicht auf, solche Bücher zu schreiben. Die Ignoranz der ehrenwerten Kollegen ist mehr Lob als der Nobelpreis."

Schwarz reckten sich die Vulkane gegen den Himmel, der jetzt purpurn und grau flimmerte, das letzte Flackern vor der Nacht. Fröstelnd rieb sich Miller die Arme, in seinen Pupillen zuckte das Fieber.

„Ich muss wieder auf mein Zimmer", sagte er schwach. „Ich hoffe, die Serengeti wird Ihnen gefallen."

Er reichte Anderson die verdorrte Hand. Sie war kalt und hart.

„Wenn ich zurück bin, werde ich Sie besuchen", versprach Martin Anderson. „In Nairobi. Bestimmt."

Der alte Professor nickte, blickte abwesend über die mächtigen Kegel, auf die feurige Linie des Horizonts. Anderson kletterte vom Dach, lief zur Lobby. Die Hotelhalle war leer, auf der Terrasse saß niemand. Einsam stand der Konyagi auf dem kleinen Tisch. Er nahm die Flasche mit auf sein Zimmer. Dort legte er sich ins Bett, bleischwer, und schlief sofort ein.

Er schlief fest und im Traum war er wieder in Olduvai. Die Baracke war leer, ohne Fenster und Türen. Die Räume waren offen, die Vitrine zerschlagen, überall lagen Splitter. In der Vitrine schlängelte sich eine Kobra, richtete sich drohend auf. Über der blinden Pforte hing ein windschiefes, verblichenes Schild: Olduvai Center of Human Origin.

Anderson erwachte, ausgestreckt auf seinem Bett, in Schweiß gebadet. Draußen hackten Schläge durch die Luft. Er trat ans Fenster und sah gerade noch, wie der Helikopter startete, um Miller nach Arusha zu bringen. Sewe und George standen am Landeplatz. Staub wirbelte aus der taufeuchten Erde. In Zeitlupe hob sich die Maschine vom Boden, hing einen Augenblick in der Luft, schwenkte herum und sauste tief über den harten Boden, in den dunstigen Morgen hinein.

Anderson blieb am Fenster, verfolgte den fliehenden Punkt, der schnell entschwand. In seinem Innern spürte er eine seltsame Erregung, ein Zittern, das sich nicht allein aus der Kühle erklären ließ. Der Traum hatte ihn aufgewühlt, drohend stand die Giftnatter vor seinem geistigen Auge.

Er sah die biegsame Gestalt Sewes, die ausharrte, bis sich

der Hubschrauber im Himmel aufgelöst hatte und George in die Lodge zurückgegangen war. Sie hatte sich eine Decke übergeworfen, blaurotes Tuch in den Farben der Massai. Leicht bewegten sich die Zipfel im Morgenhauch.

Anderson spürte, dass ihn dieser Anblick beruhigte. Stille senkte sich in sein Hirn, das hektisch geflimmert hatte. Der Druck wich von der Brust, sein Atem wurde gleichmäßig. Er spürte die Zuversicht, die von diesem Bild ausging. Die junge Frau war das archaische Symbol der Hoffnung, die den Menschen am Leben erhält. Miller würde es schaffen, bestimmt. Bestimmt war er bald wieder auf dem Damm.

4. Kapitel

Isaak hatte den Jeep aus der Garage geholt, mit bulliger Schnauze, viel wendiger als der Landrover. Mit der Sonne war Dunst aufgestiegen, der lange an der Erde klebte. Nur zögernd klarte es auf. Während der Fahrt vom Ngorongoro in die Serengeti vermischten sich Staub und Tau zu einer schmierigen braunen Schicht, die sich fest auf die Haut legte, hartnäckig juckender Schleim, in den der Schweiß helle Spuren fraß. Anderson erinnerte sich nicht, jemals so geschwitzt zu haben wie an diesem Morgen. Obendrein war ihm in der Eile des Aufbruchs entfallen, seine Flasche mit frischem Wasser aufzufüllen. Er hatte Leitungswasser verwendet, schon nach einer halben Stunde roch es faulig. Er musste bis zum nächsten Rastplatz warten, wo er einen Kocher aufbauen konnte, um es zu erhitzen. Die Sonne drückte auf das Jeepdach, auf seine Schädeldecke und auf seine Gedanken. Die Zuversicht war verdampft, er fühlte sich zerschlagen. Er versuchte, sich auf der Rückbank auszustrecken. Sein Haupt ruhte auf dem harten Türgriff, seine Beine stießen gegen das Wagenfenster. Wenn er den Kopf hob, flog draußen die verdorrte Savanne vorbei, spiegelglattes Land mit einsamen Baumskeletten, unter denen durstige Rinder lagerten. Die Hitze ließ den Boden flimmern. In der Ferne glänzte ein See oder ein Meer, aber das war eine optische Täuschung. Isaak drehte die Klimaanlage auf. Ihr eisiger Hauch strich Anderson über den Arm. Er setzte sich auf, sah ein Schild an einer Kreuzung, von der eine graue Piste ins Nichts führte: Olduvai.

„War der Professor in guter Verfassung?", fragte er.

„Den Umständen entsprechend", antwortete Sewe ausweichend. Sie saß vorn neben Isaak. Ihre Blicke kreuzten sich im Rückspiegel. „Ich habe ihm ein Beruhigungsmittel gespritzt, damit er während des Fluges keine Schwierigkeiten macht."

„War er bei Bewusstsein?"

„Ja."

Neben der Straße türmten sich Sukkulenten. Eine Herde Zebras trottete mit gesenkten Köpfen. Hütten kamen in Sicht, eine kreisrunde Boma. Dorniges Gestrüpp war aufgeschichtet, zum Schutz vor Raubtieren. Die geduckten Lehmhütten waren schwarz wie nach einem Steppenbrand. Nackte, dunkelhäutige Kinder mit aufgeblähten Bäuchen trieben Ziegen zur Straße. Sie trugen rote Umhänge, in den kleinen Fäusten hielten sie schmale Knüppel. Zwischen den Hütten hockten knochige Frauen mit ausgezehrten Brüsten. Sie schälten Wurzeln.

„Halten Sie an", bat Anderson. „Ich möchte das Dorf sehen."

Isaak nahm Gas weg und steuerte zur Boma. Ein hagerer Mann mit silbrigem Flaum auf dem Schädel trat ihnen entgegen. Er hatte eine prächtig bestickte Decke über die knochigen Schultern geworfen. Trotz seines hohen Alters war sein Gang fest und sicher. Als Sewe aus dem Jeep stieg, lächelte er mild und grüßte:

„Jambo, Meri!"

Sewe lächelte. Eine lärmende Kinderhorde stürzte aus den Hütten, scharte sich sofort um die junge Frau. Als Anderson ausstieg, konnte er sich des Ansturms der Rotznasen kaum erwehren. Er nickte dem alten Massai freundlich zu, an jeder Hand drei schwarze Nackedeis mit dicken Fliegen im Gesicht.

„Ich möchte mich im Dorf umsehen", fragte er. „Ist das in Ordnung?"

Sewe nickte.

„Gehen Sie nur. Wir warten hier."

Die Kinder zogen Anderson in die Boma. Nirgends sah er Pflanzen oder ein Beet. Ziegen meckerten. Vorsichtig betrat er eine Hütte. Er musste sich bücken, denn der Türsturz hing tief. In dem Lehmbau war es stockfinster. Es roch stechend, nach saurem Urin. Obwohl die Sonne draußen ohne Gnade prasselte, war es drinnen angenehm kühl. Mühsam tastete er sich vorwärts, über kühle Decken, über einen Tonkrug, über Stäbe. Plötzlich berührte er einen dürren Arm. Hohles Stöhnen drang aus der Dunkelheit. Erschrocken murmelte Anderson eine Entschuldigung und flüchtete ins Freie. An seinen Stiefeln klebte Kot. Tsetsefliegen umsurrten ihn wie ein Wespenschwarm. Die Fliegen waren überall: auf den Kindern, auf dem Lehm und auf den stinkenden Pfützen neben den Hütten. Sie wimmelten auf den Frauen, die bei den Wurzeln saßen und aus deren Augen weißliches Sekret quoll.

„Flussblindheit", erklärte Isaak, einen kahlköpfigen Dreikäsehoch auf dem Arm. „Es ist ein Fluch. Das schlechte Wasser zieht die Seuchen an. Man kann nichts tun."

„In der Hütte war es trocken und kühl."

„Das haben die Massai von den Termiten gelernt. Der Lehm kühlt die Wände. Doch um eine solche Hütte zu bauen, braucht man Wasser, viel Wasser. Es hat in den letzten Jahren kaum geregnet. Viele Bomas sind verfallen."

„Wohin gehen die Leute, wenn es kein Wasser mehr gibt?"

„Das weiß niemand. Das will niemand wissen. Jeder hat seine eigenen Probleme."

„Der Professor erzählte mir, dass Ihr Vater ein Massai gewesen ist. Sind Sie in einer Boma aufgewachsen?"

„Ich erinnere mich nicht daran."

Isaak setzte den Jungen auf die Erde. Er sagte etwas zu ihm, was Anderson nicht verstand. Der Junge flitzte zu einem kleinen Verschlag hinter der Hütte. Als er zurückkam, hielt er einen langen Jagdspeer in der Hand. Isaak nahm die hölzerne Waffe.

„Mit solchen Speeren gehen die Massai noch heute auf Löwenjagd, wie vor tausend Jahren. Wenn eine Boma unbewohnbar wird, ziehen sie weiter. Sie dürfen sich frei bewegen, sogar über die Grenze nach Kenia. Die Regierung garantiert ihnen dieses Recht. Das ist der Preis dafür, dass sie stillhalten. Niemand will die Massai zum Feind haben. Sie kennen dieses Land genau. Wozu sich also Sorgen machen, wenn sie eine Boma aufgeben oder sterben? Das ist der natürliche Lauf der Dinge."

„Man könnte Brunnen bohren und feste Siedlungen bauen."

„Oder das Wasser mit großen Tankwagen heranschaffen, wie es die Vereinten Nationen bei den Turks in Kenia versuchen. Wenn die Regenzeit die Straßen unpassierbar macht, werfen sie die Kanister aus Hubschraubern ab. Die früheren Nomaden leben heute in riesigen Lagern. Die Männer drehen Däumchen, saufen billigen Fusel. Die Frauen besuchen Kurse, damit sie besser verhüten, damit sie nicht mehr so viele Kinder in die Welt setzen, die wegen Aids zu Waisen werden oder vor die Hunde gehen. Meinen Sie diese Lösung?"

„Da ist viel schiefgegangen", widersprach Anderson schwach.

Isaak redete weiter.

„Die Massai blieben von diesen Segnungen bislang verschont. Ihr Leben folgt allein dem Rhythmus hier draußen. Es hat alles seine Ordnung, wie es ist."

„Man könnte wenigstens medizinische Stationen einrichten."

„Mister Anderson, sehen Sie den alten Chief dort? Er ist ein stolzer Häuptling, denn er gebietet über fünfzehn Dörfer im Umkreis von fünfzig Kilometern. Zu diesen Bomas gehören rund vierhundert Rinder und zweihundertfünfzig Ziegen. Er ist ein reicher Mann, der gut für seine Leute sorgt. Bis zum Victoriasee gilt er als gütiger Mensch, als weiser Richter, an den sich die Leute wenden, damit er ihre Streitigkeiten schlichtet. Er braucht Ihre Hilfe nicht, wirklich nicht."

Isaak hatte ruhig gesprochen, ohne Vorwurf. Zu oft hatte er solche Vorschläge gehört, von Touristen, die auf der Durchreise zur Serengeti einen Halt einlegten. Einmal hatte Isaak einen freundlichen Arzt begleitet, der in Tansania seine Ferien verbrachte. Der Mediziner wollte alle Kinder in der Boma sogleich gegen Tetanus impfen, gegen Poliomyelitis und gegen Hepatitis. Er habe genug Ampullen, wie er sagte. Da hatte ihn Isaak sanft bei der Hand genommen und zum Bus zurückgeführt. Die Ampullen schenkte er später dem Krankenhaus in Arusha.

Isaak ging zum Häuptling und sprach kurz mit ihm. Der Chief kam zu Anderson, hielt ihm den Speer hin, milde lächelnd. Er zeigte Anderson, wie man die Waffe in drei handliche Teile zerlegt: in zwei geschmiedete Spitzen und das harte, glatte Griffstück aus Holz. Mit Bast wickelte er das Päckchen zusammen. Dann grüßte er freundlich und geleitete seine Besucher zur Pforte. Dort blieb er stehen und schaute seinen Gästen zu, die in den Wagen stiegen. Heiser fauchte der Motor. Gemächlich rollte der Jeep zur Straße, johlende Kinder im Schlepp. Anderson hatte seinen Platz auf der Rückbank eingenommen. Er sah die Kinder, sie schrumpften im Staub und winkten lange. Hinter ihnen stemmte sich der Ngorongoro gegen schwere Wolken.

Die Savanne lag offen, karg und leer. Langsam stieg die endlose Ebene zu den Hügeln von Naabi an, wo das Gras dichter und saftiger wuchs. Der Wagen stoppte an einem Schlagbaum. Zwei Ranger mit Maschinenpistolen liefen um den Jeep herum. Nach kurzen Verhandlungen hoben sie die Schranke. Der Wagen fuhr in jenen Teil der Serengeti ein, der zum Schutzgebiet gehörte. Mit einem Mal standen Gnus und Zebras dicht beieinander. Flinke Thompson-Gazellen jagten über das grasige Land. Isaak verließ die Straße. Er fuhr auf einem sandigen Streifen weiter, der sich durch flaches Terrain schlängelte. Felsengruppen kamen in Sicht, die Kopjes von Gol, haushohe Granitmonolithen, die tief ins

Grundwasser griffen. Aus ihren Klüften sprossen saftige Büsche. Wie Klippen erhoben sich diese Kopjes über den grasigen Ozean. Auf einem breiten Plateau erkannte Martin Anderson ein Löwenrudel mit vier ausgewachsenen Weibchen und zahlreichen Jungtieren, die sorglos zwischen ihren Müttern tollten. Eine Löwin wachte am Rand der Klippe. Sie beobachtete die Antilopen in der Savanne: Wie sie vorüberzogen, wie sie unablässig dem Gras folgten, eine sanfte Welle unter dem glühenden Sonnenrad. Die Löwin hatte das Maul leicht geöffnet. Ihr Atem ging stoßweise. Ihre gelbe Iris schimmerte wie klares Harz.

„Diese Kopjes könnten den Frühmenschen als Siedlungsplätze gedient haben", flüsterte Sewe. „Wir haben Anhaltspunkte, wonach sie den Leoparden und Löwen die Beute stahlen und hier in Sicherheit brachten. Aas ist leicht zu finden. Man muss nur den Geiern folgen. Ohne tierisches Protein wäre das schnelle Wachstum des Hirnvolumens bei den frühen Menschen nicht zu erklären. Später gingen die Australopithecinen selbst auf die Jagd, mit Waffen aus Holz und Knochen."

Anderson beobachtete die Löwin. Er fühlte Respekt vor diesem herrlichen Tier, vor seiner Kraft und seinen unberechenbaren Launen, die es bei Hunger in eine furchtbare Bestie verwandeln. Dann frisst sie sich bis zu den Schultern in ihre Beute hinein, ein über die Flanken blutiger Todesengel. Vielleicht, dachte er, liegt darin ein Grund, warum die Frühmenschen aus Ostafrika auszogen. Furcht ist ein starkes Motiv, die Furcht vor solchen Bestien, die den Tod bringen. Hoffnung ist auch ein starkes Motiv: die ewige Hoffnung auf ein Leben ohne Angst, an einem sicheren Ort.

Anderson dachte daran, wie er an der unwirtlichen Küste von Grönland gehockt hatte, im Winter, als die See brüllend auf die Felsen schlug. Eis trieb auf den gläsernen Wellen, jede Scholle so groß wie ein Tankschiff. Mit spitzen Eispickeln attackierte der Sturm das Zelt, in dem Anderson hockte, beim Licht einer Petroleumfunzel. Der Orkan heulte wie ein Rudel hungriger Wölfe. Manchmal prallte eine besonders bittere Bö gegen die Zeltwände. Dann zitterte die kleine Flamme der rußenden Leuchte. Das Zelt war eine Spezialanfertigung aus Norwegen. Schwere Holzbohlen stützten den leichten Aluminiumrahmen, mit speziellen Heringen gut drei Handbreit im felsigen Grund verankert. Die Plane bestand aus kältefestem Kunststoff, mit Metallgewebe verstärkt. Im Innern war sie mit einer saugfähigen Textilschicht überzogen, die das Kondenswasser aufnahm, um die Eisbildung zu verhindern. Dieses Zelt war eine wetterfeste, warme Höhle für polare Expeditionen. Dennoch befiel Anderson die schleichende Angst, den Unbilden der Natur ausgeliefert zu sein. Während er schrieb, glitten seine Gedanken ab. Immer wieder erhob er sich, um die Planen zu prüfen und dem heulenden Sturm zu lauschen, der manchmal einen krachenden Donner übers Meer schickte. Im Schlaf sah er tatsächlich Wölfe um sein Zelt streichen, riesige, zottige Kreaturen, gierig hechelnd. Das war irrational, denn auf Grönland sind Wölfe sehr selten, nicht heimisch. Die wirkliche Gefahr geht von den Bären aus, die lautlos wie Schatten aus dem Schnee steigen, um ihre Opfer zu reißen. Den Winter verbringen sie schlafend, zusammengerollt in eisigen Höhlen.

Die Monster in seiner Fantasie waren die Antwort seines Gehirns auf den latenten Druck dieser Tage, in denen er niemals wirklich entspannt war. Die unerklärliche, unfassbare Bedrohung, die von den tobenden Elementen ausging, bekam ein Wolfsgesicht.

Später, als er die Zeichnungen der Insulaner und ihre alten Sagas nach Anhaltspunkten für Eiriks Hafen durchforstete, kehrte die Angst aus den stürmischen Winternächten zurück. Nun verstand er, dass Eirik über den Nordatlantik geflüchtet war.

Dieser bärenstarke Isländer suchte sein eigenes kleines Paradies, einen Ort, an dem er leben konnte. Nicht nur überleben, im harten Kampf gegen die Natur und gegen die Clans auf Island. Sondern in Würde, in Ruhe, in Frieden. Wie insgeheim jeder Mensch, auch Aaron Miller, und auch du, Martin Anderson. Für dich war es ein großer Aufbruch gewesen, nach Grönland zu gehen. Allen Zweiflern zum Trotz hast du Eiriks Hafen gefunden. Das war ein Erfolg, ein unglaublicher Erfolg. Bist du nun zufrieden? Hast du gefunden, was du suchtest? Du hast eine Frage beantwortet, eine einzige, im Grunde unbedeutende Frage. Sofort türmten sich neue Fragen auf, bohrten in der rastlosen Seele. Es kommt dir vor, als hättest du nicht einen einzigen Schritt getan.

„Sewe", sagte er leise. „Ich bin ratlos. Es ist alles so verwirrend."

Sie drehte sich zu ihm um. Tiefe Schatten lagen unter ihren Augen.

„Grübeln Sie nicht, Martin. Genießen Sie den Augenblick."

„Das ist schwierig."

„Ich möchte rauchen", sagte sie. „Teilen wir uns einen Joint?"

Isaak ließ den Jeep rollen. Die Löwin auf dem Felsen wandte den Kopf. Jetzt konnte Anderson geradewegs in ihre ausdruckslosen Pupillen sehen, in eine rätselhafte Leere. Sewe drehte eine Zigarette. Als sie den Tabak entzündete, verbreitete sich süßlicher Qualm. Sie reichte den Stängel nach hinten. Anderson nahm einen langen Zug. Das aromatische Kraut belebte ihn. Augenblicklich wich die Last von seinem Hirn. Er gab Sewe die Zigarette zurück und schaute zu der Löwin. Dieses Mal erkannte er hinter den beiden Bernsteinpforten den ganzen großen Garten des Lebens. Dieses Wesen war weder Teufel noch Gott. Es war beides in einem, ein unteilbares Geschöpf, starker Statthalter einer ewigen Macht, und das Tier wusste es. Sein Wissen stammte aus einer Zeit, als es noch keine Zweifel gab, nur den einzigen, kurzen Augenblick zwischen der Vergangenheit und dem, was da kommen würde. Es war die Zeit vor der Suche, vor der rastlosen Wanderung, als die Dinge im ewigen Gleichmut schwangen, wie der Motor des Jeeps. Durch das Rückfenster konnte Anderson sehen, dass sich die Löwin auf den Steinen niederlegte. Aufmerksam spähte sie über die Ebene, eine mächtige Sphinx über der grünen Polis.

Lange fuhr Isaak über staubige Pisten, lange schaute Anderson auf die Serengeti. Zebras gerieten in sein Blickfeld, blieben zurück und verschwanden. Störrische Gnus schüttelten ihre Häupter. Auch sie schrumpften und verschmolzen mit dem Staub hinterm Wagen. Graziöse Giraffen schritten übers Gras. Gerade fielen ihre Hälse und Rücken bis zur Schwanzquaste hinab. Ihre langen Beine griffen weiten Raum. Der Jeep hielt nicht. Auch die Giraffen verschwanden im Dunst. Immer mehr Tiere sammelten sich rechts und links des Sandstreifens, argwöhnisch auf den Wagen äugend. Isaak musste bremsen, weil die Leiber den Weg versperrten. Beinahe unmerklich hatte sich die Steppe gefüllt. Als wäre er aus einem Tagtraum erwacht, erkannte Anderson, dass sich Tausende und Abertausende Antilopen sammelten. Dieser Teil der Serengeti war schwarz von stampfenden Herden, der grasige Ozean war einem Meer dunkler, brüllender und schwankender Leiber gewichen. Isaak drosselte das Tempo. Blökende Kälber flüchteten vor dem Jeep, der sich mühsam eine schmale Gasse durch die staubige Masse bahnte. Eindringlicher Gestank drückte durch die Klimaanlage. Schwitzend rührte Isaak im Getriebe. Abwechselnd gab er Gas oder trat auf die Bremse. Baracken kamen in Sicht, zwischen breiten Akazien und hohen Büschen. Ihre Dächer glänzten in der Sonne. Die flachen Gebäude standen wie in einer Manyatta oder einem Fort. An der Zufahrt wachte ein Ranger. Er nickte Isaak zu und hob den Schlagbaum. Langsam rollte der Jeep auf dem Hof aus, neben einem bulligen Lastkraftwagen, der im Schatten unter einer dicht belaubten Krone parkte.

Aus dem größten Haus kam ein breitschultriger Afrikaner in hellem Khaki. Sewe und Isaak stiegen aus. Gegen diesen Baum von einem Menschen wirkten sie wie Halbwüchsige. Der Riese lachte. Seine mächtigen Pranken schüttelten Sewes zierliche Hände. Als Anderson aus dem Wagen kletterte, dröhnte er:

„Willkommen bei den Wildhütern! Darf ich Sie auf einen Kaffee einladen?"

Freundlich schüttelte er auch Anderson die Hand, ein überraschend sanfter Druck an den Fingern. Danach geleitete er seine Gäste ins Haus, in dem es angenehm kühl war. Leise schwang die Luft, trug ferne Vibrationen von den Hufen und Kehlen der Antilopen heran. Anderson hatte einmal mehr das Gefühl, an der Küste zu sein, in einem Haus hinter den Dünen, wo die tobende Brandung zu beruhigendem Säuseln gerinnt. Nach den Stunden im Jeep erschien ihm die Aussicht auf einen Kaffee wie ein Schluck reinen, kalten Wassers. Sie setzten sich an einen langen Tisch. Der Riese baute sich vor einer großen Wandkarte auf. Sie zeigte das ausgedehnte Gebiet der Serengeti zwischen den zerklüfteten Ufern des Victoriasees und dem Ngorongoro, im Norden begrenzt durch den schwarzen Balken der kenianischen Grenze, im Süden durch das blasse Band des Eyasi-Sees. Der Wildhüter wies auf eine Kreuzung gelber Linien fast in der Mitte des Schutzgebietes.

„Das ist unsere Station, das Hauptquartier der Ranger", erklärte er. „Hier treffen sich die wichtigsten Routen." Lässig fuhr seine Hand über mehrere Punkte am Rand der Schutzzone. Sie waren rot markiert. „Das sind unsere Außenposten. Sie liegen in der Regel an besonders kritischen Stellen wie an der Grenze oder bei den Camps für die Touristen. Sie müssen wissen, wir führen hier einen Krieg. Gegen die Wilderer, gegen marodierende Banden, die aus Uganda kommen, oder gegen Clans, die es auf die

Touristen abgesehen haben." Seine Finger schrieben einen Kreis, dessen Mittelpunkt im nördlichen Teil der Serengeti lag. „In diesem Gebiet sammelt sich derzeit das Wild. In wenigen Tagen beginnt die große Wanderung, die Migration. Dann ziehen die Herden nach Norden, ins Schutzgebiet der Masai Mara auf der kenianischen Seite. Wenn die Trockenheit vorüber ist, ungefähr im November, kehren sie zurück."

„Wie viele Tiere sind das?", wollte Anderson wissen.

„Während unserer letzten Erhebung zählten wir eineinhalb Millionen Gnus, vierhunderttausend Thomson-Gazellen und gut zweihunderttausend Zebras. Das gibt ein ordentliches Gedränge, nicht wahr?" Er lachte wieder, bis in die Augen. „Wenn Sie wollen, fahren wir zum Fluss Grumeti und sehen uns ein wenig um." Er zeigte auf eine dünne, blaue Linie, ein Stück südlich der Grenze nach Kenia. „Dort stauen sich die Herden, bis sie auf einen Schlag losbrechen. Haben Sie Zeit? Wir könnten vor Sonnenuntergang in der Lodge in Lobo sein. Ich habe dort ohnehin einiges zu erledigen."

Anderson zögerte, aber Sewe nickte.

„Das wäre wundervoll, Michael", sagte sie zu dem Riesen. „Ich hoffe, wir machen Ihnen keine Umstände."

„Keineswegs. In Lobo warten ein paar Hoteliers auf mich, wegen der neuen Landebahnen für die Shuttles nach Arusha. Wir könnten das Angenehme mit dem Nützlichen verbinden."

Ohne ein weiteres Wort lief er aus dem Zimmer. Draußen schallte seine Stimme über den Hof. Anderson sah durch das Fenster, wie er mit einem schmächtigen Mechaniker in blauem Overall sprach.

„Michael Onuwa ist seit fünfzehn Jahren der oberste Wildhüter im Serengeti District", sagte Sewe neben ihm. „Keiner kennt das Schutzgebiet besser als er."

Anderson trat an die Karte. Er musterte die farbigen Zeichen, die sich um den Ngorongoro-Krater häuften. Von dort wanderte sein Blick die gelbe Straßenschlange entlang zum Hauptquartier der Ranger, zum Camp der Zoologen und zur Lodge von Seronera. Diese Straße setzte sich fort bis zur weitläufigen Speke-Bucht, einer gierigen, Land leckenden Zunge im Südostufer des Victoriasees. Lobo lag im Norden, keine Stunde vom Grumeti entfernt. Er versuchte, die Strecken zu schätzen. Das Ergebnis überraschte ihn: Die Savanne zwischen den großen Vulkanen am südlichen Ausläufer des Rift Valley und dem Victoriasee war größer als Holland. Sie war ein offener, grasiger Subkontinent.

„Es ist alles vorbereitet, wir können sofort starten", hörte er den Riesen sagen, der wieder in den Raum gekommen war. Er stiefelte zu Anderson an die Karte und fragte:

„Suchen Sie etwas Bestimmtes? Kann ich Ihnen helfen?"

„Sagen Sie, Laetoli, wo liegt das?"

Michael tippte auf ein grünes Sternchen neben der blauen Wasserfläche des Eyasi-Sees.

„Auf diesem Plateau. Es ist sehr trocken, uralte Asche vom erloschenen Vulkan Sadiman. Eine Verwerfung trennt es vom See."

„Waren Sie schon mal dort?"

„Ja, vor einigen Monaten. Mit Aaron Miller."

Verwundert schaute ihn Anderson an.

„Mit Professor Miller?"

„Genau. Er wollte seine Theorie überprüfen."

„Welche Theorie?"

„Ich bin mir nicht sicher, wie fest umrissen seine Gedanken waren, aber er suchte vor allem nach alten, ausgetrockneten Wasserläufen." Onuwa strahlte wieder. „Davon gibt es in der Serengeti jede Menge."

Andersons Blick glitt zu Sewe. Zögernd erläuterte sie:

„Aaron war der Ansicht, dass wir die Entwicklung des Menschen in einem völlig neuen Licht betrachten müssen. Er hatte Ihre Aufsätze über die Lagerplätze der Wikinger auf Grönland gelesen. Man kann davon ausgehen, dass auch die Frühmenschen die Bedeutung von Wasserlöchern, Bächen und Seen kannten, genau wie jede Antilope und jeder Büffel. In seichten Gewässern finden sich Fische, Krebse oder anderes Getier, die sich ziemlich leicht einsammeln oder fangen lassen. Ohne dieses tierische Protein hätte das Gehirn niemals so schnell und vor allem so stark wachsen können. Erst dadurch erhob sich der Mensch aus dem Tierreich. Das ist bisher ein ungelöstes Rätsel der Evolutionsforschung."

„Und die Jagd auf Wild?", fragte Anderson. „Vorhin erwähnten Sie Aas als mögliche Nahrungsquelle."

„Aas kann nur eine Ausnahme gewesen sein. Denn das Fleisch verdirbt innerhalb weniger Tage. Oder es wird von Raubtieren, Geiern und Ameisen vertilgt. Die Jagd war damals eine sehr gefährliche und aufwendige Angelegenheit. Es ist viel einfacher, Muscheln, Frösche oder Schnecken zu sammeln. Selbst wenn das Wasser in der Trockenzeit versiegt, findet sich im Schlamm manche Delikatesse."

„Wir wissen beispielsweise, dass bestimmte Affenarten wie die Paviane oder Schimpansen gelegentlich am Ufer unterwegs sind, um nach Futter zu suchen", warf Onuwa ein. „Aaron wollte es mit eigenen Augen sehen. Aber es gibt noch ein zweites wesentliches Argument: Im Laufe seiner Menschwerdung hat sich der vorzeitliche Affe aufgerichtet. Wenn Affen ins Wasser gehen, manchmal bis zur Brust, erheben sie sich gleichfalls auf ihre Hinterbeine."

„Soweit ich informiert bin, war der aufrechte Gang notwendig, um in der Savanne den Überblick zu behalten", grübelte Anderson. „Um im hohen Gras Ausschau nach Raubtieren und Jagdbeute zu halten."

„Haben Sie schon einmal einen Löwen im Gras gesehen?",
fragte ihn der Ranger.

„Ja, gestern."

„Und? Was haben Sie gesehen?"

„Nicht viel. Nur die Augen und die Ohren."

„Dann waren Sie ziemlich nah dran. Ohne Wagen hätten Sie
keine Chance gehabt, der Katze zu entkommen, zumal Sie der
Löwe auf größere Entfernungen viel besser ins Visier nehmen
kann, so hoch, wie Sie das Gras überragen. Gelegentlich erheben sich die Paviane aus dem Gras, doch nur, um sich möglichst
schnell wieder auf ihre vier Beine herabzulassen. Sie bleiben niemals länger aufgerichtet als unbedingt notwendig. Ich will Ihnen
noch ein weiteres Argument anbieten: Wenn es einen Vorteil in
der Evolution böte, aufgerichtet durch die Savanne zu schreiten,
warum tat es dann nur der Mensch?"

„Ich weiß nicht, Michael. Vielleicht weil er auf zwei langen
Beinen schneller laufen kann."

Onuwas Lachen dröhnte durch den Raum.

„Mister Anderson, ich gehe jede Wette ein, dass Sie im Sprint
einem galoppierenden Pavian oder einer Raubkatze hoffnungslos
unterlegen sind. Abgesehen davon, dass Sie im hohen Gras der
Savanne niemals die volle Geschwindigkeit entfalten können.
Nein, ich glaube, dass Aaron auf der richtigen Fährte war. Der
aufrechte Gang, die hohen Beine und der im Vergleich zu den
anderen Großaffen recht plumpe Fuß des Menschen dienten wo-
möglich einer watenden Bewegung in flachem Wasser, zumindest
über einen längeren Zeitraum."

Erneut wandte sich Onuwa zur Karte.

„Vor uns liegt das Relief, wie wir es heute sehen. Vor drei oder
vier oder sechs Millionen Jahren waren die Ebenen von deutlich mehr und vor allem reicheren Wasserläufen durchzogen, die

überdies von ausgedehnten Galeriewäldern gesäumt wurden. Wo sich heute Savanne dehnt, herrschte seinerzeit eine Mischung aus Wald, Flüssen und Grasland. Es gibt viele Argumente, die für Aarons Überlegungen sprechen."

„Er wollte es Ihnen zeigen, Martin", ließ sich Sewe vernehmen. „Leider konnte er uns nicht begleiten."

Motorengeräusche drangen herein, ein Landrover schob sich vors Fenster, Autotüren klappten. Der Riese wandte sich an Sewe und Isaak.

„Der Wagen steht bereit. Wir können unser Gespräch während der Fahrt fortsetzen."

***

Auf dem Weg nach Lobo drängten sich die Herden immer dichter: stampfende Leiber, scharrende Hufe, dampfende Nüstern. Endlose Karawanen von Gazellen, Zebras und Impalas wälzten staubige Fährten über die Serengeti, als wären sie Treibgut in einem kochenden Strom. Über den braunen Körpern erhoben sich Schwärme kleiner Vögel. Bis zum Horizont sammelten sich die Herden, vom gierigen Brummen der Tsetsefliegen begleitet. Die Ebene bei Lobo war dunkel von den Tieren. Kaum eine Stelle freien Grases blieb sichtbar. Büffel gruben ihre Spuren in den harschen Boden. Wie Rammböcke ragten Elefanten aus dem Aufmarsch. Wunderschöne Buschböcke weideten unter den Akazien, deren Kronen von der Last unzähliger Geier ächzten. Aufgeregt blökten die Kälber der Gnus. Schwarze und weiße Störche stakten zwischen den Büschen am Rand der Schotterpiste, über die der Wagen schoss. In langen Bodenwellen stieg die Steppe zu sanften Hügeln auf. Dann bog der vorausfahrende Landrover von der Straße ab, in zerklüftetes Gelände mit Sisalstauden zwischen sandigen Felsen. Sie erreichten eine flache Schlucht, die der Grumeti in die Ebene gesägt hatte. Dieser Seitenarm war trocken, seine Schlammkruste ausgedörrt und hart wie Beton. Die Fahrzeuge schoben sich ins Tal, wo der Grund feucht und sumpfig wurde. Bald gerieten die ersten Schlammlöcher unter die Reifen. Immer tiefer hatte sich der Grumeti in die lockere Deckschicht der Savanne gefressen. Sechs Meter über dem Jeep hoben Elefanten ihre Rüssel in die Bäume. Sie rissen grüne Zweige ab, mit Blättern rau wie Sandpapier. Die Kolonne stoppte. Die Elefanten zerrten an den Büschen. Michael sagte:

„Kommen Sie, den Rest gehen wir zu Fuß."

Er schulterte einen Karabiner. Drei Ranger entstiegen dem Landrover. Einer setzte sich auf den Kühler und beobachtete aufmerksam die graubraunen Kolosse. Isaak blieb ebenfalls am Wagen. Sewe nahm ihre Kamera zur Hand, sie schlossen sich der kleinen Gruppe an. Zwei Ranger sicherten den Weg, Michael lief zwischen Sewe und Anderson. Der Boden war schlüpfrig. Eine Puffotter floh von den warmen Steinen ins Unterholz. Kurz darauf trottete ein Stachelschwein über den Hang. Oben standen jetzt Büffel, streckten witternd ihre roten Schnauzen in die Luft.

„Sie können uns nicht sehen, wohl aber riechen", flüsterte Michael. „Sie sind unruhig, denn bald beginnt die große Wanderung."

Nach der nächsten Biegung machten sie halt. Schlammiges Wasser füllte den Talgrund. Michael wies auf einen entwurzelten Baumstamm am Ufer. Dahinter ruhte ein zweiter Stamm, ungleich schmaler.

„Sehen Sie, dort. Das ist ein junges Krokodil."

Anderson spähte hinüber. In diesem Augenblick regte sich der kleine Stamm und schob sich zum Wasser. Zwei Meter mochte das Reptil messen. Es hinterließ eine breite Sandspur, bevor es im Wasser verschwand. Nicht einmal die Augen schauten aus der unergründlichen Lache. Michael führte die Gruppe hinter einen Felsblock. Warnend legte er den Finger an die Lippen. Es vergingen keine zehn Minuten, als ein Pavian aus dem Schatten der Büsche trat. Unablässig äugte er über das Wasser, tastete sich argwöhnisch näher, kein Auge von der schlammigen Brühe lassend. Zögernd senkte er seine Schnauze, um zu trinken. Gebannt sah Anderson, dass sich ein kaum sichtbarer Wirbel dem Affen näherte. Doch bevor das Krokodil sein Opfer erreicht hatte, erscholl eindringliches Gezeter von der Uferböschung, wo weitere Paviane hockten. Kreischend floh der Affe von der Wasserkante. Michael Onuwa legte seine Hand auf Andersons Arm.

„Sehen Sie, das war eine kleine Lehrstunde der Evolution. Der Affe am Wasser konnte nicht sehen, was sich unter der Oberfläche verbirgt, denn der Spiegel reflektiert das Licht vollständig. Aus einem flachen Winkel betrachtet, wird er undurchdringlich. Wenn Sie höher stehen, können Sie tiefer blicken. Auch das könnte ein Grund sein, warum sich der watende Frühmensch aufgerichtet hat. Es verbessert die Sicht auf die Krokodile, die unter den Raubtieren mit Abstand die verschlagensten und gefürchtetsten Bestien sind. Wir haben am Grumeti einige Exemplare, die sechs Meter messen."

„Warum meinen Sie, dass Krokodile gefährlicher sind als Löwen?"

„Zum einen, weil sie auch am Tag zuschlagen. Die Löwenrudel gehen meist nachts auf die Jagd, wenn sich der Frühmensch in den Schutz seiner Höhle oder seiner Horde zurückzog. Außerdem jagen Krokodile unabhängig davon, ob sie hungrig sind. Ein satt gefressener Löwe wird Sie ignorieren. Krokodile fangen ihre Beute gelegentlich auf Vorrat und vergraben sie im Schlamm. Haben Sie schon einmal überlegt, warum viele Menschen trübes Wasser als bedrohlich empfinden? In der Serengeti gibt es kaum klare Gewässer. An den schlammigen Bächen und Tümpeln regieren die Echsen."

Anderson wollte das Gespräch fortsetzen, doch erneut legte Michael einen Finger auf die Lippen und deutete zum Ufer. Eine prächtige Elenantilope schob sich durch die Büsche, mit schlankem Hals und wohlgeformten Ohren. Sie hielt einen Moment inne, bevor sie die Lippen zur Tränke senkte. Sie hatten den Spiegel noch nicht berührt, als plötzlich ein riesiges Reptil aus dem Schlamm schoss. Wie eine Peitsche fegte das Ungetüm zum Ufer, schnappte nach der Kehle seines Opfers. Instinktiv prallte die Antilope zurück, machte einen meterhohen Satz in die Luft und jagte die Böschung hoch, weiße Angst in den Augen. Das Krokodil maß gut fünf Meter. Einem tödlichen Blitz gleich setzte es der Antilope nach, die verzweifelt versuchte, über den steilen Hang zu entfliehen. Der glitschige Untergrund rutschte unter ihren Hufen weg, brach in dicken Schollen ab. Ihr massiger Körper auf den dünnen Stelzenbeinen sank zum Ufer zurück. Die Kinnladen des Reptils öffneten sich wie ein Sarg. Mit schrillen Schreien beklagte die Antilope ihr Schicksal. Das Krokodil erwischte ihre Hinterläufe und zog sie unerbittlich zum Wasser, das vom Kampf grau schäumte. Der Todesschrei der Antilope erstickte im Gurgeln. Jetzt packte die Echse ihre Kehle, in die braungraue Soße des Flusses mischte sich kräftiges Rot. Die Antilope und das Krokodil versanken im Schlamm. Das Wasser glättete sich. An der Graskante drängten sich die Antilopen und die Büffel und die Elefanten, als sei nichts geschehen. Und tatsächlich: Es war nichts geschehen, nichts, was nicht schon immer geschah und immer aufs Neue passieren würde. Onuwa stand auf, um sich Staub von der Hose zu schlagen.

„Die Krokodile sind ausgehungert", erklärte er. „Dieses reichhaltige Büfett bietet sich ihnen nur zweimal im Jahr. Wenn die Herden über den Fluss gehen."

Anderson spürte eine zittrige Anspannung in den Schenkeln. Ein leiser Pfiff glitt von seinen Lippen.

„Was für ein Schauspiel!"

„Die Antilope hatte Pech, aber das ist das Gesetz der Serengeti", bekräftigte Michael auf dem Weg aus der Schlucht. „Haben Sie gemerkt, dass die Antilope auf eigene Gefahr zum Wasser ging? Keine andere Antilope stand bereit, um sie zu warnen. Kollektive Fürsorge gibt es nur bei den Affen. Seltsam, nicht wahr? Dabei kann man die gierige Nervosität der Krokodile förmlich riechen. Ich vermute, es war eine junge, unerfahrene Antilope."

Ein Schleier legte sich vor die Sonne. Weißliche Wolkenstreifen webten ein dichtes Netz. Als sie zu den Wagen gelangten, war die Sonne hinter dunklen Wolkentürmen vermauert. Vom Grumeti wehte fauliger Gestank. Klebrige Insekten surrten über dem Boden. Die Luft schien elektrisiert und auf merkwürdige Weise hellhörig.

Der Jeep fuhr aus der Schlucht, durch ein ohrenbetäubendes Brüllkonzert aus hunderttausend Kehlen. Anderson schwitzte. Das Wasser rann in Sturzbächen von seinem Leib. Sewe hatte neben ihm Platz genommen, sie war eingeschlafen. Aufmerksam musterte Anderson ihr entspanntes Antlitz. Ihre Hand zuckte im Traum. Während der Fahrt sank ihr Kopf an seine Schulter. Die Wolken ließen nur einen schmalen Streifen überm Horizont frei, aus dem grelles Licht flutete. Dunstige Sonnenfächer legten sich über das buschbewachsene Land. Die große Hotelanlage von Lobo kam in Sicht, spitze Dächer zwischen steilen Kopjes aus Granit. Die Dächer glänzten, als hätte es geregnet. Aber es regnete nicht. Tief zogen die schweren Wolken über die dürstende Erde, gen Norden. Aber es fiel kein Regen.

5. Kapitel

Tellerflach lag die Serengeti vor den Hügeln von Lobo. Die Architekten der Lodge hatten das felsige Terrain geschickt genutzt, als sie die Hotelbauten zwischen die Klippen setzten, deutlich erhöht über der Ebene. Das erlaubte den Gästen atemberaubende Rundblicke. Luftig hingen die Appartements über dem Staub und den Mücken der Savanne. Die Fahrzeuge parkten im Hof, Isaak und Michael entluden das Gepäck. Ein schwarzer Boy schleppte es auf die Zimmer. Anderson gab ihm zehn Schilling, warf das verschwitzte T-Shirt aufs Bett und holte ein Handtuch. Barfuß schlurfte er zum Pool, in den sich ein glasklarer Bach ergoss. Die Holzpritschen waren leer. Die meisten Gäste waren unterwegs auf Safari oder tummelten sich im Restaurant beim Abendessen.

Eingezwängt klemmte die Sonne zwischen den grasigen Wellen und den Wolken, warf roten Samt auf das klare Wasser des Pools. Kaninchengroße Klippschliefer huschten über die Felsen. Anderson legte das Handtuch auf eine Liege. Während der heißen, staubigen Fahrt hatte er sich nach einem Bad gesehnt. Er ging zum Beckenrand und prüfte die Temperatur. Das Wasser war sehr kalt. Vermutlich stammte es aus einer Quelle unter den Kopjes. Leise förderten es die Pumpen zu den Felsen und ließen es über geschwungene Kaskaden in den Pool abfließen, in ein grün und blau gefliestes Becken. Anderson glitt hinein, augenblicklich verließ ihn die Hitze. Er tauchte unter, staunend über so viel Kühle, schwamm ein paar Züge. Das Wasser perlte von seiner Haut und er bemerkte, wie braun er geworden war. Er tauchte, dieses Mal bis zum Grund, ließ sich aufwärts treiben. Als er den Kopf aus dem Wasser steckte, stand Sewe am Rand. Sie hatte geduscht, feucht glänzte ihr Haar. Sie trug ein grünes Kleid mit dünnen Trägern.

„Ist es kalt?"

„Nein, angenehm. Schwimmen Sie nicht?"

Sie lächelte.

„Michael erwartet uns in einer halben Stunde zum Dinner. Der Hotelmanager veranstaltet eine kleine Party. Wir sollten nicht zu spät kommen. Das gilt als unhöflich."

„Dresscode?"

„So etwas gibt es hier nicht. Oder haben Sie einen Smoking im Koffer?"

Anderson stemmte sich aus dem Wasser. Der abendliche Wind wischte Gänsehaut über seinen Körper. Er fragte:

„Gibt es in der Lodge ein Telefon? Ich muss Mister Kerkhoff in Speke Bay anrufen."

„Zum Victoriasee gibt es kein Telefon. Sie brauchen eine Funkverbindung. Die Station befindet sich gegenüber der Lobby auf dem Wirtschaftshof. Fragen Sie nach Ibrahim Menele. Er ist dort der Chef."

Sie hockte sich neben Anderson auf einen Liegestuhl, schlang ihre Arme um die Knie und legte das Kinn auf. Nachdenklich schaute sie über die Serengeti. Die langen Schatten der Akazien flohen vor der sinkenden Sonne. Bedrohlich senkten sich die Wolken. Noch immer drückte die Schwüle, doch kein Tropfen berührte die Erde.

„Ich kriege diese Antilope nicht aus dem Kopf", sagte sie. „Dieser Moment, als sie versuchte, den Steilhang zu überwinden. Ich bin fast ohnmächtig geworden."

Sewes Augen richteten sich groß und ungeschützt auf ihn, ihre Blicke trafen sich. Er fragte:

„Hatten Sie Angst?"

„Eher Mitleid. Das ist natürlich Unsinn, denn in der Savanne gibt es keine unschuldigen Opfer und keine gemeinen Killer. Das sind Kategorien, die nur auf Menschen passen. Aber ich konnte dieses Gefühl der Ohnmacht nicht unterdrücken. Es war sehr stark."

„Haben Sie Fotos gemacht?"

„Ich habe es vergessen. Kennen Sie das Gefühl, Zuschauer zu sein und trotzdem mittendrin? Die Erinnerung an die Szene am Fluss macht mich unruhig. Als wäre ich es gewesen, die das Reptil verfolgte."

„Das war wirklich sehr dramatisch. Selten war ich so aufgeregt wie vorhin."

„Hatten Sie Angst?"

„Nein." Er zögerte. „Um ehrlich zu sein: Es war ein euphorisches Gefühl. Ein Kick. Als wäre ich selbst der Jäger."

Sewe rieb sich die Schläfen.

„Merkwürdig. Ich sehe mich als Antilope und Sie fühlen mit dem Krokodil. Wir haben beide dieselbe Szene verfolgt, nicht wahr?"

„Stimmt."

„Warum urteilen wir so unterschiedlich?"

„Möglicherweise bewerten wir nach verschiedenen Mustern. Sie sind eine Frau, ich ein Mann."

„Da ist nichts zu bewerten. Die Antilope hat einen Fehler gemacht, der gemäß den Gesetzen der Serengeti bestraft wurde. Das ist weder gut noch schlecht. Es ist, wie es ist. Ich meine etwas anderes. Mir war, als hätte diese Szene etwas in mir aufgewühlt. Was schon zuvor in mir lauerte. Im Grunde genommen geht es gar nicht um die Antilope, sondern um mich."

Sie schaute über die Savanne. Anderson bemerkte die feinen Härchen auf ihren Armen, schimmernd wie Seide auf der hellbraunen Haut. Leise fuhr sie fort:

„Alles, was wir erblicken, scheint nur dazu geschaffen, unsere innersten Saiten anzurühren. Wenn das Sonnenlicht die Erde erhellt, klingt etwas in uns. Wenn sie untergeht, erhebt sich eine andere Melodie. Das Auge ist das Tor, der Tunnel in eine unsichtbare, verborgene Welt, von der wir wenig wissen. Was sage ich? Eigentlich wissen wir überhaupt nichts."

Anderson versuchte nicht, sich dem Bann der abendlichen Sonne zu entziehen, die unwiderstehlich versank. Auch wollte er nicht der Anziehung ausweichen, die Sewe auf ihn ausübte, so dicht bei ihm, beinahe Haut an Haut. Sie schwiegen, bis er ihre schmale Hand auf seiner Schulter spürte.

„Erzählen Sie mir von Grönland, Martin, bitte. Vom Polarlicht."

„Es sind seltsame Farben, ein schwaches Neon, von Rosa bis ins tiefe Blau reichend. Der Himmel flammt, als flöge leuchtender Regen heran. Oder als müsste im nächsten Augenblick ein waberndes Traumgesicht aus den Leuchtbändern erscheinen, um die Botschaft eines fernen, fremden Volkes zu überbringen. Darin liegt eine unglaubliche Schönheit. Ich habe kaum Worte dafür."

„Ist es mit dem Licht in Tansania vergleichbar?"

„Es ist dieselbe Sonne, die uns diese Farben schenkt. Eine bestimmte Strahlung, die von ihr ausgeht, wird von der Erde zum Pol hin abgelenkt und regt die Atome in den hohen Schichten der Atmosphäre an. So erklärt die Wissenschaft dieses magische Phänomen. Allerdings, und das hat mich immer gestört, bleibt bei dieser Sicht das kontemplative Element auf der Strecke."

„Sie meinen: Ihre sinnliche Empfindung?"

„Der spirituelle Aspekt. Es hat sehr viel mit dem Gefühl von Gnade zu tun. Zumindest habe ich es auf diese Weise erlebt. Man steht auf dem ewigen Eis, der Ozean plätschert und oben schreibt eine unsichtbare Hand kalte Feuerzeichen übers Firmament. Man fühlt sich beschenkt und man muss schon ein ziemlicher Ignorant sein, das zu übersehen."

„Für Romantik ist in der Wissenschaft wenig Platz. Wenn man erst einmal anfängt, die Dinge und Erscheinungen in ihre Einzelteile zu zerlegen, bleibt kein Stein auf dem anderen."

„Es wäre so, als wollte man die Evolution des Menschen einzig aus den fossilen Knochen und Fußabdrücken rekonstruieren. Doch der Mensch ist nicht nur Biomechanik, optimiert im Laufe von Jahrmillionen. Wir sind meilenweit davon entfernt, die Komplexität dessen zu verstehen, was wir Leben nennen. Unseren eigenen Platz darin zu finden."

Jetzt redest du schon wie der Alte, dachte Martin Anderson. Wie ein Prediger. Oder wie ein Verrückter mit der Gabe der Prophezeiung, wie der Messias einer neuen Wissenschaft.

Kurz bevor die Sonne den Horizont berührte, glühte sie noch einmal hell auf, als wollte sie die Schatten übertrumpfen. Warmer Glanz legte sich auf Sewes Haut. Er sagte:

„Auch wir beide lassen uns von diesem Licht verführen. Obwohl wir so verschieden sind. Die Natur bindet uns aneinander."

Verschmitzt lächelte Sewe.

„Wir sind nicht sehr verschieden. Wir sprechen eine Sprache. Eigentlich braucht man für dieses Licht überhaupt keine Worte. Es ermahnt uns: Wer sehen will, muss sich nach innen wenden."

„Zum inneren Licht?"

„Ein Heer von Wissenschaftlern schnüffelt der Natur des Lichts hinterher. Sie forschen mit riesigen Apparaten und komplizierten Formeln. Martin, wussten Sie, dass das menschliche Erbgut eigenes Licht aussendet? Die rätselhafte Doppelhelix wirkt wie ein biologischer Quarz, wie ein Kristall. Und zwar nicht nur beim Menschen, bei allen Lebewesen. Manche Menschen können dieses Leuchten sehen, als Aura."

„Das klingt verblüffend."

„Eigentlich nicht. Schamanen und Hexen konnten die Aura

lesen wie ein Buch. Gibt es nicht den Glauben an die besondere Aura besonderer Menschen?"

„Das stimmt. Die Aura des Erfolgs, des Glücks, der Gefahr. Der berühmte siebte Sinn."

„Für die Aura hat uns die Gentechnik Beweise geliefert, doch innerlich wussten wir längst Bescheid. Ich kenne pflanzliche Halluzinogene, die Aura sichtbar machen, in ihrer Sinnlichkeit spürbar. Weil sie mehr ist, viel mehr als das Licht, das die Netzhaut erfasst."

„Unser Verstand liegt quer", meinte Anderson lakonisch. „Wenn wir nüchtern sind, misstrauen wir allem und jedem. Sogar unseren eigenen Sinnen."

Sewe seufzte und nickte.

„Noch so ein Beispiel: Alle Menschen sind miteinander verwandt. Das ist eine triviale, uralte Erkenntnis. Nun glauben die Genetiker, dass man mithilfe der Erbsubstanz eine Urmutter ausfindig machen kann. Eine Eva, die am Anfang aller menschlichen Stammbäume stand. Dazu nutzen sie das Genom in den Mitochondrien, in den Kraftwerken unserer Körperzellen."

„Ich habe davon gehört. Die Erbinformationen in den Mitochondrien werden nur in der weiblichen Linie weitergereicht, über das X-Chromosom. Wenn diese Theorie stimmt, haben wir eine gemeinsame Ahnin. Die aus Ostafrika ausgewanderte Population muss sehr klein gewesen sein, vielleicht eine Horde oder ein Stamm."

„Alles richtig, Martin. Doch auch diese Experimente bestätigen nichts, was wir nicht vorher wussten: Alle Menschen auf der Welt gehören zu einer großen Familie, ob mit weißer, brauner, gelber oder schwarzer Hautfarbe. Das nennt man Humanismus, er ist viel älter als die Gentechnik. Wie viel Wissenschaft brauchen wir eigentlich, bis wir uns selber glauben? Bis wir akzeptieren, was unsere Vorfahren bereits vor Jahrmillionen wussten? Was in jedem von uns unverkennbar, unüberhörbar ruft?"

„Solche Logik würde in Europa nur belächelt. Zu unwissenschaftlich. Zu weit hergeholt."

Sewe zuckte mit den Schultern.

„Europa ist mir egal. Wir sind in Afrika. Und hier erkenne ich: Aus Licht und Wasser entsteht Leben. Zwei einfache Elixiere. Sie setzten die Evolution in Gang."

Noch immer ruhte ihre Hand auf seiner Haut und er spürte, wie von dieser Stelle ein brennendes Kribbeln durch seinen Körper lief. Es war ein angenehmes Gefühl, ein eigenes Licht oder ein warmer Wasserfall, der auf den tiefsten Urgrund seiner Seele zielte, ihn in schwingende Unruhe versetzte. Sewe musterte ihn von der Seite.

„Sie haben keine Angst, Martin, nicht wahr?"

„Nicht mehr als andere Menschen."

Sie glitt von der Pritsche, reichte ihm das Handtuch, das er um seinen Nacken legte. Noch immer ruhten ihre Augen auf ihm.

„Sie sind braun geworden. Das steht Ihnen gut. Passen Sie auf, dass Sie niemand mit einem Massai verwechselt."

Sie stand so nah bei ihm, dass er das feine Knistern ihres Kleides hörte. Einen Augenblick war er versucht, sich anzulehnen. Unschlüssig hockte er am Beckenrand, die Füße im Wasser. Ihre Finger glitten durch seinen nassen Schopf.

„Ich habe Angst", flüsterte sie. „Ich habe Angst, dass Aaron stirbt."

Alarmiert fragte er:

„Wie geht es ihm? Haben Sie Neuigkeiten?"

„Nein. Es ist so ein Gefühl."

Anderson wollte ihre Hand nehmen, doch Sewe zog sie hastig zurück. Sie lief die steinige Treppe zur Lodge. Ohne sich umzusehen, verschwand sie zwischen den Felsen.

***

Verstört schritt Martin Anderson in seinem Zimmer auf und ab. Sewes Befürchtungen hatten ihn getroffen. Offenbar war es um den Alten schlechter bestellt, als er es wahrhaben wollte. Niemals hätte er sich eingestanden, dass er Miller mochte, dessen kauzige Art ihn mehr als einmal vor den Kopf gestoßen hatte. Niemals hätte er zugegeben, dass Professor Aaron Miller auf seltsame Weise in sein Leben eingetreten war, um es nie wieder zu verlassen.

Um sich zu beruhigen, goss er Konyagi in ein Glas, schüttete Eiswasser hinzu, rührte das Getränk um und stellte sich ans Fenster. Der Branntwein besänftigte seinen Puls, mild rann er durch die Kehle. Im Glas fingen sich Strahlen, ließen Lichter auf seiner Hand tanzen. Später ging er zur Funkstation. Er lehnte am Türrahmen der engen Hütte, vor dem flachen Tisch mit schweren Geräten, deren Zeiger hektisch zuckten, im Rhythmus der Worte, die über den Äther gingen:

„Hier Lobo, hier Lobo, hier Lobo. Ich rufe Speke Bay, kommen. Speke Bay, kommen."

Der kleine Afrikaner hielt das Mikrofon dicht vor seine Lippen. In den Lautsprechern rauschte die Atmosphäre.

„Speke Bay, Speke Bay, hier Lobo, kommen."

Es krachte. Eine verzerrte Frauenstimme meldete sich.

„Hier Speke Bay, Radiostation vier-zwo-neun. Was gibt es, Ibrahim?"

Funkoffizier Menele nickte Anderson aufmunternd zu. Über das faltige Gesicht des Tansaniers huschte ein Lächeln, bis in die kurzen Stoppeln auf seinem Schädel.

„Hallo, Bruni. Ich freue mich, Ihre Stimme zu hören. Wie geht es Ihnen?"

„Ausgezeichnet, Ibrahim. Wie steht es bei euch?"

„Ich habe einen Gast aus dem fernen Holland. Er möchte Mister Kerkhoff sprechen."

„Der Chef ist nicht da", hörte Anderson die Stimme. „Er will in einer Stunde zurück sein. Dann meldet er sich."

„Okay, wir erwarten seinen Rückruf. Over"

Menele legte das Mikrofon auf die abgewetzte Tischplatte und zündete sich eine Zigarette an. Der Aschenbecher vor dem Empfänger quoll fast über.

„Das war die Haushälterin von Mister Kerkhoff, seine rechte Hand. Sie heißt Martha Brungi, alle hier nennen sie nur Bruni. Sie schaut bei den Bungalows nach dem Rechten. Sie ist die Seele des Geschäfts. Nie hört man ein böses Wort von ihr. Die Leute mögen sie."

Aus der Hotellobby drangen Stimmen und klirrende Gläser. Gelbes Licht fiel auf den Hof, über den sich längst die Nacht gesenkt hatte.

„Ich bin drüben bei der Party", sagte Anderson. „Bitte rufen Sie mich sofort, wenn sich Mister Kerkhoff meldet."

„Geht in Ordnung. Ich lasse den Empfänger laufen. Mister Kerkhoff ist oft bis in die Nacht unterwegs. Vielleicht meldet er sich erst morgen früh."

Anderson nickte und ging über den Hof. Im Busch grunzten Impalas, als wären es Wildschweine. Fern blähten Brüllaffen ihre Kehlen auf. Schwere Leiber brachen durch das Dickicht hinter der Lodge. Aus den Blumenbeeten neben der Lobby lockten Zikaden mit irrsinnigen Flöten.

In der Lobby war ein Bankett aufgebaut. Brennende Kerzen und Obstschalen aus Kristall streuten ihr Licht. Eine Combo versuchte, die Gästeschar zu animieren. Zwei Paare drehten sich auf der kleinen Tanzfläche. Die Gesellschaft war bunt zusammengewürfelt: lässig gekleidete Touristen, Ranger in Khaki, einige Bedienstete in weißen Hemden und eine Handvoll Geschäftsleute in teuren Anzügen. Anderson erblickte Sewe, die bei Michael Onuwa am Büfett stand. Sie unterhielten sich mit zwei braun gebrannten Blondschöpfen in derben Overalls, die aussahen wie Uniformen. Nach der Aufschrift auf ihrem Rücken zu urteilen gehörten die Burschen zu einem Safariveranstalter, Jambo Travel and Comfort. Anderson sah die Reisegruppe, die sie am Ngorongoro getroffen hatten. Die jungen Leute hockten an der Bar, ihre Strohhalme in leuchtende Drinks gesenkt. Unter der Decke drehte sich eine Silberkugel, warf flüchtige Blitze auf die Wände. Von der Treppe kamen drei Mädchen in engen Jeans und bauchfreien Tops, dahinter ein älteres Ehepaar in strenger Abendgarderobe. Einige Tische waren noch frei. Anderson ging zum Büfett. Er nahm sich einen Teller und stand unschlüssig vor den Platten, auf denen sich Braten, Obst und verschiedene Beilagen türmten: Maispüree, mehlige Kartoffeln, Maniok, Bananen und süße Kastanien. Die Braten waren mit Etiketten versehen, allesamt Spezialitäten aus der Gegend: würziges Warzenschwein, zartes Topi, sogar Krokodilfleisch wurde angeboten, in dunklen, cremigen Soßen; und Geflügel: Enten, Hühner, Tauben. Auf einem Tablett lag ein großer Nilbarsch aus dem Victoriasee, drapiert mit Petersilie und Zitronen. Rosa schimmerte sein Leib.

„Greifen Sie zu!", ermunterte ihn Sewe, die Anderson erspäht hatte und zum Büfett gekommen war. Michael blieb am Ende der Tafel zurück, umringt von Geschäftsleuten. Er ragte aus ihnen empor wie ein Turm.

„Sie wollen ihn überreden, die Landebahnen für die Shuttles von Arusha näher an die Grenzen des Reservats zu legen", erzählte Sewe. „Dadurch kämen die Touristen schneller in die Camps. Aber Michaels Behörde will den Fluglärm von den Tieren fernhalten. Also hängen sie sich an ihn und zerren um jeden Meter."

„Geschäft ist Geschäft."

„Natürlich. Ohne Touristen wäre der Nationalpark nicht zu

finanzieren. Sie bringen Geld, viel Geld. Aber gib diesen Leuten einen kleinen Finger und sie wollen gleich die ganze Hand."

Anderson machte eine Geste zu den Fleischbergen und zuckte mit den Schultern.

„Nehmen Sie Topi", empfahl Sewe. „Das ist ungefähr wie Rindfleisch, nur bekömmlicher. Dazu sollten Sie wilde Beeren versuchen, vielleicht eine leichte Maisbeilage. Schlagen Sie sich den Bauch nicht zu voll. Der Küchenchef hat zum Dessert eine Überraschung angekündigt."

Anderson sammelte sein Menü. Sie setzten sich an einen Tisch am Fenster, mit Blick auf den nächtlichen Busch. Das Licht in der Lodge warf einen hellen Zirkel auf das Gras vor der Scheibe. Jenseits des Bogens lauerte undurchdringliche Wildnis. Anderson tunkte das Fleisch in die Beeren und schob es in den Mund. Es zerging auf der Zunge, begleitet von der kühlen Säure der Früchte.

„Gibt es nachts keine Safaris?", fragte er.

„Nicht offiziell", erwiderte sie. „Manchmal fahren die Ranger hinaus, für zwei Tage, wenn sich der Mond zu seiner vollen Größe rundet. Das ist ein herrliches Licht."

„Als Michael mit Professor Miller in Laetoli gewesen ist, war das auch eine nächtliche Safari?"

„Wie kommen Sie darauf?"

„Miller erzählte mir, dass er während der Nacht im Tuff gelegen hat, an der Fundstelle der fossilen Spuren."

„Fragen Sie Michael, er wird es Ihnen erzählen. Laetoli gehört zum Reservat des Ngorongoro. Dort sind Reisen nach Sonnenuntergang streng verboten, wegen der Wilderei."

„Waren Sie schon einmal nachts im Busch?"

„Ja, oft. Es ist, als ob Sie die Erde verlassen. Oder die Zeit zurückdrehen um dreihunderttausend Jahre. Man traut seinen eigenen Sinnen nicht."

Er legte das Besteck aus der Hand und schob den Teller beiseite. Sofort eilte eine dunkelhäutige Kellnerin herbei, um das Geschirr vom Tisch zu räumen. Sewe bestellte Wasser. Anderson nahm einen Scotch.

„Miller war in Laetoli, mehrere Tage und Nächte. Ich nehme an, er musste seine Lebensmittel mitnehmen."

„Sicher. Das Eyasi-Plateau ist trocken wie eine Wüste."

„Hatte er auch Medikamente dabei, wegen der Malaria?"

„Schon möglich. Ich hatte ihm ein kleines Set zusammengestellt, das er auf langen Safaris immer bei sich führte. Darin befand sich auch Lariam für die Notfallindikation."

Anderson verschränkte die Arme und stützte sich auf den Tisch.

„Verstehen Sie mich bitte nicht falsch, Sewe. Aber könnte es nicht sein, dass Professor Miller an den Nebenwirkungen seiner Malariaprophylaxe litt? Dass die Australopithecinen, die ihm erschienen sind, nur halluzinatorische Gespinste seines Gehirns waren? Sie haben selbst gesagt, dass bei Mitteln wie Lariam manchmal weiße Monster über die Berge steigen."

Sewe überlegte, schüttelte den Kopf.

„Aaron nimmt seit zwanzig Jahren Medikamente. Warum sollte er ausgerechnet jetzt an den Nebenwirkungen leiden? Lariam ist vollkommen unbedenklich, wenn Sie es nur kurzzeitig einnehmen, als Blocker für das Fieber. Es dehydriert ein wenig und belastet dadurch die Verdauung. Um seine psychoaktive Wirkung zu entfalten, müssten Sie es über Monate regelmäßig verabreichen. Aaron wusste das. So oft und so lange es ging, verzichtete er völlig auf die Prophylaxe. Wer den Erreger einmal in sich trägt, kann sich nur vor den schlimmsten Attacken schützen."

„Wie lange war er in Laetoli?"

„Etwa zwei Wochen, ganz allein. Nach einer Woche lief seine Erlaubnis ab. Michael ist losgefahren, um ihn zu suchen. Alle dachten, Aaron sei tot. Aber er kam zurück. Total erschöpft und sehr verändert. Er hat nie wieder geschrieben."

„Professor Miller hat an einem Buch gearbeitet?"

„Ich glaube, ja. Nächtelang saß er über einem Manuskript. Mehr als einmal habe ich ihn am Morgen am Schreibtisch angetroffen, denn er war über seinen Aufzeichnungen eingeschlafen."

„Wo sind diese Papiere jetzt?"

„Das weiß niemand. Wir wohnten damals im Momella Camp. Nachdem er mit Michael von Laetoli zurückgekommen war, schlief Aaron zwei volle Tage. Dann verließ er plötzlich sein Zelt und verschwand für eine weitere Woche. Vielleicht weiß Michael, wohin er ging."

Das Serviermädchen brachte die Gläser. Vom Büfett hallten Rufe durch den Saal. Der Küchenchef hatte eine flambierte Cremetorte in den Saal gerollt, eskortiert von zwei stämmigen Massai im traditionellen Schurz, mit rotblauen Decken über den Schultern, jeder einen langen Speer in der Hand. Anderson fragte:

„Wie lange wird der Professor brauchen, um wieder auf die Beine zu kommen?"

„Ich weiß es nicht", meinte Sewe leise. „Die Malaria tropica ist sehr tückisch. Er müsste sich nach Europa begeben, um sich richtig auszukurieren. Es kann einige Wochen dauern. Oder länger. Viel länger."

Sie versuchte ein Lächeln, aber es misslang. Anderson hob sein Glas. Er suchte nach einer Ermutigung.

„Der alte Miller kommt bestimmt wieder auf die Beine. Keine vier Wochen und er wird gemeinsam mit uns nach Laetoli reisen."

Sewe lächelte.

„Wollen Sie wirklich so lange bei uns bleiben? Wie ich hörte, warten in Amsterdam bedeutsame Aufgaben auf Sie."

„Es gibt Wichtigeres. Afrika beginnt mir Spaß zu machen. Auf

diese Weise", Anderson deutete in den Saal, wo sich die Tanzfläche füllte, „lässt es sich gut aushalten, oder nicht?" Er legte
seine Unterarme auf den Tisch. „Sie haben doch selbst gesagt, wie
braun ich geworden bin."

Nachdenklich drehte Sewe das Glas in ihrer Hand. Sie stellte es
auf den Tisch und sagte:

„Gehen wir tanzen, Martin. Es ist ein wundervoller Abend."

***

Es war kurz vor Mitternacht, als Funkoffizier Ibrahim Menele
die Lobby betrat. Die Luft klebte. Die aromatischen Düfte vom
Büfett mischten sich mit Zigarettenrauch und dem Schweiß der
Tanzenden. Dumpf dröhnten Bässe aus den Boxen. Meneles
Augen mussten sich erst an die schummrige Dämmerung gewöhnen, durch die grelle Lichtblitze flogen. Der Rangerchef stand an
der Bar, umringt von jungen Touristen. Sein dröhnendes Lachen
übertönte sogar die Musik. Menele schob sich durch die Party-
gäste zum Tresen und flüsterte dem Riesen einige Worte ins Ohr.
Michael hörte auf zu lachen. Eindringlich sprachen die beiden
miteinander. Schließlich ging Michael zur Tanzfläche. Er suchte
Sewe. Er fand sie mit Martin Anderson in den tiefen Plüschses-
seln neben der Rezeption. In ihrem grünen Kleid sah die junge
Frau sehr anmutig aus. Michael winkte.

„Entschuldige mich einen Augenblick", sagte Sewe. „Michael
wünscht mich zu sprechen. Ich bin gleich zurück."

Sie ging zur Bar. Anderson sah, wie sie dort auf Onuwa und
den Funker traf. Er zögerte kurz, dann lief er ihr nach, wühlte
sich durch die lärmende Menge wie durch einen Sumpf. Der Riese
und Sewe hatten gemeißelte Gesichter. Sie sprachen kein Wort.

„Soeben ist ein Telegramm gekommen", erklärte Menele.

„Hat sich Kerkhoff endlich gemeldet?", fragte Anderson hoffnungsvoll.

Menele schlug die Augen nieder.

„Neuigkeiten aus Dar?"

„Nein, Sir. Es kam aus Momella."

Er hielt Anderson ein kleines Kuvert hin. Anderson wollte die Depesche lesen, aber Sewe kam ihm zuvor. Ohne Stimme sagte sie:

„Aaron ist tot."

Irritiert prallte er zurück. Sein Blick rutschte von Sewes blassen Wangen zu Michael Onuwa. Der Riese sagte:

„Er starb vor wenigen Stunden, bei vollem Bewusstsein. Die holländische Botschaft wurde bereits unterrichtet."

Anderson stammelte:

„Aber er wollte doch ins Hospital nach Nairobi …"

Sewe widersprach:

„Als er fortflog, wies er den Piloten des Helikopters ausdrücklich an, nach Momella zu fliegen. Er liebte die Seen, wegen der Flamingos. Ich glaube, er hat sein Ende gespürt."

Sie presste die Lippen aufeinander, ihre Nasenflügel bebten. Anderson schwieg. Er fühlte sich ratlos. Hilflos. Klein und verloren in der grausamen Wirklichkeit Ostafrikas. Michael legte seinen Arm um die Frau. Gegen ihn wirkte sie wie eine zerbrechliche Puppe. Wortlos geleitete sie der Riese zur Rezeption, durch die Lobby ins Freie. Anderson sah ihre Gestalten in der Nacht verschwinden. Menele sagte:

„Mister Kerkhoff erwartet Sie morgen Mittag in Speke Bay. Er weiß schon Bescheid. Mister Miller war ein guter Freund von ihm."

Anderson nickte, murmelte betäubt:

„Danke, Ibrahim. Vielen Dank."

„Ich wünschte, ich hätte bessere Neuigkeiten", erwiderte der Funker.

Er ging weg und Anderson hatte das Gefühl, in einem Kreis zu stehen, im Zentrum einer leeren Fläche, die ihn von der Außenwelt schied. Von dem Boy hinter der Rezeption, von den Partygästen, von der dröhnenden Musik, von den Lichtpfeilen aus der Glaskugel unter der Decke und von den Gerüchen am Büfett. Nichts davon vermochte, diesen Zirkel zu überwinden, zu ihm durchzudringen. Beklemmung legte sich auf seine Brust. Er taumelte aus der Tür, wo eine klare Nacht schwang, wo sich der helle Mond aus Schleierwolken rollte, wie eine ferne, andere Erde oder ein eisiges Segel aus Metall. Flackernde Sternenhaufen schälten sich aus dem schwarzen Himmel, hingestreute Kiesel aus Glas. Langsam schwebte ihr Flimmern herab, tauchte den Hof und die Gebäude und den Busch in kalten Glanz.

„Rauchen Sie?", fragte Michael.

Er lehnte an der Hauswand. Seine Gestalt war vollkommen mit der Dunkelheit verschmolzen. Die Schachtel in seiner Hand schimmerte blau.

„Wo ist Mary?", fragte Anderson.

Der Riese legte die Finger auf die Lippen. Es war die gleiche Geste wie in der Schlucht am Grumeti, als die Antilope kam. Anderson hörte eine zitternde Frauenstimme, vom Pool her. Sie sang eine einfache Melodie. Michael sagte:

„Sie trauert, wie es bei den Somali Sitte ist. Lassen Sie sie allein."

Er hielt die Schachtel in der Hand, aber Anderson schüttelte den Kopf. Michael zog eine Zigarette heraus. Sein Feuerzeug schnappte. Die Flamme huschte aus seiner Hand und holte für eine Sekunde sein breites, gutmütiges Antlitz aus der Nacht. Es war angespannt, müde und erschöpft.

„Mary hat gewusst, dass er sterben wird, nicht wahr?", fragte Anderson.

„Wussten Sie es etwa nicht?"

„Nein. Ich dachte, er wollte wirklich nach Nairobi."

„Lobo, Momella, Nairobi, Amsterdam, das ist egal. Seine Reise ging zu Ende."

Michael holte tief Luft. Die Zigarette zwischen seinen Fingern glühte. Er blies Rauch aus. Es roch wie das Harz der Akazien am Morgen, wenn sich der Tau hebt. Anderson fasste sich ein Herz.

„Michael, Sie haben den Professor in Laetoli gefunden, als er verschollen war. In welchem Zustand befand er sich?"

„Er war sehr geschwächt, aber wach. Er hatte kaum mehr die Kraft, die Geier zu verscheuchen, aber er war vollkommen klar im Kopf. Das habe ich vorher noch nie erlebt. Wer so lange wie er in der Hitze liegt, gerät normalerweise in ein schweres Delirium, durch den Wassermangel."

„Was hat er Ihnen erzählt?"

„Dass er die Australopithecinen getroffen hat."

„Das haben Sie ihm geglaubt?"

„Natürlich. Glauben Sie es etwa nicht?"

Michael zog wieder an der Zigarette. Dieses Mal blies er den Rauch in eine andere Richtung.

„Wissen Sie, Martin, hier draußen geschehen zuweilen merkwürdige Dinge. Die Serengeti steckt voller Überraschungen. Warum also sollte Aaron die Frühmenschen nicht gesehen haben?"

„Das kann nur eine Halluzination gewesen sein", entgegnete Anderson heftig. „Eine Fata Morgana."

„Die physische Beschaffenheit des Bildes ändert an der Tatsache nichts. Für einen Augenblick hat Aaron den Zugang gefunden, den er suchte. Es steht mir nicht an, dies in Zweifel zu ziehen. Ich weiß genau, dass er nicht verrückt war. Er sagte die Wahrheit. Seine Wahrheit."

„Haben Sie die Fotos gesehen?"

„Ja. Ich habe dafür ebenso wenig eine Erklärung wie Sie."

„Aber irgendeine Erklärung muss es doch geben."

„Wozu? Aaron ist tot. Wem wollen Sie noch etwas erklären?"

„Professor Leiden in Amsterdam beispielsweise. Er wird mich fragen, was hier passiert ist."

„Erzählen Sie es ihm. Mehr können Sie nicht tun. Oder haben Sie Angst, sich lächerlich zu machen?"

Anderson schwieg, Michael Onuwa rauchte. Fledermäuse jagten zwischen den Dächern, huschende Schatten, blitzschnell zupackend, selbst niemals zu greifen. Michael erzählte:

„Ich wunderte mich damals, wie Aaron so lange in der Hitze durchhalten konnte. In Laetoli ist es sehr trocken. Die Gegend ist eine Wasserscheide zum Eyasi-See. Also fragte ich ihn, wie er überlebt hatte. Er zeigte mir ein Gras, das in dieser Einöde wächst. Fünf Tage zehrte er davon. Danach schwanden seine Kräfte."

„Sie kannten es nicht?"

„Nein. Ich habe Mary gefragt. Sie kannte es auch nicht. Nur ein Medizinmann der Massai, dem ich es zeigte, wusste damit etwas anzufangen."

„Und der Professor?"

„Er wusste es von den Australopithecinen, wie er mir versicherte. Sie hätten ihn gelehrt, diese Pflanze zu essen. Verstehen Sie, Mister Anderson, das war uraltes, längst vergessenes Wissen. Lernt man das von einer Halluzination?"

„Es konnte Zufall sein, dass er ausgerechnet dieses Kraut fand. Den rettenden Strohhalm."

„Natürlich", bestätigte Michael ruhig. „Vielleicht reichte es ihm eine gutmeinende Fee. Vielleicht war es völlig ohne Bedeutung."

Sewes Lied verstummte. Der Wind, der die hohen Wolken gejagt hatte, drückte sich flach an die Erde. Die Zikaden hörten auf zu zirpen. Der Mond war ein bleiches Bullauge knapp über den Dächern. Im Busch klagte eine Hyäne. Eine zweite Hyäne stimmte ein. Michael warf den Stummel auf die Erde, trat ihn sorgfältig aus. Bevor er ging, sagte er:

„Vielleicht hat Aaron die Australopithecinen wirklich gesehen. Vielleicht nicht. Möglicherweise war es ein Trick, Martin, um Sie nach Afrika zu holen."

Der Hüne öffnete die Schwingtür zur Lodge. Ein Schwall der rauschenden Party klatschte in die Nacht und verschluckte ihn. Anderson lauschte dem feinen Säuseln des Windes. Es klang, als würde Sand rieseln, von den Dächern des Hotels und der Funkstation, von den Ästen des mächtigen Baobabs bei den Garagen, von den Kühlern der abgestellten Jeeps, von den Sträuchern und den Grashalmen am Boden. Er schlenderte über den Hof zur Treppe, die über die Felsen zum Swimmingpool anstieg. Vorsichtig setzte er seine Schritte, näherte sich lautlos dem Bassin, dessen Wasser unterm Mondlicht schimmerte wie Schnee. Sewe kauerte auf einem Granitblock, das Kinn auf den Knien. Ohne den Kopf zu bewegen, flüsterte sie:

„Es ist gut, dass du gekommen bist, Martin."

Sie stand auf und schlang ihre Arme um seinen Nacken. Er wunderte sich, wie schmal ihre Hüfte war, wie leicht sie schien. Erschöpft stieß ihre Stirn gegen seine Brust.

„Aaron hatte niemals vor, nach Nairobi zu fliegen. Er war müde. Er hat lange genug gelebt."

„Ja", raunte Martin Anderson. Sein Herz summte zwischen den Schlägen. „Was wirst du jetzt tun?"

„Ich weiß nicht. Ich habe viele Jahre mit ihm gearbeitet. Vielleicht gehe ich nach Nairobi zurück. Es wird nicht leicht sein, einen Job zu finden. Meine alte Arbeitsgruppe bei den Vereinten Nationen gibt es bald nicht mehr. Das Projekt wird demnächst abgeschlossen."

„Du könntest nach Addis Abeba gehen."

„Ich bin eine Somalifrau", flüsterte sie. „Die Äthiopier sind Fremden gegenüber misstrauisch. Es hat viele Kriege mit Somalia gegeben, um den Ogaden. Meine Heimat ist noch immer geteilt."

„Jetzt herrscht Frieden", widersprach Anderson.

„In Afrika herrscht niemals Frieden. Es gibt Krieg und ein paar ruhige Jahre dazwischen, Zwischenkrieg. Immer zieht irgendein neuer Krieg herauf."

„Die Schwedische Akademie hat mir ein Institut angeboten. Möglicherweise übernehme ich Aarons Lehrstuhl in Amsterdam. Ich könnte dich nach Holland holen. Wir könnten gemeinsam arbeiten."

Sie lächelte schlaff.

„Amsterdam ist eine schöne Stadt. Nur, was soll ich dort? Ich gehöre hierher."

Er nickte und schwieg. Zwischen den Felsen raschelten Klippschliefer, rattengroße Abkömmlinge von Nashörnern und Elefanten. Eine seltsame Bande, aber wer kann seine Verwandtschaft wählen? Ein großer Vogel segelte über die Serengeti. Matt glänzte der Silbermond auf seinen Flügeln. Noch immer, oder schon wieder, jaulten die Hyänen.

***

Buchhalter der Wildnis: Wenn sich die Sonne in der Frühe langsam über der Serengeti ankündigt und zartes Licht auf die Akazien wirft, lüften die Marabus in den Kronen ihre riesigen Schwingen und stoßen wie kalte Engel herab, um nach frischen Kadavern zu suchen. Morgens ist die Luft klar und kühl und man kann weiter sehen als zu jeder anderen Stunde des Tages. Lautlos streichen die Riesenvögel über das flache Land. Haben sie ein

Opfer gefunden, versammeln sie sich und kreisen höher, bis zu dreißig oder vierzig schwarze Schatten tanzen vor den Wolken. Die Nacht gehörte den Löwen, den Leoparden, den Hyänen und den wilden Hunden, die im Schutz der Dunkelheit ihr grausames Geschäft verrichten. Mit dem ersten Licht beginnt die Inventur und es ist, als schrieben die Marabus die Bilanz der nächtlichen Jagd in den jungfräulichen Himmel.

Anderson lag am Pool auf einer Pritsche. Jemand hatte eine Wolldecke über ihn gelegt. Auf den Fasern funkelte Morgentau, die Felsen glänzten feucht. Als er die Augen öffnete und sich vorsichtig aufrichtete, zogen unter ihm die Elefanten durch den Busch, eine lange Karawane. Es war kühl. Träge schob sich die Sonne übers Land, intensives gelbes Licht ausstrahlend, als hätte jemand alle übrigen Farben gelöscht. Ein kleiner See blinkte gegen den gelben Himmel. An seinem Ufer watete ein riesiges Flusspferd aus dem Wasser, schüttelte sich. Wie Juwelen blitzten die Tropfen. Es war ein sorgenfreies Bild und es dauerte einen Augenblick, bis sich Anderson an den Abend erinnerte. Mit einem Schlag würgte ihn etwas im Hals. Überrascht stellte er fest, dass er Millers Tod zutiefst bedauerte. Obwohl er den alten Kauz kaum kannte, wog der Verlust sehr schwer, lastete auf seiner Brust, im Nacken, drückte aufs Herz.

Um die Trauer zu verdrängen, zog er Hose und Hemd aus und sprang in den Pool. Er tauchte, kraulte und tauchte und kraulte, aber die Gedanken in seinem Kopf ließen sich nicht täuschen. In seiner Überheblichkeit hatte er nicht gemerkt, wie kostbar die Zeit war. Insgeheim hatte er Miller verlacht, ihn wie einen Trottel behandelt, hatte in seiner nordischen Arroganz alles in Zweifel gezogen. Er hatte die Fülle, die ihm der alte Mann zu Füßen legte, nicht erkannt, nicht erkennen wollen. Er hatte Millers unschätzbares Angebot auf den Sankt-Nimmerleins-Tag verschoben, den Alten gezwungen, zuerst eine harte Nuss zu knacken, wollte er zu ihm durchdringen. Dadurch war wertvolle Zeit verstrichen. Er, Martin Anderson, war nicht offenherzig nach Tansania gekommen, hatte sich als Schulmeister aufgespielt. Beißende Scham mischte sich in die Trauer.

Nackt kletterte Anderson aus dem Wasser und setzte sich an den Beckenrand. Dort zitterte er sich vollends wach. Anschließend rieb er sich mit der Decke über die Haut. Er zog sich an und trat an die Felskante. Über die Savanne zogen Gnus, unendliche Herden von Zebras und Thomson-Gazellen. Giraffen stelzten zwischen ihnen, als zeugten sie von jener grauen Vorzeit, als die Kreaturen gigantische Ausmaße erreichten. Über ihnen schwebten die Marabus.

„Willst du einen Tee?"

Sewe stand an der Treppe, ein Tablett in der Hand. Ihr biegsamer Körper war in den blauen Batik gehüllt, den Anderson schon einmal gesehen hatte, am ersten Tag, auf der Terrasse über dem Krater, mein Gott, wie lange war das her? Dazu trug sie ein blaues Kopftuch, das durch den gelben Schein der Sonne in zartem Grün schimmerte. Die Tasse auf dem Tablett dampfte. Sie stellte es auf die Pritsche.

„Es ist herrlich hier draußen", sagte Anderson. „Ich könnte stundenlang auf die Serengeti schauen."

„Hast du gut geschlafen?"

„Ja. Danke für die Decke. Vielen Dank."

„Die Pritsche war nicht zu hart?"

„Nein. Und du? Wie hast du geschlafen?"

„Kurz. Ich bin noch ein bisschen spazieren gegangen."

„Im Busch?"

„Nein, in meinem Zimmer."

Sie schwiegen, bis Sewe fragte:

„Du wirst zu Kerkhoff fahren, nicht wahr?"

Er nickte.

„Der Professor bat mich darum. Er vertraute mir einen Umschlag an, den ich nur persönlich übergeben darf."

Wieder entstand eine Pause des Schweigens. Dieses Mal war es Anderson, der sie brach:

„Kommst du mit? Ich würde mich freuen."

„Nein." Offenbar hatte sie sich die Antwort vorher zurechtgelegt. „Ich fahre zum Ngorongoro zurück, um Aarons Sachen zu packen. Michael nimmt mich mit, sein Wagen wartet bereits. Aaron hat mir einmal erzählt, dass er in Amsterdam eine Frau und Kinder hat, erwachsene Kinder. Ich habe keine Ahnung, wo sie stecken. Also werde ich die Sachen zur Universität schicken. Der Konsul in Arusha ist ein hilfsbereiter Mann. Er wird das arrangieren."

„Ich könnte dir helfen", schlug Anderson vor. „Ich kann heute Abend vom Victoriasee zurückfahren. Wir treffen uns in der Crater Lodge."

Sie quittierte sein Angebot mit einem verzagten Lächeln, sagte nichts. Ihre Augen blieben leer. Ohne ein weiteres Wort verließ sie den Pool. An der Treppe drehte sie sich kurz um, als wollte sie noch etwas sagen, doch dann tauchte ihre blaue Figur ins Halbdunkel der Lodge. Anderson nahm die Tasse, sie war heiß. Der Tee brannte im Mund, wohltuende Wärme schoss in seinen Magen. Die Sonne war ein Stück höher gerückt. Warme Winde erhoben sich. Unten, unter den Hufen der Antilopen, stieg Staub auf. Mit einem Mal war der glänzende Zauber des Morgens gewichen, diese scheinbar unverwüstliche Klarheit des ersten Augenblicks, der alltägliche Neubeginn voller Hoffnung. Binnen weniger Minuten stieg die Temperatur spürbar an. Die Sonne sog den Tau zum Himmel. Mit der Hitze fielen trügerische Schleier über die Savanne. Sie dämpften die Sinne, die Bilder, die Gerüche und Laute. Schwach schälte sich der kleine See aus dem Umland, ein heller rotbrauner Flecken inmitten einer rotbraunen, staubigen Fläche. Das Flusspferd war verschwunden.

Isaak wartete am Jeep. Er grüßte kurz, als Anderson seinen Rucksack auf die Rückbank warf und auf den Beifahrersitz kletterte. Anderson registrierte, dass die Windschutzscheibe geputzt war und sich auf den Armaturen kein Staubkörnchen fand. Isaak hatte neue Schonbezüge aus Ziegenfell aufgezogen. Hinter den Sitzen stand ein Kanister mit frischem Wasser.

„Wie lange werden wir unterwegs sein?", fragte Anderson.

„Ungefähr drei Stunden", antwortete Isaak. „Genau weiß man es nie."

Er steckte den Zündschlüssel in die Lenksäule und wartete, bis die gelbe Leuchte neben dem Tachometer erlosch. Dann startete er den Anlasser. Sofort sprang die Maschine an, lief wie ein Uhrwerk. Isaak legte den Gang ein. Behäbig schlich der Jeep vom Hof.

Wenige Minuten später rollte er aus der Lodge und bog auf die Piste nach Seronera ein. Anderson blickte in die Sonne, die mittlerweile den ganzen östlichen Himmel füllte. Nach dem milden Morgen wirkte das starke Licht wie eine Blendgranate. Er schob eine Sonnenbrille über die Augen. Isaak beschleunigte, hielt das Lenkrad fest in der Hand. Neben der Piste drängten sich Tiere. Mehr als einmal zischte der Jeep nur knapp an einem Gnukalb oder einem jungen Zebra vorbei. Dicke Käfer zerplatzten an der Scheibe.

Sie erreichten Seronera, anschließend hielt Isaak nach Westen. Den Abzweig zur Schlucht von Olduvai und zu den Kratern ließ er unbeachtet. Buschbewachsene Hügel stiegen aus der Savanne. Die Herden lichteten sich. Die Straße war in schlechtem Zustand, zu selten wurde dieser westliche Korridor von den Touristen be-

fahren. Isaak zeigte auf Gnus, die unter der Krone eines Wurst-
baumes lagerten.

„Die Herden in dieser Gegend nehmen nicht an der großen
Wanderung teil", erklärte er. Es waren die einzigen Worte, die
ihre Reise unterbrachen. „Es sind drei residente Herden, die dieses Gebiet niemals verlassen. Seltsam, nicht wahr?"

„Sehr merkwürdig. Vielleicht riechen sie den See und wollen
deshalb nicht weg."

Danach schwiegen sie. Anderson hing seinen Gedanken
nach. Er hatte Sewes Gestalt vor Augen, am Morgen am Pool.
Er dachte an den toten Professor, eine seltsame Geschichte, bei
der er einfach nicht dahinterkam, was sie bedeutete. Auch Onuwas Bericht über Millers Reise nach Laetoli war ihm wie unge-
reimtes Zeug erschienen. Er konnte es sich einfach machen und
den alten Professor zum altersschwachen Idioten abstempeln, voll
mit Drogen gepumpt. Aber das passte nicht zu seinen Mitarbeitern und Freunden, zu Sewe, zu Isaak und zu Michael Onuwa,
die man respektieren musste. Es passte nicht zu den Gesprächen
mit dem alten Mann. Vielleicht sagte er die Wahrheit, zugegeben,
eine merkwürdige Wahrheit. Als Wissenschaftler war es Martin
Anderson gewohnt, Ereignisse, Phänomene und Umstände analytisch zu beurteilen. Die sogenannte objektive Realität bindet alle
Forscher aneinander, auch ihn. Fakten müssen nachprüfbar sein.
Hatte er nicht selbst in Qassiarsuk mit dieser Regel gebrochen?
Monatelang hatte er über den alten Sagas gebrütet, jedes Wort
gedeutet, hatte Seekarten studiert und intelligente Studien über
die Routen der Wikinger in sich hineingefressen. Bevor er Eiriks
Hafen finden konnte, musste er klären, ob es ihn überhaupt jemals
gegeben hatte. Da stieß die Logik an ihre Grenzen. Zu vieldeutig
waren die Argumente des Für und Wider.

Die Karfis, die Kriegsschiffe der Wikinger, hatten einen hohen, starken Kiel und flache, geschwungene Bordwände. Leif Eiriksson benutzte ein solches Schiff, als er über die Labradorsee segelte. Es ließ sich aus voller Fahrt auf den Sand setzen, damit die gefürchteten Krieger wie das Jüngste Gericht über die Küste herfallen konnten. Für solche Überfälle brauchten sie keinen Hafen mit Stegen und Kais. Doch auf dem Heimweg führten die Karfis oft schwere Holzbohlen, geraubtes Vieh und sperrige Beute mit oder Tauschwaren, die sie von den Indianern eingehandelt hatten. Um große und schwere Waren leichter zu entladen, waren fest gezimmerte Brücken von großem Nutzen, auch wenn Holz in Grönland mit Gold aufgewogen wurde. Befestigte Häfen waren seit der Antike bekannt. Die Wikinger waren auf ihren Reisen bis ins Mittelmeer vorgedrungen, sie mussten davon Kenntnis haben.

Als sich Anderson auf die Suche nach dem Hafen machte, lachten ihn die Kollegen aus. Keine Universität war bereit, ihn zu unterstützen; keine Stiftung, die sich seine Vorschläge auch nur anhörte. Und nun? Er konnte ein eigenes Institut haben, wenn er wollte, oder Miller in Amsterdam beerben. Aber Miller hatte ihn gewarnt: Das war der goldene Käfig. An der Universität wachte jeder eifersüchtig über den anderen. Ausreißer an der Spitze wurden erst mit eisigem Schweigen isoliert und dann, wenn es sich nicht länger vermeiden ließ, mit Ovationen und Preisen gefeiert.

Miller hatte diesem Treiben den Rücken gekehrt. Er kümmerte sich nicht länger um systematische, logische Beweise, um Publikationen und Kongresse. Für ihn zählte die sogenannte objektive Erkenntnis nichts mehr. Der kleinste gemeinsame Nenner der menschlichen Intelligenz erwies sich ihm als zu beschränkt. Was er suchte, war seine eigene Wahrheit oder ein ganzer Strauß von Wahrheiten, die neben den analytischen Leistungen des Gehirns seine Ahnungen, sein Gespür und die gesamte sinnliche Wahrnehmung einschlossen. Wer tote Fossilien jagt, sich nur auf

Messgeräte und Labore verlässt, ist blind. Auf diese Weise ist der Fülle des irdischen Lebens niemals beizukommen. Sie lässt sich nicht auffädeln wie Perlen auf einer Kette. Deshalb hatte der hochdekorierte Anthropologieprofessor Aaron Miller den Bettel hingeworfen.

Eigentlich spielte es überhaupt keine Rolle, ob er die Australopithecinen wirklich erblickt hatte. Oder ob Martin Anderson sie gesehen hätte, wenn er in Laetoli an Millers Seite gewesen wäre. Der Professor hatte sie gesehen, das genügte vollauf. Jene Nacht hatte ihn verändert, also waren die Frühmenschen auf eine bestimmte Art und Weise gegenwärtig, zumindest für ihn existent. Der konventionellen Logik zufolge konnte sich der alte Professor natürlich geirrt haben, aber dieser Fehler war so wahrscheinlich wie sein Gegenteil. Außerdem war er unbedeutend, denn Miller war tot.

Bedeutung hatte die Sache noch für ihn, für den erfolgreichen Zivilisationsforscher Martin Anderson. Er hockte im Jeep und spürte, dass sich seine Gedanken um ihren Ausgangspunkt drehten. Er konnte sich das Gehirn zermartern, um einmal mehr festzustellen, dass er im Kreis dachte. Das hübsch geordnete Gebäude seiner wissenschaftlichen Methodik blieb als nutzloser Schrotthaufen zurück, weil er die Lücke nicht fand, die den Ausweg zeigte. Weil es in Ostafrika verflucht heiß war. Weil jeder Gedanke so unendlich viel Kraft kostete.

Die Sonne näherte sich dem Zenit, zähe Hitzewellen zur Erde schleudernd. Glühender Fahrtwind schlug in den Jeep. Sie rauschten an verkohlten Ascheflächen vorbei, schwarze Stummel eines Steppenbrandes. Kahlköpfige Geier hockten auf dem Kadaver eines großen Büffels. Das Gerippe war nahezu vertrocknet. Knochen stakten bleich in die Luft. Mehrere Vögel steckten bis zu ihren Hälsen in dem toten Tier.

Isaak rauchte. Der Jeep summte, rauschte am grünen Hain vorüber, der die Schlucht des Grumeti säumte. Der Fluss wand sich von Lobo in schwungvollen Schleifen durch die grasige Savanne bis in die Ebene von Ndabaka, die sich merklich zum Victoriasee absenkte. Roter, eisenhaltiger Ton lugte zwischen saftigen Büschen hervor. Die Vegetation verdichtete sich. Ein anderer Fluss, der Mbalageti, kreuzte die Straße. Knarrend holperte der Jeep über eine alte Brücke. Ein Schlagbaum versperrte die Weiterfahrt. Das war das Tor von Ndabaka, der westliche Zugang zum Schutzgebiet. Ein junger Ranger lehnte an der kleinen Holzhütte neben der Schranke. Er gab sich einen Ruck und leierte den Balken nach oben. Isaak beschleunigte, der Wagen wälzte sich durch eine schlammige Suhle zwischen hohem Bambus und grünen Palmen. Die Palmen traten zurück. Plötzlich lag vor ihnen der See, eine weite, dampfende Grube, bis an den Rand gefüllt mit blitzendem Perlmutt. Kreischende Möwen flatterten über dem Ufergeröll.

***

„Nehmen Sie Platz. Martha wird uns gleich eine Kleinigkeit zu essen bringen."

Willem Kerkhoff war ein Mann in mittleren Jahren, mit gegerbter Haut. Als er lächelte, sprossen zarte Fältchen aus seinen Augenwinkeln.

„Sie müssen sehr hungrig sein."

Anderson saß mit ihm am Tisch. Das Wasser des Sees gluckste. Eine ausladende Weide warf ihre Zweige über die Veranda. Kühle Luft fegte vom Wasser, das glitzerte wie goldenes Erz.

„Jetzt verstehe ich, warum die Leute ein Vermögen ausgeben, nur um ein Haus am See oder am Meer zu haben", meinte Anderson. „Man lebt förmlich auf. Sie haben es wirklich schön hier."

„Bis vor zwei Jahren hatten wir einen breiten Sandstrand", erzählte Kerkhoff. „Aber den hat El Niño weggeholt. Seitdem ist das Wasser um gut einen Meter gestiegen."

„Ich würde gern ein Stück schwimmen."

Kerkhoff verschränkte die Hände. Sie waren übersät mit dunklen, harmlosen Flecken. Er lächelte noch immer.

„Meine Boys können Sie nachher ein Stück hinausrudern. Dort ist das Wasser kühler und klar. Außerdem brauchen Sie sich keine Sorgen wegen der Bilharziose zu machen. Die flachen Uferzonen sind verseucht. Wenn Sie rausfahren, ist es kein Problem."

Eine Mulattin kam auf die Veranda, aus einem offenen Pavillon mit halbrundem Tresen. Ihre Haut schien glatt wie Keramik. Sie stellte Gläser auf den Tisch.

„Was möchten Sie essen, Mister Anderson?"

„Am liebsten gar nichts. Danke. Mir ist nicht danach."

„Sie müssen essen", beharrte sie. „Es wäre ein großer Fehler, nicht zu essen. Ich kann Ihnen geräucherten Barsch anbieten. Möchten Sie etwas trinken?"

„Wasser, das genügt. Danke."

Sie ging zur Küche, hantierte mit Geschirr. Isaak kam aus der Garage. Er drehte sich eine Zigarette und hockte sich ein Stück abseits auf die Steine am Ufer. Das Wasser klatschte an seine Füße. Das Lächeln schwand aus Kerkhoffs Gesicht, er wurde ernst.

„Ich wünschte, ich hätte Aaron noch einmal gesehen." Die Falten an seinen Augen glätteten sich zu hellen Fäden, feine Adern auf herbstlichem Laub. „Er war oft bei uns zu Gast. Wir fuhren immer zum Angeln auf den See."

„Woher kannten Sie ihn?"

„Von Mombasa. Ich hatte oft im Hafen zu tun, um die Ausrüstungen für die Bungalows zu holen. Wir begegneten uns im Holländischen Club. Er war ein außergewöhnlicher Mensch."

Anderson zog das Kuvert aus seinem Hemd und wischte rötlichen Staub vom Papier.

„Er bat mich, Ihnen diesen Brief zu geben."

Kerkhoff nahm den Umschlag und riss ihn auf. Aufmerksam überflog er die Zeilen. Es war ein kurzer Text, in klarer, geschwungener Schrift. Als er den Brief zu Ende gelesen hatte, faltete er das Blatt zusammen.

„Offenbar hielt er große Stücke auf Sie, junger Mann."

Die Mulattin kam aus der Küche. Sie brachte eine Karaffe mit Sodawasser, in der Eis klirrte. Kerkhoff sagte zu ihr:

„Martha, als Mister Miller das letzte Mal bei uns war, hat er mir ein Bündel überreicht. Es liegt in der alten Teekiste in meinem Bungalow. Könntest du mir das bitte bringen?"

Sie nickte und als sie zurückkehrte, legte sie ein verschnürtes, in Leder gewickeltes Paket auf den Tisch. Kerkhoff schob es zu Anderson.

„Das hat er mir gegeben. Ich sollte es für ihn aufbewahren."

„Und jetzt?"

„Jetzt gehört es Ihnen. In seinem Brief bat er mich, es Ihnen zu geben."

„Wissen Sie, was es ist?"

„Nein, ich habe es nie geöffnet. Aaron kam eigens hierher, um es mir zu überreichen. Das war ungewöhnlich."

Widerstrebend zog Anderson das Paket zu sich. Es war in grobes Büffelleder gewickelt, sehr widerstandsfähig. Fest umspannten es die Schnüre.

„Wieso war es ungewöhnlich?"

„Er schien in Eile. Sonst kam er immer zu Besuch, wenn er ohnehin in der Nähe zu tun hatte. Damals aber war er an einem Tag von den Momella-Seen gekommen. Das ist ein irrer Ritt."

„War er aufgeregt?"

„Nein, sehr ruhig. Willem, sagte er, Willem, jemand wird das für mich abholen. Dann gab er mir das Paket und verschwand wieder."

Anderson zog den Knoten auf und wickelte das Leder ab. Zum Vorschein kam Papier, ein hoher Stapel fein säuberlich beschriebener Blätter. Auf der ersten Seite, die ganz weiß war, stand nur ein einziges Wort: Laetoli.

„Das ist ein Skript", entfuhr es ihm. „Miller hat mir sein letztes Skript vermacht!"

Aufgeregt blätterte er durch die losen Seiten, allesamt dicht beschrieben. Auf dem letzten Blatt brach die Schrift ab, verlief mitten in dem Satz: Kein Morgen ist wie der andere, und doch muss ich gestehen, meine Kontemplation empfangen zu haben. Alles ist Eitelkeit, verschenkte Zeit. Denn ich habe sie gesehen, mitten unter uns. Mein Gott, was für ein Irrtum: die Vergangenheit. Sie sind hier. Ich habe sie gesehen ...

Ratlos ließ Anderson die Blätter sinken.

„Er hat einfach aufgehört."

In seiner Stimme schwang Enttäuschung. Kerkhoff sagte:

„Donnerwetter! Das also war es, was in ihm bohrte. Der heilige Thomas hat seinen Jünger gefunden."

„Ich verstehe Sie nicht, Mister Kerkhoff. Miller hat sein letztes Buch abgebrochen. Woran ist er gescheitert?"

„Gescheitert, fragen Sie? Was wissen Sie über Aaron, um ein solches Urteil zu fällen?"

„Nicht viel, um ehrlich zu sein."

„Ich will Ihnen das erklären." Sorgfältig wickelte Kerkhoff das Päckchen ein, schob es beiseite.

„Als ich jung war, besuchte ich ein Seminar der Dominikaner in Porto Seguro. Das liegt an der brasilianischen Küste. In Mombasa erzählte mir Aaron, dass er am gleichen Seminar studiert hatte, nur fünfzehn Jahre früher. Ihn zog es zu den Wilden. Er wurde Anthropologe."

„Und Sie?"

„Ich ging als Priester nach Indochina. Als der Krieg ausbrach, mussten wir unsere Mission aufgeben. Ich lebte eine Zeitlang in Neu-Guinea, später zog ich durch Afrika. Ich war mein ganzes Leben lang Missionar. In Uganda gehörte ich zum Beraterstab eines Clanchefs. Als auch dort Krieg ausbrach, legte ich die Kutte ab und kam nach Tansania. Es ist das friedlichste Land dieses Kontinents. Ich hatte genug vom Krieg."

„Sind Sie Dominikaner?"

„Ich war es. Aaron auch. Obwohl er sich der Wissenschaft verschrieb, ist er bis zuletzt ein gläubiger Mensch geblieben." Kerkhoff zeigte auf das Manuskript. „Das ist der Beweis. Kennen Sie die Summa theologiae?"

„Nein."

„Die Summa theologiae ist eines der wichtigsten, wenn nicht sogar das wichtigste Werk der Scholastik. Haben Sie nie davon gehört?"

„Sorry, nein."

„Vor siebenhundert Jahren unternahm ein Dominikanermönch namens Thomas von Aquin den erstaunlichen Versuch, Aristoteles auf seine Eignung für die Christenheit zu prüfen. Seine Werke füllten Bibliotheken, obwohl er nicht einmal fünfzig Jahre alt wurde. Thomas lehrte in Paris, Köln, in Italien und beriet den Papst im Streit um die Aristoteles-Deutung. Er lebte als Mönch, bis zuletzt unterrichtete und betete er. Kurz vor seinem Tode brach er plötzlich alle Arbeiten an seinem Hauptwerk ab. Auf einer heiligen Messe soll ihm eine Gestalt erschienen sein. Einige behaupten, er hatte eine Vision. Andere sprechen von einem Nervenkollaps. Ganz gleich, was es war: Der Meister der systematischen Vernunft diktierte seinem Sekretär fortan keine einzige Silbe mehr. Ich kann nicht, denn alles, was ich zuvor geschrieben habe, erscheint mir jetzt wie Stroh. Das waren seine letzten Worte."

„Ich habe nie von dieser Geschichte gehört. Sie klingt in der Tat seltsam."

„Er war der wichtigste Denker seiner Zeit. Nach seinem Tode wurde er verfemt. Vor allem die Franziskaner lehnten sich gegen seine Thesen auf. Längst hatten sie das Armutsgelübde ihres Ordensgründers über Bord geworfen. Ihnen ging es um die offizielle Lehrmeinung in der katholischen Welt, die sich die Orden gegenseitig streitig machten. Es ging um die Hegemonie an den Universitäten, um Lehrstühle und Einfluss. Fünfzig Jahre dauerte es, bis ihn der Papst rehabilitierte. Im vierzehnten Jahrhundert wurde Thomas von Aquin heiliggesprochen, hat ihn die Kirche postum dekoriert. Die Wissenschaft straft ihn mit Nichtachtung. Bis heute gilt das Mittelalter als roh, dumm und dunkel."

„War es das nicht? All die Kriege, Seuchen, der Schmutz? Die Menschheit hat lange gebraucht, sich aus dem Schlamm zu wühlen."

„Da haben Sie zweifellos recht. Ich will das Mittelalter nicht umdeuten. Dennoch glaube ich, dass einige der damaligen Denkansätze noch immer ihre Gültigkeit haben, vor allem, wenn es um Seele und Geist geht. Um die Kategorien, die die moderne Wissenschaft völlig ausblendet."

„Die moderne Wissenschaft nahm auf den Schutthaufen der Inquisition ihren Anfang. Das cartesianische Weltbild hat Platon und Aristoteles abgelöst, Jahrtausende alte Lehren."

„Haben Sie Platon gelesen?"

„Um ehrlich zu sein, wenig."

„Warum erheben Sie sich dann so leichtfertig darüber? Heraklit von den eleusinischen Demetern prägte als Erster den Begriff des Philosophen. Aus dem Altgriechischen heißt dieses Wort übersetzt: Freund der Weisheit. Und eine Theoria ist wörtlich übersetzt eine Gottesschau. Ich frage Sie, was ist davon in der Wissenschaft übrig?"

Anderson hob die Hände. Kerkhoff redete ruhig, ohne Hast.

„Für Platon steckte hinter den Dingen und Erscheinungen eine kosmische Intelligenz, die nicht zu erkennen ist, die einfach existiert. Thomas von Aquin nannte sie die Potenzialität. Sagt Ihnen der Name Heisenberg etwas? Dieser deutsche Physiker steht nicht im Verdacht, ein Scholastiker zu sein. Er hat vorausgesagt, dass man nicht beliebig genau messen, nicht beliebig genau erkennen kann. Immer bleibt etwas Verborgenes, immer verändert der Beobachter das Ergebnis durch seinen eigenen Blick. Sogar die moderne Physik hat erkannt, dass sich hinter der scheinbar ewigen Materie eine nicht materialisierbare Form versteckt. Früher nannte man es Äther, heute dunkle Energie, dunkle Materie, kosmische Hintergrundstrahlung. Räumen Sie den ganzen Formalkram beiseite, dann bleibt nur Licht übrig oder Lichtwellen, die den Kosmos durchschwingen; oder bloße Wechselwirkung, das Potenzial einer möglichen Entwicklung. Sie können alle möglichen Begriffe dafür verwenden: Universalenergie, Weltwille, sogar Gott, Allah, Jahwe."

„Dann bliebe die Revolution, die bei Descartes ihren Anfang nahm, eine historische Episode. Wie Thomas von Aquin."

„Alles ist Episode. Sie, ich, Aaron, Descartes, Heisenberg und Aristoteles", bestätigte Kerkhoff. „Descartes hat kein Weltbild errichtet. Er hat eine Methode eingeführt: Nur was man messen kann, existiert. Daraus wird Realität konstruiert, die für alle Menschen gelten soll. Das ist hilfreich, um technische Geräte zu bauen. Um Naturgesetze zu finden, deren Ausnutzung unser Leben erträglich macht. Damit wir nicht eines Tages in den Schlamm zurücksinken, wie Sie sagten. Aber die evolutionäre Fortentwicklung der Menschheit auf diesem Planeten hängt nicht allein von unseren technischen Fähigkeiten ab. Im selben Maße, wie wir schöpferisch tätig werden, wächst unsere Fähigkeit zu zerstören. Die entscheidende Frage ist, wie wir damit umgehen."

„Die Erfolge der Wissenschaft sind unbestritten, meinen Sie nicht?"

„Dies stelle ich nicht in Abrede. Damit der Affe sein Futter findet, hat ihn die Natur ein paar Tricks gelehrt. Diese Tricks sind angeboren oder er lernt sie in den ersten Monaten seines Lebens. Uns Menschen ist gegeben, dass wir immer lernen. Ständig wächst unser Repertoire, erweitert sich. Wir benutzen es auf dieselbe Weise wie das Tier oder besser gesagt wie der Mammutjäger: von der Hand in den Mund. Ich habe oft mit Aaron darüber diskutiert. Welchen Sinn macht es, Millionen Jahre alte Fossilien auszugraben? Um die Knochen zu putzen, mit der Lupe zu betrachten, um sie zu zählen? Um sie in hübschen Vitrinen zu präsentieren? Ich kann mir nur diesen Sinn vorstellen, der den Aufwand wirklich lohnt: um unseren Ursprung zu verstehen. Die Aufgabe, die mit dem Aufbruch unserer frühen Vorfahren aus Ostafrika verbunden war."

„Für solche Studien braucht man keine Fossilien. Es genügt, daran zu glauben, dass es sie gibt. Irgendwo im Sand, im Meer, im Eis."

„Martin, wir verstehen uns. Aaron schreibt, dass Sie auf Grönland geforscht haben. Wie ist es dort?"

„Ich hatte Glück. Ich habe einige Artefakte der Wikinger gefunden. Jetzt erkenne ich die stillen Buchten nicht mehr wieder: Dort lockt das große Geld, wachsen Hotels und Bars auf dem Strand. Ich hätte die Hände davon lassen sollen. Erklären Sie mir, was mich getrieben hat?"

„Wohl die Aussicht auf Ruhm. Sie sind jung, leicht verfällt man solchen Verführungen. Jetzt sind Sie ein gemachter Mann. Ihnen winkt ein Lehrstuhl, der Aufstieg in die Elite, soziale Sicherheit. Das ist nicht zu unterschätzen. Daran ist nichts Verwerfliches. Die meisten Menschen leben so ..."

Kerkhoff suchte nach dem richtigen Wort, „... so halb Mensch, halb Tier, Alltagstier, spezialisiert in ihrem Habitat. Was nützen aufrechter Gang und großes Gehirn ohne den Geist, der den Überblick behält, die Balance?"

Geschirr klapperte. Martha legte Besteck auf. Kerkhoff schloss:

„Aaron hat sehr unter der Ignoranz seiner Kollegen gelitten."

„Ich habe ihm nicht erzählt, welche Witze über ihn an der Universität in Amsterdam die Runde machen. Es ist schäbig. Aber was wollen Sie machen? So sind die Leute."

„Natürlich. Womit wir wieder beim heiligen Thomas wären. Die Universitäten verhalten sich kaum anders als die Kirche im Mittelalter. Sie grenzen jeden aus, der ihre Dogmen nicht anerkennt. Aaron hat die Exkommunikation am eigenen Leib erfahren. Fortan wurde er nicht mehr zu Kongressen eingeladen, niemand wollte seine Artikel drucken. Die eigene Fakultät stellte ihm ein Ultimatum. Ich bin froh, dass er auf seine Bezüge verzichtete. Dass am Ende der Ketzer die Oberhand behielt, der freie Geist."

„Ich hatte nicht den Eindruck, dass Professor Leiden ein Inquisitor ist."

„Leiden ist ein kleines Rad im großen Getriebe. Er folgt dem gleichen Irrtum wie seine Kollegen. Es ist ein allgemeines menschliches Dilemma."

Kerkhoff legte die Hand auf Millers Manuskript.

„Einst hatte ich die Hoffnung, dass die Anthropologen es schaffen könnten, den entgleisten Karren auf die Schienen zu heben. Doch sie tun nichts anderes als die Erbsenzähler aus der Chemie oder der Physik. Geist hat in der Wissenschaft keinen Platz. Das war es, was Aaron in Ostafrika suchte: den Geist oder besser den Ursprung des menschlichen Geistes, dessen Schöpfung kein Zufall sein kann."

Lange hatte der Dominikaner geredet, ohne dass seine Stimme den ruhigen Tonfall verlor. Er sprach wie jemand, der ausführlich über diese Dinge nachgesonnen hatte, wie jemand, der lange auf einen See schaut, auf die zitternde Sonne auf dem ruhigen Spiegel. Anderson fragte:

„Sind Sie noch als Priester tätig?"

„Nein. Wer zu Gott finden will, muss die Kirche verlassen. Das ist wie in Ihrer Branche."

Es folgte langes Schweigen. Leise klatschten die Wellen aufs Ufer. Martha brachte den Fisch in frischer Zitronencreme. Sie stellte die dampfende Pfanne auf den Tisch und setzte sich zu den Männern.

„Greifen Sie zu, Mister Anderson", forderte sie lächelnd.

Er nahm das Messer und schnitt einen Streifen aus dem rosa Leib, dessen Haut silbrig schimmerte. Während sie aßen, fiel sein Blick mehrfach auf das Paket, dessen Leder ziemlich abgegriffen war. Einmal hob er den Kopf. Er sah Isaak, der rauchend auf den Steinen kauerte. Pelikane strichen über das glänzende Wasser.

6. Kapitel

Um die Mittagszeit stülpte die Sonne eine schwüle Glocke über den See. Ölig klatschten die Wellen ans Ufer, knisternd wie Messing. Die Vögel im Schilf verstummten. Anderson hatte geduscht, unter dem dünnen Strahl des Plastikboilers auf dem Dach des Bungalows. Die Hütte war für eilige oder späte Gäste reserviert, die manchmal erst nach der Dämmerung anklopften, weil sie in der Serengeti stecken geblieben waren oder weil es zu gefährlich war, nachts über die unbeleuchtete Küstenstraße nach Mwanza zu fahren. Anschließend machte er es sich in einer Hängematte zwischen den Palmen bequem. Er beobachtete die Ameisen, die emsig über die Seile krabbelten. Die Insekten kamen aus einem Trichter im Boden. Schwarze Leiber krochen ans Licht und spalteten sich in lange Kolonnen auf. Eine dieser Kolonnen marschierte geradewegs zu dem Baum, an dem die Hängematte befestigt war. Wie ein Wurm leckte der Insektenstrom an der Rinde. Doch nicht die Seile waren sein Ziel, sondern die in den oberen Astgabeln versteckten Vogelnester. Nicht selten blieb ein Ei erkaltet liegen oder ein Jungvogel überlebte die ersten Tage nicht. Dann war es an den Ameisen aufzuräumen.

Anderson beobachtete das Gewühl der Arbeiterinnen, die unablässig nach Verwertbarem suchten. Nichts konnte ihnen entgehen, auch nicht die Marschsäule ungleich größerer Insekten, die wie eine rote Kobra über die flachen Steine am Ufer glitt. Diese Ameisen waren stärker, sie glänzten rot. Tödlichem Kupferstaub gleich fielen sie über den Bau der schwarzen Ameisen her. Innerhalb von Sekunden entwickelte sich eine Schlacht. Der Schlund spie eine schwarze Lawine aus, die den roten Staub hinwegschwemmte, bis sich die letzte Angreiferin im Gras krümmte. Aufs Neue züngelte der dunkle Insektentreck an der Rinde hoch.

Anderson drehte sich auf den Rücken. Durch die breiten Blätter der Baumkrone konnte er den weißen Himmel sehen. Ob die Ameisen Notiz davon nahmen? Vom Himmel, vom Menschen in der Hängematte, von der grünen Farbe der Blätter? Auf der Erde gibt es fast zehntausend Ameisenarten. Einige sind auf pflanzliche Nahrung spezialisiert. Andere haben kräftigere Mandibeln für faules Fleisch, sie sind widerstandsfähig gegen die Zersetzungssäfte im Aas. Es gibt Ameisen, die in der Niederlage fliehen, bevor die Verluste die eigene Population gefährden. Andere greifen erbarmungslos an, selbst auf die Gefahr des Untergangs hin. Einige produzieren ein giftiges Sekret, wenn sie sich von Feinden umringt sehen. Wie Gotteskrieger sprengen sie sich selbst in die Luft, reißen Dutzende ihrer Feinde in den Tod, die letzte nützliche Tat für die Erhaltung der eigenen Art.

Einige Ameisen veranstalten im Innern ihrer Baue große Versammlungen. Oder sie stampfen gewaltige Hügel aus dem Sand. Manche Ameisen halten zuckerspendende Käfer als Haustiere oder sie melken Läuse, mit denen sie in Symbiose leben. In der Serengeti heimische Termiten siedeln in ihren Turmbauten eine bestimmte Pilzsorte an, die das Mikroklima auf eine konstante Temperatur kühlt, ganz gleich wie heiß die Sonne draußen auf den Lehm drückt. Der ganze Insektenstaat ist perfekt organisiert, viel effizienter als die menschliche Zivilisation.

Denn jedes Insekt wird in vollendeter Bereitschaft geboren: für seine Aufgabe, für seinen Platz in der Gemeinschaft, in der kurzen Zeit seines Lebens. Dahinter steckt eine unsichtbare Hand, die alles schuf, ordnet, in der Evolution weitertreibt. Diese Intelligenz, dachte Martin Anderson, hat die Ameisen geformt, ebenso Bäume, Himmel und Menschen. Sie existiert unabhängig von den Spezies, unabhängig von ihren Individuen. Ständig webt sie am Netz des Lebens, um es zu verdichten, es vielfältiger und robuster zu machen. Die Art ist wichtiger als das Einzelwesen. Er dachte: Das hat mit Intelligenz nach menschlichem Ermessen nichts zu tun. Wir Menschen verehren sogar die Erfinder der Atombombe als Genies.

Isaak trat an die Hängematte. Zwischen seinen Lippen qualmte ein Stummel. Er richtete seine dunklen Augen auf Anderson.

„Mister Kerkhoff bat mich, Ihnen mitzuteilen, dass wir nach Mwanza fahren. Dort wartet ein Flugzeug, das Sie nach Momella bringen wird."

Anderson stützte sich auf.

„Zur Beerdigung?"

Isaak nickte.

„Das hat Mister Kerkhoff arrangiert. Er wird Sie begleiten."

„Und Sie?"

„Ich fahre mit dem Jeep nach Lobo zurück. Möchten Sie noch ein wenig ausruhen?"

Mit einem Kopfschütteln wälzte sich Anderson aus den Seilen. Er klopfte seine Schuhe gegen die Rinde. Ein paar Ameisen fielen heraus.

„Wann fahren wir los?"

„Wenn Sie wollen, sofort."

„Was ist mit Mister Kerkhoff?"

„Er ist schon fertig. Soll ich ihm Bescheid geben?"

„Isaak, das ist eine gute Idee. Sagen Sie ihm bitte, dass ich komme."

Der Afrikaner nahm den Stummel aus dem Mund und warf ihn in den See, in die glitzernde Pfanne aus weißem Licht.

***

Flach griff die Sonne in das offene Wellblechtor des Hangars. Draußen konnte man die schmale Landebahn erkennen. Braunes

Gras säumte den Asphalt. Kerkhoff warf die Motoren an, Staub wirbelte auf. Der Hangar schepperte wie eine Dose. Langsam rollte die kleine Maschine ins Freie. Kerkhoff saß hinter der Steuersäule. Anderson hatte auf dem abgeschabten Sitz des Kopiloten Platz genommen. Der Laderaum hinter ihnen war leer. Von der Decke hingen lose Sicherungsgurte. Das Bugfenster schloss nicht richtig. Über der Schnauze klapperte die Abdeckung. Das Armaturenbrett war mit Holz verkleidet. An der Decke des Cockpits zeigte sich Rost. Öliger Dreck quoll aus den Ritzen. Die beiden Motoren surrten kraftvoll und harmonisch. Kein Klingeln störte ihren Lauf, als Kerkhoff auf die Startbahn einschwenkte, an der Vorstartlinie hielt und auf den Funkspruch vom wackeligen Turm am Abfertigungsgebäude wartete.

„Sitzen Sie bequem?", fragte er.

„Ja. Wie lange werden wir unterwegs sein?"

„Etwa eine Stunde. Wir haben Zeit. Es ist schöner, tief zu fliegen. Schön flach und langsam wie in einer Kutsche."

Die Stimme des Lotsen krächzte in Kerkhoffs Kopfhörern. Er schob die Gashebel nach vorn, bis sich die Maschine in Gang setzte. Langsam schlich sie über die Vorstartlinie auf die Startbahn. Kerkhoff beschleunigte, das Flugzeug gewann an Fahrt, langsam zog er die Steuersäule zu sich heran. Zitternd hob sich die Schnauze vom Asphalt. Ein Ruck ging durch die Maschine und sie stiegen in den gelben Nachmittagshimmel über dem Victoriasee, die blendende Sonne gerade voraus. Kerkhoff legte den Flieger schräg. Er setzte zu einer weiten Kurve an, über dem See, der unter ihnen glänzte wie Schlamm. Das Flugzeug verließ die Bucht, beschrieb einen Bogen über dem offenen Wasser und erreichte die Küste über den Bungalows von Speke Bay. Jetzt schimmerte das Wasser blau, am sandigen Uferstreifen grün. Sie überflogen die stecknadelgroßen, schilfgedeckten Hütten der

Eingeborenen. Wenige Augenblicke später drückte Kerkhoff die Maschine tiefer. Plötzlich schwebten sie über den welligen Hügeln des Western Corridor, über den Antilopen der Mara, die sich scheinbar unberührt unter ihnen ausdehnte.

Kerkhoff wandte seinen Kopf zu Anderson. Grinsend reckte er den Daumen nach oben, um sich anschließend den Instrumenten zu widmen. Anderson drückte seine Wange gegen die Scheibe. Gebannt schaute er auf sanft schreitende Elefanten und schwebende Giraffen. Kerkhoff folgte dem Lauf des Mbalageti-Flusses, dessen dünnes Band hell glitzerte, gesäumt von dunklen Büschen und sattgrünen Hainen, die schmal ins trockene Umland schnitten. Er drehte die Maschine nach Norden. Bald kam die Lodge von Seronera in Sicht. Anderson erblickte die Kopjes, auf denen helle Flecken lagen. Das waren Löwen. Vorn schälten sich langsam die alten Vulkane aus dem Dunst: Olmoti, Empakaai und schließlich der Ngorongoro. Tiefe Wolken zogen sich zusammen. Es schien, als müssten die Krater den Himmel stützen. Ihre mächtigen Kegel wanderten am Fenster vorbei. Eine spiegelglatte Fläche schob sich ins Sichtfeld: der Natronsee. Violett schimmerte sein Spiegel, gesäumt von schmutziger Lake, Salz oder Kalk. Monoton brummten die Motoren unter den Tragflächen, schrieben die Propeller farbige Ringe in die Luft. Zwei hohe Gipfel schoben sich vor die Krater, der Doinyo Lengai und der Kitumbeine. Das waren Zwerge im Vergleich zu dem gewaltigen Massiv, das sich hinter ihnen am Horizont abzeichnete.

Kerkhoff schwenkte nach Südosten ein. Er hielt geradewegs auf das Massiv zu, von dem nur die breite Basis zu sehen war, denn die Gipfel steckten in den Wolken. Eine Straße kam in Sicht, die wichtige Verkehrsader von Nairobi nach Arusha. Kerkhoff hatte offenbar nicht vor, Arusha direkt anzusteuern. Er hielt sich links vom Meru-Massiv, zog die Maschine steil in die Höhe. Sie stießen in graue, undurchdringliche Nebel, bis das Licht kräftiger strahlte und sie aus den Wolken herausschossen in einen atemberaubend klaren, zartblauen Azurhimmel. Unter ihnen waberten Wolken wie Schnee. Lautlos schwebte die Maschine zwischen weißen Bänken und der blauen Kuppel. Kerkhoff stieß ihn sacht an. Er zeigte nach vorn, wo sich strahlend der eisbedeckte Gipfel des Kilimandscharo reckte, eine glänzende Kathedrale im Frost. Minutenlang stand dieses Bild unbewegt vor Andersons Augen, der prächtige Gipfel mit den blassblauen Gletschern. Erneut legte Kerkhoff die Maschine auf die Seite, drückte sie nach Süden, durch die Wolken hindurch, zwischen Mount Meru und dem Kilimandscharo zur Straße nach Moshi, bis das Flugfeld auftauchte. Vorsichtig ließ er die Maschine sacken. Schon erkannte man die Manyattas der Anwohner und die verzweigten Schirme der Akazien. Ein langer Truck rollte über die Straße. Die Sonne verschwand hinter dem Mount Meru, dessen gezackter Schatten weit übers Land fiel. Kerkhoff hatte den Lotsen am Funkgerät. Noch einmal zog er eine Schleife. Anderson genoss den letzten Blick auf die Berge. Sie drehten über der Landebahn ein. Rasend näherte sich die schwarze Piste. Ein Ruck durchfuhr die Maschine, sie rollten aus. Kerkhoff lenkte das Flugzeug zu einer Halle neben dem Empfangsgebäude. Dort stellte er die Motoren ab.

Ein afrikanischer Techniker schob eine kleine Gangway heran. Er winkte zum Cockpit hinauf. Kerkhoff winkte zurück, entriegelte den Sicherheitsgurt und ging nach hinten, um die Tür zu öffnen. In der Kabine verbreitete sich der Gestank von verbranntem Kerosin.

Anderson wandte sich zur Luke, wo der Techniker freundlich grüßte. Eine Minute später kurvte er mit Kerkhoff in einem rostigen Pick-up zum Hangar. Am Terminal wurde ein großer Touristenjet entladen. Kerkhoff jagte den Wagen am Terminal vorbei

auf die Zufahrtsstraße und zur Hauptstraße, die nach Arusha und
Moshi führte. Sie bogen nach Moshi ein. Blutige Wolken erglüh-
ten, als ströme Eisenschmelze über den Himmel. Kerkhoff schaltete die Scheinwerfer ein. Ein kaninchengroßes Dikdik huschte
durch den Lichterkegel. Vorsichtig traten Impalas aus dem dornigen Busch. Kerkhoff fuhr schnell. Nicht immer vermochte er
es, den tiefen Schlaglöchern auf dem gewundenen Weg auszuweichen. Der Wagen ächzte in den Federn. Quietschend wippte
das Fahrerhaus. Anderson flog auf seinem Sitz hin und her. Ein
Schild wies nach Momella. Zwischen den Sträuchern schrumpfte
der ausgefahrene Weg zur kaum sichtbaren Spur.

„Wir müssen uns beeilen", knurrte Kerkhoff. „Wenn es zu dunkel wird, stecken wir leicht fest. Dann müssen wir bis zum Morgen warten."

Hütten kamen in Sicht, eine spärlich beleuchtete Boma. Danach führte die Reise durch tiefe Dunkelheit, bis der Wagen
eine grasige Anhöhe erklomm, hinter der sich ein flacher Hang
senkte. Anderson erkannte große Zelte mit hellen Lampen und
einen Parkplatz für die Landrover. Vor wenigen Tagen erst war
er hier angekommen, hatte hier seine erste Nacht auf dem afrikanischen Kontinent verbracht. Der nächtliche Busch hatte ihn
kaum zur Ruhe kommen lassen, dieser süßliche Geruch von Aas,
der auch nachts nicht verwehte, das Geschrei der dunklen Vögel
und die sägenden Zikaden. Erst im Morgengrauen war er in oberflächliche Träume entglitten und wenig später mit dem Jeep nach
Olduvai aufgebrochen. Anderson erinnerte sich daran, als lägen
Monate dazwischen. Er spürte, dass er sehr müde war.

Kerkhoff stoppte. Sie stiegen aus und schritten zum großen
Festzelt, in dem sich die Trauergemeinde versammelt hatte. Vorsichtig hob Kerkhoff die Plane. In dem stickigen Zelt drängten
sich ungefähr achtzig Leute. An der Seite war ein kleines Bü-

fett aufgebaut. Vorn stand ein Rednerpult. Anderson konnte nicht sehen, wer sprach. Er hörte die Worte, die ein Lautsprecher bis in die hinterste Zeltecke trug: „... überbringe ich Ihnen das tiefe Beileid Ihrer Majestät der Königin und die aufrichtige Kondolenz des Rektors der Universität von Amsterdam. Magnifizenz wünschte ausdrücklich, dass wir alle den Verstorbenen als vorbildlichen Streiter für die Wissenschaft in Erinnerung behalten. Professor Aaron Miller widmete sein Leben in einzigartiger Art und Weise der Forschung. In mehr als fünfzig Jahren hat er der Anthropologie herausragende Ideen und Ergebnisse geschenkt. Er war einer der besten Köpfe unserer Universität, die nun ärmer sein wird und sich in Trauer hüllt. Doch um sein Vermächtnis zu bewahren, hat die Universitätsleitung beschlossen, jährlich einen Aaron-Miller-Preis für junge Nachwuchswissenschaftler zu stiften. Ohne Einzelheiten vorzugreifen, habe ich die Ehre, Ihnen mitteilen zu dürfen, meine Damen und Herren, dass sich die niederländische Krone daran mit einer erheblichen Summe beteiligen will."
Jemand klatschte in die Hände und rief: „Bravo!"

Der Redner fuhr fort: „Aaron Millers leuchtendes Vorbild wird vielen jungen Wissenschaftlern Ansporn und Verpflichtung sein, sich mit allen Kräften der Erforschung der letzten Geheimnisse der Anthropologie zu widmen. In den kommenden Tagen wird die Universitätsleitung festlegen, wer die Nachfolge von Professor Miller auf seinem Lehrstuhl in Amsterdam antreten wird. Wir sind uns alle sicher, dass dies ganz in seinem Sinne ist. Wissenschaft braucht Kontinuität, auch wenn der Verstorbene kaum zu ersetzen sein wird." Der Redner legte eine bedeutungsschwangere Pause ein, sagte dann: „Ich darf Sie nun bitten, meine Damen und Herren, beim gemeinsamen Essen des Verstorbenen zu gedenken. Professor Miller ruhe in Frieden, hier an den Ufern der Momella-Seen. Gott schütze ihn und Sie alle."

Einen Augenblick blieb es still. Schließlich zerbröckelte die Stille. Gespräche kamen auf, leise tuschelnd. Teller klapperten. Langsam erhob sich Stimmengewirr. Anderson erkannte eine Gruppe junger Forscher, die mit ihm im Flugzeug aus Amsterdam gesessen hatten. Sie waren in Nairobi geblieben, um bei Professor Leakey zu hospitieren. Während des Fluges über Frankreich, die Alpen, das östliche Mittelmeer und den Sinai hatten sie über Theorien zur Menschwerdung gestritten, ein akademischer Disput über Ramidus, Afarensis und moderne Schimpansen. Unlängst war am Nordrand der Sahara der Toumai aus der Erde geholt worden. Diese Entdeckung stellte die Theorie vom singulären Ursprung des Menschen im Rift Valley infrage. Heiß debattierten die jungen Leute über Jahrtausende, Jahrhunderttausende und Millionen von Jahren.

Wegen des Krieges in Äthiopien hatte das Flugzeug zum Roten Meer ausweichen müssen. Weiße Schiffe zogen weiße Schleppen auf tiefblauem Wasser, das in der Sonne blitzte wie polierte Bronze. Bei Djibouti erreichten sie afrikanisches Festland, überflogen Südäthiopien, den lang gestreckten Turkana-See und die kleineren Seen auf der Strecke nach Nairobi.

In diesem Moment erblickte Anderson die hagere Gestalt von Professor Leiden, der dem Redner, einem älteren Mann in gepflegtem Anzug, dankbar die Hand schüttelte. Leiden wirkte übernächtigt, mit eingefallenen Wangen und tiefen Rändern unter den Augen. Offenbar war er sofort nach der Nachricht von Millers Tod herbeigeeilt, um das Begräbnis zu organisieren. Anderson überlegte, ob er Leiden begrüßen sollte, doch er verließ das Zelt und lief zum See. Vor dem schimmernden Wasser, auf einer Uferklippe, ragte ein solides Kreuz aus hölzernen Balken. Kränze lehnten an dem massiven Pflock. Die ganze Klippe lag voller Kränze, Schleifen und Gebinde. Er hockte sich auf den Felsen und schaute über den See, wo die Flamingos schnatternd im Morast wühlten. Messerscharf zeichneten sich ihre grazilen Körper gegen die Wasserfläche, die trotz der Dunkelheit wie ein heller Teller leuchtete. Lautlos teilten sich die Vögel. Ein Flusspferd schob seine Nüstern aus dem Wasser. Der massige Kopf und der Leib folgten. Gemächlich trottete es zum Ufer.

Anderson hörte Schritte, menschliche Schritte, die im Ufersand knirschten. Sie kamen näher und verhallten hinter ihm.

„Schön, dass Sie gekommen sind", hörte er Leiden sagen. „Ich hatte die Hoffnung aufgegeben, dass Sie rechtzeitig aus der Serengeti hier sein könnten."

Er hockte sich neben Anderson und steckte sich eine Zigarette an.

„Ich bin eben erst angekommen", sagte Anderson müde. „Wir hatten Glück. Wir kamen ohne Probleme durch."

„Sie kamen nicht allein?"

„Mister Kerkhoff, ein Dominikanerpriester vom Victoriasee, war so freundlich, mich herzufliegen. Sonst hätte ich es nicht geschafft."

Leiden bot Anderson eine Zigarette an, er lehnte ab.

„Haben Sie etwas von der Rede des Botschafters mitbekommen?", fragte der Professor. „Er hat alle Termine abgesagt, um die Grüße der Königin und des Rektors zu überbringen. Welchem Wissenschaftler wurde jemals solche Ehre zuteil?"

„Ich habe nur die letzten Sätze gehört. War der Forschungspreis seine Idee?"

„Keine Ahnung. Wichtiger war der Teil seiner Rede, der Sie betraf."

„Mich?"

„Sie sind für Millers Lehrstuhl nominiert, in aussichtsreicher Position, auf Platz eins der Berufungsliste. Sie haben glänzende Meriten. Sie erfüllen alle Anforderungen, die jemand vorweisen muss, der Millers Erbe antritt. Die Universität wünscht, dass der

Lehrstuhl für Anthropologie künftig verwertbare Zivilisationsforschung betreibt. Miller ist in seinen letzten Jahren zu sehr in die evolutionäre Anthropologie abgedriftet, man möchte sagen, in die Esoterik. Mit solchen Spinnereien können Sie keinen Blumentopf gewinnen. Geschätzter Herr Kollege, Sie haben eine ausgezeichnete Reputation, ihre Publikationsliste ist beeindruckend. Die dänische Regierung hat signalisiert, für den Fall Ihrer Berufung ein größeres Forschungsprojekt zwischen unserer Universität und der Universität in Kopenhagen zu finanzieren. Über Wikingersiedlungen auf dem europäischen Festland. Was halten Sie davon?"

„Die Schwedische Königliche Akademie hat gleichfalls Interesse bekundet."

Leiden schrieb einen glühenden Kreis in die Luft.

„Ach ja, dieses Institut. Wo soll es denn entstehen?"

„Ich hätte freie Wahl. Island. Grönland. Irgendwo im Nordatlantik, wo sich Fuchs und Hase gute Nacht sagen."

„Erzählen Sie mir nicht, dass Sie als Eremit leben wollen. Wie der alte Miller. Ich sage Ihnen was: Ihre Studenten werden Ihnen nur so lange die Treue halten, bis sie ihre Abschlüsse in der Tasche haben. Sie sind jung, Mister Anderson, stehen am Anfang einer einzigartigen Karriere. Sie brauchen den globalen Austausch und alle Chancen, die Ihnen eine große Universität wie in Amsterdam bieten kann. Ihnen und Ihrer Familie, die Sie eines Tages gründen werden."

Mürrisch schwieg Anderson. Ihm schien unpassend, jetzt über solche Dinge zu diskutieren. Jetzt und hier, am Ufer des Sees. Amsterdam und Grönland lagen ungeheuer weit entfernt. Wollte er überhaupt nach Island oder Grönland zurück? Er konnte die schwedischen Millionen ebenso gut für ein Institut in Amsterdam verwenden. Im Grunde genommen konnte er beides haben: den Lehrstuhl und das Institut. Aber was in aller Welt sollte er seinen

Studenten erzählen? Dass er insgeheim wusste, dass sie alle auf dem Holzweg waren, ihn selbst nicht ausgenommen?

Damit war kein Blumentopf zu gewinnen, zweifellos hatte Leiden Recht. Also musste er seine wissenschaftliche Karriere an den Nagel hängen, um wirklich wie ein Eremit zu leben. Wie Aaron Miller. Wie Thomas von Aquin.

Leiden schwieg, Anderson schwieg. Er war froh, dass ihn der Professor nicht zur schnellen Antwort drängte. Als Leiden aufgeraucht hatte, rieb er den Stummel in die Erde. Er erhob sich und sagte:

„Ich bleibe noch zwei Tage. Lassen Sie uns morgen weiterreden. Einverstanden?"

Er hielt Anderson die Hand hin.

„Bis morgen", bekräftigte Martin Anderson.

Ohne weitere Worte stapfte Leiden zum Zelt. Träge trottete das Flusspferd am Wasser entlang. Wie schweigende Schatten aus dem Totenreich standen die Flamingos am Ufer. Klirrend schoben sich Wellen auf den Kies und fluteten zurück. Fledermäuse sausten durch die Luft. Kerkhoff kam von den Zelten, hockte sich neben Anderson und neben das Kreuz.

„Ich dachte mir, dass ich Sie hier finde. Haben Sie etwas dagegen, wenn ich mich zu Ihnen setze?"

„Gott bewahre, nein. Wie ist das Dinner?"

„Sehr opulent. Die Universität war nicht knauserig. Haben Sie keinen Hunger?"

„Ich habe überlegt, ein Stück spazieren zu gehen."

„Wir sind an der Grenze zum Nationalpark. Hier streunen gelegentlich Löwen oder Leoparden durch den Busch. Oder Sie treffen auf ein Rudel hungriger Hyänen. Oder Ihnen kommt ein Flusspferd in die Quere, das Sie vor Schreck über den Haufen rennt. Es ist sehr gefährlich."

„Ich könnte mir bei den Wildhütern eine Waffe leihen."

Kerkhoff lachte.

„Bei denen beißen Sie auf Granit. Die Ranger legen ihre Kalaschnikows niemals aus der Hand. Kriegerstolz. Sie könnten höchstens ein paar Massai bitten, Sie zu begleiten. Das wäre ohnehin am sichersten."

„Diese Möglichkeit habe ich schon erwogen. Aber dann wäre ich nicht mehr allein."

„Wollen Sie allein sein? Ich kann Ihnen die Nachricht auch morgen früh übergeben."

„Welche Nachricht?"

„Martha hat uns eine Depesche hinterhergefunkt. Kurz nach unserer Abreise von Speke Bay traf ein Telegramm ein, aus Dar. George, der Manager der Ngorongoro Crater Lodge, hatte es weitergeleitet. Sie dürfen sich innerhalb der nächsten sieben Tage nach Laetoli begeben. Von heute Mitternacht an gerechnet, in Begleitung eines kundigen Führers."

Anderson fuhr herum.

„Was soll das jetzt noch? Miller ist tot! Damit sind seine Ideen erledigt. Wenn Sie es genau wissen wollen, ich habe diese ganze Geschichte satt. Ich werde das Gefühl nicht los, mich im Kreis zu drehen."

„Ich verstehe."

„Sie verstehen? Dann können Sie mir bestimmt sagen, wonach Miller eigentlich suchte. Er war Wissenschaftler, die Fachwelt lag ihm zu Füßen. Warum hat er alles aufs Spiel gesetzt? Warum hat er behauptet, die Südaffen gesehen zu haben, mit eigenen Augen? Das ist absurd. Leiden nennt ihn einen Esoteriker. Offen, nicht unter der Hand."

„Ein überzeugendes Argument, nicht wahr? Zumal aus dem Munde eines Professors. Haben Sie etwas anderes erwartet? Miller war Wichtigerem auf der Spur als Fossilien. Längst hatte er begriffen: Alle Erfahrungen und alles Wissen unserer Vorfahren sind in uns angelegt, gespeichert, stehen zur Verfügung. Denn wir sind die Summe aller Menschen bis zum heutigen Tag. Was fehlt Ihnen zu dieser Erkenntnis? Die faktische Bestätigung durch alte Knochen oder Abdrücke?"

„Hören Sie auf! Ich habe genug von … von solchen Predigten."

„Versteifen Sie sich nicht, Martin. Aaron wusste: Wir sind in ein Netz eingewoben, in das Netz der lebendigen Intelligenz. Wir wollen es nicht sehen, weil die Arroganz wie ein dickes Brett vor unseren Köpfen hängt. Aaron wollte sich nicht bei den Knochen aufhalten. Wissen Sie, wie er seine Kollegen einmal nannte? Pubertierende Pfadfinder. Kein Wunder, dass sie ihm Esoterik vorwerfen. Es ist so einfach, jemanden in Verruf zu bringen. Im Falle Aarons ist es geradezu eine Frechheit. Keiner seiner Kritiker konnte ihm jemals das Wasser reichen."

„Hätte er sein Ziel erreicht, wenn er die Malaria überlebt hätte?"

Kerkhoff zuckte mit den Schultern.

„Ich glaube, wonach Aaron suchte, kann man nicht wirklich finden. Nicht, um es in die Tasche zu stecken, um es zu Hause auf den Schreibtisch zu legen und zu sagen: Das ist es, so sieht die Lösung aus. Wir haben oft darüber gesprochen. Wenn ich ehrlich sein soll, schien mir die Suche für ihn viel befriedigender als die Aussicht, jemals tatsächlich fündig zu werden. Der Weg als Ziel. Als er jung war, forderte die Wissenschaft seinen analytischen Verstand heraus. Je älter er wurde, umso schmerzlicher wurde ihm diese Schieflage bewusst. Zum Ende wollte er seine Gedanken, Erkenntnisse und Gefühle unter einen Hut bringen. Er wurde ein gesunder Mensch, der den Blick öffnete und nicht im Tunnel seines Spezialgebiets stecken blieb."

„Nahm er Drogen?"

„Darauf wollen Sie also hinaus. Möglich, dass seine Visionen in Laetoli durch Kräuter induziert wurden. Mir ist bis heute nicht klar, wie er den Höllentrip überhaupt überleben konnte. Er hatte kaum Konserven und nur eine einzige Flasche Wasser. Als er zurückkam, schien er fit wie ein Teenager, nur zwanzig Kilo leichter. Ein ausgemergeltes Gespenst, das befriedigt lächelte."

Anderson dachte einen kurzen Augenblick nach, bevor er fragte:

„Meinen Sie, ich sollte trotzdem nach Laetoli fahren? Ohne ihn?"

Kerkhoff legte ihm eine warme Hand auf den Arm.

„Ich kann Ihnen keine Ratschläge geben. Ich glaube, es wäre eine große Chance. Vielleicht erhaschen Sie etwas von dem, was Aaron suchte. Oder Sie kommen mit leeren Händen zurück. Auch das kann ein Ergebnis sein. Aaron ist tot. Es ist nun völlig Ihre Sache. Sie sind niemandem verpflichtet."

„Doch. Ihm. Er hat mich nach Afrika geholt."

Kerkhoff schüttelte den Kopf.

„Martin. Er hat Sie geholt, weil er Sie bewunderte. Sie sind jung und haben bereits viel von dem verstanden, wofür er sein ganzes Leben unterwegs war. Außerdem sollten Sie sich nicht auf einen Toten berufen, wenn Sie eine Entscheidung fällen, die Sie nur mit sich selbst ausmachen können. Es ist Ihre Angelegenheit, ob Sie eine Chance sehen oder nicht."

Die Hand des Dominikaners strich über das Kreuz, als wollte er es segnen.

„Schlafen Sie drüber", empfahl er leise. „Wenn Sie Lust haben, treffen wir uns zum Frühstück. Vom Ufer hat man einen herrlichen Blick auf die Berge."

Er grüßte und verschwand. Das Stimmengewirr im großen Versammlungszelt war abgeebbt, die Fackeln zwischen den Zelten fast niedergebrannt. Anderson hörte Zikaden. Aus dem Busch röhrten Büffel. Der Himmel war schwarz, mit eingestreuten Sternen. Am Horizont schimmerte ein Buschbrand. Fasziniert beobachtete Anderson das feine Spiel der Farben, bis ihm bewusst wurde, dass dies kein irdisches Feuer war. Langsam zog der Schein über den Himmel, entzündete die Säume der Wolken, gefolgt von zartem, reinem Blau. Das Wasser des Sees glänzte eine Spur heller. Die Büffel trabten, ihr Hufschlag verhallte mit der abziehenden Nacht.

7. Kapitel

In dieser Nacht fand Martin Anderson keinen Schlaf. Seine Nerven waren überreizt, zum Zerreißen gespannt. Trotz der Erschöpfung gelang es ihm nicht, die irritierenden Bilder wegzuschieben und Ruhe in die hektischen Gedankenblitze zu bringen. Verwüstung hinterlassend, peitschten sie durch sein Hirn. Er nahm eine Tablette, denn sein Schädel surrte wie tausend Insekten.

Als das erste Licht keimte, stieg er in seine Jeans, packte einige Sachen, nicht viel, nur die notwendigsten Dinge: T-Shirt, Regenplane, die obligatorische Sonnenbrille, Verbandszeug und Medikamente für den Notfall, eine Wasserflasche, den Kompass, die handliche Kamera und die Taschenlampe. Der Kram passte in den kleinen Beutel, den er auf Expeditionen stets mit sich führte. Er schnürte hohe Lederstiefel an die Knöchel, warf eine Khakijacke über die Schultern und verließ das Zelt. Bronzeschimmer senkte sich auf die Berge, noch war die Sonne nicht aufgegangen. Giraffen rissen Zweige von dornigen Büschen, äugten melancholisch auf den jungen Mann, der die Tür von Kerkhoffs Pick-up öffnete. Wie er erwartet hatte, steckte der Schlüssel. Er warf den Beutel auf die Sitze, startete den Motor und legte den Gang ein. Als er den Fuß von der Kupplung nehmen wollte, erkannte er zwischen den Zelten die Gestalt des Dominikaners. Aufmerksam spähte Kerkhoff zum Wagen.

Anderson gab das Pedal frei. Der Wagen rollte über niedriges Gras zum Lagertor. Feine Kiesel spritzten unter den Reifen. Ächzend federte er über den Hang, riss feuchte Klumpen aus der Erde. Als er auf der anderen Seite des Hügels verschwand, murmelte Kerkhoff leise:

„Duo quum faciunt idem, non est idem. Ut benedicat tibi dominus, Martin!"

***

Der Wagen hetzte über breiten Asphalt, der sich von Arusha schnurgerade nach Westen und später in langem Bogen nach Südwesten erstreckte. Meile um Meile fraß der Kühler, sprang von Staubwolke zu Staubwolke, die entgegenkommende Fahrzeuge von der trockenen Straße fegten. Er war früh gestartet und er fuhr in den Morgen, in den heißen Mittag und bis in die Stunden, in denen sich die Sonne zum Horizont neigte. Bis Arusha prangte die prachtvolle Silhouette des Kilimandscharo in seinem Rückspiegel, ein breiter, schneebedeckter Rücken. Hinter Arusha sah er rotbraunen Staub und flache Akazien, soweit das Auge reichte. Das Licht und die Luft welkten. In Makuyuni befand sich eine kleine Tankstelle, wo Anderson stoppte, um Benzin und Wasser zu kaufen. Anschließend verließ er die Asphaltstraße auf einer erdigen Schneise, die zu den Kratern führte. Durch den Busch glänzte der Manyarasee. Danach stieg der Hohlweg steiler an, schlängelte sich über die roten, erdigen Hügel zum Ngorongoro.

Die ersten Sterne schimmerten, zusehends verlor der Himmel seine Farben. Als sich die Sonne hinterm Krater verkroch, schaltete Anderson die Scheinwerfer ein. Er fuhr am dunklen Hang des Vulkans, neben steil abstürzenden Klüften und dem noch von der Sonne belegten Gipfel des Oldeani. Als die Kegel von Sadiman und Lemagrut in Sicht kamen, bog er ab. Nun wühlte sich der Pick-up über unebenes, steiniges Terrain. Im Spiegel erkannte Anderson den glänzenden Saum des Ngorongoro, als wäre die Sonne in die riesige Schüssel gefallen. Vor ihm dehnte sich ein Hochplateau, schälte sich die graue Riesenfläche des Eyasi-Sees aus dem Dunst. Wenn man die Sonne im Rücken hat, kann man in Ostafrika zu dieser Stunde beinahe unendlich weit sehen. Anderson schaute zum See, dorthin, wo er die Schlucht von Laetoli vermutete.

Bald gab es überhaupt keine Wege mehr, keine Pfade, nur Geröll. Mühsam walzten die Reifen über die Steine, auf schwarzem, kochendem Sand. Schnell senkte sich Dunkelheit, vollkommene Finsternis, undurchdringlich, dass die Scheinwerfer nur wenige Meter aus der Nacht stachen. Wie kleine Meteore schwirrten Insekten durch das grelle Licht. Einen Moment dachte Anderson daran, in die Crater Lodge zurückzukehren. Er verwarf diesen Gedanken, so nah spürte er sich am Ziel. Wenn die Karte auf seinen Knien und die Angaben auf dem Entfernungsmesser im Armaturenbrett stimmten, lag Laetoli unmittelbar vor ihm.

Schwerfällig erklomm der Wagen einen Anstieg. Plötzlich griffen die Vorderreifen in die Luft, fanden keinen Halt, ungestüm schoben die hinteren Räder nach. Er versuchte, das Lenkrad herumzureißen, trat fieberhaft auf die Bremse. Wie von Geisterhand geschoben kippte der Wagen über die Klippe, über eine senkrechte Kante, geradewegs in schwarzen Abgrund. Anderson prallte gegen die Frontscheibe. Warme Flüssigkeit spritzte von seiner Stirn. Die Tür flog auf. Er stürzte tief, schrammte über scharfes Geröll. Rasender Schmerz durchzuckte sein Knie. Der Wagen überschlug sich, bis er auf dem Dach liegen blieb. Es wurde still. Aus dem Tank floss Benzin, tropfte auf die Erde. Dumpf hallten die Tropfen durch die Dunkelheit.

***

Bis nach Mitternacht gab der Boden Hitze ab, erst vorm Morgengrauen kühlte er aus. Die Lufttemperatur fiel, keine Wolke verdeckte die Sterne. Bleich flimmerten sie auf den See und die Schlucht, wo das Wrack lag. Klammer Tau sog die Wärme aus Andersons Körper. Die Kälte drang unter seine Haut, in seine Muskeln, bis in die Knochen. Blauer Schimmer legte sich auf seine Lippen, auf sein Gesicht und die Hände. Die Kälte ließ seine geschundenen Glieder erstarren. Dennoch war sie ein Segen, denn sie hielt die Ameisen unter der Erde, die sich bei Tage längst auf die blutige Spur seiner Verletzungen gesetzt hätten.

Er erwachte, bevor die Sonne kam, bevor die Hitze zurückkehrte und mit ihr die Ameisen. Steif von Kälte und blind vom Schorf strengte er sich an. Mehr als eine zarte Regung mit der Hand gelang ihm nicht. Vorsichtig ertastete er den klammen Boden. Sein Kopf schmerzte, seine Flanke und das Knie.

Schließlich öffnete er die Augen. Verschwommen nahm er wahr, dass er an einem Felsen lag. Wie eine blasse Wand zog der Morgen über die dämmernden Krater. Grau wechselte zu Grün, das klarste und bestechendste Grün, das er jemals erblickt hatte. Zaghafter Feuerschein überschwemmte den Himmel, flimmerte über die Hänge. Langsam traten die Umrisse der Felsen aus der Nacht.

Als er versuchte, sich aufzusetzen, raste ein Stich durch sein Bein, vom Knie durch den Schenkel bis zum Bauch. Stöhnend fiel er zurück, entsetzt von dem Anblick, der sich ihm bot. Das Schienbein war fast senkrecht abgeknickt. Der Wagen lag einige Meter entfernt. Seine Räder ragten in die Luft. Unter dem Tank breitete sich eine dunkle Lache aus. Ein Schatten huschte über den Wagen und das Geröll, ließ sich auf dem Wrack nieder. Es war ein großer, brauner Geier. Aufmerksam äugte der Vogel zu seinem Opfer.

Karg ist die Schlucht von Laetoli, karg, offen und steinig. Mit Erleichterung erkannte Anderson, dass die Sonne zunächst auf die abgewandte Seite des Felsens prasselte, an dem er lehnte. Das linderte seine Situation, gewährte ihm eine Schonfrist. Die Beine waren der mörderischen Sonne jedoch schutzlos ausgesetzt. Schnell heizte sich der Stoff der Hose auf, fraß die Glut an der

Wunde. Er spürte Durst, sein Mund war leer und ausgedörrt. Die Wasserflasche lag im Wagen. Ein zweiter Schatten segelte über die Steine. Jetzt hockten auf dem Pick-up zwei große Vögel, starrten ihn mit ausdruckslosen Augen an. So ist das also, dachte er verzagt. Am Himmel drehte eine Geierschar gemächliche Kreise, immer tiefer.

Das Knie war auf die Größe eines Fußballs angeschwollen. Der leiseste Druck ließ ihn aufschreien. Das Schienbein hing lose an ein paar Knorpeln, Teile des Knochens waren zersplittert. Blutig ragten sie aus der Hose. Der Stoff war verschmiert, zum Glück war das Blut getrocknet. Offenbar waren die vitalen Arterien unverletzt. Solange er ruhig lag, würde die Wunde nicht aufreißen. Im Wagen lag ein Verbandskoffer, aber bis dahin waren es dreißig Meter durch glühenden Sand. Erneut spürte er heftigen Durst und dumpfen Schmerz bis in den Bauch.

Als der dritte Geier vom Himmel stieß, schloss er die Augen. Die Sonne war vorgerückt und begann, auf seinen Schädel zu drücken. Gegen diese Hitze ist der Kopf des Menschen kaum geschützt. Die Kapsel, die das wichtigste Organ umschließt, heizt sich ungehindert auf. Kein anderes Organ reagiert so sensibel auf Überhitzung: Nur wenige Zehntel Grad mehr hinter der Stirn und das Gehirn versagt den Dienst.

Und der Fels, an dem er lehnte, feuerte wie ein Ofen. Endlose Müdigkeit überkam ihn. Die Schleimhäute in seinem Mund waren versteinert, flach flog sein Atem. Er fühlte Schwindel, sein gemartertes Hirn schickte ihm zuckende Blitze hinter die geschlossenen Lider. Die Hitze ergriff nicht nur sein Hirn, sondern auch seine Lungen. Beine und die Arme fühlten sich bleischwer. In einem Anfall von Panik schlug er die Augen auf. Der dunkle Sand begann zu flimmern. Es fiel ihm schwer, die Lider offen zu halten, doch etwas in ihm warnte, dass er nicht einschlafen durfte. Auf dem Wagen hatte sich eine Kolonie von Geiern versammelt. Kalt glotzten sie ihn an. Er durfte nicht einschlafen, nein. Angst lastete auf seiner Brust.

Gegen Mittag wurde die Hitze so groß, dass einige Geier vom Wagen hüpften und mit halb ausgebreiteten Schwingen über den Boden trippelten, um sich zu kühlen. Dabei behielten sie ihre Beute im Auge, ohne ihr zu nahe zu kommen. Anderson hob einen Stein auf und warf ihn zwischen die Tänzer. Knarrend protestierten die Vögel und rückten von ihm ab. Er warf einen zweiten Stein, der scheppernd vom Wagenblech prallte. Widerwillig flatterte die Meute auf, um sofort wieder auf dem Wrack niederzugehen.

Immer mehr Geier schwebten ein, kreisten in Scharen über der Unfallstelle. Ein von Gott verlassener Winkel, dachte Anderson müde. Das stimmte nicht ganz, denn auch Geier zählten zu den Kreaturen der Schöpfung, wie die braunen Eidechsen, die über die Felsen huschten, oder die feigen Tsetsefliegen, die leise über dem Boden surrten und deren Beine so filigran gefedert waren, dass man nicht bemerkte, wenn sie sich auf der Haut niederließen, um im nächsten Augenblick ihren Rüssel durch die Epidermis zu schießen. Alles Gottes Geschöpfe, dachte er verbittert. Sie warten nur darauf, dass du einschläfst. Dass du dich nicht mehr wehrst. Dabei kannst du von Glück reden, dass es keine Hyänen und keine Löwen gibt. Hier, auf diesem Mondland, bist du allein. Und das soll einmal die Wiege der Menschheit gewesen sein?

Unwillkürlich schüttelte er den Kopf. Eine Bewegung über seinem Kopf lenkte ihn ab. Er drehte den Hals und blickte geradewegs in die leeren Pupillen eines Geiers. Der Vogel hockte zum Greifen nah auf dem Felsen, reckte angriffslustig den Schnabel. Panisch robbte Anderson, den Schmerz missachtend, über den heißen Staub. Verwundert hoben die Geier auf dem Wagen die

Köpfe, flatterten mit schrillem Geschrei. Anderson wurde fast ohnmächtig von den Schmerzen im Knie, aber er bezwang Meter um Meter, bis er das Benzin riechen konnte, unterm Wagen. Seine Hände wühlten sich durch Geierkot, über ihm huschten die Aasfresser. Die Angst vervielfachte seine Kräfte, keuchend kroch er in den Schatten. Er versuchte, die Beifahrertür zu öffnen, doch der Schließbolzen klemmte. Er konnte die Wasserflasche hinter der Scheibe sehen. Seine Stirn fieberte. Dumpf drückte der Nacken, deutliche Anzeichen für den Mangel an Flüssigkeit. Seltsam, nicht wahr? Die Tiere der Savanne kommen Tage oder gar Wochen ohne Wasser aus. Sie speichern es in ihrem Gewebe oder sind in der Lage, seine Spuren selbst aus den trockensten Gräsern aufzunehmen. Der Mensch kann das nicht, seine Reserven sind binnen weniger Stunden erschöpft. Vielleicht, dachte Anderson, sind wir doch keine Kinder der Savanne. Verzweifelt stemmte er sich gegen die Scheibe. Starker Gummi hielt sie fest. In diesem Augenblick erstarrte sein Blut: Über die Kante der Schlucht schob sich die breite Schnauze einer alten Hyäne.

Das Raubtier hielt den Kiefer tief über der Erde. Es hatte Witterung aufgenommen, humpelte unbeholfen näher. An dem Felsen, wo Anderson eben noch gesessen hatte, plumpste ihr Hintern auf den Boden. Angsterfüllt drückte sich Anderson flach hinter den Wagen. Grinsend lugte die Hyäne in die Runde, als wollte sie spotten: Was hast du hier gesucht? Erkenntnis? Welche Erkenntnis? Du hast Eiriks Hafen gefunden. Damit gehst du in die Lehrbücher ein. Du hast für die Wissenschaft gelebt und du bist für sie gestorben, sehr jung gestorben. Selbst wenn du in Laetoli das vollständige Skelett eines zehn Millionen Jahre alten Homo erectus ausgegraben hättest, was würde dir dieser Fund bringen? Die Laterne in die dunkle Vorzeit des Menschen zu halten ist eine verlockende Sache. Aber holst du damit etwas ans Licht, was du nicht insgeheim längst wusstest? Jedes Kind weiß, dass der Mensch zu jeder Zeit Werkzeuge hatte und Häuser baute und Brücken und Häfen. Dass der Mensch aus der Vielfalt des irdischen Lebens entstand. Die Geier, wir Hyänen und die Vulkane haben ihren notwendigen Platz, ebenso wie ihr merkwürdigen, mittelgroßen Säuger, die ihr euch als die Krone der Schöpfung betrachtet. Wie du, mein ersehntes Abendmahl.

Angeekelt betrachtete Anderson das höhnisch grinsende Tier. Die Hyäne lauerte auf ihren Läufen und ließ kein Auge vom Wagen. Sie trug helle Flecken auf ihrem zerzausten Fell, ihre stumpfe Schnauze wirkte wie ein Rammbock. Die kurzen Ohren und der zum Hintern abfallende Rücken waren gemacht, um fliehende Beute zu Boden zu reißen. Hyänen beißen sich fest und ziehen ihre Opfer mit dem eigenen Körpergewicht nach unten. Sie lassen sich fallen und warten, bis die Beute entkräftet strauchelt. Tief dringen ihre mächtigen Kiefer in den Kadaver ein, dorthin, wo die weichen Innereien locken, noch warm vom Leben und blutig.

Seltsam war, dass sich die Hyäne am Felsen nicht rührte. Das Raubtier machte keine Anstalten, ihn zu attackieren. Anderson konnte nicht sehen, dass sich vor dem Wagen eine Sandrasselotter in der Hitze wärmte, olivgrau, mit weißer Zeichnung auf den Schuppen. Ein Biss dieser Viper verhindert die Blutgerinnung. Das Gewebe zersetzt sich wie bei einem hämorrhagischen Fieber, wie bei Ebola oder Lassa. Im Darm, im Magen und im Hirn platzen die Adern. Solche Erkenntnisse der modernen Toxikologie sind den Hyänen und den meisten Menschen in Afrika natürlich unbekannt. Dennoch begegnen sie diesem Reptil mit größter Achtung. Niemals würde die Hyäne den Versuch wagen, über die Viper zu steigen. Also wartete sie geduldig. Auch die Geier warteten. Langsam senkte sich die Sonne zum Horizont, streckte die Schatten der Felsen und des Wagens merklich in die Länge.

***

Schließlich verlosch der glühende Sonnenkreis. Bevor der Feuerball versank, tauchte der Mond auf, ein helles Marmormedaillon, das mit schwindendem Tageslicht wuchs und zu leuchten begann. Eilig fiel die Sonne hinter den Kamm der Vulkane, schoss zum Abschied gelbe und rote Fächer über den azurblauen Himmel. Nachdrücklich drängte sich die Nacht auf, schob den Tag hinter die Berge zurück, eisigen Silberschein im Schlepp. Wie Juwelen traten die Sterne aus dem Himmel. Anderson konnte die Milchstraße erkennen und Kassiopeia, das Spinnenbein des Orion und das Kreuz des Südens. Als Kind war er nachts oft über das flache Marschland hinter den Deichen seines Heimatdorfes gelaufen, um zu den Sternen zu staunen und sich als Seefahrer zu träumen, der alle Meere bereist, immer den Polarstern vor Augen. Später, an der Universität, ließen die Lichter der Großstadt den nächtlichen Zauber schwinden. Er lenkte seine Blicke vom Himmel weg in die Bücher. Erst auf Grönland war ihm die Weite des Firmaments wieder bewusst geworden. In den sternenklaren Nächten in Qassiarsuk fühlte er sich Eiriks Clan besonders nah.

Denn die Nacht verändert alles, denn in der Nacht kann sich der Mensch nicht mehr auf seine Augen verlassen. Alle Sinne vibrieren zugleich. Man sagt, dass blinde Menschen deutlicher sehen, denn sie lassen sich nicht von der Bilderflut täuschen. Die Netzhaut erfasst nur die Oberfläche, ein statisches Abbild der Formen, das nichts über das innere Wesen der Dinge verrät. Im Zoo wirkt die Hyäne hübsch wie der Teddy eines Kindes. Den Geier unterscheidet nicht viel vom Kanarienvogel. Anderson dachte: Trotzdem macht es einen Unterschied, wem man gegenüberliegt. Genauso war es mit den Sternen: Auf Grönland brachte ihre unberührbare Schönheit eisigen Frost übers Land. Ungeschützt bedeuteten sie den sicheren Kältetod. In Laetoli segneten sie den Verletzten mit kühler Linderung. Andersons Schleimhäute und sein Blut waren eingedickt. Er konnte kaum schlucken. Dumpf brannte das Knie. Wenn er den Kopf drehte, setzte wilder Hammerschlag ein, von der Stirn bis ins Rückenmark. Sein Puls wummerte. Er legte die Hand an die Schläfe und fühlte kalten Schweiß. Ein Mann kam über die Klippe, über die der Wagen in die Schlucht gekippt war.

„Schöne Geschichte", sagte er sarkastisch.

Anderson erkannte Miller. Der Professor blieb beim Felsen stehen und legte seine Hand auf den Kopf der Hyäne.

„Sie tut Ihnen nichts. Sie ist so alt, dass sie nicht einmal mehr einen Klippschliefer reißen könnte. Die Geier werden aus Respekt vor ihr warten. Also haben Sie noch Zeit, Mister Anderson."

„Zeit? Wofür?"

„Was weiß ich! Um nachzudenken. Um Ihre Gedanken zu Ende zu bringen. Weshalb sind Sie hier? Was haben Sie gesucht?"

„Ich habe gesucht, wonach Sie suchten. Sie haben mich hergeholt und dafür verfluche ich Sie."

Mild lächelte der Alte, streichelte unablässig die Schnauze des Raubtiers.

„Ich habe nichts gesucht. Ich habe niemanden geholt. Das ist ein Irrtum."

Die Hyäne hatte den Kopf auf die Vorderläufe gelegt. Durch ihr grinsendes, halb geöffnetes Maul dampfte Schaum. Miller fuhr fort:

„Ich habe etwas gesucht? Wie kommen Sie darauf?"

„Sie haben es mir selbst erzählt. Deshalb baten Sie mich, nach Afrika zu kommen."

Der Alte kraulte das Genick der Hyäne. Anschließend hob er die Hand und roch daran.

„Wissen Sie, dass man den Tod riechen kann, bevor er sich zeigt? Bevor er seine Opfer holt? Das ist seltsam, nicht wahr? Als ob er von außen kommt, nicht durch das Versagen des Organismus von innen."

„Sie meinen, es ist Bestimmung?"

„Solch unwissenschaftlicher Unfug liegt uns fern, nicht wahr, Mister Anderson? Ich würde es vorsichtiger formulieren: Etwas um uns herum weiß, was unmittelbar bevorsteht."

Ein Schauer durchfuhr Andersons Leib, drückte auf seine Brust. Heiser von Durst fragte er:

„Und was steht bevor?"

„Eine weitere Erkenntnis. Der Lohn für Ihre Mühen."

„Ich verfluche Sie, Miller. Niemals hätte ich Ihr Angebot annehmen dürfen. Sie sind irre."

„Vielleicht war ich es. Als ich noch suchte: den Ursprung, unsere Vorfahren, einen einzigen Menschen, der mich versteht. Aber in Wirklichkeit sind wir es, die gesucht werden. Und gefunden."

„Wollen Sie mir etwa weismachen, dass Sie von den Australopithecinen gefunden wurden?"

„Zum Beispiel. Wie Sie von Eirikur Thorvaldson. Und von Leifur, seinem Sohn."

„Wenn Ihre Theorie stimmt, dann war es Ostafrika, das mich gesucht hat", stieß Anderson verbittert heraus. Er schmeckte Verzweiflung auf der gelähmten Zunge. „Das mich heimgesucht hat."

„Genau genommen war es Laetoli, Mister Anderson."

„Hat es mich gefunden?"

„Das müssen Sie selbst wissen. Es ist Ihr Schicksal, nicht meins."

„Laetoli ist Ihr Schicksal, Professor. Ihr letztes Manuskript spricht Bände."

Die Hyäne fiel auf die Seite. Blutiger Speichel quoll aus ihrem Rachen. Ihr Atem pumpte. Glasig richteten sich die Pupillen auf eine unbestimmte Ferne. Miller kam zu der Stelle, wo Martin Anderson lag. Aus seinem starren Antlitz fiel Erstaunen.

„Sie haben es gelesen?"

„Leider hatte ich nicht viel Zeit, nur einige Seiten. Es war das Kapitel über die schöpferische Eingebung, nach der Sie lange Ausschau hielten."

„Das war meine einzige Suche. Leider war sie erfolglos."

„Aber Sie waren in Laetoli! Sie haben die Frühmenschen gesehen, mit ihnen gesprochen!", begehrte Anderson auf. „Wenn das keine Eingebung gewesen ist ..."

„Sehen Sie, genau das meine ich", unterbrach ihn der Alte. „Solange ich auf der Suche war, fand ich nichts. Als ich aufhörte zu suchen, flog mir alles zu. Nicht ich ging zu den Australopithecinen. Sie kamen zu mir. Sie wussten: Jetzt war ich bereit, sie zu empfangen."

„Das klingt verworren. Mir wird übel." Anderson stöhnte qualvoll. „Ich habe Schmerzen und ich habe Fieber."

Miller legte die Hand auf seine Schulter.

„Keine Sorge, das geht bald vorüber. Alles geht vorüber."

Prüfend hielt er die Hand unter seine Nase.

„Sie müssen sich erinnern", redete er weiter. „Als Sie Eirik in den Bibliotheken, in den Archiven und auf den alten Landkarten auf der Spur waren, fanden Sie nichts. Erst als Sie dies alles hinter sich ließen, im Winter auf Grönland, wurden Sie erkannt. Erst dann hat er sie gefunden."

„Eiriks Hafen, das ist eine alte Geschichte ..."

„Ich rede nicht von den Kais. Ich rede von Ihnen. Von Ihrer Suche. Sie selbst sind Eirikur Thorvaldson. Habe ich recht?"

Miller wandte sich zum Gehen.

„Machen Sie sich keine Sorgen, Mister Anderson, wirklich nicht. Es ist eine herrliche Nacht."

Der Alte wischte Staub vom Ärmel. Anderson sah, wie er langsam zum Felsen lief, ohne Hast, ohne sich umzusehen. Im Osten brach ein dünner Schimmer über die Berge. Anderson wollte aufstehen und um den Wagen herumgehen, denn ihm war eingefallen, dass er vielleicht von der anderen Seite an die Wasserflasche gelangen konnte. Aber er spürte seine Beine nicht. Sie waren gelähmt wie seine Zunge. Als er auf seine Füße blickte, sah er die alte Hyäne, die verzweifelt versuchte, ihre Zahnstummel in seinen Knöchel zu schlagen. Sie war zu ihm gerobbt, mit blinden, verklebten Augen, aber ihr fehlte die Kraft. Röchelnd kippte ihre Schnauze in den Sand. Angewidert rückte Anderson zur Seite, lugte zu den Felsen. Miller war fort, ebenso die Geier. Wolken schoben sich vor den Mond, glänzend wie giftige Milch. Anstatt aufzuhellen, schien sich die Dunkelheit zu verstärken. Die Sterne verschwanden. Anderson überkam Ruhe, endlich Ruhe. Sein geschundenes Gehirn setzte schützende Nebelwerfer in Gang. Leises Plätschern durchzog seine Seele.

***

Sengend zischte ein Blitz durch sein Gehirn. Der Mond hatte sich versteckt, hinter trägen Wolken, die schwer und tief vom Eyasi-See über das wellige Land trieben. Erneut peitschte ein Blitz. Unablässig wälzten sich dicke Regenbänke über den See, dichte Fetzen über die Schlucht wirbelnd. Heftige Böen saugten Staub und vulkanische Asche von der Erde. Anderson schreckte auf. Mehliger Staub legte sich auf sein Gesicht. Drohend heulte der Wind und schichtete Sand über die tote Hyäne. Anderson vermochte nicht, die Hand vor den Augen zu erkennen. Er dachte:

Du, Martin Anderson, bist wie Eirikur Thorvaldson, verschollen im äußersten Außenposten der zivilisierten Welt, abgetrennt von allen Lebensadern. Deine Wanderungen, Martin Anderson, haben dich nach Laetoli geführt. Jetzt kommt das Finale. Was nützt dir die Aussicht auf ein Institut in Grönland oder auf Spitzbergen? Was kannst du jetzt mit einem Lehrstuhl in Amsterdam anfangen?

Er war gescheitert, kläglich gescheitert. Etwas in ihm weigerte sich, die Niederlage zu akzeptieren. Er spürte keine Verzweiflung mehr, keinen Schock, sondern er wunderte sich, dass er diese einfache Angelegenheit endlich verstand. Es war einfach und simpel, er hatte lange gebraucht, es zu kapieren, zu lange, und nun war es zu spät. Denn er würde sterben und alle Erkenntnisse mit sich nehmen. Bei diesem Gedanken keimte eine kleine Trauer in ihm, denn sein Tod war vollkommen sinnlos. Er hatte einen Fehler gemacht, hatte Millers Warnung in den Wind geschlagen. Niemand geht allein nach Laetoli. Das hatte er ignoriert und wurde bestraft. Es war das älteste Gesetz Afrikas, das älteste Gesetz aller Kontinente, und seine Trauer wuchs. Es war dumm, sinnlos und obendrein hatte er alle enttäuscht: zuerst Miller, zuerst sich selbst.

Für einen Moment ebbte der Sturm ab. Beinahe wurde es windstill. Donner krachten über das Plateau, Endzeit verkündend. Andersons Herz machte einen panischen Sprung. Er war erst fünfunddreißig Jahre alt, stand in der Mitte des Lebens, viel zu früh fürs Ende. Schmerzlich wurde ihm bewusst, dass er für seine Forschungen mehr versäumt hatte als gewonnen. Er fror und für einen Augenblick glaubte er auf Grönland zu sein, so kalt war es. Die Kälte fuhr ihm in die Lungen. Plötzlich erkannte er, dass Blitze vom Himmel feuerten und wo er sich wirklich befand und dass die Kälte eine andere Ursache haben musste. Seine Zähne klapperten, enthemmt schlugen die Kiefer aufeinander. Es war Fieber, das ahnte er, so viel Leben steckte noch in seinen Adern. Er wollte nicht sterben, niemand will das, aber er konnte nichts dagegen tun und schließlich nahm er das Fieber als gnädigen Wink der übermächtigen Ereignisse, denen er ausgeliefert war. Der grasige Ozean hatte ihn ausgespuckt, ihn an diese Klippe geworfen und wenn er etwas bereute, dann die Enttäuschung, die er Mary Sewe Akashi bereitet hatte. Seit seiner Abreise zum Victoriasee hatte er sie nicht gesehen, bei Millers Begräbnis war sie nicht erschienen. Das Fieber schüttelte ihn. Fassungsloses Bedauern stieg in ihm hoch, trieb ihm Tränen in die halbblinden Augen. Mary, dachte er schluchzend, Mary, und in der Dämmerung seiner Seele hörte er nicht, dass er schwach flüsterte:

„Mary."

Er hörte nicht, dass hinter der Anhöhe ein großes Insekt brummte, das schnell wuchs, der Motor eines Jeeps. Er hörte nicht, wie sich der Wagen übers Geröll quälte, mit heulendem Antrieb, weil Michael Onuwa rücksichtslos das Getriebe malträtierte. Er hörte nicht, wie der Wagen an der Klippe stoppte, seine Türen schlugen und dass Onuwa eine rote Signalrakete in den Himmel schoss. Sewe sprang über die Steine, packte Andersons Arm und schüttelte ihn.

„Wachen Sie auf, Martin!", brüllte sie. „Sie müssen atmen!"

Ihre Hände bearbeiteten Andersons Wangen. Ein Sturzregen prasselte auf Laetoli, in Sekunden waren sie durchnässt. Anderson spürte nichts, auch nicht, dass ihn Onuwa auf seine breiten Schultern lud wie ein Kind. Keuchend schleppte er den Verletzten zum Jeep. Als er Anderson am Wagen ablegte, fiel sein Kopf schlaff zur Seite. Sewe brachte einen Kanister. Sie warf Tabletten hinein, schüttelte den Behälter und griff Anderson mit harter Hand unter das Kinn. Salzige Lauge ätzte sich in seinen Magen. Er musste sich übergeben. Ein neuer Schwall der sauren Brühe schwappte in seinen Mund, sein Magen rotierte. Eine Stimme trat an seine Ohren, Onuwas Stimme:

„Martin, wachen Sie auf! Sie dürfen nicht aufgeben!"

Anderson öffnete die Augen. Über ihm spannte sich tiefgelber Himmel, blaue Äderchen durchzogen das gelbe Kuppeldach. Aus fliehenden Wolken schlug ein greller Blitz.

„Der Regen", murmelte Onuwa erleichtert. „Dem Regen sei Dank! Er hat Sie gerettet. Dabei hat es hier seit Menschengedenken keinen Regen gegeben. Normalerweise ist diese Gegend eine einzige, steinige Wüste."

Erschöpft sackte er in den Schlamm, steckte sich eine Zigarette zwischen die Lippen. Blass hockte Sewe neben ihm. Zärtlich bettete sie Andersons Haupt auf ihre Knie. Als der Verletzte den Blick wandte, schaute er geradewegs auf den blassen Kegel des Ngorongoro.

„Jetzt wird alles gut", flüsterte er schwach. „Nicht wahr, Mary?"

Mit verlorenen Augen starrte er zum Krater, dessen gewaltige Caldera in die abziehenden Wolken griff. Regenschleier wirbelten über die Hänge des alten Vulkans. Ein letzter, ein grüner Blitz peitschte zur Erde.

Aksum

„Ein junges Weib mit Laute
in einer Vision ich einst erschaute:
Ein Mädchen aus Abessinia,
das sang vom Berge Abora."

SAMUEL TAYLOR COLERIDGE

8. Kapitel

Das Kongresszentrum war gebaut wie eine Festung. Scharf hob sich seine kantige Geometrie aus alten, flachen Villen heraus: ein Pentagon aus Beton, ein gedrungener Bunker unter der heißen Sonne von Addis Abeba. Am Meskel-Platz, dem Platz des Heiligen Kreuzes, führten breite Steinstufen zum Foyer der Empfangshalle. Der Bunker war ein Neubau, wenige Jahre alt, doch die Treppen und die Vorhalle stammten aus den Sechzigerjahren. Sie waren zu Ehren von Mutter Afrika erbaut, für das erwachende Selbstbewusstsein der schwarzen Nation.

Rauschender Verkehrslärm schwappte vom Meskel. Ein Sicherheitsbeamter hütete das Pförtnerhäuschen an der Zufahrt. Vor der Glasfront der Konferenzhalle standen zwei junge Frauen in der Tracht der Amharen, vom Volk des toten Kaisers Haile Selassie, in weißen Gewändern mit grünen Borten, von goldenen Fäden durchwirkt und farbenreich gesäumt.

Schwer drückte die Sonne auf Addis Abeba. Schwitzend lag die Metropole am Fuß des Hochlands, das sich zu zweitausend Metern Höhe aufschwingt. Jeder Schritt trieb Schweiß aus der Haut. Im Foyer des Kongresszentrums hingegen war es angenehm kühl. Ein prächtiges Glasgemälde empfing die Augen: In der gelben Lichtflut von den Fenstern strahlt der leuchtende Traum vom freien Afrika, in Glas, Farben, Licht getauchte Hoffnung auf Freiheit, Gleichheit und Brüderlichkeit.

Vor der Glasfront fanden sich Gruppen von Menschen, Stimmengewirr summte an den Zugängen zur Africa Hall. In einer Ecke hockten Fotografen und Fernsehteams. Aus dem Saal strömten Leute in grauen Anzügen, in bunten Kaftanen und engen Uniformen. Lautsprecher und Monitore übertrugen Worte und Bilder aus dem Sitzungssaal. Dort stand ein Mann am Rednerpult. Er trug eine lässige Khakihose und ein helles Hemd, sein kurzes Haar war hell. Sein Blick wechselte vom unsichtbaren Auditorium auf das Manuskript, das vor ihm lag. Fest blickte er in die Kameras, als er sagte: „Als Eirik ausfuhr, suchte er das sagenumwobene Thule, Ultima Thule, das utopische Land der Wikinger. Tausende Jahre zuvor machten sich die Pharaonen auf den Weg ins Gelobte Land Punt. Eirik zog es über das Meer nach Norden, die Karawanen der Ägypter strebten südwärts, in die Dschungel jenseits der Nilkatarakte. Möglicherweise ist Punt viel älter als das Alte Reich am Nil, älter sogar als Ur oder Ninive in Mesopotamien. Möglicherweise war es die erste Hochkultur nach dem Auszug des frühen Menschen aus dem Rift Valley."

Anderson unterbrach seinen Vortrag, griff zum Wasserglas auf dem Pult. Ohne Hast trank er einen Schluck, stellte das Glas ab und fuhr fort:

„Was wissen wir über Eiriks Grünland, über das Goldland Punt? Als der Wikinger Eirik seine Getreuen versammelte, um nach Nordwesten zu segeln, hatte er saftige Wiesen vor Augen. Dreihundert Jahre später war dieser Traum ausgeträumt. Abgeschnitten von den Seeverbindungen nach Skandinavien konnte die Kolonie am Polarkreis nicht überleben, geriet tausend Jahre lang in Vergessenheit. Puntland ist heute eine trockene, unwirtliche Region am Horn von Afrika. Warum verschwand es von der Weltkarte? Punt, das in den Wandfriesen der Pharaonen als immergrün, reich und gesegnet beschrieben wird, versank in der Wüste."

Vor einem der Monitore waren eine junge Frau und ein älterer Mann ins Gespräch vertieft. Die Frau trug Bluejeans und ein weiße Bluse, die sich sanft an ihre rehbraune Haut schmiegte. Ihr schwarzes Haar hatte sie zu einem dicken Zopf gebunden, steif fiel er zwischen ihre schmalen Schultern. Der grauhaarige Mann trug einen anthrazitfarbenen Anzug mit hellblauem Hemd und blauem Binder. Freundlich fragte er:

„Woher kommen Sie?"

„Aus Kalkutta. Und Sie?"

„Von der Sorbonne. Ich lehre Ressourcenökonomie. Welches Fach studieren Sie?"

Die junge Frau hob die Brauen.

„Ich bin keine Studentin", wies sie ihn leise zurecht. „Ich bin Dozentin an der Universität. Mein Fachgebiet ist das Ökomanagement von Wasserläufen im Süden Indiens."

Sie schwiegen einen Augenblick und starrten auf den Monitor. Der Redner am Pult im Saal wischte sich über die Schläfen. Hinter ihm auf der Projektionswand leuchtete eine Karte des Horns von Afrika. Kurz schaute er auf seine Papiere, fuhr fort:

„Punt wird südlich des Pharaonenreiches vermutet, zwischen dem Sudan und dem Roten Meer, wahrscheinlich angrenzend an das äthiopische Hochland. Es war ein Land von unglaublicher Fülle, von dichten Wäldern und klaren Gewässern. Heute erstreckt sich dort Wüste, toter Sand." Die Karte erlosch. „Meine Damen und Herren, ich wage die Vermutung, dass die Bewohner Punts ihre natürlichen Ressourcen überstrapaziert haben. Das tut der Mensch, seit er auf der Welt umhergeht. Liegt darin der tiefe Grund für seinen Wandertrieb? Erst überdehnt der Nomade seinen Lebensraum, dann zieht er weiter, hinterlässt das Paradies als Wüste. Das fing viel früher an als in Punt. Möglicherweise begann es bereits in Laetoli." Er löste sich vom Manuskript, trat einen Schritt vor das Pult, wippte leicht auf den Zehen. „Laetoli, Punt, Brattahlid: Die Wanderung des Menschen über den Globus ist eine Kette von Katastrophen. Nun ist der Erdball erobert, gibt es keine weißen Flecken mehr. Es ist an der Zeit, die innere Wanderung zu beenden, die Unrast, die Suche nach dem Gelobten

Land. Wohin wollen wir uns wenden, wenn die ganze Erde verwüstet ist und vermüllt? Ins Weltall, um unsere Nachbarplaneten zu zerstören? Das Problem ist ein irdisches. Seine Ursachen liegen tief in der menschlichen Psyche begründet. Der Nomade, der in jedem von uns steckt, muss endlich Ruhe finden, seine Heimat. Muss endlich lernen zu haushalten, mit sich und der Erde, die ihn nährt."

„Ich frage mich, was diese politischen Appelle auf einem wissenschaftlichen Kongress zu suchen haben", brummte der französische Professor. „Was denken Sie?"

„Ich glaube, er will uns sagen, dass wir den wichtigen Fragen nicht länger ausweichen dürfen. Sonst ist unsere Wissenschaft nur leeres Gerede. Teil des Problems, nicht seiner Lösung."

„Da stimme ich Ihnen zu. Aber dieses Referat bringt nichts Neues, schon tausendmal gehört oder gelesen." Der Mann zuckte die Schultern. „Gleich wird Professor Anderson wieder aus den Memoiren des alten Miller zitieren. Da gehe ich jede Wette ein."

Die junge Frau lächelte.

„Vielleicht war er zu lange im Busch. Man erzählt, er sei in Laetoli nur knapp dem Tod entronnen."

Der Redner auf der Mattscheibe schob sein Manuskript zusammen. Aufmerksam blickte er ins Auditorium, senkte kaum merklich die Stimme.

„Uns allen stecken unsere Vorfahren in den Knochen, in den Genen. Millionen Jahre menschlicher Entwicklung, tausend Jahre menschlicher Zivilisation schrumpfen auf einen einzigen Augenblick. Auf den Moment unserer Entscheidung, hier und jetzt: Wollen wir so weitermachen wie bisher, wie unzählige Generationen vor uns? Oder wollen wir endlich den Kopf heben, damit aus Vernunft endlich Vernünftiges entstehe und aus Verstand eine Verständigung zwischen den Völkern? Ich danke Ihnen für Ihre Aufmerksamkeit."

Beifall brandete auf. Jubelnd erhoben sich die Leute, drängten nach vorn. Ein gewichtiger Greis trat auf die Bühne und schüttelte dem Redner die Hände. In der Halle ging das Licht an.

„Danke, Professor Anderson, vielen Dank! Wir unterbrechen jetzt für die Pause und treten in einer Stunde in die Diskussion ein", sprach der Greis ins Mikrofon. „Im Hotel wartet das Essen auf Sie. Bitte seien Sie pünktlich zurück."

Überall erhoben sich die Leute von ihren Sitzen, fluteten in Scharen aus dem Saal. Der Greis und Martin Anderson blieben am Pult. Eine Gruppe scharte sich um sie.

„Ich gratuliere Ihnen zu dieser Rede", sagte der Alte. „Alle Achtung!"

Höflich fragte der Greis:

„Wollen wir gemeinsam essen gehen?"

Anderson fühlte sich ausgelaugt, leer geredet, die Zunge klebte am Gaumen, das Hemd am Leib unter den Achselhöhlen.

„Lieber heute Abend", lehnte er ab. „Ich möchte mich hinlegen oder spazieren. Erwarten Sie eine schwierige Diskussion?"

„Eher nicht. Wir haben einen hochrangigen Vertreter der Vereinten Nationen zu Gast. Die Debatten werden erst morgen in Gang kommen, in den Seminaren und im Abschlussplenum."

Sie gingen von der Bühne, durch den Saal, über lange Teppiche zum Flur. Anderson lächelte müde, verabschiedete sich von dem alten Mann.

„Sehen wir uns nachher zur Sitzung am Nachmittag?"

„Natürlich. Ich bin sehr gespannt. Es ist ein wichtiger Kongress."

Anderson schüttelte die Hand des Greises, ließ ihn im Disput mit Gästen zurück und schritt zur Lobby. Dort stellte sich ihm ein älterer Herr in den Weg.

„Mister Anderson, Sie kennen mich nicht. Ich bin Professor Leriche aus Paris."

Zögernd erwiderte Anderson den Gruß. Leriche hatte einen weichen Griff und helle Augen. Fest hielt er Andersons Hand.

„Erweisen Sie mir die Ehre, bitte. Gehen Sie mit mir essen?"

Unschlüssig musterte Anderson den Mann. Er fragte:

„Was halten Sie von einer Erfrischung am Pool?"

Erfreut nickte Leriche.

„Treffen wir uns in der Lobby vom Hilton? Sagen wir, in einer halben Stunde?"

Er gab die Hand frei und wandte sich zu der Frau, die neben ihm am Monitor stand. Aufmerksam hatte sie den Dialog verfolgt. Anderson grüßte knapp und eilte weiter. Die große Glasfront leuchtete, dahinter lockte die Stadt. Freies Afrika, dachte er. Ob es meine Worte vernommen hat? Schnell lief er über die breite Treppe, wo die Sonne den Asphalt kochte. Wo sie die Straßen und Plätze von Addis Abeba verbrannte. Er spürte Erschöpfung und noch einmal, wie ausgebrannt er war.

***

Der Weg zum Hilton Hotel führte durch einen schattigen Boulevard, gesäumt von hohen Bäumen. Im Schatten ruhten Polizisten und Familien mit Einkaufstüten. Am Hotel grüßte er den Portier, tauchte unter einen roten Baldachin und lief zwischen Säulenreihen zur Rezeption, vorbei an ausladenden Kandelabern. Seine Schuhe schlurften über glatte Platten aus Granit. Er öffnete den Kragen und die Manschetten seines Hemdes. In der Lobby lungerten Reisende auf Sitzbänken aus Plüsch. Vor ihnen standen flache Tische mit opulenten Blumen. Eckige Betonsäulen trugen eine hohe Decke. Eine polierte Luxuslimousine versperrte den Blick auf die grünen Büsche am Pool und auf die Bar, wo einige Gäste ihre Mittagspause genossen. Die glitzernde Karosse drehte sich auf einem Podest. In

Glasvitrinen schimmerten Schmuck und Schweizer Klingen.

„Geben Sie mir bitte Zimmer elf null sieben", bat Anderson an der Rezeption.

„Natürlich", erwiderte der Manager eilfertig.

Hinter ihm hingen vier Uhren. Sie zeigten die Zeit in New York, London, Addis und Tokio. Es war jetzt zwei Uhr nachmittags. Also sechs Uhr morgens an der amerikanischen Ostküste, elf Uhr an der Themse und acht Uhr abends im Pazifik. Der Manager legte die Schließkarte auf den Tisch.

„Wir haben eine Nachricht für Sie. Aus Nairobi."

„Ich komme gleich wieder, dann hole ich sie ab."

„Okay, kein Problem."

Anderson wandte sich zu den Aufzügen. Leise klingelnd öffnete sich der Lift. Er drückte den Knopf zur elften Etage, surrend schloss sich die Tür. Müde lehnte er sich an die Wand. Seit dem Morgengrauen war er auf den Beinen, seit die Sonne über dem Hochland heraufgezogen war, nach einer kurzen Nacht. Zwei Stunden nach Mitternacht hatte das Flugzeug aus Amsterdam in Addis Abeba aufgesetzt. Die Einreiseformalitäten kosteten eine weitere Stunde, bis er schließlich das Terminalgebäude verlassen konnte. Danach, im Hotel, fand er nur oberflächlichen Schlaf. Der schwüle Geruch dieser Stadt verwirrte ihn, dieses zähe Gemisch aus Autoabgasen und dem Rauch von Eukalyptusholz. Oben, im elften Stock des Hilton, wehte ein kühler Wind. Doch der Asphalt und die Hotelwände strahlten auch nachts Hitze ab. So war er am frühen Morgen zum Pool gegangen, um zu schwimmen. Nass hatte er sich an den Rand gesetzt, um das Frösteln zu spüren. Er hatte es gespürt und sich an Lobo erinnert: an den Pool über den Kopjes, an das gelbe Licht und den unendlichen Blick über die Serengeti. An die schmale, verletzliche Gestalt von Sewe Akashi. Es war lange her, dass er Afrika verlassen hatte, und nun war er zurückgekehrt.

Der Lift stoppte, die Tür schob sich auf. Beinahe fiel Anderson in einen großen Wandspiegel. Er ging zu seinem Zimmer, steckte die Karte in den Schlitz. Leise knackte die Verriegelung, er trat ein. Er zog die Schuhe aus, warf das Redemanuskript aufs Bett und trat auf den Balkon. Unter sich sah er das blaue Schwimmbecken, an dem sich die Hotelgäste drängten. Er schaute auf die Kongresshalle der African Union, über das Häusermeer zum flachen Terminal des Flughafens am Rand der Stadt. In der Ferne erhob sich der blasse Kegel eines verloschenen Vulkans, fast viertausend Meter hoch. Diese Caldera erinnerte ihn daran, dass bis hier, bis zum Rand des Hochlands, das Rift Valley verlief. Der tiefe Einschnitt beginnt im Süden Afrikas mit dem Njassa-Graben, in den die enorme Wasserfläche des Malawisees eingebettet ist. Weiter nördlich spaltet sich das Schluchtensystem in den zentralafrikanischen und in den ostafrikanischen Graben auf. Letzterer setzt sich bis Äthiopien fort, bis er sich zur Danakil-Senke weitet, die ans Rote Meer stößt. Seine Ausläufer erreichen den Jordangraben und den Golf von Aden. Sechstausend Kilometer lang ist der gigantische Spalt, länger als der Nil. Ein gewaltiger Riss durchzog die ausgedörrte Erde, der zu Zeiten der ersten Menschen noch Feuer und flüssiges Gestein ausspie. Geblieben waren urzeitliche Kegel und ausgedehnte Seen und eine klaffende Wunde, die niemals vernarbt und das Horn von Afrika in den Indischen Ozean schiebt.

Das Telefon klingelte. Anderson nahm den Hörer.

„Sir, ein junger Mann wartet in der Lobby", sagte eine weibliche Stimme. „Er möchte Ihr Redemanuskript haben, um es für die Teilnehmer der Nachmittagssession zu kopieren."

„Braucht er es sofort?"

„Ich glaube schon."

„Dann schicken Sie ihn bitte herauf. Danke für den Anruf."

Im Hörer knackte es, er legte auf. Wieder wanderte sein Blick zum Vulkan, eilten seine Gedanken zurück zur satten Caldera des Ngorongoro, zu den Flusspferden im glänzenden See, zu Millers ausgelaugtem Fieberantlitz, als er ihn warnte: Ein eigenes Institut wird Sie auffressen, Mister Anderson. Er dachte an das Kreuz bei den Momella-Seen, das von dem alten Professor geblieben war. Er dachte an die ausgedehnte Wasserfläche des Eyasi und schließlich erreichte er noch einmal die Schlucht von Laetoli. Wie lange lag das zurück? Fünf Jahre? Fünf Jahre. Vor fünf Jahren hatte er Afrika den Rücken gekehrt. Im Hubschrauber wurde er nach Arusha ausgeflogen, später nach Nairobi und nach Amsterdam. Dort flickten ihn die Ärzte zusammen, stellten das zerschmetterte Knie beinahe vollständig wieder her. Nur bei außergewöhnlichen Belastungen spürte er stechenden Schmerz im Bein. Seitdem hatte er Europa nicht mehr verlassen. Er hatte Millers Lehrstuhl übernommen und alle Hände voll zu tun, das Lehrangebot zu modernisieren und zu erweitern. Er hatte sich in diese Aufgabe gestürzt, sehr zur Freude seines Dekans, Professor Leiden. Das Manuskript Millers, das er aus Laetoli gerettet hatte, verstaubte in der tiefen Schublade seines Schreibtisch in Amsterdam.

Verärgert schob Anderson die Erinnerungen beiseite. Laetoli war eine Episode, redete er sich ein. Es hatte keine Bedeutung, zu weit lag es hinter ihm. Und doch überkamen ihn manchmal die herrlichen und die schrecklichen Bilder aus der Serengeti. Vor allem in stillen Nächten, wenn es nichts gab, was ihn ablenkte, dachte er an Sewe. Wie sie am Pool hockte, auf der Klippe von Lobo, oder in Laetoli, im strömenden Regen. Auf unerklärliche Weise wühlten diese Bilder in ihm, waren nur scheinbar vergessen, nur scheinbar durchlebt.

Niemals seitdem hatte er in sein früheres Leben zurückgefunden. Sosehr er sich bemühte, den Anschein aufrechtzuerhalten:

In ihm nagte Unrast. Er spürte, dass ihn die Erinnerungen bedrängten, sein Innerstes in Wallung brachten. Martin Anderson befand sich kaum vierundzwanzig Stunden in Addis Abeba, als gefeierter Redner auf einem bedeutenden Kongress, und trotzdem wurde er das Gefühl nicht los, dass er seine Energie an das falsche Projekt vergeudete. Dass sein Leben falsch lief, durch die Finger rann wie Sand in der Wüste.

Sewe, dachte er, wo steckst du jetzt? In Kenia, bei den Vereinten Nationen? In Tansania, bei den Rangern, bei Michael Onuwa? Oder in deiner Heimat Somalia, wo Chaos herrscht, wo barbarische Warlords archaische Kriege führen, fernab des Weltgewissens? Grübelnd strich er sich übers Kinn. Vielleicht steckte sie irgendwo in der Nähe. Immerhin hatte sie die Möglichkeit erwogen, nach Addis Abeba zu gehen. Noch einmal dachte er: Statt in alten Fossilien und Artefakten zu stochern, solltest du nach ihr suchen. Gräber und Mumien sind kein Ersatz für das wirkliche Leben.

Es klopfte an der Tür. Im Rahmen erschien ein junger Mann, hochgewachsen, hellbraun, mit scharfer Nase, aufmerksamen Augen und schwarzem Schopf.

„Verzeihen Sie die Störung", stammelte er verlegen. „Die Kongressleitung möchte Ihre Rede vervielfältigen. Darf ich Sie um das Skript bitten?"

Anderson lächelte. Scheu lächelte der junge Mann zurück. Anderson nahm die Blätter vom Bett und reichte sie ihm.

„Sie sind Wissenschaftler, nicht wahr?"

„Ich bin Assistent an der Uni in Addis. In Botanik."

„Wie heißen Sie?"

„Samson Gebreyesus."

„Ein biblischer Name ..."

„Das ist in Äthiopien nicht ungewöhnlich. Unsere Orthodoxie

reicht mehr als dreitausend Jahre zurück. Wir hatten bereits das Kreuz, als die Europäer noch zu Götzen beteten."

„Ich weiß nichts über Ihr Land, um ehrlich zu sein."

„Ich würde es Ihnen gern zeigen."

„Bei diesen Mammutkonferenzen bleibt kaum Zeit, sich umzusehen", murmelte Anderson mit Bedauern. „Vielleicht mache ich nachher einen Rundgang durch die Stadt. Wollen Sie mich begleiten?"

Der Assistent lächelte.

„Liebend gern. Dann zeige ich Ihnen die Marienkathedrale und Merkato, den größten Basar der Welt. Und wir fahren in die Entoto-Berge. Von dort haben Sie einen herrlichen Überblick über die Stadt. Wir sollten bis zum Abend warten, bis es kühler wird. Was halten Sie davon?"

„Gute Idee. Ich melde mich, wenn ich bereit bin. Einverstanden?"

Gebreyesus nickte, lächelnd drehte er sich zur Tür. Er hielt das Skript in seiner Hand wie ein Zepter. Anderson setzte sich auf den Balkon. Die Unruhe in ihm war nicht verebbt. Ein blitzendes Flugzeug drehte über der Stadt ein. Bleiche Wolken schoben sich vor die Sonne. Er schloss die Lider. Sofort glitten seine Gedanken in flachen Halbschlaf. Erneut schreckte ihn das Telefon auf.

„Sir, ein Anruf aus Nairobi."

„Stellen Sie bitte durch."

In der Leitung krachte es.

„Hallo?", fragte er halblaut. „Hallo? Wer ist da?"

„Mister Anderson?", ertönte eine freundliche Stimme. „Hier spricht Kai Holmoy von der Schwedischen Akademie in Stockholm. Ich bin zurzeit bei einem Meeting der Vereinten Nationen in Nairobi. Wie geht es Ihnen?"

„Sehr gut, danke. Und Ihnen?"

„Danke der Nachfrage. In Nairobi ist es höllisch heiß, das bin ich nicht gewohnt. Zum Glück fliege ich bald nach Schweden zurück." Holmoy machte eine Pause. „Ich rufe Sie im Auftrag unseres Generalsekretärs an, der mit mir in Kenia weilt. Er bleibt eine Woche länger und möchte Sie einladen, mit ihm über Ihr Institut zu sprechen. Wie lange werden Sie in Addis bleiben?"

„Bis morgen. In der Früh will ich nach Aksum fliegen, um mir dort die Ausgrabungen anzusehen."

„Das klingt gefährlich. Die Nördliche Allianz hat mit Krieg gedroht. Das war heute in allen Medien. Aksum liegt nahe der eritreischen Grenze."

„Ich weiß. Aber ich kann die Reise nicht verschieben. Was Ihre Frage betrifft, so könnte ich Anfang nächster Woche in Nairobi sein."

„Das würde gut passen." Holmoy überlegte. Es hörte sich an, als ob er eine Zigarette rauchte. „Ich werde meinem Chef sagen, dass er Sie im Ambassador Hotel erwartet. Das befindet sich direkt im Stadtzentrum, gegenüber vom Nationalarchiv. Gern reservieren wir Ihnen ein Zimmer. Sie können es nicht verfehlen."

„Gut", bestätigte Anderson. „Ich werde mich beeilen. Geben Sie mir einen Hinweis, wie konkret dieses Gespräch wird?"

Leise feixte Holmoy.

„Mister Ovaldson ist ein viel beschäftigter Mann. Er nimmt sich einen ganzen Tag Zeit für Sie. Das bedeutet, wir haben Ihren Antrag geprüft und bewilligt. Herzlichen Glückwunsch, Mister Anderson. Jetzt geht es nur noch um die Details."

Ein feines Ziehen kroch Anderson über den Nacken. Er sagte:

„Ich habe ein Telefax erhalten, es aber noch nicht geöffnet."

„Das ist die offizielle Bestätigung. Wir können Ihnen ein vorzügliches Arrangement mit Ihrer Universität vorschlagen. Die Vereinten Nationen sind sehr an Ihren Forschungen interessiert, Stichwort Weltkulturerbe. Leider muss ich los, muss Sie mit diesen Neuigkeiten allein lassen. Vielleicht treffen wir uns ja einmal in Stockholm. Ich würde mich sehr über Ihre Bekanntschaft freuen ..."

„Einen Augenblick noch", hakte Anderson nach. „Kennen Sie Professor Leriche aus Paris? Ich bin mit ihm auf einen Drink verabredet."

„Leriche? Natürlich! Er gehört zum erlesenen Kreis des Nobelkomitees. Ein ausgezeichneter Kollege, von der Sorbonne in Paris. Grüßen Sie ihn bitte von mir. Au revoir, Mister Anderson."

Holmoy legte auf. Anderson hielt den Hörer in der Hand und starrte durchs Fenster. Ungläubig schüttelte er sich, legte den Hörer hin und holte ein frisches Hemd aus dem Schrank. Anschließend fuhr er in die Lobby. Die Müdigkeit schien weggeblasen, beschwingt eilte er zur Rezeption, forderte jovial:

„Geben Sie mir bitte das Telefax aus Nairobi."

Der dunkelhäutige Angestellte öffnete eine Kladde und zog das Papier heraus.

„Bitte sehr", meinte er, ohne aufzusehen. „Wenn Sie mir den Empfang quittieren würden ..."

Anderson warf seine Unterschrift auf die Kladde, riss das Kuvert auf und las: Forschungsinstitut genehmigt. Vier Millionen Euro stehen bereit. Ausgrabungen in Punt als Startprojekt anerkannt. Grüße. Ovaldson, Stockholm.

„Gute Neuigkeiten, Mister Anderson?" Jacques Leriche lehnte an der Täfelung. „Ich hoffe, ich störe Sie nicht."

„Nein." Anderson faltete das Fax zusammen und schob es in sein Hemd. „Lassen Sie uns hinausgehen, an die Bar. Haben Sie schon zu Mittag gegessen?"

Der Franzose schüttelte den Kopf.

„Es ist zu heiß. Ich trinke lieber ein Bier. Und Sie?"

„Ich musste erst ein wenig zur Ruhe kommen. Die Nacht war

ziemlich kurz, dann gleich der Hauptvortrag im Kongress ..."

„Wenn Sie müde sind, können wir uns auch für heute Abend verabreden", schlug Leriche vor. „Wir können im Restaurant essen, wenn Sie hungrig sind ..."

„Lassen Sie nur. Jetzt ist die richtige Zeit, sich auf ein Bier in den Schatten zu setzen."

Sie liefen über eine Treppe in den kleinen Park hinterm Hotel und setzten sich unter einen Sonnenschirm, an einen kleinen, runden, weißen Stahltisch, auf kleine, weiße, stählerne Stühle. Sofort eilte eine dunkle Kellnerin herbei. Leriche bestellte Bier. Bedächtig packte er Tabak und Besteck aus, stopfte seine Pfeife und riss ein Streichholz an. Graublaue Wolken verhüllten sein Gesicht. Als die Kellnerin zurückkam, trug sie zwei Flaschen Saint George auf dem Tablett, feucht beschlagen. Sie stellte die Flaschen auf den Tisch.

„Wünschen Sie Gläser?"

Leriche winkte ab. Sie verschwand. Langsam nahm der Franzose die Pfeife von den Lippen.

„Ihr Referat hat bei unseren afrikanischen Gastgebern großen Eindruck hinterlassen. Sie haben ein glückliches Händchen."

„Ich fürchte, die Leute hängen zu sehr an meinen Worten", wehrte Anderson ab.

Er nahm die Flasche. Das Bier war eiskalt.

„In Afrika stehen große Redner hoch im Kurs. Das hat eine lange Tradition", meinte Leriche. „Schwierig wird es immer dann, wenn den Worten handfeste Taten folgen müssen."

„Mag sein. Aber Worte sind der Beginn der Veränderung. Es ging mir um das Gleichnis. Darum, das tief liegende Muster zu zeigen, das alle Menschen verbindet."

„Das ist Ihnen eindrucksvoll gelungen, mein Kompliment, Herr Kollege. Der Mensch als rastloser Nomade, der den Wandertrieb nicht abzulegen vermag. Alexander eroberte ein Riesenreich in Asien. Auch Marco Polo zog es nach Osten, bis an den Kaiserhof des Kublai Khan. Kolumbus suchte das gelobte Indien gen Westen, fand Amerika. Interessant war für mich besonders Ihr Verweis auf unsere Zeit, auf die Raumfahrt. Der Nomade lässt alle irdischen Grenzen hinter sich. Was kann ihn retten?"

„Genau um diese Frage ging es mir. Im Grunde genommen sind alle Wanderungen des Menschen von jeher ohne Richtung gewesen, ohne fest umrissenes Ziel. Chaotische Unruhe treibt die Seele, die Suche nach klaren Seen, fruchtbaren Böden und reichen Buchten zum Fischen. Jetzt, wo alle Seen, Böden und Buchten erschlossen sind, gibt es keine Ziele mehr, die außerhalb von uns selbst liegen."

„Die Leute lieben Astronauten. Sie lieben die Idee, dass die Menschheit eines Tages im Weltall siedelt. Auf dem Mond, auf dem Mars."

Anderson schüttelte den Kopf.

„Ich denke, sie lieben den Mythos, die Idee des unsterblichen Alls, weil sie selbst unsterblich sein wollen. Hand aufs Herz: Wer will das nicht? Nur frage ich mich: Eine Kolonie auf dem Mond, was wäre das anderes als Brattahlid, eine Lichtsekunde entfernt?"

„Ich stimme Ihnen zu", sagte Leriche. „Nur bringen Sie das mal in die Hirne der Leute."

Anderson nickte und seufzte.

„Um ehrlich zu sein: Unsere Hirne sind so vernagelt, dass von diesem Organ kaum Rettung zu erwarten ist. Doch nicht der denkende Geist ist das Problem, sondern vor allem das menschliche Herz. Der unausgegorene emotionale Sumpf, aus dem die Sehnsüchte und Mythen erwachsen. Die Geschichte der menschlichen Zivilisation ist von Hass und Furcht geprägt, nicht von planender Voraussicht und Wissen, oder besser: von Weisheit."

„Zweifellos kann man die Verwüstung der Erde durch den Menschen wissenschaftlich und logisch erklären. Geschichte ist eine Wissenschaft, Ressourcenökonomie auch."

„Damit beschreiben Sie nur die Spitze des Eisbergs, die sichtbaren Phänomene. Das sind die Worte, denen Taten folgen müssten, um in Ihrem Bild zu bleiben. Die Tat, die notwendige Veränderung, müsste so radikal sein, dass sie vor allem den metaphysischen Urgrund der menschlichen Spezies erfasst. Innere Ruhe und Heimat sind etwas, das sich allein der Analytik nicht erschließt."

„Große Worte, Herr Kollege. Ich denke darüber nach, welche Schlussfolgerungen sich daraus für mein Fachgebiet ergeben. Wie lässt sich der globale Trend zur Verwüstung stoppen? Welche ökonomischen Modelle brauchen wir, um die Selbstzerstörung der Zivilisation aufzuhalten?"

„Ich bin nicht der Messias, ich habe keine Lösungen. Gefeiert zu werden wie ein Prophet, das macht mich eher misstrauisch."

„Diese Bescheidenheit ehrt Sie. Aber so ist der Mensch. Sie werden es sehen, nachher und morgen auf der Konferenz: Ihre Kollegen werden Sie über den grünen Klee loben, um anschließend die Hände wieder in den Schoß zu legen."

„Das glaube ich nicht, Ihre Skepsis vermag ich nicht zu teilen. Immer bleibt etwas hängen, bei jedem Wort, bei jedem Gespräch."

Sanft sog Leriche an seiner Pfeife. Der Geruch des Tabaks umwehte ihn wie eine Aura. Er hatte etwas Gutmütiges, beinahe Väterliches.

„Schauen Sie, junger Mann. Sie sind Optimist und ich wünsche Ihnen, dass Sie es noch immer sind, wenn Sie einmal mein Alter erreichen. Das wird nicht einfach, auch nicht für einen Professor."

Anderson schwieg. Von der Flasche in seiner Hand fiel ein silbriger Tropfen auf sein Hemd. Nachdenklich sagte er:

„Es hängt vor allem davon ab, welche Menschen man trifft. Ich hatte Glück bislang. Großes Glück."

„Sie meinen Aaron Miller?"

„Ja, unter anderem."

„Hat Sie schwer beeindruckt, der alte Globetrotter, nicht wahr?"

„Zugegeben, ja. Bis zuletzt hat er das Unmögliche für möglich gehalten."

„Was meinen Sie damit?"

„Dass die Australopithecinen unter uns leben. In uns, in jedem von uns. Wir sind, und wir sind alle zugleich: die frühen Menschen aus Laetoli, Alexander der Große, Eirik, Marco Polo, Neil Armstrong."

„Ein Mensch, mit einem Schicksal?"

„So ungefähr."

„Aus wissenschaftlicher Sicht erscheint mir diese These reichlich vage, meinen Sie nicht?"

„Aus wissenschaftlicher Sicht sind alle Thesen vage. Es geht hier nicht um Wissenschaft. Es geht um eine völlig andere Sicht auf uns als Menschen. Eigentlich wissen wir Bescheid, denn jeder schleppt die ganze Zivilisation mit sich herum, alle Generationen, mit allen ihren Erfahrungen."

Ironie zuckte um Leriches Mundwinkel. Ohne Hast schmauchte er die Pfeife, hörte aufmerksam zu. Als Anderson fertig war, nahm der die Pfeife in die Hand und fragte:

„Wozu brauchen Sie dann ein Institut? Und wozu, in Teufels Namen, brauchen Sie Punt? Wenn das alles so einfach und klar ist?"

Anderson nahm einen Schluck aus der Flasche, zuckte mit den Schultern.

„Um einmal mehr zu lernen, was es konkret bedeutet."

Er stellte die Flasche ab.

„Ich weiß es nicht. Ich weiß es wirklich nicht."

Leriche ließ einige Sekunden verstreichen, dann murmelte er:

„Ich sage es Ihnen. Weil Sie sonst als Eremit leben müssten, als Fakir oder in der Klapsmühle. So konsequent ist kein Mensch: vier Millionen Euro wegzuschmeißen, um einer Fata Morgana hinterherzujagen. Seien Sie vorsichtig. Möglicherweise war der Afrikakoller von Professor Miller ansteckend. Nun hat Sie die Seuche erwischt."

Die Kellnerin kam vorbei. Leriche bestellte zwei neue Flaschen. Nachdenklich sagte er:

„Scherz beiseite. Wenn Sie ins Kloster gehen, wäre es zwar ein edler, aber vollkommen sinnloser Akt."

„In diese Richtung habe ich auch schon nachgedacht. Es wäre vor allem egoistisch, ohne Anteil an der Veränderung, die ich für notwendig erachte. Es wäre der Sieg des Skeptikers über den Optimisten."

Leriche lachte.

„Jetzt haben Sie es mir aber gegeben, junger Kollege! Wissen Sie eigentlich, dass unser Team an der Sorbonne an einer Theorie des Konsumverzichts arbeitet? Wir suchen ökonomische Modelle, die nachhaltige Sesshaftigkeit erlauben, hohe Lebensqualität ohne Wachstum. Kleinteilige Wirtschaft in geschlossenen Kreisläufen."

„Ich habe gehört, dass sich Wissenschaftler neuerdings mit dem ökologischen Fußabdruck von Technologien, Branchen und Siedlungen befassen. Meinen Sie solche Arbeiten?"

„Der Ecological oder Carbon Footprint erfasst die Rückwirkungen des Menschen auf die natürlichen Ressourcen. Je mehr er darauf herumtrampelt, desto schneller rückt die Wüste vor."

Bei diesen Worten dachte Anderson an Olduvai, an die Vitrine in dem kleinen Museum, an Millers verschwitztes Gesicht. An die Fußspuren einer kleinen Familie im Ascheboden, Millionen Jahre alt, nachgeformt aus Gips. Er dachte an die Hyänen und die Geier in Laetoli, und dann dachte er an den Regen, an den wunderbaren, rettenden Regen. Auch dieser Regen hatte ein Gesicht. Leriches Worte rissen ihn aus den Gedanken.

„Ist Wissenschaft an sich nicht Ausdruck von Optimismus? Dass wir die Probleme lösen können?"

„Sie meinen, dann sind auch Sie ein Optimist? Wollen Sie etwa die Seite wechseln?"

„Wozu sonst sollten wir eine Theorie aufstellen, die das Ende der Ausdehnung bedeutet?" Über Leriches Züge glitt Heiterkeit. „Sie haben recht, ich bin ein Optimist. Auch wenn es mir manchmal schwerfällt."

Sie schwiegen. Anderson beobachtete die Leute am Pool. Die meisten waren Europäer oder Amerikaner. Träge lagen sie auf den Pritschen am Beckenrand. Einige schwammen im Wasser. Die Sonne hatte sich hinter dicken, bleichen Wolken verborgen. Die Schwüle drückte. Er hörte, wie Leriche sagte:

„Nun haben Sie Ihr Institut bewilligt bekommen. Gibt es dazu Neuigkeiten?"

„Ich soll Sie von Mister Holmoy grüßen. Vorhin am Telefon hat er gesagt, dass sich die Schwedische Akademie mit der Universität in Amsterdam arrangieren wird."

„Wissen Sie schon, wie Sie die Ausgrabungen von Punt anstellen wollen?"

Anderson zögerte.

„Vielleicht gehe ich zuerst nach Kairo. Dort soll es alte Papyri geben, in denen von Punt die Rede ist. Das hat mich an die Sagas aus Island erinnert, an die Träume Eiriks und seiner Gefolgsleute. Nur sind die Papyri viel älter."

„In Ihrer Rede haben Sie das angedeutet, ich erinnere mich. Was wissen Sie darüber?"

„Um Punt drehen sich ähnliche Geschichten wie um Grönland. Das Goldland Punt, manche nennen es das Götterland, und Eiriks Grünland scheinen fast utopische Ziele zu markieren. Die Papyri in Kairo sind Abschriften von altägyptischen Keilzeichen, ungefähr datiert auf das dritte Jahrtausend vor Christus. Punt muss in Abessinien oder Somalia gelegen haben, denn es wurde als Handelspartner für die Nilvölker erwähnt."

„Viel haben Sie nicht. Aus dieser Zeit sind nur sehr wenige Artefakte überliefert."

„Es gibt Hinweise auf eine Expedition der Pharaonin Hatschepsut. Sie gehörte zur Dynastie der Thutmosiden, als die beiden Reiche am Oberlauf und am Unterlauf des Nil vereint waren. Damals galten die Pharaonen als die mächtigsten Herrscher der Welt. Punt soll sehr grün und reich gewesen sein. Dasselbe versprach sich Eirik von Grönland."

„Und was ist Ihr Ziel? Vergleichende Forschung?"

„Ich bin mir nicht sicher", bekannte Anderson. „Einerseits spüre ich, dass mich ein Vergleich zwischen den ägyptischen Expeditionen und den Wikingern reizt. Das könnte erstaunliche Parallelen offenbaren. Beide Länder, Punt wie Grönland, befanden sich am Rand ihrer damaligen Weltkreise, am Rand des bekannten Wissens ihrer Zeit. Beide könnten Opfer der katastrophalen Überlastung der Umwelt durch die Menschen geworden sein. Andererseits habe ich Zweifel, ob das überhaupt etwas bringt. Ich will morgen nach Aksum reisen, um dort an Ausgrabungen teilzunehmen. Es gibt Experten, die das Gebiet an der eritreischen Grenze dem einstigen Punt zuordnen."

„Der Norden von Äthiopien ist steinige Wüste. Da beißen sie auf Granit."

„Große Teile des Hochlandes waren bis vor wenigen Jahrhunderten bewaldet. Erst die Abholzung ließ das Land verdorren."

„Sie haben sicher gehört, dass an der Grenze zu Eritrea ein bewaffneter Konflikt droht."

„Holmoy hat es erzählt. In Nairobi sind die Zeitungen voll davon."

„Die Nordallianz aus Ägypten, Sudan und Eritrea will verhindern, dass die Äthiopier den Blauen Nil aufstauen", erläuterte Leriche. „Dann würde deutlich weniger Wasser nach Karthum, Kairo und Alexandria gelangen. Die Äthiopier wollen mit dem Wasser den trockenen Nordwesten und das Grenzgebiet nach Eritrea versorgen. Dieser Landstrich ist mittlerweile jedes zweite Jahr von Dürre bedroht. Obendrein blockieren die Eritreer den Zugang zum Roten Meer."

„Ich hörte, dass französische Teams in Aksum graben."

„Das stimmt." Leriche nickte. „Sie haben sich jedoch entschlossen, die Arbeiten zu unterbrechen, bis sich die Lage entspannt."

„Ist es wirklich so gefährlich?"

Leriche hob die Hände, besorgte Falten erschienen auf seiner Stirn.

„Ein amerikanischer Offizier erzählte mir, dass die Nato eine Luftbrücke nach Djibouti erwägt. Es sieht nicht gut aus. Ägypten und Sudan haben ihre Diplomaten aus Addis abgezogen." Er hielt inne, fragte: „Und Sie wollen wirklich nach Aksum fliegen?"

Entschlossen packte Anderson die Flasche.

„Vielleicht ist es meine Bestimmung, mich untergehenden Zivilisationen zu widmen. Ich hätte die einmalige Chance, bei einem solchen Vorgang hautnah dabei zu sein. Am eigenen Leib zu erfahren, wie es ist, wenn sich uralte Kulturen gegenseitig zerfleischen."

Seufzend blickte Leriche auf die Uhr an seinem Handgelenk.

Er winkte der Kellnerin, sie brachte die Rechnung. Der Franzose warf ein paar abgegriffene Scheine auf den Tisch.

„Die Nachmittagssession beginnt gleich", sagte er. „Lassen Sie uns hinübergehen, wir wollen pünktlich sein. Ein Vertreter aus New York spricht über Imperialismus, Terrorismus und die neue Weltordnung als Herausforderung für die Forschung."

Anderson nickte. Sie erhoben sich und liefen ins Hotel. An der Rezeption wartete ein rabenschwarzer Afrikaner im hellen Anzug. Als Anderson vorüberging, fragte er höflich:

„Mister Anderson aus Amsterdam?"

„Der bin ich. Was kann ich für Sie tun?"

„Ich bin Yussuf Berhane, Sicherheitsberater des Premierminis-ters", erwiderte der Mann, ohne den Blick von Andersons Augen zu wenden. „Seine Exzellenz erwartet Sie am Freitag zu einer Unterredung."

Überrascht hob Anderson die Brauen.

„Wie komme ich zu dieser Ehre?"

„Ato Meles hat Ihre Rede verfolgt. Er möchte mit Ihnen über Ihre äthiopischen Projekte sprechen. Am Freitag um elf Uhr, wenn es Ihnen recht ist. Bitte melden Sie sich eine halbe Stunde vorher am Kontrollposten. Von hier sind es mit dem Taxi nur fünf Minuten." Ohne Gegenworte abzuwarten, streckte Berhane die Hand aus. „Darf ich dem Premier mitteilen, dass Sie kommen werden?"

„Natürlich", stammelte Anderson, verlegen wie ein Schulkind. „Wie könnte ich eine solche Bitte abschlagen ..."

Der Sicherheitsberater neigte kurz das Kinn. Dann ging er weg. Verblüfft blickte Anderson hinter ihm her. Leriche räusperte sich und sagte:

„Ich wette, die Äthiopier sind daran interessiert, dass Sie Ihre Zelte hier aufschlagen. Nicht vielen Europäern öffnen sich die

Türen zum Palast des Premiers. Er soll ein Mann von ausgezeichneter Bildung und Weitsicht sein. Er gibt sich sehr scheu und zeigt sich nur selten in der Öffentlichkeit."

Der Franzose nahm die Pfeife aus dem Mund. Sie war erkaltet. Er klopfte die Asche auf den Boden.

„Nun müssen Sie wohlbehalten aus Aksum zurückkommen, ob Sie wollen oder nicht", meinte er lächelnd. „Denn in drei Tagen haben Sie ein Date mit dem Premierminister. Es gibt keine Entschuldigung, ein solches Meeting zu versäumen. Nicht einmal im Krieg."

***

Pünktlich um fünf Uhr postierte sich Samson Gebreyesus im Foyer der Kongresshalle. Das warme Licht, das draußen vom Sonnenuntergang kündete, ließ das riesige Glasgemälde noch eindringlicher und schwermütiger erstrahlen. Vor den Monitoren versammelten sich Menschen, nur die Ecke für die Journalisten war leer. Alle Fotografen und die Fernsehteams drängten sich im Sitzungssaal. Denn soeben war ein Konvoi schwarzer Limousinen vorgefahren. Mit ernstem Gesicht hatte der Gesandte des Generalsekretärs der Vereinten Nationen das Spalier der Reporter durchschritten, begleitet von Bodyguards und Beratern. Jetzt stand er am Rednerpult, im Gewitter von Blitzlichtern. Milde wartete er, bis sich die Fotografen zurückzogen. Dann setzte er zur Rede an.

„Eigentlich sollte ich auf einem wissenschaftlichen Kongress sprechen, der sich der Zukunft der Menschheit aus Sicht der Anthropologen widmet. Aber wieder droht uns ein Krieg, macht uns einen Strich durch die Rechnung. Er überschattet Ihren Kongress, er überschattet unsere Gedanken und Gefühle. Ich möchte die Ge-

legenheit nutzen, um die Konfliktparteien zur Besonnenheit auf-
zurufen ...""

„Sie sind überpünktlich", meinte Martin Anderson nach einem
Blick auf die Mattscheibe des Monitors im Foyer. „Habe ich mich
verspätet?"

„Nein, Sir", antwortete Gebreyesus. „Ich wollte nur sicher sein,
dass wir uns nicht verpassen. Eben war hier die Hölle los, weil ein
hoher Gast eingetroffen ist."

„Trotzdem konnten Sie sich freimachen?"

„Natürlich." Gebreyesus lachte. „Ich habe meinem Chef gesagt, dass Sie Amharisch lernen wollen."

„Ist es schwierig?"

„Wenn Sie früh genug damit beginnen, nicht."

„Wohin gehen wir zuerst?"

„Wir fahren zur Kathedrale und besuchen die kaiserliche Gruft.
Danach fahren wir in die Berge, für einen Rundblick. Wenn Sie
einkaufen wollen, können wir auf den Markt gehen."

„Lieber nicht. Ich fliege morgen nach Aksum. Ich kann nicht zu
viel Gepäck mitnehmen."

„Gut. Lassen Sie uns gehen, das Taxi wartet."

Der Fahrer hatte den Wagen im Schatten geparkt. Er rollte vor
die Treppe. Gebreyesus öffnete die Tür und sagte etwas auf Amharisch. Der Fahrer nickte. Anderson setzte sich neben den Assistenten. Der Wagen fuhr den Boulevard hinauf, wendete vor dem
Palast des früheren Kaisers Menelik und fuhr an der ehemaligen
Residenz von Haile Selassie entlang zum Meskel-Platz. Sie passierten die Tribüne, auf der Mengistu die Jubelparaden zu Ehren
des sozialistischen Aufbaus abgenommen hatte, in den Jahren
nach dem Sturz des Kaisers. Sanft glitt der Wagen über den Asphalt. Bald kam eine großzügige Basilika in Sicht, ein quadrati-
scher Bau mit vier Türmchen auf den Ecken und einer gewalti-

gen Kuppel mit klerikaler Krone. In Stein verzierte Bogenfenster reichten bis zur Erde. Graue Stufen führten zum Portal, gesäumt von grünen Sträuchern und rot blühenden Büschen. Das Taxi stoppte. Sie stiegen aus.

„Das ist die Kathedrale der Heiligen Maria von Zion", erläuterte Gebreyesus feierlich. „Sie ist das religiöse Zentrum der äthiopischen Orthodoxie, vergleichbar mit dem Petersdom in Rom für die Katholiken."

Anderson war überrascht. Mitten im Herzen Ostafrikas fand sich eine christliche Kultur, deren Bauten sich mit der römischen Gigantomanie messen konnten. Sie stiegen die Stufen hoch. Ehe sie das Ehrfurcht einflößende Gemäuer erreichten, öffnete sich eine eiserne Tür. Ein alter Priester erschien. Gebreyesus verneigte sich. Der Priester war klein von Wuchs. Er trug ein leuchtend gelbes Gewand, hatte dunkle, zerfurchte Gesichtszüge, einen grauen Kinnbart und schiefe Zähne. Seine Augen leuchteten wasserklar. Ohne Scheu legte er seine Hand auf die Schulter des Assistenten und grüßte Anderson mit langem, prüfendem Blick. Danach ging er in die Kirche zurück.

„Lassen Sie uns hineingehen", flüsterte Gebreyesus. „Der Patriarch bittet uns, ihm zu folgen."

Das gelbe Gewand des Priesters reichte bis zur Erde. Auf dem Haupt trug er eine blaue Kappe. Sie liefen über Teppiche zu einem gelben Schrein, der sich bis unter die Kirchenkuppel erhob. Sein Zugang war durch dicke Vorhänge versperrt. Auf dem Sims des Schreins standen Gemälde mit alttestamentarischen Motiven.

„Darin bewahren die Priester ihre Reliquien auf", erklärte Gebreyesus. „Auch von der heiligen Maria sollen hier Überreste liegen."

Der Priester führte sie zu einer Stiege, die in die Krypta führte. Aufmunternd lächelte er Anderson zu. Unten standen prächtige

Marmorsärge und prunkvolle, goldene Sessel, überzogen mit grünem Samt, neben einem Glasregal mit uralten Büchern.

„Diese Kirchenbücher sind in Ge'ez geschrieben, unserer alten Kirchensprache", flüsterte Gebreyesus ehrfürchtig. „Nur die Priester können sie lesen. Aus dem Ge'ez entstanden die modernen Dialekte der Tigray, der Eritreer und der Amharen. Das sind die großen Völker im Norden und in Zentraläthiopien."

„Und die Sessel? Wem gehören sie?"

„Das war der Thron von Kaiser Haile Selassie und seiner Gemahlin. Durch den Putsch der Offiziere um Mengistu ging eine dreitausend Jahre alte Dynastie zu Ende. Man sagt, es war die älteste Dynastie der Welt. Heute wird Haile Selassie wieder wie ein Heiliger verehrt. Aber ich will Sie nicht langweilen. Das ist Geschichte."

„Bitte, erzählen Sie weiter", forderte ihn Anderson auf. „Sie erwähnten Mengistu. Wer war das, welche Rolle hat er gespielt?"

Verächtlich winkte der Assistent ab.

„Dieser Schlächter sollte möglichst schnell aus dem Gedächtnis unserer Völker verschwinden."

Anderson betrachtete die Marmorsärge. An der Wand hingen vergilbte Fotografien des kleinen Kaisers. Er war beinahe ein Zwerg. Der Assistent sagte:

„Die Leute verehren Haile Selassie, weil er Äthiopien zum Zentrum Afrikas gemacht hat. Wir blieben von kolonialer Besetzung verschont. Haile Selassie war im Westen ein angesehener Staatsmann."

„Und wie gelang es Mengistu, ihn zu stürzen?"

„Das geschah Mitte der Siebzigerjahre. Damals herrschte Krieg um den Ogaden im Grenzgebiet zu Somalia. Es gab viele Regionen, die von der Monarchie vernachlässigt wurden. Der Ogaden. Der Süden. Eritrea. Gewaltige Dürre und furchtbare Hungersnöte breiteten sich aus. Das hat Mengistu in die Hände gespielt, als er gegen den Kaiser revoltierte." In Gebreyesus' Stimme geriet ein wütender Unterton. „Fast zwanzig Jahre hielten sich der rote Diktator und seine Schergen vom Derg an der Macht. Ende der Achtzigerjahre formierte sich eine Opposition aus den Tigray und den Eritreern. Sie eroberten Addis und warfen Mengistu aus dem Land. Eritrea wurde in die Unabhängigkeit entlassen. Das brachte neuen Ärger, seitdem hört der Streit um den Verlauf der Grenze im Norden nicht auf."

„Deshalb droht Krieg ..."

„Hier ist immer Krieg, Mister Anderson. Kaiser Menelik führte Krieg gegen die Italiener. Er schlug sie bei Adua und drängte sie ins Meer. Ihm verdanken wir unsere Freiheit. Kaiser Haile Selassie führte Krieg gegen Eritrea, gegen die Italiener und die Somalis. Ihm verdanken wir unsere Unabhängigkeit. Unter Mengistu herrschte ein blutiger Bürgerkrieg, der praktisch nie aufhörte. Seit seinem Sturz haben wir bereits einen neuen Krieg mit Eritrea hinter uns. Nicht zu sprechen von den Scharmützeln mit den somalischen Clans im Ogaden oder den Banden aus Südsudan. Es ist unser Schicksal, stets im Krieg zu sein. Ohne diese äußere Bedrohung wäre unser Land vielleicht längst zerfallen. Es ist nicht leicht, so viele Völker unter einen Hut zu bringen."

Der Priester sagte etwas mit rauer Stimme. Der Assistent übersetzte:

„Diese Särge stehen erst seit Kurzem hier. Man fand die kaiserlichen Gebeine unter dem Wohnhaus Mengistus, unter der Türschwelle. Nehmen Sie das nicht für bare Münze, es könnte eine Legende sein. Über den toten Negus sind viele sagenhafte Begebenheiten im Umlauf."

Vorsichtig befühlte Anderson den glatten Marmor des Sarges. Der Stein war poliert und warm. Ein schlicht gehauenes Kreuz zierte den schweren Deckel.

„Wie alt waren Sie, als der Kaiser gestürzt wurde?"

„Das war einige Jahre vor meiner Geburt. Wenn ich die Leute darüber reden höre, klingt es wie ein Märchen."

Sie verließen die Gruft. Zum Abschied versenkte Anderson einen Geldschein in dem kleinen Holzkästchen, das ihm der Priester am Ausgang entgegenhielt. Wie Gebreyesus verneigte er sich vor dem Alten, der ihn huldvoll an der Schulter berührte.

Die Sonne schickte sich an, hinter die Berge zu rollen. Das Taxi steuerte auf eine breite Ausfallstraße. Sie wand sich in Schleifen höher, zu den Entoto-Bergen. Frauen mit großen Reisigbündeln auf den Schultern liefen am Straßenrand. Zittrige Eukalyptushaine säumten den Teer.

„Der Eukalyptus wurde von Kaiser Menelik eingeführt, zum Ende des 19. Jahrhunderts", erläuterte Gebreyesus. „Damals wurde das Brennholz knapp, weil die einheimischen Wälder abgeholzt waren. Eukalyptus ist anspruchslos und wächst sehr schnell."

„Gibt es noch ursprüngliche Wälder?"

„Das ist das Problem: Der Eukalyptus zieht das Wasser aus dem Boden. Seine Öle verseuchen die Erde. Er duldet keine Konkurrenz, nicht einmal Unterholz."

Surrend zog der Wagen bergauf. Oben lichteten sich die Haine. Das Taxi rollte aus. Ein Plateau gab freie Sicht über die Stadt, die in der flachen Talsenke waberte, als wäre sie Brei in einer dampfenden Schüssel.

„Addis hat drei Millionen Einwohner", meinte der Assistent. „Die Stadt ist sehr jung, gerade hundert Jahre alt. Sie wächst, dass man zusehen kann. Wer ein Geschäft machen möchte, den zieht es nach Addis. Als würden sich hier alle Hoffnungen von selbst erfüllen."

„Und die Enttäuschungen?", fragte Anderson. „Wo haben die ihren Platz?"

Gebreyesus zuckte die Schultern.

„Ich bin in Addis aufgewachsen. Mir gefällt es hier."

Anderson lächelte.

„Es ist eine interessante Stadt. Ich hoffe, Sie finden oft Gelegenheit, sie Besuchern zu zeigen."

„Für heute ist es genug", schlug Gebreyesus vor. „Wollen wir zurückfahren?"

Anderson nickte. Steifer Wind fegte über die Berge. Geschwächt flimmerten die Strahlen der Sonne. Ihr bleicher Ball berührte den Kamm des Hochlands.

9. Kapitel

Der Wagen rauschte ins Tal, zur Universität, zum botanischen Garten, einst der kaiserliche Hof des Negus. Schnurgerade führte die Fahrt auf die breite King George Street zu einem schmucklosen Würfelbau, unscheinbar vom Straßenrand zurückgesetzt. Vor der Tür kehrte ein Museumswächter, lustlos und rauchend. Als das Taxi hielt, stellte er den Besen an die Hauswand. Anderson gab dem Fahrer ein paar Scheine. Von hier war es nur ein kurzer Spaziergang zum Hotel, er brauchte das Taxi nicht mehr. Der Fahrer bedankte sich und brauste davon. Gebreyesus ging hinter Anderson. Der Wärter geleitete sie ins Innere des Würfels.

„Ich nehme an, Sie wollen Eva sehen", sagte er andächtig. „Die meisten ausländischen Besucher kommen wegen ihr. Sie ist der Star unserer Ausstellung."

„Eva?", fragte Anderson.

Der Wärter schüttelte das Haupt.

„Sie ist unsere Eva, aber sie heißt Lucy. Sie sind Mister Anderson aus Amsterdam, nicht wahr?"

„Ja. Woher wissen Sie das?"

„Ich war während meiner Pause beim Kongress. Man muss sich auf dem Laufenden halten. Ich verfolgte Ihre Rede im Foyer, auf dem Bildschirm."

Anderson schwieg. Der Museumswärter fuhr fort:

„Sie waren mit Professor Miller in Laetoli. Sie haben nach Frühmenschen gesucht."

„Sie kannten Miller?"

Stolz nickte der Wärter.

„Er war mehrere Male bei uns, aus dem gleichen Grund wie Sie. Er wollte Lucy sehen. Wir Äthiopier betrachten sie als die Eva der Menschheit. Die erste Frau, die erste Mutter."

Er führte seine Gäste durch abgedunkelte Gänge. Sie gelangten zu einem spartanischen Raum, in dem eine einzige, lange Vitrine stand. Darin lagen fossile Überreste eines kleinwüchsigen, menschenähnlichen Skeletts: ein Stück der Schädeldecke, der Unterkiefer, mehrere Wirbel, Rippenbögen, Armknochen, Bruchstücke des Beckens und ein Oberschenkelknochen.

„Es ist nur eine Kopie", erklärte der Wärter. „Das Original liegt im Panzerschrank. Wenn Sie einige Tage Zeit haben und es wünschen, wird unser Direktor den Safe bestimmt für Sie öffnen."

„Durfte Professor Miller in den Safe schauen?"

„Wenn ich Ihnen das bestätige, kostet mich das meinen Job. Sagen wir so: Er war mehrfach hier zu Gast, aber selten in den öffentlichen Räumen."

Der Wärter trat in den Hintergrund, als wollte er Martin Anderson mit den vier Millionen Jahre alten Knochen allein lassen. Anderson schritt um die Vitrine. Aufmerksam betrachtete er das Skelett. Sein Finder, Donald Johanson aus Berkeley, war ein Glückspilz gewesen, als er in der mörderischen Danakil-Wüste auf das Grab dieser jungen Frau stieß, noch zu Zeiten des Kaisers. Sein Fund gab den Startschuss für einen Goldrausch der Archäologen. Seitdem graben sich die Forscherteams wie Maulwürfe durch Ostafrika, Südafrika, Vorderasien und China. Kein Jahr, in dem nicht sie weitere Vorfahren des Menschen entdecken, klassifizieren und in ihre Kataloge einreihen. Auf diese Weise verlängert sich der menschliche Stammbaum immer weiter ins Halbdunkel der Vorzeit.

Gemäß der Klassifikation der Wissenschaftler war das vor ihm liegende Skelett eine nahe Verwandte jener Australopithecinen, die in Laetoli ihre Spuren hinterlassen hatten. Ließen sich die Fußabdrücke im Vulkanboden des Eyasi-Plateaus ziemlich genau auf 3,75 Millionen Jahre datieren, war dies bei Lucy schwieriger.

Ihr wurden zwischen drei und vier Millionen Jahre zugerechnet. Ihr Fundort gab einer ganzen Fossiliensippe den Namen: Australopithecus afarensis, der Südaffe aus Afar. So heißt die östliche Gegend in der Danakil nahe der Wüstenstadt Hadar, wo die amerikanischen Archäologen fündig wurden. Noch ist umstritten, ob Lucy wirklich eine eigene Art begründet. Oder war sie vielleicht nur eine nördliche Unterart des Australopithecus africanus, der die zentralen Regionen des Schwarzen Kontinents besiedelte? Die Fußspuren in Laetoli wurden kurze Zeit später entdeckt. Seinerzeit war noch nicht bekannt, dass die Frühmenschen ein derart ausgedehntes Gebiet durchstreiften. Die aufrecht gehenden Primaten hatten sich ein erstaunliches Terrain erobert.

Der Südaffe von Afar machte sich vor vier Millionen Jahren auf den Weg, ein kleiner Primat mit geringem Hirnvolumen, aufrechtem Gang und verhältnismäßig kleinen, nicht vorstehenden Eckzähnen. Für die Forscher ist dies ein bedeutendes Detail, denn offenbar brauchte der Affe seine Reißzähne nicht mehr zur Verteidigung. Er musste Knüppel oder Äste benutzt haben, aus Holz oder Knochen. Ganze Legionen von Forschern nahmen das Skelett unter die Lupe. Sie beschossen es mit Elektronen, hängten es in starke Magnetfelder und durchleuchteten es mit Röntgenstrahlen. Sie zerlegten es in unzählige Einzelheiten, setzten sie am Computer neu zusammen. Sie berechneten und verglichen: Männliche Individuen des Australopithecus afarensis waren wahrscheinlich fünfzig bis hundert Prozent größer als die Weibchen. Ihr Gewicht schwankte zwischen fünfundzwanzig und fünfzig Kilogramm. Das Hirnvolumen entsprach den großen afrikanischen Menschenaffen. Es bleibt umstritten, ob das Verhältnis von Gehirn zum Körper größer oder kleiner als bei Menschenaffen war. Aus dem Gesichtsschädel und dem Gaumenbein von Lucy schlossen die Forscher, dass sie einer Schimpansin ähnelte. Der rekonstruierte Schädel erinnert jedoch eher an einen weiblichen Gorilla: Lucy hatte größere Zähne und war kräftiger als ein Schimpanse. Ihre Backenzähne waren stark und mit einer dicken Schmelzkappe überzogen: gut geeignet für Früchte, Samen, Schalen, harte Wurzeln und zähe Knollen. Also streiten die Gelehrten auch über dieses Detail: War sie Vegetarierin, die gelegentlich ein Aas auf ihrem Speiseplan hatte? Oder bildeten die Australopithecinen von Afar die Vorstufe eines fleischfressenden Killeraffens, der blutige Beute machte und sich zum Urjäger entwickelte?

Ein paar hingestreute Knochen und die Fachleute grübeln, ob der aufrechte Gang zur Monogamie führte, ob schon Kleinfamilien existierten, ob es bereits kriegerische Konflikte zwischen einzelnen Horden gab und so weiter und so weiter. Nur in einem sind sie sich sicher: Mit uns, mit den modernen Menschen, lässt sich Lucy keinesfalls vergleichen. Unangefochten steht der Homo sapiens sapiens an der Spitze der Schöpfung. Gekrönt von der Evolution blickt er auf seine primitiven Vorfahren herab.

Anderson trat von der Vitrine zurück. Er hatte Erhabenheit erwartet, einen romantischen Augenblick, die Begegnung der Moderne mit der Vorsteinzeit. Enttäuscht fragte er:

„Wie lange arbeiten Sie schon im Museum?"

„Dreißig Jahre. Etwas weniger."

„Dann kennen Sie Lucy genau?"

„Das kann man sagen. Professor Lintiso, der Museumsdirektor, und ich sind ihre Schutzengel. So kann man es sagen."

„Professor Lintiso", wiederholte Anderson. „Ich werde ihn in Aksum treffen. Bleiben wir bei Lucy. Was ist es für ein Gefühl, in ihrer Nähe zu sein?"

Irritiert schaute der Wärter auf Gebreyesus. Der Assistent verzog keine Miene.

„Wie meinen Sie das? Sie ist ein Frühmensch. Ein Fossil."

„Wie fühlt es sich an, wenn Sie die Knochen abstauben? Weht manchmal ein Stück ihrer Seele durch den Raum?"

Der Beamte räusperte sich.

„Es ist nur eine Kopie, Mister. Nur eine Kopie. Das echte Skelett liegt im Panzerschrank, wie ich bereits sagte."

Anderson lächelte ihn freundlich an, so freundlich, dass der Mann zurücklächelte. Sie gingen auf die abendliche King George Street, wo fast Dunkelheit herrschte. Anderson drückte dem Wärter zehn Birr in die Hand. Mit Gebreyesus an seiner Seite schlenderte er zum alten Palast von Menelik, in dem der Premierminister residierte. Anderson sah das hell erleuchtete Hotel, den Meskel-Platz und das Kongresszentrum. Er verabschiedete sich von seinem Begleiter. Er wollte noch etwas sagen, aber er fühlte sich zu müde und drückte dem Assistenten nur die Hand. Er wartete, bis Gebreyesus vom Dunkel über dem Platz verschluckt wurde. Dann tauchte er in die Lobby. In den Sofas hockte eine übernächtigte Delegation aus Bangladesch, auf ihre Zimmerschlüssel wartend. Er ging zum Aufzug. Als sich die Tür aufschob, leise klingelnd, war er froh, endlich zur Ruhe zu kommen.

***

Er wusste, dass er nicht sofort schlafen konnte. Schneller Schlaf wäre nützlich gewesen, weil er morgen früh nach Aksum fliegen wollte, mit Zwischenstopps in Bahir Dar und Gondar. In Aksum grub Professor Lintiso nach den Resten einer sabäischen Hochkultur. Es gab Hinweise, dass unter den Scherben und dem Schutt ein viel älteres Reich seine Zeugnisse verbarg. Vielleicht war es Punt, von dem die Tempel der ägyptischen Pharaonen sprachen. Zu stark wühlte ihn die schwüle Hitze auf, die durch die geöffnete Balkontür drang, obwohl die Nacht längst herabgesunken war. Es roch nach Eukalyptus und den Abgasen der Autos, nach Küchengerüchen und der verbrauchten Abluft von Klimaanlagen. Um sich abzulenken, schaltete er den Fernseher ein. Der Staatssender in Addis Abeba berichtete von der Konferenz. Er sah den Sprecher der Vereinten Nationen, Bilder aus den Fluren und schließlich sein eigenes Gesicht. Schnell schaltete er zu KBC aus Nairobi. Auch dort war die Konferenz in Addis das Hauptthema. Anschließend brachten sie einen Bericht über Truppenbewegungen im Grenzdreieck von Sudan, Eritrea und Äthiopien. Panzer mahlten Wüstenstaub, Soldaten übten martialische Posen. Anderson schaltete den Apparat aus und ging auf den Balkon.

Eigentlich hättest du Grund zur Freude, dachte er. Du hast eine viel beachtete Rede gehalten. Du hast ein Fax von der Schwedischen Akademie bekommen, in dem sie dir dein eigenes Institut genehmigen. Du hattest interessante Gespräche in Addis Abeba, in dieser dampfenden Schüssel mitten im Hochland von Abessinien. Jeder andere Mensch würde in die Luft springen, die Korken knallen lassen: So viel Erfolg an einem einzigen Tag. Doch du kannst dich nicht freuen. Du würdest dich gern freuen, aber dieses Gefühl will sich einfach nicht einstellen. Warum nicht?

Er zog sich aus, legte sich aufs Bett und starrte zur Zimmerdecke. Der Wind umschmeichelte ihn wie Tsetsefliegen. Er lauschte dem abendlichen Verkehr auf dem Meskel. Fern brummte ein Flugzeug. Im Swimmingpool schwammen Gäste. Von oben, im Gegenlicht des erleuchteten Bassins, sahen sie aus wie Frösche. Das Geräusch klirrender Flaschen drang herauf. Du warst misstrauisch, als dich Professor Leiden anrief und dir das Eröffnungsreferat dieser Konferenz antrug, dachte Anderson. Du bist seine große Hoffnung, sein Schüler, der es zu etwas gebracht hat. Ein bisschen von deinem Glanz fällt auch auf ihn. Und nun diese Konferenz. Dieser Weltkongress der Anthropologen. Lösungskonzepte für die Welt von morgen. Millionen Menschen schauen zu, live per Fernsehkamera. Lernt sie etwas, die Welt von heute, für hier und jetzt?

Leiden war es gewesen, der ihn nach Millers Tod gedrängt hatte, die verwaiste Professur in Amsterdam zu übernehmen. Zuerst hatte sich Anderson gesträubt. Nach seinem Unfall in Laetoli hatten ihm die Ärzte vorerst lange und anstrengende Reisen untersagt. Also hockte er gezwungenermaßen an der Universität, hielt Vorlesungen und Seminare. Schließlich überredete ihn der alte Fuchs: Er sollte Millers Lehrstuhl so lange übernehmen, bis die Akademie in Stockholm über das Institut entschied. Den Schweden war er durch seine Forschungen über Eiriks Hafen aufgefallen, über die Wikingersiedlungen in Grönland und in Neufundland. Zurückblickend erschien ihm diese Zeit unbeschwert, unwirklich wie aus einem anderen Leben. Am Polarkreis hatte er unverdorbene Freude empfunden, die Erregung eines Jägers, der seine Beute beschleicht. Die Schönheit der rauen Natur hatte ihn für alle Strapazen entschädigt. Er hatte sich immer gewünscht, so zu leben: frei und ungebunden.

Tansania war schwieriger, ganz zu schweigen vom Fiasko in Laetoli. Doch hier in Addis fühlte er sich ausgeliefert, in den Händen fremder Mächte. Er hatte einen brillanten Vortrag gehalten. Was bedeutete das? Er hatte nur getan, was alle von ihm erwarteten: Professor Leiden, die Herrschaften von der Schwedischen Akademie und neuerdings der äthiopische Premierminister. Er kam sich vor wie eine Marionette, die an unsichtbaren Fäden hängt. Er sehnte sich nach der Weite des Golfstroms zurück, nach den sanften Wellen auf dem grasigen Ozean der Serengeti. Das war das Leben, das er führen wollte. Was hatte er hier verloren, in dieser übelriechenden Metropole? Was suchte er in seinem Arbeitszimmer in Amsterdam, von dessen Fenster aus er auf eine rote Backsteinfassade starrte, kaum eine Armlänge entfernt?

Vielleicht konnte er sich deshalb nicht über die Mitteilung Holmoys freuen. Das Institut der Schwedischen Akademie komplettierte den goldenen Käfig. Wieder erschien ihm Miller: Das Institut wird Sie auffressen. Leiden war clever genug, ihm die akademischen Erfolge zu versüßen, mit wichtigen Kongressen und Reden. Aber eigentlich wollte der alte Fuchs nur verhindern, dass er, Martin Anderson, in die Fußstapfen von Aaron Miller trat. Miller hatte ihn gewarnt. Er sei verloren, wenn er sich vom akademischen Zirkus einfangen lasse. Zum Ruhm gesellt sich die Anerkennung, sogar Luxus wie im Hilton. Zu schnell gewöhnt man sich daran.

Und seine Studenten? Sie kamen mit denselben Idealen an die Universität wie er zwanzig Jahre zuvor, mit naiver Begeisterung und kindlicher Entdeckerfreude. Warum stellte er sich diesem Irrenhaus zur Verfügung, das sie Universität nannten und das von der Entdeckerfreude kaum mehr übrig ließ als die lächerliche Suche nach Fossilien mit Pinsel, Lupe und Laptop? Woher kam diese Sucht, ein anerkannter Wissenschaftler zu sein? Dieser Trieb, den Tag unbedingt mit Erfolgen zu füllen? Professor Leiden hatte auf ihn eingeredet. Er hatte ihn an die Verpflichtungen gegenüber den Studenten erinnert. Sie würden enttäuscht, wenn Millers Lehrstuhl unbesetzt bliebe. Das war Gerede. Was konnte er den Studenten vermitteln? Die Mehrheit der jungen Leute, die im Hörsaal hockten, wartete auf ihn wie auf einen Schulmeister, der ihnen beibringen soll, was richtig und falsch ist. Niemand hatte sie gelehrt, einen einzigen freien Gedanken zu fassen. Wie sollten sie es an der Universität lernen? Längst waren sie erwachsen.

Anstatt deine Energie zu nutzen, verschwendest du sie, dachte Anderson verbittert. Du sitzt nächtelang im Flugzeug, hockst in einsamen Hotels und öden Konferenzen. Noch bist du jung. In

Laetoli hast du erfahren, wie schnell das Leben vorbei sein kann. Du vergeudest deine wertvollsten Stunden. Du bist unzufrieden, Martin Anderson. Diese Unzufriedenheit ist ein wucherndes Übel. Dieses Übel wühlt und hört nicht auf zu wühlen.

Er holte Luft, sog den kühlen Nachthauch tief in seine Lungen. Er dachte: Wärst du ein glücklicher Mensch, würdest du deine Zeit anders verbringen. Wie würdest du sie verbringen? Mit vertrauten Menschen, mit Kindern, mit Büchern, mit viel Bewegung in der freien Natur, möglichst nah an der Wildnis. Mittendrin im echten Leben. Er dachte: Was ich brauche, ist keine Auszeit, kein Urlaub. Es geht um Balance. Es geht um ein anderes Konzept vom Dasein. Es geht um jemanden wie ... Sewe.

Der Wind trieb Gänsehaut auf seinen Körper. Anderson nahm ein Handtuch und stellte sich unter die Dusche. Das Wasser roch nach Chlor, der harte Strahl traf seine Schultern. Er sah sich im Spiegel. Innerhalb weniger Stunden hatte die afrikanische Sonne sein Gesicht und die Unterarme gerötet. Er trocknete sich ab und ließ sich auf das Bett fallen. Du musst schlafen, sagte er zu sich. Morgen früh musst du pünktlich am Flughafen sein. Der Tag wird anstrengend. Etwas in ihm forderte erneut: Lass das Flugzeug sausen und geh auf die Suche nach Sewe. Es gibt eine Chance, dass sie in Addis ist, eine geringe Chance. Unentschlossen verwarf er den Gedanken. Schlaf jetzt. Ohne weitere Verzögerung fiel er in einen tiefen Schacht, in bodenlose, betäubende Dunkelheit.

10. Kapitel

Leise summten die Ventilatoren, quietschend schob das Fließ-
band die Koffer aus der Luke. Ein Soldat patrouillierte durch den
Terminal. Die Knöpfe seiner Uniform klapperten am Stahl der
Kalaschnikow vor seiner Brust. Inmitten einer Traube von Passa-
gieren drängte sich Anderson zum Schalter.

„Tut mir leid", sagte die zierliche Frau hinterm Tresen. Sie trug
das grüne Kostüm der Fluggesellschaft. „Die Armee hat den Weiterflug untersagt. Wir werden frühestens heute Abend erfahren,
ob sich die Situation geändert hat."

„Ich habe bis Aksum gebucht", beharrte Anderson. „Sie hätten
uns schon in Addis sagen müssen, dass wir hier stecken bleiben."

„Entschuldigen Sie", entgegnete die Angestellte. „In Addis hatten wir noch die Information, dass dieser Flug planmäßig fortgesetzt wird: über Bahir Dar nach Gondar und Aksum und wieder
zurück nach Addis. Wir wurden ebenso überrascht wie Sie."

„Das ist verrückt. Was soll ich hier?"

„Sehen Sie sich die Stadt an oder fahren Sie zu den Nilfällen.
In drei bis vier Stunden wissen wir mehr." Die Angestellte sah
unglücklich aus. „Es tut mir wirklich leid."

Die Passagiere drängten gegen den Schalter, als wollten sie ihn
kippen. Aufgeregt winkten sie mit ihren Tickets. Die Frau blieb
ruhig. Ein Offizier der äthiopischen Armee schob sich durch die
Menge. Er hob die Arme. Anderson verstand nicht, was er sagte,
aber die Einheimischen schienen sich ihrem Schicksal zu ergeben. Niedergeschlagen trotteten sie auseinander, um ihr Gepäck
aufzulesen. Der Offizier wandte sich an Anderson, in fließendem
Englisch.

„Es ist für uns eine unangenehme Situation, glauben Sie mir
das bitte. Wir dürfen kein Risiko eingehen, um Ihrer Sicherheit

willen. Die sudanesische Luftwaffe könnte in wenigen Minuten hier sein, über Bahir Dar. Über Gondar kam es vergangene Nacht zu Luftkämpfen. Der Weiterflug ist zu gefährlich. Wir haben den nordwestlichen Luftraum gesperrt."

Anderson atmete durch. Betont ruhig fragte er:

„Gibt es eine Chance, dass wir heute Abend oder morgen früh weiterkommen?"

„Ich befürchte, nein", antwortete der Offizier kopfschüttelnd. „Das Flugzeug fliegt in einer Stunde zurück nach Addis. Mehr können wir nicht tun."

In diesem Augenblick krachte ein Kampfjet über den Flughafen von Bahir Dar. Die Stadt liegt zwei Flugstunden nordwestlich von Addis Abeba entfernt, am Südrand des Tanasees. Hier entspringt der Blaue Nil, der sich durch trockenes Land windet, um sich bei Karthum mit seinem weißen Zwilling aus Uganda zu vereinen. Zwölf Kilometer südlich des Tanasees stürzt der Strom über eine atemberaubende Klippe, Tis Issat, über gischtige Wasserfälle, bevor er sich durch die Landschaft wälzt. Südlich von Bahir Dar sollte der neue Staudamm entstehen, um die fruchtbare Region von den Dürreperioden zu entlasten. Nun drohte Krieg. Der Schatten des Jagdbombers huschte über das Vorfeld. Der Himmel glänzte wie geputzt.

„Ist es generell verboten, nach Norden zu reisen?", wollte Anderson wissen.

„Auf dem Landweg nicht. Nur der Luftraum ist gesperrt."

Der Offizier grüßte und ging weg. Anderson lief zum Gepäckband, nahm seinen Koffer, schlenderte unschlüssig zum Ausgang, wo eine dichte Menge harrte. Ein klappriges Taxi fuhr vor. Sein Fahrer lugte durch die Beifahrertür.

„Wollen Sie ins Hotel?"

Weil Anderson nicht sofort antwortete, hakte er nach.

„Es gibt ein schönes Hotel direkt am Ufer des Tanasees."

„Eigentlich wollte ich nach Aksum weiter", knurrte Anderson.

Der Taxifahrer stieg aus, lief um den Wagen herum, nahm ihm den Koffer aus der Hand und verstaute ihn im Heck.

„Nach Aksum? Heute geht kein Flugzeug mehr."

Die Sonne brannte, als wollte sie das Terminal und die Autos aufsaugen. Anderson wuchtete sich in den Wagen.

„Wie weit ist es bis Aksum?"

„Das kann man schwer sagen", erwiderte der Fahrer, der einen langen Schädel und gelbe Augen hatte. Seine Lippen waren aufgerissen. Aus dem Mund lugten braune Zahnstummel. „Sie müssten erst nach Gondar, auf der anderen Seite des Sees. Haben Sie ein Boot?"

„Ein Boot?"

„Ein Boot, Mister, das auf dem Wasser schwimmen kann. Damit könnten Sie über den See setzen und auf der anderen Seite nach Gondar fahren. Allerdings weiß im Augenblick niemand, ob es im Grenzgebiet zum Sudan noch freie Fahrzeuge gibt. Die Armee konfisziert alles, was einen Motor hat."

Anderson schwieg. Ohne weitere Worte steuerte der Fahrer durch die wimmelnde Stadt. Sattgrüne Palmenhaine säumten die staubige Straße. Tief donnerten zwei Abfangjäger über das Hüttenmeer. Der Wagen schaukelte durch sandige Löcher. Anderson sah einen Markt, auf dem Früchte und bunte Stoffe gehandelt wurden. Eselkarren zwangen sie, langsam zu fahren. Am Straßenrand war eine breite Mulde ausgehoben und mit Sandsäcken bewehrt. Drohend reckte sich ein langes Geschütz gegen den Himmel. Drei Soldaten lungerten rauchend im Schatten eines Baobabs.

„Könnten Sie ein Boot besorgen?", fragte Anderson, ohne den Blick von der Straße zu wenden.

Der Fahrer warf einen langen Blick in den Rückspiegel. Seine gelben Augen waren winzige, bohrende Dioden.

„Kein Problem", sagte er.

„Wie viel würde das kosten?"

„Tausend Birr, bar auf die Hand. Für die Vermittlung. Das Boot müssen Sie extra zahlen, beim Kapitän."

Anderson nickte, schwieg und schaute demonstrativ hinaus. Er hörte, wie der Fahrer sagte:

„Ich setze Sie im Hotel ab. In einer Stunde wird Sie das Boot dort abholen, hinterm Hotel ist ein Steg. Nehmen Sie nicht zu viel Gepäck mit. Vielleicht müssen Sie nach Gondar laufen."

Der Fahrer setzte den Blinker und bog in eine schattige Einfahrt. Das Hotel machte einen soliden Eindruck, auch wenn seine Fassade bröckelte. Hinter dem Haus und dem Garten lag der See, eine flache, blassblaue Platte aus Glas. Der Fahrer stieg aus, um den Kofferraum zu öffnen. Der Portier kam aus dem Hotel und fragte ins Taxi:

„Haben Sie reserviert, Sir?"

„Ich glaube nicht. Ich bleibe nicht lange."

Der Portier nickte und übernahm das Gepäck.

„Wir haben gerade Lunch. Im Garten finden Sie den Pool."

„Ich könnte im See baden."

„Nein, das würde ich nicht empfehlen. Wegen der Bilharziose. Im Schlamm leben Schnecken, die wurmähnliche Erreger in Ihre Haut übertragen. Je nachdem, wo sich diese Würmer in Ihrem Körper breitmachen, kann diese Krankheit sehr unangenehme Folgen haben."

Der Taxifahrer warf Anderson einen verstohlenen Blick zu, stieg ins Auto und brauste davon. Anderson betrat die Lobby. Der Manager gab ihm ein Zimmer, das erst am Abend vermietet werden sollte, und schickte einen Burschen, um frische Wäsche zu holen.

„Bitte zahlen Sie sofort", sagte der Manager. „Eigentlich sind wir ausgebucht."

Anderson zählte die Scheine auf den Tisch, folgte dem Burschen aufs Zimmer. Es war klein, sauber und hell und die feinen Gardinen bewegten sich in der Brise, die vom Wasser ins Gebäude strich. Zahlreiche Inseln ragten aus dem dunstigen Spiegel des Sees, mit grünen, ausladenden Palmen. Er gab dem Burschen einen Birr als Trinkgeld und schickte ihn fort.

Da lag sie, die riesige Wasserfläche, die das Horn von Afrika in den Krieg zu stürzen drohte. Ihr einziger Ausfluss, der Blaue Nil, bringt Ägypten das ersehnte Nass, denn er ist tief und breit. Gewaltige Wassermassen transportiert er nach Karthum, viel mehr als sein flacher, weißer Zwilling aus Uganda. Ohne den Tanasee wäre Ägypten, wäre die zweitausend Kilometer lange Niloase am Rande der Sahara, niemals erblüht. Schon einmal, im zwölften Jahrhundert, ließ der Amharenkönig Lalibela den Blauen Nil südlich des Tanasees aufstauen, um weite Teile seines Reiches bis zum heutigen Addis Abeba zu bewässern. Für die Ägypter folgten sieben grausame Jahre mit Hunger und Dürre. Erst als Lalibela auf Drängen seiner Berater die Staumauern öffnete, atmeten die Erben der Pharaonen auf.

Erneut krachte ein Kampfjet in die Stille. Martin Anderson sah, wie er schnurgerade über den See blitzte, steil in den Himmel zog. Er ging ins Bad. Aus der Dusche strömte braunes, lauwarmes Seewasser. Träge rann es über seine erhitzte Haut. Vorgestern hatte er noch im winterlichen Amsterdam gesessen. Nun hockte er am Tanasee, bei tropischen Verhältnissen, im Lärm eines nahen Krieges. Noch konnte er umkehren, zurück nach Addis. An der Tür klopfte es. Ein weißhaariger Mann mit rotem Gesicht steckte den Kopf durch den Spalt.

„Entschuldigen Sie bitte die Störung. Der Portier teilte mir mit, dass Sie ein Boot erwarten, um nach Gondar zu gelangen. Stimmt das?"

„Das spricht sich schnell herum", meinte Anderson trocken. „Warten wir ab, ob es wirklich kommt."

Der Alte atmete pfeifend.

„Ich bin Giovanni Mirelli. Ich wohne in Gondar. Könnten Sie mich mitnehmen? Eigentlich wollte ich per Flugzeug reisen, aber alle Verbindungen nach Norden sind storniert."

Der alte Italiener hatte rote, wässrige Augen. Sein Hals, die Arme und die Brust waren von der Hitze verbrannt. Seine Hand fühlte sich an wie Leder.

„Leben Sie schon lange hier?", fragte Anderson.

Mirellis Augen schwammen, mühsam holte er Luft.

„Seit Anfang der Fünfzigerjahre", keuchte er. „Nehmen Sie mich mit? Ich kann uns leicht einen Wagen besorgen, der uns auf der anderen Seite nach Gondar bringt. Ist das ein Deal?"

„Gern", erwiderte Anderson. „Ich habe keine Ahnung, wann das Boot kommt und wo es anlegt."

„Es ist schon da", krächzte Mirelli, von hartem Husten unterbrochen. „Wir treffen uns im Garten an der Anlagestelle. In fünf Minuten."

***

Die Fähre war ein starkes Boot mit stählernem Rumpf, fester Reling und weißem Deck. Der Schiffer hatte zwei Liegestühle aufgestellt und eine Kiste mit Getränken auf die Planken gehievt. Monoton stampfte der Diesel, wühlte Schaum durch schlammiges Wasser. Auf dem Vorderdeck trübten kein Rauch und keine Gischt den frischen Hauch über dem See. Das Schiff gehörte einem braunen, drahtigen Mittvierziger, an dessen dunklen Schläfen sich silbrige Fäden zeigten. Er hielt das Ruder und blickte aufmerksam übers Wasser. Als Martin Anderson aufstand, um ein Bier aus der Kiste zu holen, lächelte er freundlich. Anderson schlug den Kronkorken gegen die Kante der Box. Zischend quoll Schaum aus dem schmalen Flaschenhals.

„Wollen Sie auch eins?", fragte er den Italiener.

„Danke", lehnte Mirelli ab. „Um diese Zeit rühre ich keinen Tropfen an. Früher, als ich jung war, konnte ich den ganzen Tag saufen. Aber heute ..."

Er winkte ab. Anderson ließ sich in seinen Stuhl fallen, fragte: „Wie kommt es, dass Sie in Gondar leben?"

Der Alte rückte sich auf seiner Liege zurecht. Er trug ein rotes Basecap auf dem schlohweißen Haupt.

„Ich war als blutjunger Leutnant im Expeditionskorps von General de Bono", erzählte er. „In Gondar hatten wir unser Hauptquartier. Sie werden sehen, es ist italienisch geprägt. Mussolini sorgte gut für uns: Wir hatten eine Bank, ein Casino, ein gutes Hotel, jede Menge schokoladenbraune Mädchen. Unsere Mannschaften bewohnten ordentliche Baracken. Auch die Einheimischen waren sehr zugänglich."

„Haben Sie gegen die Engländer gekämpft?"

„Zuerst gegen den Kaiser. Wissen Sie, weiter oben beginnt das Land der Tigray, die von den amharischen Königen schlecht behandelt wurden. Außerdem waren die europäischen Mächte anderweitig beschäftigt. Wir hatten leichtes Spiel. Wir rollten von Massawa am Roten Meer durch bis zum Tanasee." Er schaute auf das Wasser. „Ich war so jung. Es war ein großes Abenteuer."

„Ein kurzes Abenteuer ..."

Der Alte nickte.

„Wenn Sie jung sind, bedeuten fünf Jahre eine kleine Ewigkeit. Als die Briten zur Gegenoffensive antraten, bekamen wir ordentlich Prügel. Ich hatte Glück. Ich kam mit heiler Haut davon. Etliche unserer Jungs sind in Äthiopien geblieben, in dieser verfluchten harten Erde."

Er schwieg. Schwerfällig hob sich seine Brust. Anderson fragte: „Warum sind Sie zurückgekehrt?"

„Während dieser Jahre in Gondar war ich ein glücklicher Mensch", erläuterte Mirelli heiser. „Klingt komisch, war aber so. Ich hatte ein Mädchen, ein wunderschönes Schokoladenmädchen, das auf der Zither spielen konnte. Wenn nicht dieser Krieg gewesen wäre … Niemals wäre ich fortgegangen."

„Der Krieg hat Sie hergebracht ..."

„Dadurch wird das Glück, das man als junger Mensch empfindet, nicht geringer."

Mirelli machte eine Pause. Die Schraube warf Gischt aus. Leicht zitterten die Stahlplanken.

„Wo der Mensch in seiner Jugend glücklich gewesen ist, dorthin zieht es ihn zeit seines Lebens zurück", murmelte er. „Verstehen Sie? Auch wenn die Jahre keinen Stein auf dem anderen gelassen haben und die Menschen von damals längst fort sind. Das Leben wäre nichts wert ohne diese Erinnerung an glückliche, unbeschwerte Tage."

Er zupfte an seiner Mütze. Seine Hand war fleckig. Er hatte gelbe Finger.

„Ich bin viel herumgekommen, denn ich war im Auftrag der Botschaft für die italienischen Kriegsgräber verantwortlich", redete er weiter. „Der Abessinien-Feldzug Mussolinis begann in Eritrea und im italienischen Teil von Somalia zugleich. Es war eine Zangenbewegung, die sich in Addis Abeba traf. Überall in diesem Land findet man die Gräber von Leuten, die eigentlich niemals hierhergehörten. Somalia war damals zerfleddert. Die Briten, die Franzosen und unsere Leute teilten sich den Kuchen auf. Es ging um den Zugang zum Golf von Aden, zum Roten Meer und zum Suezkanal. Unter Mengistu habe ich auch die englischen Gräber betreut. Mein italienischer Diplomatenpass hat mir die Grenzen nach Eritrea oder in den Ogaden geöffnet."

Er keuchte und stützte seinen Ellenbogen auf die Lehne des Liegestuhls. Anderson holte sich ein neues Bier. Als er sich setzen wollte, war der alte Mann eingeschlafen. Sein Kinn sank auf die lederne Brust, feiner Speichel tropfte von den dürren Lippen. Anderson trat an die Reling und schaute über den See, zu den Wolken im Westen, wo sich die Sonne langsam gegen den Horizont neigte. Ein dunkler Punkt näherte sich von Bahir Dar, dessen Küste zu einem grauen Streifen zerflossen war. Flach raste der Punkt über das blinkende Wasser, gewann an Kontur. Es war ein grüngelber Kampfjet russischer Bauart, eine MiG, die Schwenkflügel weit abgespreizt. Schwanengleich segelte er über den See. Anderson konnte den Piloten in der Kanzel erkennen. Ein gewaltiger Schlag donnerte. Aus den Turbinen zuckten rote Strahlen. Der Jet hob die spitze Nase, zog fast senkrecht nach oben, legte die Flügel an den Rumpf. Wie ein Pfeil schoss er in die Höhe, rollte über die Seite ab und verschwand in der Sonne.

Seit Menschengedenken tobte Krieg um die Quellen des Nil. Martin Anderson kramte in seinem Kopf und brachte mühsam einige historische Fakten zusammen: Eineinhalbtausend Jahre vor Christus sandte der Perserkönig Kambyses eine Armee aus, um die Nilquellen zu finden und zu sichern. Seine Truppen kehrten nie zurück, versanken in der Wüste, in der Geschichte, in der Zeit. Im ersten Jahrhundert der neuen Zeitrechnung schickte der römische Imperator Nero ein großes Heer. Es blieb gleichfalls verschollen. Caput Nili quaerere: die Nilquellen suchen, wurde zum Synonym für das Unmögliche, für ein Werk ohne Aussicht auf Erfolg.

Das Boot tuckerte weiter, dicht an einer kleinen Insel vorbei, voll grüner Sykomoren und Schilf. Das Holz dieser Feigenbäume ist so fest und unverwüstlich, dass die ägyptischen Pharaonen ihre Sarkophage daraus fertigen ließen. Zwischen den Kronen lugten die Dächer eines alten Klosters hervor. Seit achthundert Jahren bewohnen Mönche diese Inseln auf dem Tanasee und man sagt, sie seien das Herz der äthiopischen Orthodoxie. Ein groß gewachsener Priester in weißer Tracht und weißer Kappe stand am Ufer. Argwöhnisch beobachtete er das Boot. Im Arm hielt er einen alten Karabiner. Während der ganzen Zeit, in der das Boot vorüberfuhr, bewegte er sich nicht. Er stand im Schilf und spähte, stand wie gemeißelt und rührte sich nicht.

***

Tief hing die Sonne in den westlichen Wolkenbändern. Noch fingerten ihre Strahlen kraftvoll, warm und gelb übers Wasser, eine grelle Spur auf die sanften Wellen werfend. Der Schiffer hielt sein Boot nach Norden, an den Inseln vorbei, bis die dünne Uferlinie in Sicht kam. Schnell wuchs die Küste. Fern schälten sich die Simien-Berge aus dem abendlichen Dunst. Der alte Italiener stand neben Anderson auf dem Vorderdeck. Der auflandige Wind war stärker geworden, er musste sein Basecap festhalten. Bald konnte man Einzelheiten am Ufer erkennen: eine Siedlung mit Anlegestelle, ein dürres Gerüst mit Kranaufbauten und ein Tanklager mit rostigen Kesseln.

„Das ist Gorgora", erklärte Mirelli. „Wenn wir aussteigen, scheren Sie sich nicht um die Leute, sondern bleiben Sie an meiner Seite. Keine Sorge. Die Einheimischen sind freundlich, aber sie wollen Ihnen allen möglichen Tand andrehen. Es ist schrecklich. Man fühlt sich regelrecht verfolgt."

An der Küste wuchsen kräftige Bäume, dichtes Schilf und Bambus. Langsam fuhr das Boot näher. Ohne Hast steuerte der Schiffer zum Kai, auf dem sich eine schwarze Menge versammelt hatte. Wütend fauchte der Diesel. Das Boot drehte längs und schlug sacht gegen die Autoreifen, die an der Kaimauer hingen. Sofort erhob sich wildes Geschrei. Mirelli ging voran, bahnte einen Weg durch die Leiber. Als ihm Anderson folgte, wurde er augenblicklich von einer Kinderschar umringt. Er spürte, wie sich eine kleine Hand auf seinen Arm legte und ihn festhielt. Eine junge Frau mit einem Baby auf dem Rücken blickte ihn herausfordernd an. Sie sagte etwas. Unsicher suchte Anderson den Blick des alten Italieners.

„Sie will nach Bahir Dar, hat aber kein Geld", übersetzte Mirelli.

„Was will sie dort?"

„Frieden. Alle wollen nur eins: Weg von hier. Der Angriff kann stündlich beginnen."

„Ich kann nichts tun."

„Haben Sie Geld?"

„Ja, Dollar."

„Gut. Geben Sie dem Schiffer noch einmal die Summe, die wir für die Passage bezahlt haben. Er soll so viele Leute mitnehmen, wie er verantworten kann. Wenigstens das können Sie tun."

Anderson gab dem Alten das Geld. Mirelli ging zum Boot und verhandelte mit dem Kapitän. Als der nickte, vervielfachte sich das Geschrei. Verzweifelt versuchten die Menschen, das Boot zu entern. Zwei Polizisten erschienen. Sie drängten die Menge vom Kai.

„Es geht drunter und drüber", sagte Mirelli betroffen. „Ich glaube zwar nicht, dass wir so schnell angegriffen werden, aber diese Flüchtlinge kommen aus dem Grenzgebiet zum Sudan. Sie sind seit Tagen unterwegs, in dieser Mordshitze. An der Grenze soll es bereits zu Scharmützeln gekommen sein, sogar mit Panzern."

„Worum geht es eigentlich? Ich habe gehört, die Äthiopier wollen einen Staudamm bauen ..."

„Was weiß ich", unterbrach ihn der Alte verärgert. „Bei diesen afrikanischen Bruderkriegen dürfen Sie sich nicht damit aufhalten, herauszufinden, welche Gründe dieses Mal herhalten müssen. Sehen Sie zu, dass Sie nach Aksum kommen. Dort ist es bestimmt ruhiger als hier im Grenzgebiet von Gondar."

Er wischte sich über den Nacken und führte Anderson in eine kleine Bretterbude. Darin hockte ein schwarzer Halbwüchsiger.

„Ato Giovanni", grüßte er mit leuchtenden Augen. „Es war sehr clever, ein Boot zu nehmen."

„Habt ihr eine Fuhre nach Gondar?"

„Ja, Sandsäcke vom Seeufer", antwortete der Junge mit heller Stimme. „Der Fahrer macht gerade die letzte Durchsicht. Wenn Sie mitwollen, können Sie vor Sonnenuntergang in der Stadt sein."

Mirelli ließ sich auf einen Hocker in der Ecke fallen. Anderson bemerkte, dass der Alte überhaupt kein Gepäck bei sich führte. Er setzte sich neben ihn auf den lehmigen Boden. Von draußen drangen Rufe, schrilles Gezeter, begleitet von einem heiseren, tiefen Bass. Der Junge hockte sich hinter einen Tisch. Vor ihm lag eine Liste.

„Asefe", sagte Mirelli plötzlich. Der Junge blickte ihn an. „Wann ist es so weit?"

„Übermorgen", erwiderte der Junge.

„Alle zusammen?"

„Ja, Ato Giovanni, wir alle. Meine Eltern, meine Brüder und die kleine Hagar."

Der Alte lächelte müde. Seine Lider zitterten, als würde er wieder einschlafen. Aber er sagte zu Martin Anderson:

„Seine Familie gehört zu den letzten Fallaschas, die in Äthiopien leben, die letzte mosaische Kolonie. Es heißt in der Legende, dass dieses semitische Volk einst von Salomo nach Abessinien geschickt wurde, zur Königin von Saba, die in Aksum ihren Palast gehabt haben soll. Unter Mengistu sind fast alle Fallaschas nach Israel ausgewandert." Er räusperte sich. „In der Prophezeiung steht geschrieben: Wenn die Juden ins Heilige Land zurückkehren, ist die Apokalypse nicht mehr fern."

Der Vorhang über der Tür hob sich. Ein schmaler Mann in schmutzigen Jeans und blütenweißem Hemd erschien. Als er Mirelli erkannte, glitt ein freudiger Schimmer über sein Gesicht. Er umarmte den Alten und sprach leise mit ihm. Er half ihm auf die Beine.

„Kommen Sie, Mister Anderson", forderte Mirelli ächzend. „Unser Taxi wartet nicht."

***

Gorgora war ein kleiner Ort mit einer Handvoll Baracken. Seicht stieg das Land hinter dem Seeufer an, zu einem staubigen Hang. Einst war der See viel größer gewesen, mindestens doppelt so groß wie heute. Tiefe Rinnen furchten durch den versteppten Boden. Langsam quälte sich der Lastkraftwagen durch die Canyons. Die holprige Straße war voll mit Flüchtlingen, mit Karren und schrottreifen Vehikeln, die im Schritttempo nach Süden schlichen, zum Tanasee oder ins Landesinnere, zur Stadt Lalibela. Verzweifelt zerrten die Flüchtlinge störrische Esel über die Piste, peitschten lahme Gäule. Viele Menschen waren zu Fuß unterwegs, trugen spärliche Habseligkeiten auf dem Rücken. Der Fahrer traktierte Bremse, Kupplung und Gas, hupte unablässig, um sich einen Weg durch diesen Menschenstrom zu bahnen. Die Sonne schickte ihre letzten Strahlen übers Land, warf lange Schatten. Die Flüchtlinge schlugen ihr Lager für die Nacht auf. Überall campierten Familien. Am Straßenrand wachte ein Fliegerabwehrgeschütz. Daneben duckte sich ein Panzer unter gelbgrüner Tarnung.

Bis zu den Vororten von Gondar verdichtete sich der Flüchtlingstreck. Am Stadttor lenkte der Fahrer das schwere Auto geschickt über holprige Umwege ins Zentrum, bis er an prächtigen Ruinen stoppte. Wie riesige Bienenkörbe wölbten sich Ziegeltürme und Gemäuer, die einst König Fasilidas aufschichten ließ, als Residenz seines Reiches. Die weitläufige Anlage steckte gleichfalls voller Flüchtlinge. Überall standen Zelte und Karren. Anderson und Mirelli stiegen aus. Der Lastkraftwagen rollte zu den rostigen Gattern des früheren Löwenzwingers. Dort verstummte sein Motor. Augenblicklich machten sich Soldaten daran, die Sandsäcke von der Ladefläche zu werfen. Über der ehrwürdigen Residenzstadt kreiste ein Hubschrauber.

Mirelli verließ den kaiserlichen Grund. Sie schlenderten durch erdige Gassen, wo Bauten aus der Zeit Mussolinis mediterranen Charme verbreiteten. Bergauf führte eine Schotterstraße zum Krankenhaus, das deutsche Ärzte während der Herrschaft des Derg errichtet hatten.

„Kommen Sie hier entlang", rief Mirelli und zog Anderson in eine Seitengasse.

Sie stolperten über steinige Pfade und erreichten eine hohe Mauer, hinter der gewaltige Bäume in die Höhe ragten.

„Das ist unser Lager für die Nacht", flüsterte der Italiener. „Hier sind wir sicher."

Er wandte sich zu einer hölzernen Pforte. Er klopfte, klopfte noch einmal. Knarrend schob sich die Tür auf. Ein Priester erschien, im langen Talar. Erstaunt blickte er auf die späten Gäste.

„Signore!", grüßte er. „Der Herr möge Ihre Wege schützen! Kommen Sie herein!"

Als er die Tür freigab, schlüpften Mirelli und Anderson ins Innere. Knarrend schob der Priester die Pforte ins Schloss. Sie standen vor einer hohen Kirche. Im Unterschied zu den Gassen und Plätzen der Stadt war der Kirchhof menschenleer. Tauben gurrten unterm Dach. Ein Novize hockte vor dem geschnitzten Portal und las in einem Buch. Angestrengt beugte er sich über vergilbte Seiten. Mit der Sonne schwand das Licht. Anderson hörte leisen Singsang. Rhythmisch wiegte sich der Körper des jungen Mannes. Mehr als drei Millionen Mönche in gelben Gewändern ziehen durch dieses Land, bettelarm, suchen Zuflucht beim Kreuz des Heiligen Georg.

„Wovon handelt das Buch?", fragte Anderson.

„Vom König David, dem Stammvater unserer Kaiser", erwiderte der Novize. „Kaiser Haile Selassie war sein Abkömmling, ein Löwe von Juda."

„Sie nutzen Schriften aus Rom?"

„Unsere Reliquien sind viel älter", mischte sich der Priester nachsichtig ein. „Wir haben unsere eigenen Schriften und wir haben die Bundeslade. Wir stammen direkt von Mose."

„Sie haben die Bundeslade?"

„Natürlich, in Aksum. Sie werden sehen. Noch liegt sie verborgen, aber eines Tages wird man sie finden."

Der Novize erhob sich und half dem Priester, die schweren Flügel des Kirchenportals aufzuschieben. Das harte, verwitterte Holz knarrte in den Scharnieren. Kaum ein Lichtstrahl drang ins Innere. Nur langsam gewöhnten sich die Augen an die Dämmerung. Der Priester brachte eine Messingschale mit Wachs, entzündete ein Streichholz und stellte die Funzel auf den Boden.

Flackernd griff das Licht nach den Wänden und der hohen Decke. Übermannshoch waren die Wände mit biblischen Szenen bemalt. Von der Decke starrten hundert lebendige Augenpaare auf die späten Besucher, aufmerksam, drohend und neugierig.

„Das ist unsere heilige Kirche Debre Birhan Selassie", flüsterte der Priester. „Ein geweihter Ort. Niemand wird Sie belästigen. Ich bringe Ihnen eine Decke und etwas Wasser für die Nacht."

Schattengleich verschwand er im Dunkel. Mirelli ließ sich auf den Boden fallen. Anderson legte sein Bündel ab und schritt durch das Kirchenschiff. Ihm schien, als ob ihn die Augen verfolgten. Die zuckende Flamme hauchte den Malereien Leben ein, die Gesichter schienen zu wispern. Der Priester kam zurück, beugte sich über den alten Italiener, der eingeschlafen und halb zur Seite gesunken war. Er reichte Anderson eine Kürbisflasche mit fauliger Brühe.

„Besseres Wasser haben wir leider nicht. Unser Brunnen reicht nicht tief genug. Morgen früh sollen die Konvois aus Lalibela eintreffen. Vielleicht bekommen wir dann frisches Trinkwasser."

„Gibt es viele Flüchtlinge?"

Der Priester nickte.

„Und jede Menge Soldaten. Gondar ist die größte Garnison in dieser Region. Es geht das Gerücht um, dass wir in den nächsten Tagen eine Offensive starten."

„Offiziell ist noch nicht Krieg ..."

„Der Konflikt schwelt seit Monaten, wenn nicht seit Jahren. Irgendwann muss Schluss sein. Wollen wir warten, bis uns die anderen überfallen? Stets war es die Stärke Äthiopiens, seine Grenzen zu verteidigen. Sogar gegen die Kolonialmächte."

„Haile Selassie brauchte die Hilfe der Briten, um zurückzukehren."

Milde erwiderte der Priester:

„Diese Briten halten sich für den Nabel der Welt. Vor hundertfünfzig Jahren schickten sie eine Strafexpedition zu Kaiser Tewodros, der um die Hand von Königin Victoria angehalten hatte. Er wollte beide Imperien im Kampf gegen den Islam vereinen. In ihrer Arroganz trieben die Engländer unseren Negus in den Freitod. Was ist seitdem geschehen? Arabien, einst beinahe vollständig unter britischer Obhut, ist muslimisch. Anstatt den Menschen das Kreuz zu bringen, versank Somalia, das britische Protektorat, im Chaos. Sogar in Kenia, der wichtigsten Kronkolonie Ihrer Majestät, breiten sich religiöse Zwiste aus. Auch bei uns in Äthiopien spüren wir den Vormarsch des Koran. Der Osten und der Süden unseres Landes sind fest in der Hand Mohammeds."

„Der Norden und der Westen?"

„Christlich wie seit eh und je. Unser Herr lässt uns nicht im Stich. Wir haben sogar Mengistu überlebt."

„Waren Sie damals schon Priester?"

Der Äthiopier lächelte.

„Ich war es immer und werde es immer sein."

Wind rauschte übers Dach, brachte die Luft in der Kirche zum Schwingen. Die Holzbalken knackten. Fein und leise fraßen sich Würmer durch die alten Schnitzereien.

„Und Sie? Sind Sie auch ein Priester?", fragte der Mönch.

Anderson blickte ihn an. Feuerschein zuckte über das verwitterte Gesicht.

„Ich bin Lehrer. Wissenschaftler."

Aufmerksam musterte ihn der Alte.

„Sie sind ein Priester", sagt er ruhig. „Vielleicht wissen Sie es noch nicht. Aber Sie sind es."

Er drehte sich um, Anderson blieb allein. Gleichmäßig hallte der rasselnde Atem des Italieners durch die Kirche. Ohne Eile bohrten sich die Würmer durchs Holz. Staubfeine Späne rieselten zu Boden. Es war, als würden Jahrhunderte auferstehen. Es war, als würden unzählige Augen von der Decke auf ihn herabsehen, spöttisch wispernd. Martin Anderson fühlte sich verwirrt. War es der drohende Krieg? War es diese fremde, magische Kultur? Oder klang etwas an, das viel tiefer verborgen lag, eine früh verstummte Saite, die plötzlich zu schwingen begann? Er erinnerte sich nicht, jemals zuvor ein ähnlich sakrales Gefühl empfunden zu haben. Doch, einmal, ein einziges Mal: im Schlamm von Laetoli, in den Armen von Sewe Akashi. Sofort sank er tiefer in diese Bilder ein. Er dachte an die Serengeti und an die sattgrünen Hänge des Ngorongoro. Wieder sah er sich im Regen und die Luft unterm hohen Kirchenschiff von Debre Birhan Selassie begann zu summen.

11. Kapitel

Er schreckte hoch, weil sich eine Hand auf seinen Arm legte. Dunkelheit umgab ihn. Er konnte die Hand nicht sehen, die seine Schulter berührte, ihn aufforderte, ihr zu folgen. Leise stand er auf und erkannte die schwachen Umrisse des Priesters, der lautlos über den Boden huschte. Das Kirchenportal stand einen Spalt geöffnet. Dahinter blitzte die Sichel des Mondes. Er sah zwei Uniformierte, die bei dem Novizen an der äußeren Pforte warteten. Der Priester legte den Finger auf seine Lippen. Er deutete auf Mirelli, der im Staub schlief.

„Kommen Sie", flüsterte er. „Ato Mesfin möchte Sie sprechen."

Sie traten vor die Kirche. Die Nacht war noch nicht vorüber, doch zarter Schein schob sich hinter dem Hochland herauf. Es war kühl und es roch aromatisch, nach Feuerstellen aus harzigen Reisern.

„Mister Anderson?", fragte einer der beiden Offiziere, ein breiter, kurz geschorener Hüne.

„Der bin ich."

„Ich bin Major Mesfin Getnet. Ich habe Order aus Addis, Sie nach Aksum zu bringen. Darf ich Ihren Pass sehen?"

Verblüfft kramte Anderson das Dokument hervor und reichte es dem Major. Der Offizier zückte eine Taschenlampe. Erst hielt er sie auf das Foto, danach leuchtete er seinem Gegenüber grell ins Gesicht. Anderson kniff die Augen zusammen.

„Aus Addis?", fragte er verwirrt.

Der Major antwortete nicht. Sorgfältig beäugte er die Seiten, prüfte den Stempel mit dem Visum. Schließlich reichte er das Dokument zurück.

„Wir haben einen Platz für Sie in der Transportmaschine nach Mekele. Wir machen eine Zwischenlandung in Aksum. Dort können Sie aussteigen. Das ist nicht sehr bequem, aber der Flug dauert nicht lange."

Er salutierte und strebte zum Jeep, der an der Kirchenmauer parkte. Ein Soldat mit Maschinenpistole hielt Wache. Er nahm Haltung an, als der Major auf den Beifahrersitz sprang. Der zweite Offizier hatte die Schlüssel. Anderson und der Soldat nahmen hinten Platz. Der Motor sprang an, die Scheinwerfer blendeten auf. Noch einmal spürte Anderson die Hand des Priesters auf seinem Arm.

„Vergessen Sie nichts", raunte der Alte leise. „Dann, nur dann können Sie wirklich ein Lehrer sein, ein Hirte. Sie dürfen nichts vergessen und Sie müssen alles vergeben."

Irritiert blickte ihn Anderson an. Die Augen des Priesters blitzten in der Dunkelheit. Der Motor jaulte, träge knirschten die Reifen auf dem Schotter. In den Gassen von Gondar krähten frühe Hähne. Der Jeep kurvte zum Palast des Fasilidas, von dort über eine breite Straße zu den Baracken vor der Stadt. Die flachen Gebäude stammten von Mussolini. Überall war Flak aufgebaut, duckten sich Panzer. An einer Straßensperre hielt der Wagen. Zwei Soldaten traten näher. Als sie den Major erkannten, grüßten sie zackig und winkten den Jeep durch. Hinter den Baracken folgte ödes Land, verwahrloste Felder. Der Landeplatz kam in Sicht. Er wirkte gespenstisch, denn es gab keine Beleuchtung. Auf dem Flugfeld lauerten zwei Abfangjäger. Bevor der Jeep zum Abfertigungsgebäude kurvte, erkannte Anderson, dass in den Jets startbereit die Piloten hockten.

Sie stoppten, sprangen ab und durchschritten das Terminalgebäude, wo eine Handvoll Soldaten Dienst taten. Der Major bedeutete Anderson zu warten. Als er wiederkam, brachte er Wasserflaschen und ein Tablett mit Früchten. Über dem Hochland glomm ein Leuchtpunkt, der rasch größer wurde. Das ferne Brummen einer schweren Maschine näherte sich. Wenige Augenblicke später setzte eine bullige Iljuschin auf der Landebahn auf, rollte vor den Hangar, senkte die Heckklappe und spuckte Fahrzeuge aus. Mechaniker eilten herbei, um das riesige Flugzeug aufzutanken.

„Greifen Sie zu", bat der Major. „Wir haben noch Zeit."

Am Himmel wanderten helle Wolkenfahnen. Pechschwarz schied sich die Zackenlinie der Bergkämme von der milchigen Wolkenschleife, die immer leuchtender erstrahlte. In den Hainen am Rande des Rollfeldes regten sich Vögel. Der Major schnitt eine Mango auf und reichte sie dem Fahrer. Schweigend kauten sie. Das Wasser in den Flaschen war sauber und kühl.

Als die Iljuschin die Propeller anwarf und vor das Abfertigungsgebäude rollte, begannen die Wolken zu glühen. Die kleine Gruppe stieg über eine eilig herangeschobene Reling in den bauchigen Rumpf. Im Innern der Maschine befanden sich Sitzbänke und Kisten mit amharischen und kyrillischen Schriftzeichen. Schwere Triebwerke brüllten. Behäbig schob sich der Gigant über den Teer, gewann an Fahrt und hob die bullige Schnauze in den violetten Himmel. Das Flugzeug kreiste vor schillernden Wolken, die orange und gelb glühten. Eine Minute später feuerte ein herrlicher Strahlenkranz über den Horizont. Still brannte die Sonne, schickte ihr Licht durch die kleinen Bullaugen. Ruhig und gleichmäßig surrten die Propeller. Keine Turbulenz störte den Flug.

***

Anderthalb Stunden flogen sie nach Norden, über felsiges Hochland, bis Aksum in Sicht kam. Anderson presste sein Gesicht gegen das Fenster. Sofort fiel ihm die gewaltige Basilika ins Auge, die Kirche der Heiligen Maria von Zion, daneben das alte, von Zinnen bewehrte Gotteshaus, das Fasilidas errichten ließ.

Steil ragte ein Minarett aus dem Hüttenmeer. Das Flugzeug beschrieb eine Kurve und senkte seine Nase über der geheimnisvollen Stadt. Aksum, das wusste Martin Anderson, war einmal das Herz eines grasigen und bewaldeten Paradieses gewesen, mit unzähligen Wasserquellen in karstigen Höhen. Archäologen hatten die Gebeine von Waldelefanten ausgegraben. Heute liegt es inmitten ausgedörrter und unfruchtbarer Halbwüste, unter gnadenloser Sonne. Die Adua-Berge verstellen die Sicht nach Eritrea: harsche, braune Hänge mit tief eingeschnittenen, kahlen Tälern. Eine Mondlandschaft.

„Wir sind angekommen", sagte der Major zu ihm. „Haben Sie es sich so vorgestellt?"

„Um ehrlich zu sein, ich hatte überhaupt keine Vorstellungen", erwiderte Anderson. „Es scheint sehr trocken zu sein."

„Früher gab es Jahre, da regnete es reichlich. In den letzten Jahrzehnten blieb der Regen oft aus." Der Major machte ein Gesicht des Bedauerns. „Man sagt, das ist El Niño."

„Und die Leute hier?"

„Sie kleben an ihrer Scholle. Zum Glück haben wir einen neuen Flughafen gebaut. Die Straße nach Süden ist auch erneuert. Die können Sie jetzt sogar zur Regenzeit befahren. Falls es regnet."

„Woher stammen Sie?", fragte Anderson.

„Aus Mekele."

„Beantworten Sie mir eine Frage?"

„Gern."

„Wer hat Sie beauftragt, mich nach Aksum zu bringen?"

Die Augen des Offiziers ruhten auf Martin Anderson. Statt einer Antwort deutete er aus dem Fenster. Unter ihnen drehte sich der neue Flughafen wie auf einer Scheibe.

„Es hat viel Kraft und Mühe gekostet, das Baumaterial hierherzubringen. In den letzten Jahren verzeichneten wir einen Zustrom an Touristen, die nach Aksum kommen, um die äthiopischen Wurzeln des Christentums zu finden. Jetzt haben wir endlich den Flughafen, aber die Leute bleiben weg, weil Krieg droht." Er schwieg kurz und sagte: „Wenn dieses Land jemals Punt gewesen ist, dann werden Sie es herausfinden, nicht wahr?"

Ein Zittern durchlief den Rumpf. Das Flugzeug hatte aufgesetzt, die Propeller fauchten und liefen leer. Der neue Tower schob sich vorbei, blinkender Stahl und blitzendes Glas, in dem sich die frühe Sonne spiegelte. Steifer Wind bog die trockenen Gräser auf dem Rollfeld.

Ein grüner Armeejeep brachte Anderson durch die erwachende Stadt. Sein Ziel war das Aksum Hotel. Es stand auf einer kleinen Anhöhe gegenüber dem antiken Stelenfeld, wo mehr als achtzig monolithische Säulen hingestreut stehen oder liegen. Die größte Stele misst dreiunddreißig Meter. Sie ist das höchste antike Bauwerk überhaupt, den babylonischen Türmen, den ägyptischen Obelisken und den sabäischen Hochhäusern im Jemen verwandt. Irgendwann im Laufe der Zeit gab das zwei Meter tiefe Fundament nach. Der Monolith stürzte um und zerbrach. Seine gewaltigen Trümmer sind eine Attraktion für die Touristen und bares, kostbares Geld für das bitterarme Land.

Der Jeep schaukelte zum Hotel. Vor der Rezeption nahm Anderson das Bündel vom Rücksitz. Der Fahrer salutierte und rauschte davon. Das Hotel machte einen schäbigen Eindruck, aber es befand sich dicht bei den Stelen.

„Ich bin Martin Anderson. Ich hatte eigentlich schon gestern gebucht."

Der Manager schlug die Buchungsliste auf und fand den Namen. Er nahm einen klobigen Schlüssel vom Wandbrett, legte ihn auf den Tresen und schob Anderson die Liste hin.

„Wenn Sie sich bitte eintragen würden."

Anderson holte seinen Pass aus der Tasche. Der Manager telefonierte. Ein grauhaariger Araber erschien auf der Treppe, die von der Lobby zu den Zimmern führte. Er breitete die Arme aus.

„Martin!", rief der Araber, der ein gutmütiges Gesicht hatte und eine dünne Nase, auf der eine hornige Brille ruhte. „Sie sind tatsächlich angekommen!"

„Auf Umwegen, Exzellenz", entgegnete Anderson. „Ich musste ein Boot über den See und einen Wagen nach Gondar nehmen. Erst von dort gelang der Weiterflug."

„Ich habe gehört, dass alle Luftlinien gekappt sind. Übertriebene Vorsicht, sage ich Ihnen. Diese Militärs wollen sich nur aufspielen. In Aksum sind Sie in Sicherheit. Niemand wird es wagen, die Stadt zu attackieren."

Der Araber war Prinz Tarik Mansour, schillernder Spross eines Nebenzweigs der Haschemiten. Er stammte aus Jemen. Seine Eltern hatten Jordanien während des Sechstagekrieges verlassen.

„Sie kommen gerade rechtzeitig. Wir wollen weitere Kammern öffnen. Ich bin gespannt, was wir darin finden."

„Gibt es Ähnlichkeiten zu jemenitischen Grabstätten?", fragte Anderson neugierig. „Sie waren überzeugt, welche zu finden."

„Oh, Sie haben meinen Report gelesen!" Erfreut rieb sich der Prinz die Hände. „Ich habe ein weiteres Team aus Sana angefordert, richtig gute Leute. Die stecken leider in Mogadischu fest. Vielleicht kommen sie morgen, vielleicht übermorgen. Bis dahin wollen wir weitere Kammern freilegen, um mehr Material zur Auswertung zu haben."

„Haben Sie die Bundeslade etwa noch nicht gefunden?", scherzte Anderson.

Warnend hob Mansour den Finger.

„Passen Sie bloß auf! Ich weiß, Sie wollen den ganzen Ruhm für sich allein! Lassen Sie es sich gesagt sein: Hier ist nicht Grönland,

Mister Anderson! Die Konkurrenz schläft nicht!"

Er nahm den Schlüssel vom Tresen und klopfte Anderson auf die Schulter.

„Kommen Sie, ich zeige Ihnen Ihr Zimmer. Es ist gleich neben meinem. So können wir uns am Abend in Ruhe zurückziehen."

Sie stiegen die Treppe hoch, durch einen schmalen Flur ins Zimmer, das Martin Anderson nach der Nacht in Gondar als unverdienten Luxus empfand. Vom Fenster sah er einen schroffen Felsen, an dessen Fuß ein ovaler See blinkte. Das war das geheimnisvolle Bassin der Königin von Saba, eintausend Jahre vor Christus aus dem Stein geschlagen. Gerade löste sich die Sonne von den östlichen Bergen, schickte ihr Licht auf das schlammige Wasser. Am Bassin drängten sich Frauen und Kinder, um Kanister zu füllen. Im Zimmer war es kühl, angenehm luftig. Das Hochland zeigte sich von seiner besten Seite.

„Wie viel Zeit haben wir, bis die Ausgrabungen beginnen?", wollte Anderson wissen.

„Zwei Stunden, es ist noch sehr früh. Ich schlage vor, erst einmal ruhen Sie sich von den Strapazen Ihrer Reise aus. Wir werden nachher Professor Lintiso vom Nationalmuseum treffen. Er ist ein erfahrener Archäologe. Er war bei der Gruppe, die das Skelett von Lucy aus der Danakil-Wüste geholt hat. Ato Joseph hat hier in Aksum das Kommando."

„Wenn er eintrifft, rufen Sie mich bitte an?"

„Selbstverständlich", versicherte Mansour. „Falls Sie ein Frühstück wollen: In der Lobby befindet sich ein kleines Restaurant."

Er verließ das Zimmer, zog leise die Tür hinter sich zu. Anderson trat ans Fenster. Er schaute auf die Menschen, die sich zum Wasser beugten, einem blinden, blaugrünen Tümpel. Er fühlte, dass die Müdigkeit bleischwer auf seinen Schultern lastete. Das also war Aksum. Das war die legendäre Stadt von Saba und Salomo, die Geburtsstätte Äthiopiens. Niemand vermag sie genau zu datieren. Anderson fühlte sich erschlagen. Er fühlte sich dem Krieg entronnen, der bei Gondar an der sudanesischen Grenze lauerte.

Ohne sich auszuziehen, legte er sich aufs Bett. Die Armee hatte ihn nach Aksum gebracht. War dieser Lintiso so einflussreich, dass er den Militärs Weisungen erteilen konnte? Welche hochgestellte Persönlichkeit in Addis hatte ihre Finger im Spiel? Der Premierminister persönlich? Oder sein Sicherheitsberater? Wie hieß er doch gleich? Yussuf Berhane? Diese Fragen beunruhigten ihn. Er wurde den Eindruck nicht los, eine Marionette zu sein. Irgendwo in den Ministerien, im Palast oder im Nationalmuseum, unsichtbar verborgen, hockte jemand, der die Macht hatte, ihn mit einer Sondermaschine der äthiopischen Luftwaffe nach Aksum zu befördern. Wurde ihm auch das Boot über den Tanasee auf solch wunderliche Weise zugeschanzt? Wer war Giovanni Mirelli wirklich?

Das dumpfe Gefühl der Bedrohung wich, denn Martin Anderson fiel in erlösenden Schlaf. Er schlief traumlos, im Zustand der Erschöpfung. Die Gardine fächelte warme Luft übers Bett. Erst als sein Schlaf flacher wurde, sich zum Erwachen neigte, kamen farbige Bilder. Er sah sich am Strand, am weißen Strand einer tropischen Insel. Hohe Palmen bogen sich im Wind, auf dem Meer kreuzten Schiffe. Er glaubte sich am Strand von Punt. Im Traum erkannte er, dass keine antiken Galeeren auf dem Meer schwammen. Es waren schwere Kriegsschiffe mit riesigen Geschützen und rotierendem Radar. Er sah einen Flugzeugträger. Mit weißer Bugwelle schob sich der haushohe Rumpf durchs Wasser. Das ist nicht Punt, dachte er im Traum verzagt. Nein, das ist es nicht, kann es nicht sein. Als er erwachte, wusste er eine Sekunde lang nicht, wo er sich befand. Dann hörte er das Geschrei der Weiber am Bassin.

War hier Punt, hier in Aksum? Das nördliche Hochland Äthiopiens war trocken wie ein ausgebrannter Ofen. Unbarmherzig

sengte die Sonne, obwohl es früh am Morgen war. In den altägyptischen Tafeln finden sich Hinweise, dass Punt am Roten
Meer gelegen haben könnte oder am Golf von Aden, im heutigen Somalia. Schon die Könige der fünften Pharaonendynastie
hatten Kunde von jenem fernen Paradies. Das war zweitausend-
dreihundert Jahre vor Christus. Mentuhotep, ein König aus der
elften Dynastie, schickte dreitausend Sklaven mit Material für
den Schiffsbau durch das Wadi Hammamat zur Küste des Roten
Meeres. Über den Verbleib der Schiffe ist nichts bekannt. Erst
ab der zwölften Dynastie begannen regelmäßige Handelsmissi-
onen. Das Orakel bestimmte Königin Hatschepsut, die herausragende Pharaonin der achtzehnten Dynastie, eine Großexpedition
nach Punt zu rüsten. Sie schickte ihren Kanzler mit fünf Schiffen
und hundertfünfzig Rudersklaven über die See. In ihrem Grabtempel in Theben hinterließ sie detaillierte Beschreibungen der
Überfahrt und des Empfangs durch die Häuptlinge von Punt. Die
Schiffe brachten reichen Ertrag zum Nil zurück: Myrrhe, Harze
und Kräuter für religiöse Zwecke. An Bord trugen sie exotische
Tiere, Pflanzen, Elfenbein, Ebenholz, die Felle von Leoparden,
dazu Sklaven und ihre Kinder. Die antiken Ägypter errichteten
in Punt einen Schrein, der Amun huldigte. Im Grabtempel des
Amenhotep, Nachfolger der Hatschepsut auf dem Thron, heißt es
in einer Inschrift: Ich, Sonnengott Amun, wandte mein Antlitz
nach Sonnenaufgang und schuf ein Wunder für Euch, ich machte
die Länder Punt mit all den wohlriechenden Blüten, um von Euch
Frieden zu erbitten und Eure Luft zu atmen.

Anderson streckte seine steifen Glieder, erhob sich von der Matratze und schlurfte ins Bad. Als er am Duschhahn drehte, tröp-
felte ein dürres Rinnsal aus dem Rohr. Er benetzte sein Gesicht
und den Hals und trocknete sich ab.

Die Erforscher der Antike liegen im Streit, wo Punt zu suchen ist. Die Vielzahl der Waren und ihr Reichtum deuten darauf hin, dass es ein großer Umschlagplatz für Güter und Sklaven aus Schwarzafrika gewesen sein musste. Aufgrund der Anweisungen, die Hatschepsut zur Navigation der Schiffe hinterließ, kamen Küstenstriche in Somalia oder im Jemen infrage, eigentlich die ganze ostafrikanische Küste bis nach Mombasa und Sansibar. Später, zu Zeiten von Ramses, wurden Waren aus Punt auf dem Landweg nach Ägypten gebracht. Möglicherweise lag es im südlichen Sudan oder in Eritrea. Dafür liefern die botanischen Beschreibungen der Königin einige Hinweise. Es sind keine Kriege zwischen Ägypten und Punt überliefert, anders als zwischen den Pharaonen und den Nubiern im sudanesischen Niltal. Hätte Punt an einem Küstenstreifen des Roten Meeres gelegen, hätten die überlegenen Flotten der Ägypter und Phönizier leichtes Spiel gehabt. Möglicherweise, dachte Martin Anderson, schützte Punt die unwegsame Lage. Ein steiles Hochland? Die Berge von Adua?

Er beschloss, nicht länger zu warten. Auf der Straße vor dem Hotel kochte der Teer. Er setzte eine Sonnenbrille auf. Majestätisch reckten sich die Stelen in den strahlenden Himmel. Ihre Schatten waren scharf wie Klingen. Ein Posten mit Karabiner hielt Anderson an, ließ sich die Genehmigung zeigen. Anderson betrat die uralte Kultstätte. In ihrer Mitte griff eine schiefe Säule nach den Sternen, vielfältig verziert. Er wusste aus Berichten, dass die Ornamentik ein Zeichen für Wohlstand war. Hier ruhte ein Mensch, der unter Königen rangierte. Ein Mensch, der den Mond angebetet hatte, denn diese höchste Stele neigte sich zu diesem Himmelskörper. Die Menschen der voraksumitischen Periode pflegten Mondkulte. Ihre Stelen waren Antennen, durch die der Verstorbene zu seinem Gott sprach. Um sie zu errichten, schleppten Elefanten den Granit aus Steinbrüchen der Umgebung heran. Die meisten Stelen in Aksum gehen auf die Zeit zwischen fünfhundert Jahren vor Christus und drei Jahrhunderten danach zurück, als die Christianisierung begann. Rund eintausend Jahre lang beherrschten die Aksumiten das Horn von Afrika und das Rote Meer.

Die Stele erhob sich über einem festen Sockel, der mehrere Stufen formte. Der Posten setzte sich in ihren Schatten, um zu dösen. Er legte das Gewehr über seine Schenkel und kaute Kat, eine harmlose Droge. Seine gelben Augen tränten. Entrückt lächelte er Anderson an. Etliche Stelen ragten aus der steinigen Erde, manche glatt, manche grob behauen. Anderson schritt die Bruchstücke der größten aller Stelen ab: Sechshundert Tonnen Granit ruhten in gewaltigen Blöcken auf dem welligen Hang. Ein kleiner Mann mit dunkler Haut kletterte unter den Trümmern hervor. Er hatte schmale Augen, sein Schädel war kahl rasiert.

„Selamta", grüßte er. „Ich bin Ato Joseph. Sie sind Martin Anderson, nehme ich an."

„Genau", bestätigte der Angesprochene. „Ich freue mich, Sie kennenzulernen, Professor Lintiso."

„Bei uns sagt man nur den Vornamen. Nennen Sie mich ruhig Joseph."

Der Professor klopfte auf den Granit.

„Gewaltiges Stück, nicht wahr? Es steht den Obelisken in Karnak nicht nach."

Anderson befühlte den Stein, er war merkwürdig kühl.

„Ich wundere mich, dass darüber so wenig nach Europa dringt. Karnak und Theben sind unter den Archäologen in aller Munde, Aksum nicht."

„Das hat mehrere Gründe", klärte ihn Lintiso auf. „Zum einen haben die äthiopischen Kaiser stets darauf geachtet, dass die Archäologen zwar fündig wurden, aber keine Beute machten. Was haben die Ägypter heute davon, dass ihre wertvollsten Schätze in

London, Paris und Berlin zur Schau stehen? Als Mussolini einfiel, raubte er uns eine sechsundzwanzig Meter hohe Stele, eines unserer schönsten Exemplare. Der Unhold zersägte sie in drei Teile und verschiffte sie nach Europa. Lange stand sie auf der Piazza Roma, inmitten stinkender Abgase und Blechlawinen. Kann man sich einen unwürdigeren Ort vorstellen?"

Andersons Finger tasteten über den rauen Granit. Der Professor redete weiter.

„Äthiopien hat sich sehr spät geöffnet, erst unter Menelik II. an der Schwelle zum zwanzigsten Jahrhundert. Die wissenschaftlichen Ausgrabungen in Aksum begannen viel später, kurz vor dem Ende Haile Selassies. Die Unesco hatte 1973 angeboten, die Kulturgüter unseres Landes zu sichern. Dann kamen Mengistu und der Derg an die Macht, die verbrecherische Junta. Zwanzig Jahre lang galt die Region um Aksum als aufmüpfig und widerspenstig, tobte hier der Bruderkrieg. Erst in den Neunzigern konnten wir die Grabungen fortsetzen. Kommen Sie, ich zeige Ihnen unser Schmuckstück!"

Lintiso führte Anderson zu einer grasigen Senke, zu einem Loch im Boden. Behände kletterte er über eine gebrechliche Leiter unter die Erde. Als ihm Anderson folgte, fand er sich in einer geräumigen Gruft, mit großen Quadern ausgemauert. Die Steinblöcke waren exakt behauen, lagen ohne Mörtel fugendicht aufeinander. Genüsslich schnalzte Lintiso mit der Zunge.

„Diese Kammer konnten wir erstmals Anfang der Siebzigerjahre öffnen, mit Erlaubnis des Negus. Unter Mengistu wurde die Grube zugeschüttet. Sie glauben gar nicht, wie ich darauf gewartet habe, hier eines Tages weiterzumachen."

„Ich dachte, Sie arbeiten am Nationalmuseum in Addis ..."

„Dort habe ich überwintert, wenn Sie so wollen. Ich hatte Glück. Ich war in dem Team, das in der Danakil das Skelett des

Australopithecus fand. Ich verbrachte Jahrzehnte damit, es zu analysieren. Wissenschaft ist unpolitisch, verstehen Sie? So überlebte ich den Terror des Derg."

„Ich bewundere Sie, Professor. Sie waren dabei, als die berühmte Lucy gefunden wurde, der Südaffe von Afar. Ich habe die Kopie im Museum gesehen."

„Es gab mehrere Gelegenheiten, da wäre sie um ein Haar außer Landes gebracht worden. Ich bin dem Negus dankbar, dass er strikt darauf bedacht war, unsere Fossilien zu schützen. Es ist unser Land, unsere Kultur, unser Erbe. Stellen Sie sich vor, ich käme nach Paris, um im Vorgarten des Élysée-Palastes nach gallischen Ruinen zu suchen. So ähnlich geht es in Afrika zu. Das Reich von Aksum markierte den Beginn der äthiopischen Königsdynastien. Für unsere orthodoxe Kirche ist es heiliger Boden. Hier ruht jede Fehde. Das ist ein uraltes Gesetz."

„Ich habe gehört, dass in Aksum die Originaltafeln mit den Zehn Geboten oder gar die Bundeslade vermutet werden."

Lintiso winkte ab.

„Ja, ja, Prinz Mansour, dieser Schatzjäger. Wissen Sie, wie man ihn unter der Hand nennt? Indiana Jones vom Horn. Den kann ich nicht ernst nehmen."

„Ihn meinte ich nicht. Ein Priester in Gondar hat es mir geflüstert."

„Warten Sie es ab, wenn sich Mansour in Fahrt geredet hat. Dann werden Sie verstehen, weshalb wir unsere Ausgrabungen gut sichern. Andererseits: Wir müssen für Überraschungen gewappnet sein. Vielleicht findet der Prinz tatsächlich die Lade. Oder ich, reiner Zufall. Im Gebiet von Aksum vermuten wir etliche sehr reiche Gräber."

„Warum ausgerechnet hier?"

„Aksum geht auf die erste Einwanderungswelle aus Judäa zurück. Menelik, der uneheliche Sohn Salomos und der Königin Makeda von Saba, soll von Jerusalem mit einer Gruppe von Israeliten eingewandert sein. Das war der Anfang der mosaischen Glaubensgruppen in unserem Land. Unser Ge'ez, die Kirchensprache, hat bei ihnen ihren Ursprung. Jedes Grab könnte mit archäologischen Sensationen gefüllt sein. Ein neues Tal der Könige."

„Ich habe gelesen, dass vor der Christianisierung dem Mond gehuldigt wurde ...“

„Sie sind gut informiert, Mister Anderson. Es gibt noch Stämme, beispielsweise im Süden, die alten Kulten anhängen. Ich glaube, der Mondkult war stark von den entwickelten Zentren im Norden und Westen beeinflusst, von den Pharaonen und den Nubiern. Es muss regen Handel gegeben haben, schon lange vor Menelik.“

„Nach Ihrer Auffassung befand sich Punt hier, in der Region von Aksum?“

„Daran gibt es für mich kaum Zweifel. Wer Punt an der Küste des Roten Meeres sucht, übersieht das mörderische Klima. Zum Beispiel in der Danakil, in dieser Salzwüste im Osten. Dort können nur Nomaden überleben, die auf extreme Hitze und Trockenheit spezialisiert sind. Nicht einmal die Küstengegend um den Hafen von Massawa in Eritrea käme für Punt infrage. Dort herrschen im Sommer fünfzig Grad. Bei solchen Temperaturen erstirbt jeder Handel, auch an der Küste. Ich glaube, dass Punt im Landesinnern lag. Zumindest sein Machtzentrum muss im Hochland zu suchen sein, wo die Bedingungen gemäßigt waren.“

Sie stiegen ans Licht. Lintiso wies auf ein geräumiges Armeezelt am Rand einer Grube, in der Arbeiter mit Schaufeln und Pinseln auf den Knien hockten. Vorsichtig lockerten sie die Erde. Mansour ging zwischen ihnen umher. Er hatte eine Kamera in der Hand und machte Fotos.

Lintiso lüftete den Eingang des Zeltes. Darin befand sich ein langer Tisch, auf dem lehmverschmierte Funde lagen: verrostete Meißel, ein bronzener Ring, jede Menge Scherben. Zwei Frauen waren damit beschäftigt, die Funde zu säubern. Sie vermerkten sie in einer Liste und legten die Stücke in Kisten. Auch die Frauen machten Fotos.

„Ich lasse Sie jetzt allein", meinte der Professor. „Ich muss zu einer anderen Gruppe, in Yeha, fünfzig Kilometer von hier. In Yeha steht ein sabäischer Tempel. Bis zum Abendessen bin ich zurück. Vielleicht leisten Sie mir nachher Gesellschaft."

Er grüßte und verließ das Zelt. Aufmerksam betrachtete Anderson die Funde. Ein großer Teil war Tand, wertloser Zivilisationsmüll, der sich im Erdreich angesammelt hatte. Sein Blick fiel auf eine verrostete Pfeilspitze. Er konnte erkennen, dass sie für großes Wild oder für Feinde angefertigt worden war, mit starken Widerhaken. An der Zeltwand hing eine Karte der Region. Farbige Punkte markierten Fundstellen. Sie lagen dicht bei dicht. Es war in der Tat ein neues Tal der Könige. Er trat in die Sonne und schlenderte zwischen den Stelen zur Straße. Es war so heiß, dass er zu hören glaubte, wie das verdorrte Gras knisterte.

***

Einmal den Blick geschärft, fand er in der Stadt weitere Stelen, Hunderte, verstreut, verwittert, verziert oder glatt. Ziellos spazierte er durch staubige Gassen. Er gelangte zur Kirche von Zion. Vor der gewaltigen Basilika beschwor ein kitschiger Obelisk die ruhmreiche Vergangenheit, deren stumme Zeugen aus der Erde sprossen. Das Aksumitische Reich verband den Jemen mit Abessinien, übers Rote Meer hinweg. Es war ein bedeutender Machtfaktor, an dem Cäsaren, Araber und Kolonialmächte ihre

Grenzen fanden. Wie hatte Samson Gebreyesus in Addis gesagt? Die äußere Bedrohung und die Kirche schmiedeten dieses Land zusammen. Von allen afrikanischen Ländern widerstand einzig Äthiopien dem Begehren fremder Mächte, geschützt durch unwegsames, trockenes Hochland.

Ein Straßenhändler bot silberne Kreuze an. In seinem Bauchladen hatte er Schnitzereien und alte Bibeln mit wunderschönen Illustrationen auf vergilbtem Papier. Anderson setzte sich in ein kleines Café, um sich Notizen zu machen. Ein Mädchen kam an den Tisch, strahlte ihn an, bis er sagte: „Coffee." Sie lief durch einen bunten Vorhang zur Küche, kam schnell wieder und brachte stolz ein Tablett mit einer winzigen, dampfenden Tasse. Sie stellte ein Schälchen mit Zucker auf den Tisch, ihn scheu beäugend.

Die Hitze flammte. Auf der Veranda war sie erträglich. Anderson schaufelte Zucker in die Tasse. Anders war der bittere äthiopische Kaffee nicht zu genießen. Er lehnte sich zurück, um seine Gedanken zu ordnen. Das erste Mal seit dem Abflug in Addis hatte er das Gefühl, ruhig zu sein oder in Ruhe gelassen zu werden. Er suchte Punt, in Aksum. Hier musste er den Faden aufnehmen, weiter nach Norden oder Nordosten würde er nicht gelangen. Das war zu gefährlich. Zudem wäre es nutzlos, denn nur in Aksum und Yeha gab es Stelen und Kammern, aus deren Zeichen er eine Spur lesen konnte.

Er überlegte. Über Punt gibt es nur wenige, sehr vage Berichte. Die in den Reliefs der Hatschepsut dargestellten Schiffe taugten fürs Meer. Zumindest in Küstennähe konnten sie schwere Stürme überstehen. Hatschepsuts Schiffe hatten einen Kiel, Steven und Spanntrossen. Schon tausend Jahre vor ihr, im Alten Reich, stießen ägyptische Seeleute auf die Ozeane vor. Neben der Pyramide fand man das Grab des Cheops, mit mehr als vierhundert Teilen seines königlichen Schiffes, sorgfältig zerlegt wie ein Bausatz nebst Anleitung zur Montage. Noch heute lassen sie sich mit Holzzapfen und Trossen zu einem seetüchtigen Schiff von dreiundvierzig Metern Länge und knapp sechs Metern Breite fügen. Das ergaben Simulationen am Computer. Offen blieb die Frage, ob Hatschepsuts Schiffe zerlegt wurden, um sie mit einer Karawane zum Roten Meer zu bringen. Oder gab es einen schiffbaren Kanal vom Nil durch das Wadi Tumilat wie in der Spätzeit der Pharaonen?

Die Ägypter waren in der Lage, das Horn zu erreichen. Sie segelten südlich, weit nach Süden, umrundeten schließlich das Kap der Guten Hoffnung, viertausend Jahre vor Bartolomeo Diaz und Vasco da Gama. Die Leistungen der Neuzeit schmelzen wie Schnee in der Sonne, je mehr die Wissenschaft über die Antike weiß. Nicht da Gama hat Afrika als erster Mensch umsegelt, sondern ein namenloser ägyptischer Seemann. Pharao Necho ließ eine Expedition rüsten, die in drei Jahren den Kontinent umrundete. Nicht Christoph Kolumbus entdeckte Amerika, sondern ein Wikingersohn namens Leifur Eirikson vierhundert Jahre zuvor. Und die Region von Afar, die brütende Senke zwischen der Kante des Hochlandes und der Küste des Roten Meeres, soll einmal das sagenumwobene Goldland Ophir der Königin von Saba gewesen sein. In der Bibel steht, sie brachte König Salomo einhundertzwanzig Zentner Edelmetall als Geschenk. Wir wissen nichts, dachte Martin Anderson träge. Je mehr wir zu kennen glauben, umso verwirrender geraten die Dinge. Und umso verzweifelter wird die Suche nach Antworten.

Erneut schweiften seine Gedanken ab, gen Süden, zu jenem Teil des Rift Valley, in dem sich die Vulkane reihten wie gigantische Maulwurfshügel. Es gab eine mysteriöse Verbindung nach Äthiopien, denn das Skelett der Lucy war den Funden von Olduvai und Laetoli frappierend ähnlich: ein aufrecht gehender, kleinwüchsiger Frühmensch mit affenähnlichem Schädel. Offenbar waren die frühen Menschen durch das Rift Valley nach Norden gewandert. Vermutlich waren sie Nomaden, die ihr Dasein auf primitiver Stufe fristeten. Phönizier, Ägypter und Wikinger galten nach den Maßstäben der Archäologie als sesshafte Völker, die gewaltige Tempel und Kathedralen aus dem Boden stampften. Doch im Grunde ihrer Herzen, in den Tiefen ihrer Hirne waren sie Nomaden geblieben. Auch er, Martin Anderson, war ein Nomade, ein Wissenschaftler. Ruhelos durchstreifte er die Zeiten, mit unbestimmtem Ziel.

Die Frühmenschen waren ihrem inneren Kompass gefolgt, entlang zahlreicher Seen, fischreich, mit Schlamm voll Muscheln und Weichtieren. Ihre Route stieß ans Rote Meer, das vor Millionen Jahren einen weitläufigen Golf des Mittelmeeres bildete. Nur eine schmale Landbrücke schwang sich ins heutige Arabien. Sie nahm ihren Anfang im Afar-Gebiet, wo die Forscher Lucys Skelett ausgegraben hatten. Und wo sie die Überreste eines Vorläufers von Lucy fanden, auf knapp viereinhalb Millionen Jahre geschätzt. Irgendwann drang das Meer in die Senke ein, setzte diesen Teil des Rift Valley unter Wasser. Die Halbinsel von Sinai hob sich und riegelte das Mittelmeer ab.

Anderson dachte: Einst muss es ein blühendes Land gewesen sein, wie ein Riegel, der den Regen vom Meer aufnimmt, in fruchtbare Böden wandelt. Damals waren die Hänge dicht bewaldet. Unmittelbar am Meer gelegen, mit vielen Seen und Flüssen im Hinterland, musste es gewesen sein wie ein uralter, archaischer Traum. Wie das Paradies auf Erden.

12. Kapitel

Als Anderson ins Restaurant kam, saßen Lintiso und Mansour am Tisch, ins Gespräch vertieft. Vor ihnen lagen die Speisekarten. Offenbar drehte sich ihr Disput um gewichtigere Dinge.

„Die Bundeslade könnte sich als Fluch erweisen. Ebenso wie die Manna-Maschine", sagte Lintiso ironisch. „Lassen Sie lieber die Finger davon, Eure Hoheit. Nach der Beschreibung im Alten Testament war sie ein Aggregat der Hölle: Da gibt es drei zuckende Flammen aus ihren Röhren. Rauch bläst und kommt heraus. Er ist schwarz, und sie nennen ihn Zorn, Hitze und Zerstörung."

„Sie haben Ihren Mose gut gelernt, alle Achtung! Aber Sie glauben dieses Voodoo-Zeug doch nicht wirklich?", begehrte der Prinz auf. „Zweifelsfrei handelt es sich bei der Bundeslade um eine besondere Reliquie, reich mit Gold verziert. Wer sie findet, wird auf einen Schlag so berühmt wie Albert Einstein oder Howard Carter."

Unschlüssig trat Anderson näher, Lintiso bot ihm einen freien Stuhl an.

„Setzen Sie sich zu uns. Wir diskutieren gerade über die Bundeslade. Ob es ein Risiko wäre, sie zu finden."

Mansour widersprach:

„Von wegen Risiko! Es wäre eine archäologische Sensation!"

Verächtlich winkte Lintiso ab.

„Nach Mose befanden sich darin die Steintafeln mit den Zehn Geboten, das Zeichen des Bundes zwischen Jahwe und den Israeliten. Sie war der heiße Draht zu Gott. Das ist Religion! Nichts ist gefährlicher, als Religionen zu entzaubern."

„Wenn es sie gibt, wird man sie ausgraben!", rief Mansour erregt. „Vorausgesetzt, man wüsste, wo sie sich befindet. Niemand könnte ein solches Geheimnis auf Dauer hüten. Auf einen Schlag würde der Entdecker weltberühmt, bei allen Menschen, bei allen Religionen. Und er würde reich, sehr sehr reich."

„Sie haben gut reden, Kollege. Sie sind bereits reich und berühmt. Naja, wenigstens reich", knurrte Lintiso spöttisch. „Aber wir beide, Mister Anderson und ich, haben noch keinen Platz in den Annalen. Und werden ihn nie erreichen, wenn wir an Hunger sterben."

Augenzwinkernd reichte er Anderson die Speisekarte.

„Das Injera ist ausgezeichnet", empfahl er. „Haben Sie schon einmal Injera gegessen?"

„Sie sind auch eine Berühmtheit, Herr Professor", erwiderte Anderson, als er die Speisekarte nahm. „Sie haben Eva gefunden."

„Dieser verkümmerte Halbaffe im Nationalmuseum soll Eva sein?", amüsierte sich Mansour. „Sie meinen Eva von Adam aus dem Paradies? Dass ich nicht lache! Wollen Sie mir vielleicht weismachen, dass wir gerade in Eden wandeln? Nur merken wir es nicht …?"

„Für das Paradies sind Sie zuständig", merkte Lintiso bissig an. „Sie suchen die Bundeslade. Dagegen dürfte das Paradies eine archäologische Kleinigkeit sein, oder etwa nicht?"

Anderson gab dem Kellner die Karte. Professor Lintiso bestellte, der Kellner nickte. Draußen sank die Sonne. Durch hohe Fenster wehte ein Föhn herein. Das Licht über den Bergen war weiß, von hellgrauen Schleiern durchzogen.

„Die Suche nach dem Paradies …", wiederholte Lintiso. „Träumen wir nicht alle davon?"

„Unser Gespräch wird philosophisch", brummte Mansour. „Von der Bundeslade zur Eva und zum Baum der Erkenntnis …"

„Der Versuchung", korrigierte Lintiso unbeirrt. „Die Erkenntnis kam später. Dass Punt und Eden eng verbunden sind, wird kaum jemand bestreiten. Die Inschriften der Hatschepsut schildern paradiesische Bilder. Sie zu glauben fällt zunächst schwer. Doch gehen Sie von Mose aus, vom Stamm der Beduinen auf dem Sinai, in den er eingeheiratet hatte. Auf ihn muss die Überlieferung von Punt eine mythische Anziehung ausgeübt haben. Es war der Traum der Nomaden, die an den Jahresrhythmus einer kargen Natur gekettet sind. Dagegen Puntland, das Land der Götter, das Goldland, in dem Milch und Honig flossen. Die Suche nach dem Gelobten Land beschreibt die Sehnsucht der Nomaden. Sein Gott war der Schutzgott freier Beduinen, Jahwe beginnt als Drohung an den Pharao. Dieser Exodus durchzieht das Alte Testament. Das finde ich erstaunlich."

Mansour verzog die Lippen.

„Nur blieb der Auszug unvollendet. Die Nomaden wurden sesshaft, als Kanaan erobert wurde und die Stämme sich im Gelobten Land wähnten. Das Eigentum kam in die Welt, Streit und Krieg."

Der Kellner brachte Platten mit grauen, runzligen Lappen aus Teig. Gemächlich riss Lintiso ein Stück ab, tunkte es in die Soße, häufte Fleischwürfel und Gemüse darauf. Geschickt schob er den Klumpen in seinen Mund. Anderson folgte seinem Vorbild, augenblicklich riss heißer Schmerz an seiner Zunge. Sie brannte, klebte am Gaumen, wie betäubt. Mühsam hielt er die Tränen zurück, griff hastig nach dem Wasserglas.

„Nehmen Sie ein Stück Brot, das hilft besser", empfahl Lintiso ungerührt. „Injera wird mit Berbere gewürzt, einem starken Pfeffer. Wenn Sie sich daran gewöhnt haben, werden Sie merken, wie gut es schmeckt."

Anderson hustete, schluckte, jetzt brannte seine Speiseröhre. Sein Magen zog sich zusammen. Lintiso knüpfte den Gesprächsfaden neu.

„Also, Exzellenz. Es wäre besser, wenn die Bundeslade in der Erde bliebe. Aber Sie könnten meinen Kollegen Anderson unterstützen bei der Suche nach Punt, das in Wahrheit der Garten Eden war."

Geringschätzig schüttelte Mansour den Kopf.

„Sie wollen nur, dass ich meine Zelte abbreche", brummte er kauend. „Genau das werde ich nicht tun. Es gibt unzählige archäologische Hinweise, dass die Bibel historisch nachweisbare Ereignisse rekapituliert. Eines Tages wird man die Bundeslade finden, darauf können Sie sich verlassen. Ich werde Sie finden! Mister Anderson, was halten Sie von unserem kleinen Disput?"

„Nun. In religiösen Angelegenheiten bin ich Laie ..."

Lintiso reichte eine Karaffe über den Tisch, sagte versöhnlich:

„Mister Anderson will es sich mit niemandem verderben, deshalb bleibt er neutral."

Anderson schüttelte den Kopf.

„Ich frage mich, ob es die Lade jemals gegeben hat. Ob sie nicht eine Erfindung der Menschen ist."

„Ein Märchen?", hakte Mansour ein. „Solange sie nicht gefunden wurde, steht diese These im Raum. Nur frage ich Sie: Warum sollten die Menschen eine solche Maschine in ihrem Geiste erfinden?"

„Weil sie nicht in der Lage sind, sie zu bauen. Weil es ins psychologische Muster passt. Weil sie auf diese Weise von Gott träumen, vom Schöpfer oder einer Wesenheit, die hinter allem steckt. Von der Chance träumen, Kontakt aufzunehmen, um zu verstehen, was nicht zu verstehen ist."

„Was ist daran verwerflich?", wollte Mansour wissen.

„Nichts, ist ja nur Kopfkino. Aber dieser Traum ist uralt. Ich könnte mir vorstellen, dass es eine innere Sehnsucht gibt, die das Ich versöhnen will: mit dem feindlichen Draußen, mit der Zeit, die es zu Tode bringt, mit der kümmerlichen Existenz, mit den kümmerlichen Jahren auf der Erde, die der Mensch hat. Dieser

Traum ist die Kehrseite der Angst vorm Sterben."

Hörbar stieß Lintiso Luft aus, Mansour hob die Hände.

„Das kommt jetzt aber sehr esoterisch über den Tisch, Herr Kollege."

„Kann sein. Solange Sie die Lade nicht ausgraben, bleibt Ihre Sichtweise nicht minder esoterisch. Mit einem Unterschied: Ihre Esoterik besteht darin, immer weiter zu buddeln. Ohne Konsequenzen, denn Sie können sich solche Grabungen leisten. Vielleicht finden Sie das eine oder andere, was wir noch nicht wussten. Das wäre doch etwas, immerhin."

„Und Ihr Traum? Welche Konsequenzen hätte er?"

„Ganz neu über unser Verhältnis zur Schöpfung nachzudenken. Über uns selbst, darüber, was wir aus der Zeit machen, die uns auf Erden gegeben ist."

„Aha", entfuhr es Lintiso. „Professor Anderson wechselt das Lager. Er wird Priester."

„Ich meine nicht Religion, eher Spiritualität. Oder Philosophie. Träume sind wirksam, wie Ängste und Hoffnungen."

„Vielleicht erweist sich Ihre Suche nach Punt als Jagd nach einem Traum", ätzte Lintiso. „Im Grunde genommen stecken Sie in der gleichen Zwickmühle wie unser geschätzter Prinz."

„Stimmt", hielt Anderson dagegen. „Darüber habe ich auch schon nachgedacht. Dass die Wandfriese in den Tempeln der Pharaonen keine realen Begebenheiten beschreiben. Sondern eine Fata Morgana, ein Traumbild, die Hoffnung auf Eden. Für meine eigene Suche macht es übrigens keinen Unterschied, ob Punt ein Traum ist oder es jemals wirklich existiert hat."

„Damit verblüffen Sie mich durchaus, Herr Kollege." Lintiso trank einen Schluck Wasser, das er nachdenklich kaute. „Sie meinen, dass es nicht wichtig ist, ob Sie Punt finden?"

„Möglicherweise habe ich es bereits gefunden. Oder andersherum: Es hat mich gefunden. Ich habe verstanden, worum es in dieser Sache wirklich geht."

Lintiso ließ nicht locker.

„Und worum geht es Ihrer Meinung nach?"

„Es geht um die Erkenntnis, dass Punt ein innerer Ort sein könnte. Ein innerer Fluchtpunkt. Wir Archäologen suchen danach, wollen unbedingt Beweise liefern. Wozu? Um noch mehr Artefakte in die Museen zu stellen? Professor Lintiso, Sie graben immer ältere Überreste der frühen Menschen aus. Welche Einsichten sind damit verbunden? Da meine ich nicht die eher unwesentlichen Details einer spezialisierten Wissenschaft. Sie sind ohnehin nur in kleinen, spezialisierten Fachkreisen von Interesse."

„Starker Tobak, Herr Kollege. Vielleicht sollten wir die Archäologie begraben."

„Ja, vielleicht", setzte Anderson nach. „Brauchen wir noch mehr faktisches Wissen über unsere Vorfahren, mehr Kenntnis über die Jahrmillionen und die Wanderungen des Menschen über die Erde? Das steckt uns doch allen in den Knochen, jedem von uns."

Betroffen dachte er: Jetzt redest du beinahe wie der alte Miller. Was hat das noch mit Wissenschaft zu tun? Er hörte, wie Lintiso sagte:

„Als wir damals Lucy ausgruben, hat das viele Menschen verwirrt. Die Vorstellung, der Mensch stammt vom Affen ab, bereitete ihnen Unbehagen, machte ihnen Angst. Sie fragten sich: Wo hört das Tierreich auf? Wo beginnt der Mensch? Solche Fragen zu klären ist unsere Aufgabe."

„Niemals können Sie das aus ein paar bleichen Knochen herauslesen", widersprach Anderson entschieden. „Wir wissen noch immer nicht genau, was uns vom Tier unterscheidet. Der aufrechte Gang? Das große Gehirn? Werkzeuge, die Fähigkeit zur

Arbeit? Möglicherweise. Viel wichtiger erscheint mir die Antwort auf diese Frage: Warum unterscheiden wir uns vom Tier? Mit welchem Sinn kam der Homo sapiens auf diese Welt?"

Bohrend hefteten sich Mansours große Augen auf ihn. Eine Weile hatte er sich nicht am Gespräch beteiligt, hatte gegessen und geschwiegen. Nun kehrte er in den Disput zurück.

„Gesetzt den Fall, ich finde die Lade, dann müssen wir unsere Geschichte möglicherweise in gänzlich neuem Lichte sehen. Auch das kann unangenehm werden. Stellen Sie sich vor, es hat das Bündnis zwischen Jahwe und Mose tatsächlich gegeben. Das Warum wäre gelöst. Der Mensch als auserwählte Spezies, als verlängerter Arm des Schöpfers."

„Das ist überhaupt nicht neu", entgegnete Anderson. „Genau das entspricht dem gängigen Selbstbild, das in der Philosophie und in den Religionen zementiert wurde: der Mensch als Krone der Schöpfung, als überlegener, aufrecht gehender Geist, der die Natur beherrscht. Exzellenz, Sie würden dem nichts hinzufügen außer einem weiteren archäologischen Fund."

„Es wäre eine wissenschaftliche Bestätigung, genau." Eifrig nickte der Prinz. „Ein weiteres Indiz in der Kette bereits vorliegender Beweise."

„Hm, sehr clever", ließ Lintiso ironisch vernehmen. „Diesen Unfug glauben Sie doch selber nicht, Prinz. Das wollen Sie Ihren Geldgebern weismachen, damit die Dollars weiter sprudeln. Diese Leute lieben solche Geschichten. Wenn es mit der Lade nicht klappt, suchen Sie die Landeplätze von Außerirdischen. Von E.T. zu Gott ist es nicht sehr weit."

Aufgeregt knetete Mansour seine Hände, dass die Gelenke knackten.

„Urteilen Sie nicht vorschnell, Professor Lintiso. Vielleicht müssen Sie Ihren Hochmut eines Tages teuer bezahlen. Nämlich dann, wenn Prinz Tarik Mansour die Bundeslade präsentiert."

Lintiso fing an zu lachen, erst kichernd, dann lauthals aus voller Kehle.

„Fein, Exzellenz, dann werden Sie mir die Leviten lesen, nicht wahr? Aber bis dahin wird noch sehr viel Wasser den Nil hinunterfließen, glauben Sie mir. Ich wünsche Ihnen den Ruhm, der Ihnen bislang versagt blieb. Aber ehrlich gesagt: Sie verrennen sich, Tarik. Wir sind in Aksum, nicht in Hollywood."

Gekränkt schob Prinz Mansour den Teller von sich. Lintiso bot Anderson Lammgulasch an. Das Fleisch war durchgebraten, das Gemüse knackfrisch. Vorm Fenster breitete sich Nacht aus. Laternen warfen bleiche Kegel auf die Straße. Der Kellner brachte Rotwein, von den sonnigen Hängen des Hochlands. Verlockend blinkte rubinroter Saft in den Gläsern.

***

Die Luft war lau. Noch immer strich der Föhn von den Bergen. Scharf leuchtete der Mond auf die antiken Stelen, Zikaden sekundierten dem stählernen Licht. Anderson spazierte zu den Gräbern, um die Stille zu genießen. Der Wärter hockte am Zaun und rauchte, das Gewehr an die Steine gelehnt. Sein ergrautes Haar, das bei Tageslicht aussah wie gepudert, glänzte unterm Mond. Als Anderson an ihm vorbeiging, sagte er nichts. Grüßend hob er die Zigarette, ein glühender Leuchtkäfer in der Dunkelheit. Anderson roch aromatischen Tabak. Aus der Stadt wehten Lautfetzen eines Konzerts.

Keine Wolke behinderte die Sterne, die kraftvoll und magisch blinkten. Wenn man den Kopf hob, schien sich der Himmel zu verlängern, zu öffnen, unendlich weit. Anderson bemerkte, dass die steinernen Stelen tatsächlich Antennen glichen, ausgerichtet zur leuchtenden Silberschüssel, die am Firmament klebte.

Vermutlich hatten auch die Bewohner von Punt auf diese Weise zum Mond geschaut. Ähnliche Stelen waren aus Theben und Karnak bekannt. Pharaonin Hatschepsut ließ zwei Giganten aufrichten, die über dreißig Meter maßen. Einer steht noch heute, der andere ist umgelegt. Ihr Stiefsohn und Thronfolger Thutmosis schraubte den Rekord auf dreiunddreißig Meter hoch. Seine Säule wog vierhundertfünfzig Tonnen. Die Bauzeit der Obelisken fiel in eine Phase des intensiven Austauschs mit Punt. Wurden die Ägypter von noch höheren Säulen beeindruckt? Die umgestürzte Stele von Aksum, ebenfalls dreiunddreißig Meter lang, wiegt sechshundert Tonnen. Solche Ausmaße mussten selbst die Pharaonen verblüffen.

Die Obelisken Ägyptens stehen für die Strahlen der Sonne. Sie wurden gekrönt von einer Pyramide, dem Symbol des Urhügels, des ersten Anfangs und des Garanten der sich ständig wiederholenden Schöpfung. Die meisten Monolithen wurden aus roten Felsen in Assuan gebrochen und per Schiff nach Theben gebracht. Die Stelen von Aksum sind aus grauem Granit geschlagen. Sie unterscheiden sich von den Obelisken im Niltal durch ihre Form, durch die Ornamentik und das Material.

Verzaubert blieb Anderson stehen und legte den Kopf in den Nacken. Die Lichtfülle der Sterne überwältigte ihn. In nordwestlicher Richtung blinkten kleine Punkte, schienen sich zu bewegen. Langsam wanderten sie über das Hochland. Fernes Brummen drang über die Berge. Plötzlich wummerte ein Geschütz, am Rande der Stadt, schrieb glühende Garben in die Nacht. Anderson spürte Gänsehaut. In diesem Moment hingen die Jets bereits über Aksum. Feurige Detonationen erschütterten die Hütten. Bomben krachten in die Vororte, eine Lagerhalle flog in die Luft. Auch die Erde bekam Gänsehaut. Anderson spürte die Explosionen bis in den Bauch. Es zischte heiß, Granaten detonierten auf der Straße, unmittelbar vor dem Stelenfeld. Ihre Druckwelle riss Anderson zu Boden, keuchend drückte er sich ins flache Gras. Jetzt waren die Bomber direkt über ihm, kreisten wie die Geier in Laetoli, nur größer, härter, tödlicher. Das Geschütz auf dem Hügel hinterm Hotel donnerte los, spuckte Rauchschwaden vor den Mond. Anderson robbte zu den Gräbern und ließ sich in ein Loch fallen. Stechender Schmerz durchzuckte sein Knie, panisch biss er die Zähne zusammen, um nicht aufzuschreien.

Die Einschläge dröhnten, als hockte er unter einer Glocke. Krachend rasten die Flugzeuge der Nordallianz über die Berge, heiser fauchten ihre Triebwerke, tödliche Schneisen zwischen die Hütten brennend. Er hörte schwere Kanonen und Feuer aus Maschinengewehren. Die Wände der Grabkammer tanzten. Staub rieselte aus den alten Fugen, dass er husten musste. Erneut heulte eine Bombe, nahm ihm den Atem. Feiner Sand legte sich auf seine Bronchien und die Lungen, dass er glaubte zu ersticken. Dichter Qualm drang in die Grube. Es roch nach brennendem Gummi. Gigantische Fäuste aus Feuer und Stahl trommelten auf die Erde, pausenlos. Anderson schlug die Hände vor die Ohren, duckte sich in die Ecke, schrie vor Angst. Plötzlich war Krieg und er war mittendrin. Blitzschnell kam der Tod über die Berge, aus einem klaren Sternenhimmel in lauer Nacht. Tausende Jahre verdampften in einer einzigen Sekunde. Der Angriff der Nordallianz: Präventivkrieg, Eroberungskrieg, Religionskrieg, Krieg um Wasser? Immer meint es dasselbe: sinnlosen Tod, Zerstörung und unendlich viel verlorene Zeit. Der Krieg scheidet Mensch vom Tier, wisperte eine Stimme aus der Dunkelheit des Grabes. Es ist der Krieg, den der Nomade führt, immerzu. Anderson gefror der Atem. Er konnte nichts erkennen, nur zwei glimmende Augen im Hundegesicht. Die Stimme flüsterte: Ich habe es Ihnen gesagt:

Sie dürfen nichts vergessen, aber Sie müssen alles vergeben. Erst dann werden Sie ein Hirte sein, ein Lehrer. Anderson schüttelte Staub vom Kopf, zitterte am ganzen Leib.

„Ich bin Anthropologe, ein Forscher!", schrie er. „Was habe ich mit diesem Krieg zu schaffen? Was habe ich mit Punt zu schaffen?"

Dröhnendes Lachen rollte durchs Grab, kaum von den Explosionen zu unterscheiden. Das Getöse war eins, merkwürdig schwingend. Gehen Sie hinauf und sperren Sie die Augen auf. Schauen Sie sich um, das können Sie Ihren Studenten erzählen! Hier werden Sie fündig, hier finden Sie das Gelobte Land! Es ist die Sehnsucht der Menschen nach dem Ende der Kriege. Der Nomade ist seiner Kriege müde und kann das Morden doch nicht lassen!

Mit einem Schlag brach der Lärm ab. Stille senkte sich zwischen die Stelen, in die dunkle Kammer, in sein Hirn. Die Hämmer waren verstummt, kein Staub rieselte mehr. Anderson starrte in die Dunkelheit. Das Hundegesicht war verschwunden. Zögernd tastete er sich durch die Kammer. Sie war leer. Über ihm zeichnete sich schwach die kleine Öffnung ab, durch die er ins Grab geflüchtet war. Er sah die Sterne, als wäre nichts geschehen. Langsam verebbte der dumpfe Schmerz in seinem Knie. Brandiger Geruch waberte in der Luft. Vorsichtig zog sich Anderson hoch und steckte den Kopf heraus. Die Stadt brannte. Er sah Menschen, gespenstisch gestikulierend, schwarze Schatten vor brüllenden Wänden aus Feuer. Gierige Flammen knatterten wie Fahnen, irgendwo heulten Sirenen.

Martin Anderson war unversehrt. Auf seinem Kopf lastete ein nervöser Druck, vom Nacken aufwärts. Er strauchelte übers Gras, benommen von den Bomben. Noch immer hockte der Wärter am Zaun. Erschöpft ließ sich Anderson neben ihn fallen. Die Zigarette des Mannes glühte. Als Anderson den Mann ansprechen wollte, sah er, dass er keine Stirn mehr hatte und keine Augen. Sein Gesicht war blutiger Brei. Zischend verlosch die Zigarette. Anderson drehte sich weg, um zu erbrechen. Mechanisch griff er nach dem Gewehr, das unversehrt am Stein lag. Jemand berührte seine Schulter.

„Ist alles in Ordnung, Mister Anderson? Sind Sie verletzt?", fragte Ato Joseph besorgt. Sein Gesicht war schwarz von Ruß. Der Ärmel seines Anzuges hatte brandige Löcher. Er blickte auf den Wärter. „Armer Kerl, hatte sich über diesen Job gefreut. Es war das große Los, eine Lebensstellung."

Lintiso hockte sich neben Anderson, zeigte auf die Waffe.

„Können Sie damit umgehen?"

Anderson schaute ihn an. Sie dürfen nichts vergessen, aber alles vergeben. Er gab sich einen Ruck und schüttelte den Kopf.

„Ich habe keine Ahnung", brachte er mühsam heraus. „Ich bin Wissenschaftler, kein Killer."

„Geben Sie her!", forderte der Professor barsch.

Fest nahm er den Karabiner in die Hand, legte den Sicherungshebel um, zog den Schlitten zurück und ließ ihn nach vorn schnappen.

„Jetzt können Sie die Waffe benutzen. Allerdings kommen Sie mit diesem Spielzeug kaum gegen Flugzeuge an."

Er reichte Anderson das Gewehr und sagte:

„Wir müssen packen. Die Regierung hat die Evakuierung aller Ausländer angeordnet. In einer Stunde wird uns ein Lastkraftwagen abholen. Am Flughafen wartet ein Transporter. Wenn wir Glück haben und keine weiteren Angriffe folgen, können wir bei Sonnenaufgang in Addis sein."

„Und dieser Mann hier? Wir können ihn nicht einfach sitzen lassen!"

Als Lintiso aufstand, wirkte er um Jahre gealtert.

„Wir können nichts für ihn tun. Nehmen Sie die Waffe vorsichtshalber mit. Man weiß nie."

Bevor er sich zum Gehen wandte, hielt er inne.

„Es ist ein Unglück, dieser Krieg. Da machen Sie sich auf den weiten Weg von Amsterdam in unser schönes Hochland, und dann passiert so etwas. Gott sei Dank sind Sie unverletzt."

Er ging zum Hotel. In der Straße klafften Trichter. Der Teer war aufgerissen, überall lagen schwarze Brocken. Anderson fror. Seine Zähne klapperten, ohne dass er es verhindern konnte. Schwere Haubitzen rollten aus der Stadt, zur Grenze nach Eritrea. Panzerketten klirrten. Geduckt krochen die Geschütze an den Bränden vorbei, die Kanonen vorgereckt wie schwarze Speere.

13. Kapitel

Gleichmäßig schaukelte das Flugzeug. Erschöpft schlief Anderson auf den harten Planken im Laderaum. Er driftete ab in grässliche Träume, in denen der alte Wärter mit offenem Schädel durch die Gräber von Aksum spukte, eine Fackel in der Hand, die den Sauerstoff in der Kammer fraß. In panischer Angst floh Anderson vor dem Gespenst, glaubte zu ersticken. Krachende Granaten verfolgten ihn, schossen ihm aus jeder Ecke entgegen. Er schreckte auf, weil sein Kopf gegen die Sitzbank schlug. Lintiso, der auf der Bank saß, hatte die Augen geschlossen. Prinz Mansour war im Schlaf abgerutscht, lag halb auf Andersons Bein. Über dem Hochland kündigte sich der Morgen an, reiner, unschuldiger Himmel. Unter ihnen zogen Hütten, Felder mit Teff und Gerste und wieder Hütten. Anderson sank in die Traumbilder zurück. Als er erneut erwachte, saßen Lintiso und Mansour rauchend auf der Bank. Grelles Licht flutete durch die Bullaugen. Verstört rappelte er sich auf.

„Guten Morgen, Mister Anderson", sagte der Prinz und hielt ihm eine Zigarette hin. „Wir sind in Addis. In Sicherheit."

Anderson wollte etwas sagen, aber seine Kehle war trocken und verschnürt. Er schmeckte brandigen Schleim. In seinem Kopf flimmerte Zerstörung. Das Flugzeug berührte die Landebahn, stellte die Klappen auf, um zu bremsen. Es kurvte über das Flugfeld, spurte sich zum Terminal ein, hielt sanft. Die Triebwerke verstummten, die Tür zum Cockpit öffnete sich. Als Anderson ausstieg, sah er, dass Verletzte aus dem Bauch des Flugzeugs gehievt wurden. Und er sah die Leiber, die still neben der Landebahn ruhten. Eine Krankenschwester ging durch die Reihe und zog ihnen Tücher vors Gesicht.

Ein Lastkraftwagen fuhr vor, apathisch kauerte sich Anderson auf die Ladefläche. Er sah durch die Leute hindurch, ihre Züge verschwammen. Der Wagen steuerte in die Stadt, zum Meskel und zur verwitterten Tribüne von Mengistu, wo Panzer standen. An den Zufahrten zum Platz lauerten Geschütze. Eine Lafette reckte Raketen in den Morgenhimmel. Der Wagen erreichte das Hilton Hotel, kam quietschend zum Stehen. Ein Offizier öffnete die Klappe und bedeutete den Wissenschaftlern abzusteigen. Sofort eilte der Portier aus dem Hotel, beflissen übernahm er das Gepäck.

„Kommen Sie klar, Mister Anderson?", fragte Lintiso besorgt. „Sie müssen vor allem schlafen. Ihnen ist nichts passiert, uns Gott sei Dank auch nicht. Schlafen Sie sich aus. Es kommt alles wieder in Ordnung."

Anderson antwortete nicht. Sein Magen zuckte, seine Knie waren weich, sie zitterten.

„Wenn Sie wollen, treffen wir uns im Nationalmuseum", fuhr Lintiso fort. „Prinz Mansour und ich werden dort Quartier nehmen. Ich würde gern mit Ihnen über Lucy sprechen. Kommen Sie vorbei? Bitte."

Er versuchte ein Lächeln, es misslang. Anderson schlurfte ins Hotel. Am Eingang posierten Soldaten mit schussbereiten MPi. In der Lobby sah es aus wie bei einer Evakuierung. Überall standen Koffer, stapelten sich Kisten, lungerten unrasierte Männer. Die meisten waren Journalisten. Als Anderson zur Rezeption schlich, erstrahlte gleißendes Licht. Scheinwerfer zielten auf ihn und Kameras, riesige Linsen im Anschlag. Jemand hielt ihm ein Mikrofon vor die Lippen.

„Was ist in Aksum geschehen?", hörte er die Frage. „Mister Anderson, man sagt, Sie kommen direkt aus der bombardierten Stadt. Gab es Tote? Gab es Verletzte?"

Er drehte sich um und fiel in die blauen Augen von Brian

Mulroney, dem Korrespondenten von CNN in Nairobi. Mulroney musste irgendwann einen Inder oder eine Inderin zwischen seinen Vorfahren gehabt haben, denn seine Haut und seine Nase hatten einen exotischen Einschlag. Mulroney hatte auch von der Konferenz berichtet. Er schien ein gutes Händchen zu haben. Seine Berichte waren präzise und informativ. Beharrlich drängte er sich durch die Traube.

„Bisher haben wir keine offizielle Bestätigung. Sagen Sie, hat es einen Überfall gegeben?"

Mechanisch nickte Anderson.

„Ja. Ich kann Ihnen bestätigen, dass Punt bombardiert wurde."

„Punt? Was reden Sie da? Ich spreche von Aksum! Gab es Tote?"

„Mindestens einen. Mehr kann ich Ihnen nicht sagen."

„Gibt es Bodenkämpfe?"

Unwillig zuckte Anderson die Achseln, drehte sich zur Seite. Mulroney bohrte:

„Was ist mit den Ausgrabungen? Wurde das Weltkulturerbe getroffen?"

Anderson legte die Hand aufs Mikrofon.

„Lassen Sie mich in Ruhe. Ich bin müde, sehr müde."

Mulroney gab seinen Mitarbeitern einen Wink, der Scheinwerfer erlosch. Über dem Hotel brummten schwere Motoren. Unwillkürlich zuckte Anderson zusammen.

„Keine Sorge, das sind unsere Jungs", beruhigte ihn Mulroney. „Die Air Force hat eine Luftbrücke nach Djibouti eröffnet."

„Ihre Jungs ..."

Anderson wandte sich zur Rezeption. Mitleidig musterte ihn der Angestellte, händigte ihm wortlos die Schlüsselkarte aus. Anderson nahm die Karte in die Faust, hastete an den Journalisten vorbei zum Garten, zur Bar, zum Pool. Der grüne Hain schirmte ihn ab, sodass er das Gefühl hatte, in einer Oase zu sein. Der Barkeeper hantierte mit Flaschen, machte keine Anstalten herüberzukommen. Anderson zog die verdreckte Kleidung vom Körper und glitt ins Becken. Das warme Wasser schmeckte nach Chlor. Er ließ sich sinken, als wollte er nie wieder auftauchen. Erst als seine Lungen zu bersten drohten, stieß er sich vom Boden ab und steckte den Kopf aus dem Wasser. Wasser, dachte er, Wasser ist Leben, wie die Sonne Leben spendet. Es ist das Element der Hoffnung. Er spürte, wie die frühe Sonne von Addis Abeba auf seiner Haut brannte. Über seinem Kopf dröhnte eine behäbige Zigarre. Ihr grauer Rumpf wirkte riesig, mit großen, weißen Sternen an den Flügeln.

Er stemmte sich aus dem Wasser, setzte sich an den Beckenrand und starrte auf die blaugrünen Kacheln des Pools. Ihm war elend zumute, hundeelend. Der Schmerz in seinem Nacken war nicht geschwunden, nur das Knie hatte sich entspannt. Beißend zuckte sein Magen. Er hatte Punt erreicht und er musste es wieder verlassen, unter welchen Umständen ... Um Himmels Willen, was für eine Welt! Zu Zeiten der Hatschepsut brachten die Ägypter einen Schrein ihres Gottes Amun mit. Heute schickten sie Bomben und Raketen. Verzweifelt rieb sich Anderson die Stirn. In seinem Kopf wummerte der Puls. Nichts vergessen und alles vergeben, dachte er höhnisch. Ein Page kam zum Beckenrand, das Handtuch und einen nagelneuen Anzug überm Arm. Er legte die Kleidungsstücke auf eine Pritsche.

„Der Manager hofft, Ihnen eine kleine Freude zu machen", erklärte er. „Wenn Sie weitere Wünsche haben, lassen Sie es uns wissen."

Wortlos nickte Anderson, blieb allein. Er war froh darüber, aber er ahnte, dass dieser Luxus nur von kurzer Dauer war. Tatsächlich traten zwei amerikanische Offiziere aus dem Hotel, gefolgt von einem Schwarm klebriger Journalisten. Lässig hockten sich die beiden Uniformierten an die Bar, wo sie augenblicklich von Scheinwerfern und Blitzlichtern eingekreist wurden. Anderson schnappte sich das Handtuch, rieb seine Haut. Unschlüssig äugte er auf den Anzug. Die Folie raschelte, als er ihn von der Pritsche nahm. Es war feiner Stoff, seidig glänzend, angenehm glatt und kühl. Er streifte die Sachen über den Leib, ging zum Hotel, zum Lift in der Empfangshalle, und fuhr auf sein Zimmer. Oben angelangt, fand er ein Kuvert auf dem Bett. Durch das Fenster sah er, wie eine Transportmaschine über dem Flugplatz zur Landung ansetzte. Schwebend näherte sie sich der Piste, setzte auf und rollte vor den Terminal, der aus dieser Entfernung aussah wie ein flacher, gläserner Wurm. Langsam öffnete er den Umschlag. Darin steckten eine Einladungskarte zum Pressemeeting im Club Room und die Visitenkarte von Brian Mulroney.

**

Im überfüllten Club im zwölften Stock des Hilton drängten sich die Journalisten. Auf dem Gang und vor den Aufzügen warteten Fotografen. Anderson schob sich aus dem Fahrstuhl und zwängte sich durch die Meute zum Club Room. Worte und Widerworte füllten die Luft. Zwischen den Reportern standen Militärs in äthiopischen, französischen und amerikanischen Uniformen. Ein Bodyguard bat Anderson um die Einladungskarte. Er hörte, wie hinter ihm jemand sagte:

„Bei innerafrikanischen Konflikten ist Nichteinmischung die einzig wirksame Strategie. Wenn sich die Leute unbedingt die Schädel einschlagen wollen, sollen sie es ruhig tun."

Er drehte sich nicht um, wühlte sich durch die Pulks. Plötzlich stellte sich ihm Mulroney in den Weg, breit lächelnd.

„Schön, dass Sie meine Einladung angenommen haben", grüßte der Korrespondent. „Ato Joseph sagte mir, dass Sie viel zu berichten haben. Sie waren in Aksum bei den Grabungsplätzen, als die Bomben fielen."

Prüfend musterte ihn Anderson.

„Hat Ihnen der alte Fuchs nicht schon alles erzählt?"

Mulroneys Lächeln entglitt zum Grinsen.

„Natürlich hat mir der alte Maulwurf erzählt, was in Aksum geschehen ist. Aber Sie sind Europäer. Ihnen kann man nicht den Vorwurf machen, parteiisch zu sein. Ich würde Sie gern interviewen. Gleich hier oben, mit Blick auf die Stadt."

„Ich bin durchaus parteiisch", widersprach Anderson. „Diese Idioten von der Nordallianz haben mich gezwungen, meine Forschungen abzubrechen. Noch ehe sie richtig begannen. Das ist ein Skandal!"

„Trotzdem glaube ich, dass Sie emotional nicht so stark beteiligt sind wie Professor Lintiso."

„Ich bin extrem involviert", begehrte Anderson auf. „Ich nehme an, Sie wissen, was es bedeutet, hilflos unter Beschuss zu liegen."

„So war es nicht gemeint", wehrte Mulroney ab. „Ich wollte Sie ein wenig aufmuntern. Tut mir leid, wenn Sie das in den falschen Hals gekriegt haben."

Anderson beruhigte sich.

„Sie dürfen mich gern interviewen. Aber nur, wenn ich parteiisch und emotional sein darf."

Erneut huschte ein Lächeln über Mulroneys Antlitz.

„Von mir aus. Hatten Sie schon ein Frühstück? Bis zur Sendung ist noch Zeit. Wir könnten zum Büfett gehen."

Sie schoben sich zu dem langen Tisch am Fenster. Von oben schaute man auf die flachen Dächer des Konferenzzentrums mit der Africa Hall. Im Dunst sah man den Flughafen vor der Stadt, wo sich dickbäuchige Frachter reihten wie Spielzeug. Das Büfett war erlesen, Anderson wählte Früchte und Omelett. Mulroney führte ihn zu einer freien Sitzecke mit bequemen Polstern.

„Ich werde Sie nachher zum Krieg im Norden befragen", erläuterte er. „Dennoch würde ich Sie gern um einige Informationen in einer anderen Sache bitten."

„Schießen Sie los, keine Scheu."

„Es geht das Gerücht um, dass Sie Ihr Institut in Aksum oder Yeha errichten wollen."

Anderson vergaß einen Moment das Kauen. Er stellte den Teller auf den niedrigen Glastisch vor den Sesseln.

„Wie kommen Sie darauf?"

„Für Ihre Forschungen in Aksum hatten Sie eine Genehmigung, die das Nationalmuseum nur ausnahmsweise, nur auf Druck höchster Regierungsstellen erteilt hat. Wussten Sie das nicht?"

„Nein."

„Lintiso hat sich lange gesträubt. Er ist der Chef aller Grabungen in Äthiopien. Seit dem Sturz Mengistus führt er sich unter den Archäologen auf wie ein kleiner Fürst. Wenigstens setzte er durch, dass Sie nur unter seiner Aufsicht arbeiten dürfen."

„Ich wollte gerade anfangen zu arbeiten, als die Bomber kamen ..."

„Natürlich. Aber erklären Sie mir doch, ob an diesem Gerücht etwas ist."

„Ich habe mit niemandem verhandelt. Ich werde kommende Woche nach Nairobi reisen, um Details zu besprechen. Aksum oder Yeha stehen nicht zur Debatte. Nach dem, was dort geschehen ist, weniger denn je."

„Aber Sie werden zugeben, dass Sie eine Einladung vom Premierminister haben."

Anderson griff sich an den Kopf. Fast hatte er es vergessen.

„Das stimmt. Morgen, wenn ich nicht irre."

„Wollen Sie mir tatsächlich weismachen, dass Sie mit dem Premier über die militärische Lage sprechen?"

„Mister Mulroney", gab Anderson verärgert zurück. „Ato Meles hat mich eingeladen. Vielleicht möchte er mit mir über seine Zimmerpflanzen reden. Vielleicht möchte er wirklich, dass ich in Äthiopien bleibe. Davon weiß ich bislang nichts. Sehen Sie mir bitte nach, wenn ich mich an Spekulationen nicht beteilige."

In diesem Augenblick erstarben die Gespräche. Ein kleiner Mann mit rundlichem Gesicht und glänzender Stirn betrat den Club. Ihm folgten äthiopische Generäle und Leibwächter in schwarzen Anzügen. Alle Kameras richteten sich auf den Ankömmling, vor dem sich eine Gasse bildete. Schweigsame Offiziere mit steifen Gesichtern drängten die Fotografen zurück.

„Verzeihen Sie meine Verspätung", sagte der kleine Mann, der einen Oberlippenbart und einen graublauen Anzug trug. „Ich habe leider nicht viel Zeit. Ich muss zum Generalstab, um mir einen Überblick zu verschaffen."

Sofort hob wildes Geschrei an. Anderson konnte kein Wort verstehen. Mit einer Geste brachte der Mann die Journalisten zum Schweigen. Er sprach leises, fließendes Englisch. Aufmerksam huschten seine Augen umher.

„Die Pressekonferenz heute Nachmittag muss leider ausfallen. Dafür haben wir jetzt ein paar Minuten. Nachher beginnen wir damit, alle nicht akkreditierten Journalisten und die Konferenzgäste auszufliegen. Es ist zu Ihrer eigenen Sicherheit."

„Erwarten Sie Luftangriffe auch auf Addis Abeba?", rief jemand.

„Nein", entgegnete der Mann bestimmt. „Aber es ist Krieg und in solchen Zeiten weiß niemand, was geschehen wird."

Schreibblöcke flogen aus den Taschen der Reporter, Kulis

klickten, Kameras surrten, Mikrofone reckten ihre Hälse.

„Wie hoch sind die Verluste in Aksum?"

„Nach bisherigen Angaben haben wir zwanzig bis fünfundzwanzig Todesopfer zu beklagen. Die Zahl der Verletzten können wir noch nicht übersehen. Viele Schwerverletzte befinden sich in kritischem Zustand. Mehr kann ich Ihnen leider im Augenblick nicht sagen."

„Gibt es kriegerische Handlungen am Boden?"

Ausdruckslos schaute der kleine Mann in die Runde.

„Das kann ich Ihnen im Moment nicht sagen."

„Wissen Sie es nicht oder wollen Sie es nicht sagen?"

„Erwarten Sie auf diese Frage wirklich eine Antwort?"

„Wann dürfen wir ins Kriegsgebiet?"

„Das können wir erst morgen entscheiden. Wir haben nicht vor, uns von diesem feigen Angriff in einen langen Krieg ziehen zu lassen. Wir werden uns verteidigen, wenn es notwendig ist. Die äthiopische Armee hat eine Million Mann unter Waffen."

„Noch einmal die Frage: Gibt es bereits Bodenkämpfe?"

Der kleine Mann ignorierte sie, schaute zur Ecke, in der Mulroney und Anderson saßen. Lächelnd schritt er auf die beiden zu.

„Hallo, Mister Mulroney. Hallo, Mister Anderson. Ich bin Ato Meles. Ich kenne Ihr Gesicht von der Übertragung Ihrer Rede aus dem Konferenzsaal. Sie hat mich sehr beeindruckt."

Anderson war es unangenehm, dass sich die Konzentration im Saal nun voll auf ihn richtete. Stifte kritzelten über Papier, jemand traktierte eine Tastatur. Als er den Händedruck des Premierministers erwiderte, feuerten die Fotografen eine Salve aus Blitzen.

„Ich wünschte, ich hätte mehr Zeit für Sie", sagte Ato Meles mit Bedauern. „Unsere Verabredung für morgen müssen wir wohl verschieben." Er warf einen Blick auf Mulroney. „Wie ich sehe, sind Sie in bester Gesellschaft. Sie wollen nach Nairobi weiterreisen, soviel ich weiß. Wann werden Sie uns verlassen?"

„Ich warte gern einige Tage, bis Sie frei sind."

Ato Meles presste die Lippen aufeinander.

„Ich kann keine Pläne machen. Wir müssen abwarten, ob sich tatsächlich ein Krieg entwickelt." Er machte eine Pause. „Ich hätte gern mit Ihnen über Ihr Institut gesprochen. Wenn ich richtig informiert bin, suchen Sie dafür eine Bleibe. Doch ich fürchte, dieses Gespräch muss warten."

Anderson spürte, dass er schwitzte. Er klebte an seinem Sessel fest.

„Sie sind erstaunlich gut informiert, Exzellenz."

Der Premierminister grüßte, dann verließen er und sein Gefolge den Club. Sofort hatte Anderson ein Dutzend Mikrofone vorm Mund. Einige Minuten tummelten sich die Mikrofone an seinen Lippen. Weil er beharrlich schwieg, ließen die Reporter ab. Mulroney sagte:

„Es ist Zeit. Wir gehen gleich auf Sendung. Wo wollen wir das Interview führen? Hier ist es zu voll und zu laut."

„Am besten, wir gehen auf mein Zimmer", antwortete Anderson müde. „Es hat einen guten Ausblick. Reicht Ihnen das als Kulisse?"

Das Interview mit Mulroney dauerte eine Stunde. Immer wieder konferierte die Moderatorin vom Londoner Studio mit der Sendestation in Nairobi, einem Büro in Asmara und dem mobilen Team, das sich auf Andersons Balkon breitgemacht hatte. Akkus, Linsen, Kisten, Coladosen und Kabelrollen lagen im Zimmer und auf dem Bett verstreut. Die Kameraleute wechselten sich ab, gingen zwischendurch unter die Dusche. Als sie den Balkon und das Zimmer geräumt hatten, zitterten Anderson die Knie, so erschöpft war er. Seine Kopfschmerzen hatten sich verstärkt, sein Schädel drohte zu platzen. Dazu plagte ihn nervöses Flimmern hinter den Lidern.

Als er das Team aus dem Raum komplimentiert hatte, fiel er

wie tot aufs Bett. Er hatte das Gefühl, losheulen zu müssen. Die Bilder des Krieges stürzten auf ihn ein, seine Flucht ins biblische Grab. Nichts vergessen, alles vergeben. Er dachte: Wozu bist du Anthropologe, wenn du nicht einmal diesen Krieg aushalten kannst? Den Krieg, der ein ständiger Begleiter des Menschen ist, seit dem Auszug aus dem Rift Valley bis zu den Reichen der Pharaonen oder zu den Scharmützeln der Grönländer mit den Skraelingar vom Vinland. Den Krieg, der die Konstante in der Geschichte der Menschheit ist, der Fluch, der auf allen Generationen lastet, der Fehler, den sie alle wiederholen, immer wieder und immer wieder.

An den Universitäten des Westens finden Kriege als akademische Abhandlungen statt, auf sauberem, weißem, unschuldigem Papier. Es gibt Friedensforscher und Konfliktforscher, allesamt kluge Leute. Es gibt Historiker, die Kriege erforschen, sich durch Gräberfelder, Archive und Inschriften wühlen. Es gibt Anthropologen und Zivilisationsforscher, die Gräber und Tempelfriese studieren, allesamt vernünftige Experten ihres Fachs. Aber wurde der Krieg dadurch überwunden? Was hat es dem Frühmenschen eingebracht, dass sein Gehirn im Laufe von Millionen Jahren wuchs? Noch mehr Krieg, immer mörderischere Kriege. Als ob das menschliche Hirn die schlimmste aller Waffen ist.

Er, Martin Anderson, musste sich eingestehen, dass ihn die Bomben von Aksum bis ins Innerste erschüttert hatten. Was sollte er seine Studenten in Amsterdam lehren? Dass Punt eine lächerliche Nebensache war, eine unbedeutende, historische Episode angesichts der dramatischen Probleme dieser Region, dieses Planeten, dieser nomadisierenden Spezies, die sich Mensch nennt? Punt war Schnee von gestern! Seit Hatschepsut war die Welt kein bisschen klüger geworden, im Gegenteil. Sollte er sich und seine Studenten tatsächlich an die läppische Frage vergeuden, ob die

Expedition der Pharaonin in Eritrea landete oder irgendwo am Horn oder südlich an der Küste bei Mogadischu? Das war vollkommen nebensächlich. Pah! Etwas in seinem Leben lief schief, grundsätzlich falsch.

Und er fühlte die Erschöpfung, Müdigkeit, als hätte er nie im Leben geschlafen. Er streckte sich lang aus. Die Bilder des Krieges marterten sein Gehirn. Zwanzig Tote oder fünfundzwanzig. Einer hatte ein flüchtiges Gesicht, hob sich klar und deutlich aus der Statistik. Noch einmal sah er das Blut und die schlierige Masse zerquetschten Gehirns, hörte die Einschläge der Granaten und die Schreie.

Draußen brummte die amerikanische Luftbrücke. Anderson fühlte Fieber, in den feinen Härchen auf seinen Armen, in den Muskeln und Adern. Das Flimmern hinter seinen Augen wuchs zum stechenden Schmerz. Er schwitzte und versuchte, sich auf das gleichmäßige Geräusch der Flugzeuge zu konzentrieren. Unerbittlich brannte die Sonne ins Fenster. In den Wolken über Addis sah er das Hundegesicht aus dem Grab, das sprach:

„Ich war ein König. Ich richtete mein Herz darauf, die Weisheit zu suchen und zu erforschen bei allem, was man unter dem Himmel tut. Ich sah an alles Tun, das unter der Sonne geschieht, und siehe, es war alles eitel und Haschen nach dem Wind. Und ich richtete mein Herz darauf, dass ich lernte Weisheit und erkennte Tollheit und Torheit. Ich ward aber gewahr, dass auch dies ein Haschen nach Wind ist. Denn wo viel Weisheit ist, da ist viel Grämen, und wer viel lernt, der muss viel leiden."

Wind trieb die Wolken, riss sie auseinander, ballte sie neu. Das Menetekel blieb.

„Ein jegliches hat seine Zeit, und alles Vorhaben unter dem Himmel hat seine Stunde: geboren werden hat seine Zeit; sterben hat seine Zeit; pflanzen hat seine Zeit, ausreißen, was gepflanzt ist, hat seine Zeit; töten hat seine Zeit, heilen hat seine Zeit ..."

Es grinste, Fieber schüttelte Andersons Brust.

„Ich sah alles Mühen an und alles geschickte Tun: da ist nur Eifersucht des einen auf den andern. Schau, allein das habe ich gefunden: Gott hat den Menschen aufrichtig gemacht; aber sie suchen viele Künste. Wer ist wie der Weise, und wer versteht etwas zu deuten? Der Staub muss wieder zur Erde kommen, wie er gewesen ist, und der Geist wieder zu Gott, der ihn gegeben hat. Es ist alles ganz eitel, sage ich, ganz eitel."

Schweißgebadet bemerkte er, dass die Sonne bis fast auf die Linie der Entoto-Berge gesunken war. Schon machte sich Dämmerung breit. In der Stadt brannten die ersten Laternen. Mühsam schleppte er sich unter die Dusche. Nur wenig erfrischt begab er sich auf den Weg in den Club. Er spürte Hunger und hoffte, dort einen Happen zu finden.

Im Club Room herrschte ungebrochene Hektik. Aufgeregt schnatterte die Medienmeute durcheinander. Fernsehgeräte waren aufgebaut. Auf den Schirmen liefen CNN, BBC und Deutsche Welle, dazu Al Jazeera mit einer Sendung aus Abu Dhabi. Anderson erkannte sein eigenes Gesicht. Ein Zusammenschnitt aus den Vortagen, als noch Frieden herrschte, Vorkrieg. Er fand sich neben Mulroney auf dem Balkon. Soeben kam die Eilmeldung, dass sudanesische und eritreische Infanterie einen Zangenangriff auf Gondar begonnen hatte. Die Offensive blieb stecken, wegen des heftigen Widerstands der Äthiopier, die Panzer einsetzten. Zwei Jets der Nordallianz wurden abgeschossen. CNN zeigte Aufnahmen von äthiopischen MiG-23, die im Grenzgebiet patrouillierten, danach Trümmer und uniformierte Leichen im Sand. Bilder aus dem Hilton folgten: der Premierminister, der Anderson die Hand drückte.

„Jetzt sind Sie sogar in Amerika berühmt", witzelte Mulroney.

„Wahrscheinlich halten mich Ihre Leute für einen General", parierte Anderson kühl. „Oder einen Geheimagenten. Passt gut ins Schema."

„Seien Sie nicht sauer." Mulroney klopfte ihm auf die Schulter. „Diese Bilder sind morgen vergessen. Es kommen neue Bilder und neue Gesichter und neue Schauplätze, ein neuer Krieg. Wissen Sie, ich war in Afghanistan, als die Mudschahedin in Kabul einrückten, und später, als unsere Jungs sie wieder aus dem Palast warfen. Ich war in Beirut, in Kinshasa, in Mogadischu und in Bagdad. Jetzt bin ich hier. Irgendwie ist es immer dasselbe."

Anderson bediente sich am Büfett, das frisch aufgetafelt worden war. Die Flugzeuge am Himmel hatten ihre Scheinwerfer eingeschaltet. Leuchtende Finger tasteten sich über Hütten zur Landebahn. Glühwürmern gleich schwebten sie ein, einer nach dem andern. Erneut näherte sich eine dickbauchige Zigarre. Sie verlor an Höhe, peilte die Betonbahn an. Beinahe schien sie in der Luft zu stehen, so langsam flog die Maschine. Anderson sah, dass eine dunkle Rauchfahne aus dem Motor strich, eine feine, kaum sichtbare Linie vor dem dämmrigen Himmel. Die Transall hing über der Landebahn, als plötzlich eine Stichflamme aus dem Propeller schlug. Der Pilot wollte die Maschine hochziehen, aber der Flügel explodierte. Die Maschine sackte wie ein Stein, ihr Rumpf bohrte sich in den Glasterminal, der sofort in Flammen aufging. Auf einen Schlag erstarben alle Gespräche. Turmhoch loderten die Flammen über den Flugplatz, trieben öligen Ruß in den Himmel, ein schwarzer Qualmpilz, der langsam wuchs. In der Stadt heulten Sirenen. Aus der Lethargie erwacht, schulterten die Fotografen ihre Apparate, Kameras surrten. Mulroney drängte sich mit Anderson zum Fenster. Er war aschfahl. Vom Dach des Hilton erhob sich ein grässlicher Heulton. Sekunden später schwamm Martin Anderson in einem Menschenstrom, der in panischer Eile durchs Treppenhaus hastete. Er schaffte es zu seinem Zimmer, setzte sich aufs Bett, ohne Kraft und Antrieb. In seinem Kopf rotierte eine Zentrifuge. Es klopfte. Als er öffnete, stand vor ihm der Assistent Samson Gebreyesus. Er trug Uniform mit den Litzen eines Leutnants.

„Hallo, Mister Anderson", grüßte er ernst. „Eigentlich wollte ich Ihnen Merkato zeigen. Aber Sie sehen ja selbst ..."

„Sie sind Soldat?"

„Es ist Mobilmachung angeordnet. Die Universität muss warten, fürchte ich."

„Gut, dass Sie da sind. Vielleicht können Sie mir helfen. Was muss ich tun, um aus dieser Hölle zu entkommen?"

Gebreyesus zog die Tür hinter sich zu.

„Ich habe spezielle Order für Sie. Packen Sie schnell, unten wartet eine Limousine."

Ungläubig glotzte Anderson auf den Assistenten.

„Beeilen Sie sich, Mister Anderson", drängte der junge Mann. „Halten Sie Ihren Pass bereit. Bestimmt werden wir unterwegs kontrolliert."

Als Anderson nicht aufhörte, ihn anzustarren, breitete sich ein spitzbübisches Lächeln auf seinem jungen Antlitz aus.

„Ato Meles wünscht Ihnen eine gute Heimreise. Er hat gesagt: Nur wenn Sie heil nach Europa kommen, können Sie eines Tages wiederkehren."

***

Die Limousine war ein gepanzerter Mercedes, der in den Federn ächzte. Den Fahrer trennte eine milchige Scheibe von den Sitzen seiner Gäste, sodass Anderson sein Gesicht nicht sehen konnte. Gebreyesus warf das Gepäck in den Wagen und machte es sich gegenüber auf weichen Polstern bequem. Draußen huschten fahle Laternen neben der Straße, das Konferenzgebäude, der Platz des Heiligen Kreuzes. Der behäbige Wagen schien zu schweben, kaum eine Unebenheit war zu spüren. Anderson erkannte lange Panzerkolonnen und Lastkraftwagen. Dahinter marschierten Soldaten, schlaksige Kerle in Uniformen wie Samson Gebreyesus, der lässig auf seinem Sitz fläzte, die Pistole am Lederkoppel, an der anderen Seite eine Tasche mit Dokumenten. Neben ihm lagen die Kalaschnikow, ein Kampfsatz Munition und eine flache Kiste mit Handgranaten. Der Mercedes passierte einen Schlagbaum. Es genügte, dass der Fahrer kurz mit dem Posten sprach, dann setzten sie die Fahrt fort. Sie fuhren zum Flughafen, wo dicke Schwaden aus der brennenden Halle trieben. Feuerwehren versuchten, den Terminal zu löschen, aber das lodernde Kerosin hatte die Glasfronten gesprengt und die Stahlträger erweicht. Viel war von dem modernen Bau nicht geblieben. Der Wagen nahm eine asphaltierte Ausfallstraße nach Südosten, folgte dem Gleisdamm der Eisenbahn nach Djibouti. Erneut versperrten Soldaten die Straße. Misstrauisch äugte ein Offizier durchs Fenster. Als Gebreyesus seinen Ausweis hob, winkte er die Limousine durch.

„Sie sind kein einfacher Leutnant", sagte Anderson. „Für wen arbeiten Sie?"

Wortlos blickte Gebreyesus nach draußen. Auf der Gegenfahrbahn krochen weiße Unimogs der Vereinten Nationen. Sie hatten Container geladen und Ambulanzen. Anderson bohrte:

„Sie sind auch nicht Assistent, habe ich recht? Wohin bringen Sie mich?"

Gebreyesus schaute teilnahmslos aus dem Fenster. Am Straßenrand drängten sich Karawanen von Autos. Das ganze Land schien auf den Beinen. Resigniert schloss Anderson die Lider. Die Synapsen in seinem Schädel klirrten wie ausgeschlagene Pleuel.

Die Fahrt dauerte nicht lange, etwa eine halbe Stunde. Der Fahrer setzte den Blinker, bog in ein breites Stahltor auf einen großen, geteerten Hof. Es war fast dunkel, Sterne blinkten. Ein Zivilist öffnete die Wagentür und bat Anderson auszusteigen. Er ließ sich den Pass zeigen und führte die Ankömmlinge in eine Baracke. Hinter dem Gebäude befand sich freies Gelände, offenbar ein Flugplatz. Schwere Transporter duckten sich in den Hangars, die grasigen Hügeln glichen. Sie liefen zu einer kleinen Maschine, die auf dem Schotter am Rollfeld wartete, stiegen ein. Der Zivilist schlug die Tür zu und gab dem Piloten ein Zeichen. Sofort sprangen die Propeller an. Das kleine Flugzeug holperte zur Vorstartlinie, hielt kurz an, um zwei Abfangjäger vorzulassen, die fauchend in den Abend schossen. Die Propeller drehten auf. Die Maschine beschleunigte, strebte steil in den Purpurhimmel.

14. Kapitel

Weit war das Rift Valley, ein tiefer Riss in der Erde, in Länge, Tiefe und Breite nur übertroffen von den Gräben der tiefsten See. Ausgedehnte Täler wechselten mit Hügeln und Bergrücken, die sich aufschwangen wie Inseln aus einem staubigen Meer. Zwischen erloschenen Vulkanen füllte das Wasser riesige Senken: den Victoriasee in Uganda, den wie Perlmutt schimmernden Natronsee in Kenia und den lang gestreckten Turkana, der von Mittelkenia bis zur äthiopischen Grenze reicht. Das Wasser folgte dem Riss, setzte die Seenkette bis zum Hochland Äthiopiens fort. Aus dem Flugzeug erblickte Martin Anderson die glitzernden Flächen der Seen Ziway, Abijatta, Langano und Shala. Am Horizont glühte letztes Feuer, sein Widerschein blitzte auf den Gewässern. In grauen Vorzeiten musste das Wasser eine riesige Fläche bedeckt haben, denn die schlammigen Tümpel liegen oft nur durch schmale Landriegel getrennt.

Der Awasasee kam in Sicht, deutlich kleiner als der Langano. Im Osten ragten vage die Nachtschatten der Bale-Berge. Wie eine Barriere sperrten sie das Wasser ab. Jenseits ihrer Rücken brannte der Ogaden, die unzähmbare Wüste, die sich nach Somalia und weit ins Horn von Afrika gefressen hatte. Im Ogaden war das Leben ein ewiges Stoßgebet um Regen.

Monoton brummten die Propeller des Flugzeuges. Sanft schaukelte es über den Awasasee, nach dem das Terrain leicht anstieg, höher und trockener als die feuchten Ufer. Die in der Dornensavanne lebenden Familien schicken ihre Kinder zum See, um Wasser zu holen, ein Fußmarsch, der den ganzen Tag dauert. Kaum reicht das kostbare Nass aus, um die kargen Felder zu bewässern. Kinder zu haben ist in diesem Land die einzige Altersvorsorge. Anderson hatte die Berichte gelesen: In fünfzig Jahren werden sich in Äthiopien einhundertzwanzig Millionen Menschen drängen, in einem Land, dessen Speisekammer sich vornehmlich aus den fruchtbaren Uferregionen an den schrumpfenden Seen füllt. Hier gedeihen Mais, Getreide und Bananen. Bis nach Addis fahren die Bauern, um ihre Früchte zu verkaufen. Doch weil der Regen immer häufiger ausbleibt, rückt die Wüste vor. Langsam, aber merklich verschwindet das Wasser aus diesem Land.

Im letzten Licht dieses Abends erblickte Anderson den größten aller Seen im südlichen Äthiopien: Abaya, ein flacher, schlickhaltiger Sumpf, eingebettet in grüne Hügel und dichten Dschungel. Dies war der Weg, den die Australopithecinen beim Auszug aus Laetoli genommen hatten. Fossile Funde bestätigten, dass ihre Wanderung durch das Rift Valley geführt hatte. Sie liefen von den Vulkanen am Ngorongoro zum Turkana-See und zu den südäthiopischen Seen über das Hochland nördlich des heutigen Addis Abeba zum Roten Meer, zum Nil, ins Zweistromland.

Als das Flugzeug einschwebte, erblickte er die Lichter einer größeren Stadt und die schwache Uferlinie eines weiteren Sees.

„Wohin fliegen wir eigentlich?", fragte er den Leutnant.

„Nach Arba Minch", antwortete Gebreyesus. „Arba Minch bedeutet so viel wie vierzig Quellen. Es liegt genau unter uns. Und der See, den sie hinter dem Abaya sehen, ist der Chamo. Nirgendwo in Äthiopien finden Sie mehr Wasser, Wald und Früchte."

„Wollen Sie mir weismachen, dass wir auf einem Urlaubstrip sind?"

Gebreyesus nestelte in seinen Dokumenten, zog eine Karte heraus und breitete sie aus. Er zeigte auf Addis Abeba in der Mitte des Landes. Dann rutschte sein Finger zu einem Flecken an der Küste, am engen Hals des Roten Meeres, wo es sich zum Golf von Aden öffnet.

„Das ist Djibouti, wo Franzosen und Amerikaner einen Stützpunkt unterhalten. Es gibt eine Eisenbahnlinie von Addis dorthin, aber sie führt zu nahe an der somalischen Grenze entlang. Sie zu benutzen wäre zu gefährlich. Somalische Banden könnten sich durch den Krieg im Norden ermutigt fühlen und unsere Armee für geschwächt halten. Deshalb kam die Order, Sie zur Grenze nach Kenia zu bringen. Das ist eine sichere Route, wenn auch ein wenig schwierig wegen der Sümpfe am Turkana-See." Er lächelte entschuldigend. „Sie werden pünktlich in Nairobi sein, das verspreche ich Ihnen."

Sein Finger glitt über die blauen Farbtupfer der Seen bis zum Turkana, der sich fast genau von der äthiopischen Grenze nach Süden schlängelte. Gebreyesus erklärte:

„In Arba Minch nehmen wir einen Jeep. Wenn wir Glück haben, sind wir übermorgen in Illeret."

Er tippte auf einen winzigen Punkt am nördlichen Ufer des Sees.

„Das ist Illeret, der Kommandoposten der kenianischen Armee im Grenzgebiet zu Äthiopien. Dort sind Sie in Sicherheit und können gefahrlos nach Nairobi weiterreisen. Wir haben jetzt Trockenzeit. Die Sümpfe des Omo müssten gut passierbar sein."

„Woher wissen Sie das?"

„Ich habe an botanischen Expeditionen in diese Region teilgenommen. Die Wälder beherbergen zahlreiche Pflanzen, die kaum erforscht sind. Eine einzigartige, endemische Vielfalt. Die Armee unterhält einige Stützpunkte. Man kommt gut durch, wenn das Wetter mitspielt. Bei Regen schwillt der Omo allerdings stark an. Dann hilft Ihnen nicht einmal ein Boot."

Aufmerksam betrachtete Anderson die Karte. Der Omo war einer der gewaltigen Flüsse Afrikas, die sich zunächst mühseligen Rinnsalen gleich durch Bergland winden, um dann über rauschende Katarakte in flachere Gefilde zu schießen, wo sie ihre volle Kraft entfalten. Der gesamte nördliche Zipfel des Turkana-Sees war vom Delta dieses wasserreichen Stromes geprägt. Sein launisches Temperament drückte der Gegend den Stempel auf. In der Trockenzeit eine ausgedörrte Sandpfanne, schwollen die unzähligen Flussarme im Regen zu morastigen Muren an. Stieg das Wasser weiter, schuf es üppige, vielfältige Sümpfe, mit Amphibien, Schlangen, Antilopen, Büffeln, Elefanten und unzähligen schillernden Vögeln. Als wollte die Natur beweisen, wie verschwenderisch sie sein kann.

***

Sie bezogen ein Hotel am Rand von Arba Minch, auf der Kante eines Berges. Moderne Bungalows richteten ihre Veranda zu den Seen aus, deren Ufer sich in vollkommene Dunkelheit hüllten. Er öffnete seinen Koffer, sortierte Anzug und Hemden aus. Das brauchte er nicht mehr. Für die Fahrt nach Illeret genügten Jeans und ein T-Shirt. Kühler Hauch fegte durch das Fliegengitter, das die Zimmer von der Veranda trennte. Riesige Mücken prallten gegen die Gaze. Anderson warf sich eine Jacke über und schob das Gitter auf. Es war, als würde das Wasser der Seen ein fernes, blaugraues Flimmern aussenden, das in seichtem Dunst zum Himmel stieg. Die geschwungene Uferlinie des Abaya verlief sich in der nächtlichen Finsternis. Dadurch verstärkte sich der Eindruck, dass die bläuliche Spiegelfläche ohne Ende war. Aus der glänzenden Scheibe des Chamo ragten dunkle Hügel wie die Rücken von urzeitlichen Echsen. Gebreyesus brachte zwei Flaschen Bier, setzte sich in einen Liegestuhl. Anderson wuchtete einen Sessel auf die Veranda, mit hoher Lehne. Das Bier war kalt. Die Flasche fühlte sich feucht an, ein glattes, Vertrauen erweckendes

Gefühl. Endlich war er in Sicherheit. In Sicherheit, nicht im Frieden. Zumindest fernab des Krieges im Norden.

„Warum haben Sie mir in Addis nicht gesagt, dass wir nach Arba Minch fliegen?", fragte er.

„Möglicherweise hätte es Schwierigkeiten gegeben", erwiderte Gebreyesus offen. „Mein Auftrag lautet, Sie ohne Aufsehen nach Kenia zu bringen. Ich hatte keine Lust, einen Treck von Journalisten auf die Reise mitzunehmen."

„Wann waren Sie auf Expedition?"

„Vor zwei Jahren. Das Omo-Delta steckt voll von botanischen Geheimnissen. Kaum jemand hat seinen Fuß hineingesetzt, von Wissenschaftlern ganz zu schweigen. Zum einen liegt Addis zu weit entfernt. Der mächtige Arm des Negus reichte nicht so weit, auch nicht von Mengistu und dem Derg. Zum anderen zogen die Briten die kenianische Grenze bis zum Nordzipfel des Turkana-Sees, um eine Pufferzone gegen die Äthiopier zu haben. Das Land ist nahezu unbesiedelt, von einigen Stämmen abgesehen. Diese Leute leben noch in der Steinzeit."

„Keine Bodenschätze, kein Ackerland, nichts?"

„Anderer Reichtum, würde ich sagen: grüne Wälder, die man nur zu Fuß durchmessen kann. Ungestörte Natur in ihrer Pracht und Vielfalt. Deshalb hat die Regierung einen Nationalpark eingerichtet. Wir haben in Äthiopien nicht mehr viel Grün. Die raren Dschungel sind ein kostbarer Schatz. Allerdings sind die Unruhen und Zwiste unter den Stämmen nicht leicht zu kontrollieren. Ohne Militär wäre die Region kaum stabil. Diese Stämme treiben ihre Herden ungehindert über die Grenze. Was Briten und der Negus irgendwann ausgewürfelt haben, interessiert sie nicht. Am Turkana ist die Zeit stehen geblieben."

„Was war das Ziel Ihrer Expedition?"

„Wir haben medizinische Heilkräuter und wilde Hirse gesucht, die sich der extremen Trockenheit im Sommer angepasst hat. Stämme wie die Dassanech oder die Hamer betreiben kaum eigenen Ackerbau. Im Sommer ist es dafür ohnehin zu heiß. Ihren Bedarf an Vitaminen und pflanzlicher Kost decken sie ausschließlich aus der Natur. Erst wenn der Regen kommt, lassen sich einige Kulturpflanzen anbauen. Selbst in dieser kurzen Zeit sind die Erträge ungewiss, weil schwankende Wasserpegel und Unwetter die kleinen Felder zum Glücksspiel geraten lassen. Es sind halbe Nomaden, seit eh und je. Es werden immer Nomaden sein, bis sie verschwinden."

„Verschwinden?"

„Einige Stämme zählen nur noch ein paar Hundert Köpfe. Noch eine Generation und sie sind verschwunden. Mit ihnen verlieren wir das uralte Wissen, das uns vielleicht helfen kann. Wenn es uns gelingt, solche Pflanzen zu identifizieren und anderswo zu kultivieren."

Gebreyesus sprach langsam, mit Überzeugung in der Stimme. Der Enthusiasmus, der durch seine Worte schimmerte, war ungekünstelt. Wir. Wenn es uns gelingt. Mein Land Äthiopien. Keiner von Andersons Studenten in Amsterdam redete auf diese Weise. Er fragte:

„Warum glauben Sie, dass die Stämme verschwinden werden?"

„Weil das Wasser verschwindet. Nehmen Sie den Turkana-See. Zusehends schrumpft er. Immer längere Strecken müssen die Hirten überwinden, um zum Wasser zu gelangen. Denn zum einen erwärmt sich das Klima. Das sind die Auswirkungen der Abgase in den reichen Staaten, auch bei uns. Dadurch verdunstet mehr Wasser, Regen fällt anderswo. Im Ogaden ist wieder eine Regenzeit ausgefallen: Jetzt droht fünfzehn Millionen Menschen der Tod durch Verdursten. Von der letzten Dürre waren sechs Millionen betroffen. Der zweite Grund: In Äthiopien haben wir beinahe alle Wälder abgeholzt. Es gibt nur eine Zukunft, wenn wir die Wälder zurückholen. Vielleicht kehrt dann auch das Wasser zurück. Es ist die einzige Hoffnung, die bleibt. Eine winzige Hoffnung."

„Kommen die Stämme zurück, wenn es mehr Wälder gibt?"

„Nein. Denn es werden nicht dieselben Wälder sein wie früher. Alles ist ärmer geworden. Ein schleichender Krebs hat sich über Ostafrika gelegt."

Anderson setzte die Flasche an die Lippen, eisig rann das Getränk in seine Kehle. Aufmerksam lauschte er in die Nacht. Falter surrten um die spärliche Leuchte, die an der Wand des Bungalows hing. Eine Mücke umschwirrte sein Ohr. Seine Hand schnellte hoch. Gebreyesus sagte:

„Um diese Jahreszeit ist das Malariarisiko gering. Machen Sie sich keine Sorgen. Selbst falls es Sie erwischt, werden Sie rechtzeitig in Nairobi sein, in einem englischen Krankenhaus."

Er legte ein Päckchen auf den Tisch.

„Nehmen Sie Malarone, für den Notfall. Ich glaube aber nicht, dass Sie es brauchen."

Anderson drehte die Tabletten in der Hand, sagte nachdenklich:

„Die Malaria kommt schneller, als man denkt."

Gebreyesus trank, stellte die Flasche zurück.

„Sie waren dabei, als Professor Miller seinen letzten Anfall hatte, im Ngorongoro", sagte er. „Haben Sie deshalb solchen Respekt?"

„Woher wissen Sie das?"

„Ich habe es gelesen. Auch dass Sie Millers letztes Manuskript erhielten, nach seinem Tode."

„Das stimmt. Ich habe es noch."

„Werden Sie es jemals veröffentlichen?"

Anderson musterte seinen Gesprächspartner. In seiner Uniform sah Gebreyesus aus wie ein Hotelpage. Offenbar hatte er ihn unterschätzt.

„Wo haben Sie all diese Sachen über mich gelesen?"

Verlegen rückte Gebreyesus auf seinem Stuhl.

„Ich weiß es nicht mehr genau. Es war ein ausländisches Magazin. Time oder Newsweek. Es ist schon eine Weile her. Sie waren ein Star, damals, nach Ihrer Rückkehr aus Tansania."

„Ich bin mir nicht sicher, ob ich überhaupt zum Star tauge."

„Gestern habe ich Sie im Fernsehen gesehen. Sie haben Ato Meles die Hand geschüttelt. Sie haben auf der Konferenz gesprochen. Sie durften nach Aksum reisen, trotz des drohenden Krieges. Ich bewundere Sie. Sie wissen viel über Afrika."

Verzweifelt schüttelte Anderson den Kopf.

„Ehrlich gesagt, weiß ich nicht mehr, was ich glauben soll. Je länger ich in Afrika unterwegs bin, desto mehr häufen sich die Zweifel. Ich hätte auf Grönland bleiben sollen. Mir ein hübsches Institut bauen, auf Spitzbergen. Irgendwo da oben, wo es so kalt ist, dass keine Sau hinkommt. Keine Nordallianz, keine somalischen Banden, keine Journalisten."

„Auch keine Studenten?"

„Doch, aber nicht alle, nicht jeder. Es muss anstrengend sein hinzukommen. Das trennt die Spreu vom Weizen."

„Sie werden in Nairobi über Ihr Institut verhandeln, nicht wahr?"

Diese Frage ließ Anderson unbeantwortet. Die Erwähnung von Millers Namen hatte etwas in ihm angeschlagen. Er sehnte sich nach der Stille und der Abgeschiedenheit der Serengeti und der grünen Vulkane, nach den flach plätschernden Wellen des Victoriasees, nach den Löwen und den Gnus, nach den Elefanten und den Gesprächen mit Aaron Miller, dem Hohepriester der grünen Polis, dem letzten Pharao von Eden. Miller hatte ihn ausdrücklich gewarnt: vor dem Korpsgeist seiner Kollegen, vor den Versuchungen des Ruhmes und vor der Verlockung, mit einem eigenen

Institut unsterblich zu werden, unsterblich für eine kleine Schar von Experten.

Samson Gebreyesus stand auf und verabschiedete sich höflich. Anderson blickte ihm nach, bis seine hagere Gestalt mit der Nacht verschmolz. Seltsam, wie sich die Wege kreuzen, dachte er. Dieser junge Mann ist Botaniker wie Sewe Akashi. Seine Art zu sprechen erinnert dich an sie. Dieser afrikanische Gestus, dieser naturgegebene Stolz. Wenn diese Menschen reden, ist ihr ganzer Körper beteiligt. Welcher Zufall hat euch zusammengeführt? Welcher Zufall hat dich nach Arba Minch geführt? Welcher Zufall ließ dich Eiriks Hafen finden? Welche Zufälle ermöglichten es, dass dich Millers Brief erreichte, dass du nach Tansania gegangen bist, dass du den alten Professor und Sewe kennengelernt hast, dass du auf die Reliefs der Hatschepsut gestoßen bist, dass du in Aksum warst, überlebt hast und nun in Arba Minch hockst? Er verwarf die Gedanken. Lass den Zufall aus dem Spiel. Mit deiner hübsch geordneten Logik kommst du ohnehin nicht weiter, das ist das Problem. Da ist etwas, das du nicht verstehen kannst. Etwas, das alles zusammenhält und miteinander verwebt. Ein zeitloses Muster, tief unter der sichtbaren Oberfläche.

Folgt man der Wissenschaft, starb Lucy vor vier Millionen Jahren in der Senke von Danakil. Die Frühmenschen von Laetoli hinterließen einige Hunderttausend Jahre später ihre Spuren in der Vulkanasche. Die Pharaonin Hatschepsut sandte ihren Kanzler vor dreieinhalbtausend Jahren nach Punt. Die Sagas von Grönland wurden auf die erste Jahrtausendwende der neuen Zeitrechnung datiert. Alles lässt sich hübsch auf eine Kette fädeln, bis hierher, zu dieser Stunde, auf diesen Felsen über dem Abayasee. Anderson dachte: Wie einfach unsere Vorstellung von Zeit und Fortschritt ist. Wie ein Lineal. Alles endet zwangsläufig im Hier und Jetzt. Wir sind die Spitze, die Krone von alldem.

Die Australopithecinen zogen durchs Rift Valley auf der Suche nach einem Ort zum Leben. Auch Hatschepsut folgte diesem magischen Ruf: Ihr Gelobtes Land hieß Punt. Und Eirik, der Wikingerfürst? Er hatte das Paradies am Polarkreis vor Augen, so eindringlich, dass sein Sohn seine Schiffe bis nach Neufundland führte. Immer waren sie unzufrieden, suchten ergiebigere Pfründe, ein Land, in dem Wein und Honig flossen. Anderson überlegte: Vielleicht wollte der Nomade endlich heimkehren, den Auszug aus Eden rückgängig machen, auf dass die Unzufriedenheit und die tägliche Mühsal auf immer ein Ende fänden? Er rieb sich die Stirn. Man konnte die Ereignisse auf eine Zeitachse bringen. Doch das zugrunde liegende Muster wurde mit dieser armseligen Methode nicht sichtbar. Der Mensch blieb der gehetzte Nomade, der nirgends und niemals zufrieden sein kann. Ein verzweifelter Heimatloser, der verflucht ist, nie ganz bei sich zu sein, nie wirklich nach Hause zu kommen. Der jeden Quadratmeter Boden als Wüste hinterlässt. Schon künden Mondraketen und Marssonden von der nächsten Etappe, dem Aufbruch ins All. Doch das suchende Ich steckt in einer archaischen Falle fest.

Müde verschränkte er die Hände im Nacken, schaute in die schwarze Nacht. Zahllose Insekten fluteten gegen die Lampe an der Wand, strandeten am gläsernen Kolben, der sie zischend fraß. Er dachte: Der Mensch. Das ist so unkonkret. Du. Du selbst, Martin Anderson, müsstest aufhören, dich in fortdauerndem Kampf zu wähnen. Du müsstest aufhören, dir immer neu zu beweisen, dass du alles im Griff hast. Dass du ein Experte bist, in deinem Spezialgebiet. Nichts hast du im Griff. Du hattest einfach Glück. Deshalb bist du lebend aus Aksum herausgekommen. Du willst ein Wissenschaftler sein? Ein Lehrer? Das ist anmaßend. Bevor du darangehst, junge Leute zu belehren, solltest du bei dir selbst anfangen. Nichts vergessen, alles vergeben. Was bedeutet das? Es bedeutet, dass du keine Zeit verlieren darfst. Hör endlich auf, vor dir selbst wegzulaufen. Hör auf, Eden zu suchen, irgendwo dort draußen, auf Grönland, Spitzbergen, in Laetoli oder Punt. Du schleppst es die ganze Zeit mit dir herum.

Seine Augen wanderten zur blassen Fläche des Chamo. Das merkwürdige Leuchten schien sich zu verstärken. Ein Pelikan strich über die Veranda, segelte zum Wasser, zur schwarzen Landbrücke zwischen den Seen. Anderson fühlte, dass er sich beruhigte. Dass ihn die Stille umhüllte. Dass die Zentrifuge in seinem Kopf ruhigeren Gedanken wich. Nichts vergessen, alles vergeben. Das bedeutet Frieden, mit sich und dem da draußen.

Das Leuchten über den Seen wurde schwächer, als hätte sich das Licht erschöpft. Stumpfe Nebel waberten über dem Abaya. Aus dem Busch hallten die Schreie der Hornvögel. Anderson trat ans Ende der Veranda, wo der Berg steil in die schwarz gähnende Tiefe fiel. Er hörte massige Leiber, die sich durch den Urwald schoben. Er hörte Vögel und Zikaden, hatte den süßlichen Geruch von Aas in der Nase. Die Finsternis schluckte alle Farben und Konturen, die Entfernungen schienen sich zu dehnen. Nur die Geräusche drangen ans Ohr, überdeutlich, wie durch einen Verstärker.

Körperlich restlos erschöpft, aber hellwach kehrte er zum Sessel zurück. Er löschte die Wandlampe und starrte in die Dunkelheit. Er kannte die Einsamkeit aus den dunklen Nächten in Grönland oder in Amsterdam an der Universität, wenn er nachts über Büchern einschlief oder über den Klausuren seiner Studenten. Ein Schrei schreckte ihn auf, der hohe Schrei eines sterbenden Tieres.

Über dem Chamo segelten geiergroße Vögel. Daran, dass er die Vögel auf eine solch große Distanz überhaupt erkennen konnte, merkte Anderson, dass sich die Nacht zum Ende neigte.

Im Busch plärrten Affen. Antilopen schnalzten. Über den Abaya zogen helle Streifen, sehr langsam, blau blühende Dämmerung. Dunkles Flanell schlich am Horizont, wie Treibgut in der Flut. Die Oberfläche des Sees glänzte magisch und vollkommen still, ein geschliffener Spiegel, der den Himmel fasste. Der wachsende Schein verdrängte die Nacht, gefolgt von gelbem Flimmern. Noch lagerten die Hügel der Felsenbrücke schwarz und schemenhaft zwischen den Seen. Als dem gelben Band tiefrote Feuersbrunst folgte, traten vulkanische Felsen heraus. Anderson erkannte die Wipfel der Bäume und die breiten Schilfgürtel am Ufer. Im See schmolz Bronze, herrliches Gelb und kupfernes Rot vom Himmel. Dann funkte es auf den Hügeln, keimte ein greller Punkt. Die östliche Kammlinie entflammte. Dort zog die Sonne herauf und es erinnerte ihn an die verzauberten Sonnenaufgänge über der Serengeti. Er dachte an den jungfräulichen Morgen in Lobo, Sewe an seiner Seite. Höher stieg die Sonne, Amun Ra in seiner Morgenbarke.

15. Kapitel

Früher Goldglanz senkte sich aufs Wasser. Gebreyesus kam aus seinem Bungalow. Schweigend liefen sie zum Bistro, einem großzügigen Pavillon aus Holz und Bambus, verziert mit naiven, farbenfrohen Schnitzereien und Gemälden. Das Frühstück war einfach: Ananas, Mango, etwas Brot und Orangensaft. Frischer Wind brachte den aromatischen Duft von harzigem Eukalyptus. Ein Jeep rollte auf den Hof, zerbeult und scheppernd.

„Besseres war nicht aufzutreiben", entschuldigte sich Gebreyesus. „Ich hoffe, er hält bis zur Grenze durch."

Er winkte einem Kellner und sprach mit ihm. Anderson schaute zu den Bungalows, zur Morgensonne, die zwischen ihnen blinkte. Er spürte, wie ihn Gebreyesus von der Seite musterte. Schließlich fasste sich der junge Leutnant ein Herz.

„Mister Anderson, wie ist es in Grönland? Ich meine jetzt, um diese Jahreszeit."

„Jetzt herrscht tiefster Winter. Der Schnee liegt mehrere Meter hoch. Eisiger Sturm fegt über die Erde, auf der es keine Bäume gibt. Nur Gras und Flechten. Und es gibt keine Sonne, den ganzen Tag nicht."

„Leben dort Menschen?"

„Ja. Denn im Winter bleiben manche Küstenstriche eisfrei. Im Sommer ist es besser. Dann klettern die Temperaturen auf zwanzig Grad. Und es ist viel heller. Im Winter geht die Sonne nur im Süden der Insel für wenige Stunden auf. Der Rest bleibt dunkel. Im Sommer geht sie faktisch niemals unter."

Das Nordlicht erwähnte Martin Anderson nicht, Aurora borealis. Dafür gab es keine Worte, keine logische Beschreibung, keinen Vergleich.

„Zwanzig Grad haben wir auch, an kalten Tagen in der Regenzeit", sagte Gebreyesus. „Oder im Hochland. Ich glaube nicht, dass mir Grönland gefallen würde."

„Niemand zwingt Sie, dort zu leben."

Gebreyesus lachte verschmitzt und nickte.

„Das stimmt. Ich kann mir einfach nicht vorstellen, was die Wikinger in diese unwirtliche Gegend gezogen hat."

„Ich auch nicht. Vielleicht war es nur eine Zwischenstation. Auf dem Weg nach Vinland."

„Aber in Vinland waren schon Menschen. Skraelingar, Indianer. Warum sind die Wikinger nicht in Skandinavien geblieben?"

„Das ist eine gute Frage. Auf Island wurde Eirik als Verbrecher, als Mörder gesucht. Er hatte Angst, am Galgen zu enden. Die Aussicht, frei, ohne König und Gesetz zu leben, erschien ihm wohl verlockender."

„Das verstehe ich gut. Aber wissen Sie, was ich nicht verstehe? Die Wikinger konnten sich nur vierhundert Jahre in dieser Kälte halten. Die Eskimo lebten schon Jahrtausende vor ihnen dort und sie leben noch heute in der Arktis. Warum haben die Wikinger nicht von ihnen gelernt, wie man überlebt?"

Der Kellner brachte Wasserflaschen und die Quittung. Er stellte die Flaschen auf den Tisch. Sorgfältig verstaute Gebreyesus die Quittung in der Brusttasche seiner Uniform. Anderson fragte ihn:

„Was hätten die Wikinger, Ihrer Meinung nach, lernen sollen?"

„Ich weiß nicht. Wie man Eishütten baut. Wie man Robben jagt. Wie man die eigene Gemeinde klein hält. Sie hätten lernen können, dass es manchmal besser sein kann, zu Hause zu bleiben. Selbst auf die Gefahr des Galgens hin."

Gebreyesus warf Geld auf den Tisch. Er sagte:

„Meine Heimat ist Äthiopien. Niemals würde ich fortgehen."

„Höchstens, um Leute wie mich zur Grenze zu bringen", entgegnete Anderson trocken.

„Das ist nur ein kleiner Ausflug. Sobald ich Sie in Illeret abge-
liefert habe, kehre ich nach Addis zurück."

„Und dann? Werden Sie kämpfen?"

„Natürlich. Wer eine Heimat hat, muss sie verteidigen. Sie
waren dabei, als wir feige überfallen wurden. Sie wissen genau,
was passiert ist."

Aus der Küche wehte der Geruch von Kaffee. Gebreyesus
fragte:

„Wo haben Sie Ihre Heimat, Mister Anderson?"

„Ich wohne in Holland, in Amsterdam." Er stutzte. „Ich lebe ..."

„Im Augenblick leben Sie in Äthiopien. Wenn wir Glück haben,
leben Sie morgen in Kenia", unterbrach ihn Gebreyesus mit spitz-
bübischem Lächeln. „Das meine ich nicht. Wartet in Amsterdam
eine Frau auf Sie? Eine Familie?"

„Nein."

„Sie sind im richtigen Alter für eine Familie. Ist Holland kein
gutes Land dafür?"

„So würde ich es nicht sagen ..."

„Ein Mann muss eine Familie haben. Was hat er, wenn nicht
eine Familie?"

Anderson blieb die Antwort schuldig. Gebreyesus stand auf.

„Ich hätte schwören können, dass Sie eine Frau haben und ein
großes Haus am Meer", meinte er mit ehrlichen Augen. „Sie sind
sehr erfolgreich."

Anderson schüttelte den Kopf, sagte nichts. Ihm fiel nichts Pas-
sendes ein, nicht zu diesem Thema.

„Lassen Sie uns das Gepäck holen", schlug er vor. „Wann fahren wir los?"

„Sofort, wenn es Ihnen nichts ausmacht. Ich hätte Ihnen gern
die Krokodile und die Flusspferde im Chamo gezeigt. Und die
Pelikane. Doch diese Attraktionen müssen warten. Bis ..."

„Bis?"

„Bis Sie wieder nach Äthiopien kommen. Bis wir uns wiedersehen."

„Wann wird das sein? Können Sie mir das sagen?"

„Das steht wohl in den Sternen", antwortete Gebreyesus offenherzig. „Ich bin mir sicher, dass wir uns eines Tages wiedersehen. Wenn Frieden sein wird. Dann zeige ich Ihnen Addis, wie ich es Ihnen versprochen habe. Und die Seen, mit sechs Meter langen Krokodilen, die Sie beinahe mit der Hand berühren können, so nah kommt man ran."

***

Der Äthiopier klemmte sich hinters Steuer. Sie passierten eine große Basilika mit silbernen Kuppeln und Georgskreuzen. Vor ihrem Portal drängten sich Menschen, vor allem junge Leute in bunten Tüchern, die locker im Wind flogen. Gegenüber erhob sich der Rohbau einer Moschee. Das eingerüstete Minarett reckte sich in den jungfräulichen Himmel, als suchte es die Kuppeln der Orthodoxie zu überragen. Rund stand die Sonne überm Horizont. Immer mehr Menschen liefen auf der breiten Straße, über die der Jeep klapperte, neben Eselkarren und schwer beladenen Lastkraftwagen, deren Motoren heiser fauchten. Es war ein Morgen wie jeder andere, keine Spur vom Krieg im Norden. In der Stadt war die Straße sauber geteert. Unmittelbar vor der Ausfahrt aus Arba Minch endete der glatte Belag. Knirschend holperte der Jeep über Schotter. Die Straße fiel steil ab, wand sich durch Felsen, bis sich eine grüne Ebene öffnete. Sie fuhren an leeren Baracken vorbei, einst ein Camp der Armee. Der Wachturm hinterm Stacheldraht war verwaist. Staub stieg unter den Reifen auf. Die Piste neigte sich zu den sumpfigen Niederungen des Chamosees.

Hohes Schilf wucherte am Straßenrand, in der Luft schwebte modriger Geruch. Der Jeep erreichte das Ende eines Staus. Morast schwappte über den Schotter. Rechts und links gluckste Wasser zwischen dichtem Schilf. Respektlos stakten Reiher an den Autos vorbei, äugten steif. Die Sicht nach vorn wurde durch einen Bus versperrt. Gebreyesus reckte sich aus seinem Sitz.

„Hoffentlich ist es kein Unfall", sagte er schwitzend. „Das kann uns etliche Stunden kosten."

„Gibt es keinen anderen Weg?"

„Nein. Das ist die einzige Straße nach Süden."

Sie stiegen aus dem Wagen und liefen an den parkenden Fahrzeugen vorbei. Der See hatte die Schotterpiste unterspült. In der Fahrbahn klaffte ein tiefer Bruch. Ein schwerer Lastkraftwagen war eingesackt. Seine Reifen hatten sich in die braune Suhle gewühlt. Er stand quer zur Straße, bis über die Radkästen im Schlamm. Mit unglücklichem Gesicht hockte sein Fahrer daneben. Auch auf der Gegenspur stauten sich die Fahrzeuge. Um das Loch versammelte sich eine neugierige Menschenmenge. Ein anderer Fahrer kletterte in den Lkw, quälte abwechselnd Kupplung und Gas. Doch der Koloss steckte fest. Jemand brachte Stangen, lächerlich dürre Stelzen, die sofort zerbrachen. Der Auflauf wuchs. Die Leute schauten eher interessiert als verärgert. Ein alter Mann setzte sich neben den Fahrer des Unglückswagens und redete freundlich auf ihn ein. Gebreyesus hob die Schultern und zündete sich in aller Seelenruhe eine Zigarette an.

Die Zigarette war noch nicht aufgeraucht, als ein schwerer Motor fauchte, von hinten, vom Ende der Fahrzeugreihe, wo eine kraftvolle Rußfahne in die Luft schoss. Ein riesiger Bagger schob sich nach vorn, seine mannshohen Pneus walzten Schneisen durch das Schilf. Die Schaufel war so breit, dass sie gewiss ein Boot laden konnte. Mit einigen Hüben hatte er den Lastkraftwagen freigelegt. Hilfreiche Hände schlugen ein Stahlseil an. Dann schleppte der Caterpillar den havarierten Wagen aus dem Sumpf. Wie eine Saite spannte sich das Seil, langsam kam der schwere Laster in Bewegung, wurde unwiderstehlich aus dem Morast gezogen. Unter dem Jubel von mehreren Hundert Schaulustigen hob der Baggerfahrer generös die Hand und zog den Lastkraftwagen auf die trockene Piste. Anschließend ließ er das Lenkrad kreisen und schob das Loch geschickt mit Erde zu. Ein zweiter Bagger stieß von hinten nach, die Schaufel voller Kies. Als er seine Ladung abwarf, verschwand die Menschenmenge in dichtem Staub. Sobald er sich gelegt hatte, rollte der Verkehr wieder an. Als sie an der Unglücksstelle vorüberfuhren, sah Anderson, wie sich die Baggerfahrer rauchend unterhielten. Bis zu den Achsen standen ihre schweren Maschinen im Sumpf.

Das Schilf lichtete sich. Als sie die Ufersenke des Chamo hinter sich gebracht hatten, wechselte die Vegetation: Jetzt wuchsen dichte Bananenhaine, kräftige Stauden mit sattgrünen Wedeln, zwischen denen braune Rundhütten standen. Endlos schienen die Plantagen. Danach lösten trockene Felder die üppigen Stauden ab. Schwere Ochsen zogen hölzerne Pflüge über den harten Boden, in der Hoffnung, ihm ein paar Doppelzentner Getreide abzutrotzen. Die Bauern nutzten lange Hebel, um die hölzernen Haken in die Erde zu drücken. Die Ebene stieg zu den karstigen Höhen von Konso an. Dieses Land war vulkanisch geprägt, verwitterte Lava aus den alten Vulkanen des Rift Valley.

Weiter schwang sich die Piste durch rote Hügel, deren Kuppen von dünnen Terrassen bedeckt waren; karge Felder, auf denen anspruchslose Kulturen gediehen: Tomaten, Baumwolle, Kartoffeln und Bohnen. Anderson erkannte Felder mit Sorghum, einer eisenhaltigen Hirse, die sich auf dem dürren Boden hält, hohe Gräser mit kleinen, schwarzen Körnern. Sorgfältig waren die Terrassen abgestützt, mit Geröll, das überall aus der Erde lugte. Steile Rinnen zerrissen die Hänge, vereinigten sich zu Canyons der Erosion, an deren nackten Wänden sich keine Pflanze zu halten vermochte. Die Hügel waren kaum bewaldet. Vereinzelte Baobabs und Eukalyptus streckten ihre Äste in die Luft. In großen Zisternen blinkte lehmiges Wasser. Der Jeep dröhnte über die Straße und erreichte eine Ortschaft. Langsam rollte er an Menschen vorbei, die eine Bahre ins Tal trugen. Der Kranke war völlig eingehüllt.

„In Konso gibt es ein großes Hospital", erklärte Gebreyesus. „Man wickelt die Kranken ein, um die lästigen Fliegen abzuhalten."

„Zuerst dachte ich, es sei eine Beerdigung."

Gebreyesus schüttelte den Kopf.

„Im Konso-Gebiet bestattet jede Familie ihre Toten in eigener Erde, auf der eigenen Parzelle. Die kleinen Friedhöfe erkennt man an den Totems, die über den Gräbern stehen. Die Terrassenfelder sind etliche hundert Jahre alt und sie bergen die Gebeine von Generationen."

„Eine Reise zu den Anfängen der Zivilisation?"

Gebreyesus nickte.

„So ungefähr. Manche Dörfer in Konso sind mit einer Steinmauer umgeben, andere mit Palisaden aus Holz. Jede Familie hat einen Hof mit Wohnhütte, Schlafhütte, Hütte fürs Vieh und einem kleinen Schrein. Bis zu zehntausend Menschen leben in den eng gedrängten Dörfern. Hier endet das zivilisierte Äthiopien."

Anderson sah Frauen, die tief gebeugt über kleinen Äckern schufteten. Mit kurzen Hacken lockerten sie die braunrote Scholle. Keine Spur von grünen Bananenstauden wie in Arba Minch. Bittere Armut sprach aus den Hütten und Feldern. Plötzlich landeten Andersons Gedanken bei dem geplanten Treffen in Nairobi. Nach dem, was er in den letzten Tagen erlebt hatte, erschienen ihm die anstehenden Verhandlungen mit den Vertretern der Schwedischen Akademie als unwirklicher Traum. Was für ein Kontrast! Sicher erwarteten die Herren einen Vorschlag von ihm, wie er sich das neue Institut vorstellte, welche Ausstattung und wie viele Mitarbeiter es haben sollte und vor allem wo es anzusiedeln war. Die vergangenen Tage zwischen dem Kongress in Addis Abeba, den Bomben auf Aksum bis zur staubigen Piste nach Konso hatten ihn fast vergessen lassen, dass er eine Entscheidung fällen musste. Darüber war er sich im Klaren. Sollte er in Afrika bleiben, etwa in Äthiopien? Die Regierung in Addis hatte ihm alle Unterstützung zugesagt. Das klang verlockend. Er schob die Idee von sich. Freiheit bedeutet, niemandem verpflichtet zu sein. Bis zum Meeting in Nairobi blieben noch einige Tage. Außerdem hatte er die Grenze noch nicht hinter sich gebracht, war noch nicht wirklich auf der sicheren Seite. Ihn beunruhigte, dass die Maschinenpistole des Assistenten die ganze Fahrt über entsichert neben ihnen lag. Das brachte die Nervosität zurück, die keuchende Heiserkeit des Krieges.

Konso war der letzte zivilisierte Posten vorm Delta des Omo. Einzig das breite Tal des Weyto und ein Bergrücken trennten es von dem sandigen Schwemmland, das sich bis zum Nordufer des Turkana-Sees erstreckt. Der Jeep brachte die Ortschaft hinter sich. Von einem Pass in rund tausend Metern Höhe ergab sich ein offener Ausblick auf das Tal des Weyto. Wie ein Faden schlängelte sich der Fluss durch diese hoch gelegene Pfanne. In der Ferne dampften Schwaden, der erste Niederschlag der Regenzeit. Anderson konnte sie riechen, eine schwüle Mischung aus feuchter Erde und mit Elektrizität getränkter Luft. Weiße Wolken schoben sich über dem Tal zusammen. Die Sonne zerschmolz hinter der gleißenden Wand.

Das Weyto-Tal war steinig. Am Ende der Trockenzeit führte

der Fluss kaum Wasser. Ächzend schob sich der Wagen übers Geröll. Ein Weg war nicht auszumachen. Ab und an erschienen Hütten. Kalkige Flecken wechselten mit Basalt. Über den Felsen lag dunkle Patina. Eine rostige Brücke führte über das steile, von mächtigen Bäumen gesäumte Flussbett. Danach stieg das Gelände an. Anderson hatte das Gefühl, auf einer Sänfte zu schaukeln, so träge holperte der Jeep vorwärts. Aber sein Motor bewies Ausdauer. Verbissen walzten die Reifen über Löcher und Risse in der Erde, kämpften sich Meter für Meter durch die kargen Berge. Der Tag schritt gleißend und schweißtreibend voran. Es war Nachmittag, als sie schließlich in Turmi einfuhren, dem letzten Ort vor der Grenze.

Gebreyesus lenkte den Wagen auf den Hof eines kleinen Hotels. Unmittelbar gegenüber befand sich die Polizeistation. Hinter dem Hotel lärmten Kinder. Es war Markttag und die rabenschwarzen Völker des Omo-Deltas kamen von weit her, um ihre primitiven Waren zu handeln.

„Wollen wir nicht lieber weiterfahren?", fragte Anderson.

Sein Begleiter schüttelte den Kopf.

„Wir müssen warten, bis Nacht ist. Niemand darf uns sehen. Es ist verboten, ohne Erlaubnis über die Grenze zu fahren."

„Wir haben keine Erlaubnis?"

„Nein. Das würde uns für marodierende Stämme interessant machen. Sobald wir mit einem Schriftstück aus Addis in der Polizeistation auftauchen, würde sich unser Reiseziel wie ein Lauffeuer durch das ganze Delta verbreiten. Die Leute sind nicht gut auf die Zentralregierung zu sprechen. Sie warten nur auf eine Gelegenheit, Geiseln zu nehmen. Das bringt viel Geld."

Anderson blies durch die Zähne. Über dem Markt stieg Staub auf und der Geruch von Ziegen.

„Und jetzt?", fragte er unsicher.

„Gehen Sie ruhig auf den Markt. Bewegen Sie sich wie ein Tourist, der auf der Durchreise ist, zum Nationalpark, weiter westlich. Fragen Sie danach, aber nicht zu auffällig. Wenn Sie wollen, können Sie auch im Hotel bleiben, etwas trinken, essen und schlafen."

„Wie lange werden wir unterwegs sein?"

„Das weiß nur Gott, Mister Anderson. Wir müssen auf der Hut sein. Hier gelten andere Gesetze als in Addis Abeba oder in Arba Minch. Hier herrscht die Wildnis. Es ist das Land der Stämme. Hier hat die Nacht tausend Augen."

„Sie meinen, wir sind wieder im Krieg?"

Wortlos holte Gebreyesus einen Kanister aus dem Jeep. Schließlich sagte er:

„So ungefähr. So kann man es nennen."

***

Der Besitzer des Hotels war ein verknöcherter Greis, der seine Frauen mit knarrender Stimme dirigierte, als wären sie Sklavinnen. Gehorsam bedienten sie eine Handvoll Gäste, die in der Absteige Quartier genommen hatten. An der kurzen Dämmerung merkte Anderson, dass sie sich dem Äquator näherten. Er saß im Garten, mit einer Flasche Saint George Beer. Er hatte gegessen, gebackene Bananen mit Ziegengulasch, sein Teller war abgeräumt. Achtlos lag der Rucksack auf dem Lehmboden. Gebreyesus erschien, unauffällig verließen sie das Anwesen, schlichen zum Jeep, der in einer unbeleuchteten Gasse stand. Sie warfen das Gepäck hinein und brachen auf.

Gebreyesus lenkte den Jeep nach Westen, auf die Straße zum Nationalpark an der Grenze. Bleiche Laternen legten ihre Fallen aus. Es waren kaum Menschen zu sehen. Auf dem Marktplatz lagerten einige Frauen vom Stamm der Hamer, die schmalen Körper mit roter Erde bemalt. Auch das Haar, das sie in einer Tonsur trugen, war mit roten Mineralien eingefärbt. Im Licht der Laternen wirkten sie wie Mumien. Wie Golems, aus dem gleichen roten Lehm gemacht wie die Hütten.

Der Jeep surrte aus dem Ort, ließ die Lichter hinter sich. Die dornige Savanne war dunkel und als der Ort außer Sicht kam, schaltete Gebreyesus die Scheinwerfer aus und stoppte. Über ihnen spannte sich schwarze Emaille voll funkelnder Kristalle. Der Leutnant wartete einige Minuten. Dann wendete er den Wagen. Sie holperten über freies Buschland, einen weiten Bogen schlagend, in vollkommener Dunkelheit. Die Nacht schien zu schwingen, wie das Licht der Sterne schwang, und Kosmos und Erde summten wie ein gigantisches Hammerbrett. Gebreyesus fuhr beinahe blind. Er hielt auf eine dunkle Lücke neben der Milchstraße zu. Dort musste Süden sein. Anderson erkannte Achernar im Sternbild Eridanus und Phoenix. Er wandte sich um: Hinter ihnen blinkte der Polarstern. Gebreyesus bremste und stellte erneut den Motor ab.

„Wir werden abwarten, ob uns jemand folgt", flüsterte er.

Er nahm die Maschinenpistole und hockte sich auf die Erde. Anderson lief ein paar Schritte in die Nacht. Die Stille dröhnte in seinen Ohren. Sanfter Wind umschmeichelte den warmen Boden. So war es in den Nächten von Grönland gewesen: Diese wunderbare Ruhe und die Dunkelheit, in der sich der Blick des Menschen von selbst zum Himmel hebt. Die Nacht ist der Ursprung aller Mythen, in dieser Dunkelheit wurden sie geboren. Lange vor den ersten Tontafeln lasen die Schamanen, was am Nachthimmel geschrieben stand. Was dem Himmel zugeschrieben wurde.

Er legte den Kopf in den Nacken, erkannte Orion, den urzeitlichen Jäger, von dem die Sage berichtet, dass er über Wasser schritt. Weil er prahlte, jedes Tier töten zu können, wurde er von Zeus ans Firmament verbannt, auf dass ihm zwei Hunde in Ewigkeit folgten. Die drei hellsten Sterne im Bild des Jägers sind Beteigeuze, Rigel und Bellatrix. Beteigeuze ist eine strahlende Sonne. Mehr als fünfhundert Jahre braucht ihr Licht, um über Äthiopien vom Himmel zu fallen. Der Durchmesser dieses Riesensterns ist siebenhundert Mal größer als der Durchmesser der Sonne, er strahlt fast zehntausend Mal heller. Rigel liegt neunhundert Lichtjahre entfernt, misst fünfzig Mal die Sonne und leuchtet fast sechzigtausend Mal heller.

Der hellste Strahler am Nachthimmel jedoch ist Sirius, der Alphastern im Großen Hund, dessen Bewegung der Bahn des Orion folgt. Sirius ist der sagenumwobene Stern des Altertums. Sein Name ist viel älter als die Sprache der Griechen. Er stammt wahrscheinlich aus dem Altbabylonischen und bedeutet so viel wie Grellstern. Im Alten Ägypten fiel sein Frühaufgang mit dem Beginn der Nilflut zusammen. Erscheint er heute als bläulich weißer Stern, berichten die Papyri vom roten Sirius. Niemand weiß, wann sich der Stern verfärbte. Möglicherweise waren atmosphärische Einflüsse für die Farbänderung verantwortlich, etwa Staub aus der Sahara. Die Ägypter hatten keine Ahnung, dass der Stern neun Lichtjahre von der Erde entfernt ist und zwanzigfach stärker als die Sonne leuchtet. Für sie war nur eines wichtig: die Flut der großen Lebensader Nil, der Tag, an dem sein Wasser stieg. Sie lobten seine auffällige Schönheit, nur übertroffen von Jupiter.

Anderson erkannte ein anderes Sternbild: den Stier, mit Aldebaran, mit dem Regengestirn und den Plejaden. Vierhundert Jahre braucht das Licht dieses Sternenhaufens bis zur Erde, acht menschliche Generationen. Jahre, Lichtjahre, Generationen, dachte Martin Anderson verzagt. Was nützen diese Zahlen? Was nützt unser Wissen über Sterne, Planeten und Galaxien? Was blieb übrig von der alten, uralten Hoffnung, als der Mensch zum ersten Mal nach oben schaute, erfüllt und ergriffen von dieser Fülle aus Licht? Wo er einst Zuversicht erwartete, fürchtete er nun Leere und Einsamkeit. Trockene Zahlen, Statistiken, Formeln: Wo blieb Platz für Hoffnung und Gnade? Längst hatten Raumschiffe und Satelliten das All entzaubert. Oder nicht? Denn die Schönheit der Sterne war magischer Glanz, unberührt und unberührbar, der lächelnde Kosmos über seinen Augen, der sich auf die weit geöffneten Pupille spiegelte und unvergesslich in die Netzhaut sengte.

Er hörte, dass Gebreyesus den Wagen startete. Wortlos stieg er ein. Der Äthiopier manövrierte den Jeep über dürre Graswurzeln und harte Geflechte. Niedriger Busch wechselte mit flacher Savanne. Sogar in der Nacht atmete die Erde heiße Wärme. Langsam schob sich die Mondsichel über das Firmament. Anderson erkannte die runden Holziglus eines Dorfes, einsäumt von dornigem Gestrüpp. Es erinnerte ihn an die Bomas der Massai am Ngorongoro.

„Das sind die Dassanech", warnte Gebreyesus flüsternd. „Wir müssen sehr achtsam sein."

Anderson hörte Hundegebell. Der Jeep ließ die Siedlung hinter sich. Sie erreichten einen Schotterweg. In der Ferne blinkten Lichter. Der Assistent drosselte den Motor und schlich vorsichtig durch die Dunkelheit. Nach einer Stunde kurvte er durch einen Hohlweg. Der sandige Boden wurde schwer. Wieder stellte Gebreyesus den Motor ab, um zu warten und zu lauschen. Der warme Wind trug kein Geräusch an Andersons Ohr. Die Lichter in der Ferne, das waren die Laternen vor den Kasernen von Omorate, einem Stützpunkt der Armee am Hauptlauf des Omo. Omorate kontrollierte den Zugang zum Delta. Hinter diesem letzten Vorposten gab es nur Sand, Fliegen und kriegerische Dassanech.

Der Sternenhimmel entfaltete seine ganze Pracht. Anderson sah Kassiopeia, das Sternbild der Gemahlin des äthiopischen Königs Kepheus, die sich rühmte, die schönste Frau der Welt zu sein. Zur Strafe sandte Zeus einen riesigen Wal vor die abessinische Küste und drohte mit einer gewaltigen Sturmflut. Daraufhin befragten die Weisen das Orakel. Sie beschlossen, dem Untier die Königstochter Andromeda zu opfern. Doch der junge Held Perseus war rechtzeitig zur Stelle. Mit dem abgeschlagenen Haupt der Medusa versteinerte er den Wal. Immerhin waren die Äthiopier den alten Griechen sechs der eindrucksvollsten Sternbilder wert: Kassiopeia, Kepheus, Andromeda, Perseus, Walfisch und Pegasus, der geflügelte Hengst, der dem Blut der geköpften Medusa entstieg. Der große Nebel im Sternbild Andromeda muss Hunderte Milliarden Sonnenmassen vereinen, denn er liegt mehr als zwei Millionen Lichtjahre entfernt – und ist dennoch mit bloßem Auge sichtbar. Das Licht, das Martin Anderson in diesem Augenblick erschaute, hatte sich auf den Weg gemacht, als sie durchs Rift Valley stapften: frühe Menschen, die ersten Betrachter. Als der Mensch noch in der Natur eingebettet war, fast noch Primat, fast noch Tier. Als der Nomade seine Reise zur Zivilisation gerade erst begann. Wie die beiden Magellanwolken unseres Sternensystems hat auch der Andromedanebel zwei elliptische Galaxien als Begleiter. Das Sternbild Kassiopeia weist eine andere Eigentümlichkeit auf: Von dort strahlt die stärkste Radioquelle, die den Astronomen bekannt ist, vermutlich der Überrest einer Supernova, die vor dreihundert Jahren ein gigantisches Himmelssegment aufgemischt hat. Und der hellste Stern im Kepheus, Alderamin, wandert stetig übers Firmament. In gut fünfeinhalbtausend Jahren wird er den Polarstern als nördlichen Wegweiser ablösen.

Was wird in fünfeinhalb Jahrtausenden sein?, fragte sich Martin Anderson im Stillen. Lebt dann noch ein Mensch auf Erden, der zu den Sternen schaut? Oder werden die Menschen ihren Planeten verwüsten, in riesigen Raumkreuzern durchs All irren auf der Suche nach einer neuen Heimat? Welche Sterne weisen ihnen den Weg? Wissenschaftler lieben solche Gedankenexperimente, die den Zeitraum von Jahrtausenden, Jahrmillionen oder Jahrmilliarden überspringen. Eden lässt sich nicht exportieren. Es ist keine Bundeslade, die man einem Kamel oder einem Sternenschiff aufhalsen kann. Das ist die falsche Strategie, das falsche Projekt, die falsche Wissenschaft. Man müsste ein Institut gründen, das den Himmel in die Menschen zurückholt, dachte Anderson. Den Himmel und das Licht und das klare Wasser.

Ein Schakal heulte. Der Mond warf bleiches Licht über den Busch, schwarze Akazien streckten ihre breiten Kronen. Röchelnd wühlte sich der Jeep durch den Sand. Die Lichter von Omorate schwanden. Immer tiefer gruben sich die Reifen in den Sand, schoben sich durch dichtes Buschwerk, zwischen Palmen in einem ausgetrockneten Flussarm. In diesem Delta endet der Omo, nach mehr als tausend Kilometern, die er aus dem Hochland zurückgelegt hat, stetig anschwellend und mit feinen Sedimenten beladen, die sich in den flachen Seitenarmen des Turkana-Sees ablagern. Anderson sah merkwürdige Gruben im Sand. Vorsichtig berührte er Gebreyesus an der Schulter.

„Das sind die Dassanech", flüsterte der Äthiopier. „Tagsüber heben sie die Gruben aus, um ans Grundwasser zu gelangen. Manchmal verbringen sie die Mittagshitze in diesen Lachen, wenn der Sand unter der Sonne zu heiß geworden ist."

Mühsam kämpfte sich der Jeep durch das Flussbett. Auf der anderen Seite erwischten sie eine sanfte Auffahrt. Schräg hing der Wagen an der Böschung, zog sich wie von unsichtbarer Hand nach oben. Dahinter eröffnete sich das nächste Flussbett. Nackte Stämme ragten aus dem Kies, ohne Dickicht. Anderson schmeckte feinen Sand auf seiner Zunge.

Jenseits dieser Senke stieg der Boden leicht an und gewann an Festigkeit. Der Jeep griff leichter aus. Ein paar Häuser erschienen. Das Licht des Mondes blitzte auf dem Wellblech ihrer Dächer. Gebreyesus wollte den Wagen von der Siedlung wegsteuern. Plötzlich fiel ein Schuss, dumpf und trocken. Zuerst dachte Anderson an eine Reifenpanne. Aber der Leutnant griff sich an die Brust und sackte zur Seite. Der Jeep flog über eine Bodenwelle. Instinktiv umklammerte Anderson das Lenkrad. Es gelang ihm, den Gang auszukuppeln und zu stoppen. Aus den Augenwinkeln sah er eine schwarze Gestalt zwischen den Büschen, die eilends floh. Er langte nach der Kalaschnikow, aber der menschliche Schatten war bereits vom Erdboden verschluckt.

Gebreyesus atmete schwer, mit dunklem Schaum vor den Lippen. Einen Moment lang wurde Anderson von Panik ergriffen, zerrte den Assistenten vom Sitz. Blut rann über seine Hände. Der junge Mann war bei Bewusstsein, aber aus seinen Augen schrie weißes Entsetzen. Mühevoll röchelte er. Anderson half ihm aus der Uniformjacke, riss einen Ärmel ab und versuchte, einen Verband anzulegen. Das Geschoss hatte die rechte Brust getroffen, steckte offenbar tief in der Lunge. Anderson presste Stofffetzen auf die Wunde, damit Gebreyesus etwas freier atmen konnte. Der junge Mann stöhnte.

„Mister Anderson, das ist hinterhältig. So knapp vor der Grenze."

„Seien Sie ruhig", wies ihn Anderson zurecht. „Sparen Sie Ihre Kraft. Ich fahre jetzt weiter. Sagen Sie mir, wo es langgeht. Wir werden es schaffen."

Schwach nickte Gebreyesus, sein Kopf kippte zur Seite. Sein Atem verflachte. Mit einer Hand lenkte Anderson den Wagen. Mit der anderen hielt er den Verletzten fest. Mehrfach schlug dessen Kopf gegen die Überrollbügel. Der Jeep erreichte das nächste sandige Tal. Anderson zögerte und fuhr an dem Flusslauf entlang zu den Hütten. Je näher er der Siedlung kam, desto deutlicher spiegelte sich das Mondlicht auf den Dächern. Die Häuser waren mit einem hohen Zaun eingefriedet. Das Blech deckte feste, schmucke Gebäude. Er hupte. Als er das große Stahltor erreichte, hupte er noch einmal. Der Atem des Jungen neben ihm war kaum hörbar. Wieder schlug Anderson auf die Hupe. Dieses Mal vernahm er eine knarrende Tür und das Gebell von Hunden. Ein Mann erschien am Tor, zwei Rottweiler an seiner Seite. Er war hellhäutig, trug eine Kutte und richtete eine doppelläufige Flinte auf den Jeep.

„Was wollen Sie?", fragte er unwirsch.

„Ich bin Wissenschaftler", erwiderte Anderson heiser. „Mein Assistent wurde soeben angeschossen, von einem schwarzen Krieger. Können Sie mir helfen?"

Aufmerksam lugte der Mönch in den Wagen. Ohne die Waffe zu senken, ging er zum Tor und schob die Flügel auf. Ruhig sagte er:

„Kommen Sie rein. Vergessen Sie nicht, dass mein Gewehr Sie beobachtet."

Die Hunde an seiner Seite hechelten. Ein zweiter Mann kam von den Häusern. Er half Anderson, den Verletzten vom Jeep zu heben. Jetzt strömten mehrere Leute zum Wagen. Eine Nonne in dunklem Gewand beugte sich über Gebreyesus. Jemand reichte ihr einen Koffer. Als sie ihn öffnete, erkannte Anderson chirurgisches Besteck, Verbandszeug und Ampullen. Erleichtert fragte er:

„Sie sind Ärztin?"

„Nun, in Europa dürfte ich nicht praktizieren", sagte die Schwester. „Aber hier muss man gelegentlich selbst Hand anlegen."

Ohne Hast reinigte sie die Wunde. Auf ihr Zeichen hielten die

Männer den Verletzten fest. Tief drang ihr Skalpell in die Brust des jungen Mannes, der dumpf stöhnte und das Bewusstsein verlor. Vorsichtig brachte sie das Projektil heraus, es klirrte, als es in die Schale fiel. Anschließend desinfizierte die Nonne das zerrissene Gewebe und wickelte einen sauberen Verband. Sie tat es ohne Eile, ohne ein Wort und nicht zum ersten Mal. Anderson hörte, wie sich der Atem des Verletzten beruhigte. Allerdings blieb er abwesend.

„Wir müssen ihn ins Hospital bringen", sagte die Nonne. Es klang wie ein Befehl. „Vor morgen früh ist er nicht transportfähig. Es wäre riskant, jetzt weiterzufahren."

„Wird er überleben?", fragte Anderson besorgt.

Seine Hand tätschelte die Schulter des Äthiopiers. Über seine Wangen liefen Tränen, doch er bemerkte es nicht.

„Das weiß nur der Herr", erwiderte die Nonne sanft. „Wir sind alle seine Kinder. Wer gerettet wird, liegt vollkommen in seiner Hand."

Sie trugen Gebreyesus ins Haus. Der Mönch mit den Hunden fragte:

„Wohin wollen Sie?"

„Nach Kenia."

„Woher kommen Sie?"

„Aus Addis. Aus Aksum. Aus Holland."

„In Aksum ist Krieg. Waren Sie dort?"

„Ja."

Die Hunde legten sich auf den warmen Boden, ließen Anderson nicht aus den Augen. Er fragte:

„Was wird aus meinem Assistenten?"

„Erzählen Sie mir nicht, dass er Ihr Assistent ist. Dieser bemitleidenswerte junge Mensch trägt die Uniform der äthiopischen Armee. Er ist Offizier. Das Beste wird sein, Sie lassen ihn hier.

Sie haben es doch gehört: In seinem Zustand würde er eine Fahrt nach Illeret nicht überleben." Der Mönch hob die Arme und fügte hinzu: „Nur der Herr weiß, was Sie in dieser verlassenen Gegend verloren haben. Das ist Ihre Sache. Nun gehen Sie schon, mit Gottes Segen."

„Ich danke Ihnen für die Hilfe", stammelte Anderson. Sein Hals war ausgetrocknet. „Ich habe nichts, was ich Ihnen dafür geben könnte. Nehmen Sie den Jeep."

Der Mönch nickte.

„Den brauchen Sie ohnehin nicht mehr. Wenn Sie zu Fuß laufen, können Sie bald am Turkana-See sein", erläuterte er. „Behalten Sie unsere Mission immer im Rücken. Und vor allem: Halten Sie die Augen offen. Der Busch steckt voll von den Kriegern der Dassanech."

***

Sanft senkte sich das Ufer des riesigen Sees, eine trockene, sandige Mulde ohne Böschung, ohne Haine, nichts, nur vereinzelte Grasbüschel, bis zum Wasser. Wie Eis schimmerte der Turkana unter silbrigen Sternen, umrahmt von den düsteren Kämmen der Berge. Martin Anderson wusste, dass die Nacht in der Wildnis eigenen Regeln folgte, uralten Regeln des Lebens und des Todes. Seltsamerweise empfand er keine Furcht. Er empfand auch keinen Hass und keine Bitterkeit. Warm und glatt schwang die Maschinenpistole an seiner Hüfte. Ungehindert schritt er zum Wasser, das flach und klar war.

Er holte weit aus, um die Kalaschnikow in hohem Bogen ins Wasser zu werfen. Plötzlich spürte er eine warme Hand auf seinem Arm. Ein hochgeschossener, sehniger Dassanech war neben ihm aus dem Boden gewachsen, ein schwarzer Götze in schwarzer Nacht. Begierig legte er seine Finger an die Waffe, die ihm Anderson ohne Widerstand überließ. Was spielte dies noch für eine Rolle? Der Krieger, der ganz nackt war, strich zärtlich über das Metall. Er lächelte, entblößte weiße Zähne. Danach fasste er Andersons Handgelenk und führte ihn über die ausgedehnte Uferzone, wie der Vater seinen Sohn. Ermunternd nickend, mit ausgestrecktem Arm, wies der Dassanech auf eine sandige Düne. Schattengleich entwischte er ins Nichts. Anderson schaute aufs Wasser. Weil der Morgen langsam über die Berge stieg, erkannte er im Spiegel seine eigenen Umrisse. Flach und hell lag der See, wie ein helles, aufgeschlagenes Buch: das Buch des Wassers. Alles war darin geschrieben, ungehindert konnte er es lesen.

Er lief zur Düne. Modergeruch wehte vom See. Seine Schritte führten durch raschelndes, trockenes Gras. Auf der Düne zeichneten sich Baracken ab. Eine Flagge knatterte im Wind, die unverwechselbare Fahne des Commonwealth. Da wusste er: Das war die Grenzstation Illeret. Er wusste: Dies war Kenia.

Jambiani

„Kein Mensch ist eine Insel, allein vollständig:
jeder Mensch ist ein Stück des Festlands, ein Teil des
Erdreichs;
wenn eine Scholle fortgespült wird von der See,
ist Europa darum kleiner, genauso,
wenn es ein Vorgebirge wäre, genauso,
wenn es ein Haus deiner Freunde wäre oder dein eigenes."

JOHN DONNE

16. Kapitel

Ruhig lag das Meer vor dem weißen Strand. Über den Riffen brüllte die Brandung, eine Walze aus Gischt trennte den offenen Ozean von der Lagune. Das Wasser innerhalb der Lagune war grün und blau gefärbt und man sah die breiten, hellen Streifen der Korallenbänke knapp unter der Oberfläche. Jenseits der Brandung schimmerte das Wasser blassgrau, beinahe silbrig. Ein schwarzer Mechaniker kam zum Strand. Sein Hemd, die Hände und seine Unterarme waren mit Schmieröl verdreckt. Er schlurfte über den heißen Sand zu der Stelle, wo Martin Anderson hockte. Der Mechaniker sagte:

„Der Wagen ist fertig, Martin."

Anderson schaute aufs Meer. Der Mechaniker wiederholte:

„Wir können fahren. Der Wagen ..."

„Der Wagen ist fertig, Simon. Danke, das hast du mir bereits gesagt." Anderson lächelte ihn an. „Du bist tüchtig. Wunderbar, wie du den alten Motor wieder hingekriegt hast."

Senkrecht strahlte die Sonne. Über der endlosen Wasserfläche wölbte sich ein hoher, blauer Dom. Simon lächelte und fragte:

„Wollen wir noch ein bisschen warten?"

Anderson nickte. Er wies zum Horizont, auf eine Wolkenkette über der vagen Linie, die den Himmel vom Meer schied.

„Kommt dort ein Unwetter?"

Blinzelnd beobachtete der Afrikaner die Wolken. Dann schüttelte er den Kopf.

„Nein, Mzungu, das ist kein Sturm. Das sind die Vorboten des Monsuns. Wir werden Regen haben, viel Regen, aber noch nicht heute und nicht morgen." Breit lachte er. „Du hast gut gelernt. Bald kannst du das Wetter lesen wie ein echter Sansibarer."

Er hockte sich neben Martin Anderson auf den Boden und

kramte Zigaretten aus seiner Hose. Die Zigaretten waren verölt und zerknickt. Ohne Eile strich er sie glatt. Er holte Streichhölzer hervor und zündete sich eine Zigarette an. Er hatte dicke, rissige Lippen, aus denen steif der Glimmstängel lugte.

„Soll ich eine Liste machen, was wir alles besorgen müssen?", fragte er.

„Was brauchen wir denn?"

„Zum Beispiel Zündkerzen für das Aggregat. Der Sand dringt überallhin. Die machen schnell schlapp. Wir brauchen Batterien für den Elektromotor, den Minisender und das GPS auf der Jacht. Und die Solarpaneele, damit wir endlich den Drecksdiesel verschrotten können."

„Hast du den Rumpf überprüft?"

„Ja, gestern. Die Jacht ist in Ordnung. Ich hätte gern ein Ersatzsegel. Mit den Solardingern habe ich zu wenig Erfahrung. Man weiß nie, was einem passiert, wenn man draußen ist."

„Gut", meinte Anderson. „Mach eine Liste! Eine, die ich auch lesen kann."

Simon lachte wieder.

„Du musst endlich Suaheli lernen, Mzungu. Du bist hier in Suaheliland, an der Suaheliküste, auf der Suaheliinsel. Dann brauche ich die Listen nicht immer in diesem verfluchten Englisch zu schreiben, das ich hinterher selber nicht mehr entziffern kann." Lachend schlug er sich auf die Schenkel. „Wenn du Suaheli gelernt hast, machen wir einen echten Sansibarer aus dir: Dann wirst du Mohammedaner und fällst jeden Tag fünfmal gen Mekka auf die Knie. Fast alle hier folgen dem Propheten. Du bekommst einen schönen Turban und vier wunderschöne schwarze Frauen. Und ich stolziere den ganzen Tag über den Strand: Mein Mzungu ist der berühmteste Sansibarer unter dem Himmel Allahs."

Er schnappte nach Luft. Anderson zog die Brauen hoch.

„Vier Frauen, sagst du? Alle schwarz?"

„Wenn du eine Weiße findest, die mitmacht, darfst du auch weiße Frauen haben. Vor Allah sind sie alle gleich."

Johlend schlug Simon die Hände vor die Augen. Anderson sah das Boot eines Fischers vor der Küste, eine lange Dhau mit dreieckigem Segel.

„Brauchen wir noch etwas für die Jacht?", fragte er. „Vielleicht fahren wir zu den Inseln rüber, um zu tauchen. Bevor der Monsun kommt."

„Wir sollten eine Eismaschine mitbringen."

„Müssen wir die vorbestellen?"

„Nein. Ich kenne einen Händler in Stone Town, der kleine Eisgeneratoren am Lager hat. Er ist ein schlauer Mann. Er weiß, dass die Leute erst zu ihm kommen, wenn das Eis in ihrer kaputten Maschine längst weggeschmolzen ist. Er hat genug auf Vorrat."

„Okay. Noch etwas?"

„Das Übliche: Proviant und die Post. Die müssen wir auch abholen."

Anderson nickte stumm. Simon nahm den aufgerauchten Stummel aus dem Mund und zerrieb ihn im Sand. Er stand auf.

„Ich warte am Wagen. Oder soll ich vorher noch andere Dinge erledigen?"

„Nein. Ich komme gleich."

Der Mechaniker winkte knapp und lief über den Strand zu den Bungalows. Zwischen den Palmen lugten die weißen, sauberen Fassaden der Cabins für die Touristen und die braunen Holzhütten der Eingeborenen hervor. Das war Jambiani, ein kleines Dorf an der Ostküste der Insel. Sanfter Wind strich über die See und liebkoste die breiten Palmenwedel. Ohne Hast schaute Martin Anderson auf den Ozean. Er sah die Flut kommen, eine sanft wippende Bewegung des Wasserspiegels. Schon verblassten die Umrisse der

Korallen in der Lagune, versanken ihre üppigen Bänke im steigenden Pegel. Ölig leckten die Wellen am Strand, leise gurgelnd. Wo sie sich zurückzogen, funkelte feuchter Sand wie Glas. Es wäre besser, sitzen zu bleiben und der Flut zuzusehen, dachte er. Man müsste immer hier sitzen, den Gezeiten folgen und zuschauen, wie der Monsun von Indien übers Meer treibt. Es ist so einfach und so friedlich und wenn man keine störenden Gedanken hätte, könnte man es gut ertragen.

Er schmeckte den Wind, den ewigen Wind der Ostküste von Unguja, wie die Einheimischen ihre Insel nennen. Seltsam, sagte er zu sich. Die Wolken sind noch so weit entfernt, eigentlich beinahe unsichtbar. Und dennoch kann man den Monsun förmlich riechen, tagelang, bevor er auf die Küste kommt. Und wenn er nahe genug ist, mischt sich der süßliche Duft von Regen, viel Regen, in den salzigen Hauch überm Meer.

Regungslos saß er am Strand und beobachtete, wie das Fischerboot auf den Wellen ritt. Es war ein zeitloses Bild, als gäbe es überhaupt keine Zeit oder als sei die Zeit stehen geblieben oder als hätte sie sich umgekehrt. Hinter ihm rauschten die Palmen, vor ihm schwappte der Indische Ozean. So war es immer gewesen, dachte er, und so wird es alle Zeit sein. Das Meer hat keinen Anfang und kein Ende. Alles hat seinen ewigen Platz, genauso, wie es schon vor Millionen Jahren war oder vor zwei Jahren, als du hierhergekommen bist, als du an diese Küste gekommen bist, oder wie vorige Woche oder gestern. Der Ozean, der sich vor ihm erstreckte, das war Panthalassa, das Meer des Anfangs, und in seinem Rücken befand sich nicht Afrika, sondern die riesige Landmasse von Pangäa. So wenig Zeit hat der Mensch in seinem Leben, oder alle Zeit seiner Welt, und die Küste war grün und weiß. Drei uralte, vulkanische Inseln liegen vor Ostafrika: Sansibar, Pemba und Madagaskar. Doch kein Vulkan und kein Gestein auf dem Festland ist so alt wie das Wasser des Ozeans in seinen tiefsten Gräben.

Eine milchige Krabbe schob sich durch den Sand, drohte mit ihren Scheren. Er schaute auf das Tier, das sich mühsam über die Mulden kämpfte, bis es an seine Zehen stieß. Die Krabbe machte einige Versuche, über seinen Fuß zu klettern. Entmutigt ließ sie ab und wühlte sich durch heißen Sand.

Es wäre besser, sitzen zu bleiben, dachte Anderson noch einmal. Aber du musst unbedingt nach Stone Town, um ein paar Sachen zu erledigen und die Post zu holen. Du musst im Institut nach dem Rechten sehen. Nächste Woche kommen die ersten Studenten zum ersten Seminar. Bis dahin muss alles eingerichtet sein.

In der Mailbox seines Computers lagen die Anmeldungen von einem Dutzend junger Leute. Sie hatten ein Stipendium in der Tasche, das die Schwedische Akademie zu Ehren von Professor Aaron Miller ausgelobt hatte. Sie kamen aus Europa, Nordamerika, aus Australien, zwei Chinesen und eine Brasilianerin waren dabei. Anderson hatte keine Ahnung, was das für Menschen waren, die sein Institut mit Leben erfüllen sollten. Und vor allem: Er hatte keine Ahnung, mit welchem Thema er das erste Seminar eröffnen wollte. Er dachte: Vielleicht solltest du wirklich hierbleiben. Es ist so friedlich, ohne Probleme und vor allem: ohne Furcht.

Anderson zog die Knie bis an die Brust, verschränkte die Arme und legte das Kinn auf. An dieser Küste war er gestrandet, hierhin hatte es ihn verschlagen und er konnte von Glück sagen, von einer bestimmten Form des Glücks, dass die See friedlich war und der Krieg am Horn weit weg. Hier draußen konnte er stundenlang sitzen und den Krieg vergessen: das halbe Gesicht des toten Wärters in Aksum, das fiebrige Antlitz von Samson Gebreyesus; hier draußen konnte er ausruhen und alles hinter sich lassen. Martin Anderson liebte dieses friedliche Meer und das friedliche Rauschen in seinem Innern, das stärker war als die grauenhaften Erinnerungen an den Krieg. In Stone Town war es anders, dort fand er keinen Frieden. Nicht am Tage in den quirligen, dampfenden Gassen, nicht in der schwülen, brütenden Nacht, wenn die Bilder kamen und er schweißgebadet hochschreckte, sich im Halbschlaf wälzte und Gespenster jagte.

Dass es Geister waren, das wusste er hier, in Jambiani, das war eine unsagbar beruhigende Erkenntnis, und hier draußen im Bungalow schlief er tief und ruhig und ohne Alpträume und war am Morgen wach, richtig wach und erfrischt und klar wie das Wasser in der Lagune. Er hatte Glück gehabt, er hatte es hierher geschafft, hier war er in Sicherheit.

Widerstrebend stand er auf, klopfte Sandstaub von der Hose und lief zu den Bungalows. In seinem Apartment tauschte er das Hemd. Er holte die Schecks aus dem Safe und ging zur Garage, wo Simon wartete. Der Mechaniker warf seine Zigarette auf den Boden, stieg in den Pick-up und ließ den Motor an. Anderson setzte sich auf den Beifahrersitz. Simon ließ den Wagen aus der Garage rollen, gab Gas und lenkte über den karstigen Boden zur Küstenstraße nach Paje. Anderson legte den Ellenbogen ins offene Fenster und schaute zum Ozean. Die Ostküste von Sansibar ist ein einziger breiter Strand, feiner Sand auf hartem Gestein. Parallel zur Uferlinie erstrecken sich die Riffe, einige Kilometer entfernt, hinter den Lagunen, überspült von der Brandung. Der Boden auf der Insel war fest: verwitterter Kalk aus Korallen und Muscheln. Der Wagen kam gut voran. Fahrtwind griff ins Fenster und lüftete Andersons Hemd. Schlaglöcher klafften auf dem Weg, die Simon beschwingt umkurvte.

***

Paje war ein kleines Fischerdorf, von dem die Straße ins Innere der flachen Insel führte, über die spröden Sedimente eines unterseeischen Vulkans. In grauen Vorzeiten hatte er Lava gespuckt, später entstand daraus ein Riff, stieg das Atoll aus dem Meer. Hart schrammte der Wagen über die Löcher. Anderson krallte sich am Armaturenbrett fest. Dieser Teil Sansibars ist von Korallen geprägt. Es ist unfruchtbarer Boden, der kaum etwas zu halten vermag außer Sand und harten Gräsern. Die Sonne brannte, als wollte sie den Wagen an die Straße schweißen. Sie tauchten durch die Schatten hoher Dattelpalmen und ausladender Baobabs. Ohne den Wind vom Meer wäre es unerträglich gewesen. Doch an Sansibars Ostküste weht immer ein Hauch, er ist die Gnade dieses Weltwinkels. Sie erreichten Kitogani, eine Siedlung am Pete Inlet, einer gewundenen Meerzunge, die weit in den Südostzipfel der Insel reicht. Dichter Dschungel bestimmte das Bild, die undurchdringliche grüne Wand des Jozani Forest.

In Kitogani besserte sich die Straße. Summend griffen die Reifen nach dem glatten Asphalt. Simon schaltete hoch. Kurz blitzte das Wasser des Pete Inlet zwischen den Bäumen, mit der bewaldeten Insel Uzi, die sich wie ein schützender Riegel vor die Küste legt. Weißstämmige Mangroven ragten aus dem brackigen Wasser. Hinter ihnen griffen lange, breite Palmenfächer in die azurblaue Fläche des Meeres. An den Mangroven konnte Anderson erkennen, wie hoch die Flut stand. Kitogani liegt an der Westküste, die dem afrikanischen Festland zugewandt ist. Hier drängt die Flut nicht so stark gegen den Strand wie vor Jambiani, das ungeschützt zum Indischen Ozean weist. Die Wellen brechen sich weitab vorm Strand, der Schwemmsand sammelt sich in den flachen Uferzonen. Dort mischt er sich mit dem Humus der Mangroven, eine fruchtbare Liaison, die die reichen Mangrovenwälder noch üppiger wuchern lässt. Doch das Mangrovenholz ist begehrt.

Die Sansibarer bauen damit ihre Häuser und heizen ihre Küchen. Wo die Gehölze abgeschlagen sind, bleiben schlammige Senken, die zu braunem Sumpf verlanden.

Das Fahrzeug umrundete die Meerzunge und folgte der Straße nach Westen. Kleine Ansammlungen von strohgedeckten Hütten säumten die Straße. Die meisten Inselbewohner leben in den Dörfern an der Küste, denn im Innern der Insel brüten die Sümpfe fiebrige Dämpfe aus. An der Westseite ist der Boden fruchtbar. Hier gedeihen Mais, Süßkartoffeln, Ananas, Kakao und Papayas. Anderson hatte überlegt, die Versorgung seiner Studenten und der Mitarbeiter durch Verträge mit den Bauern abzusichern. Das war billiger als bei den Großhändlern in Stone Town, diesen Halsabschneidern. Zudem kämen die Früchte taufrisch auf den Tisch. Er beschloss, auf dem Rückweg zu halten und mit den Pächtern zu verhandeln. Er hatte Simon dabei. Der Mechaniker war ein guter Übersetzer und ein geborener Händler, der bisher jeden Preis gedrückt hatte.

Die Straße knickte nach Norden, durch Plantagen von Dattelpalmen, zu einem Außenposten der Universität von Daressalam. Sie fuhren in Tunguu ein. Auch in diesem Ort dominierten die Dattelpalmen. Die Stadt Sansibar kam in Sicht. Innerhalb weniger Minuten wechselte die verwaiste Szenerie des Inselinnern mit hektischer Betriebsamkeit. Autokolonnen und Fahrradkonvois strömten in die Altstadt, nach Stone Town, zur exotischen Kulisse aus Tausendundeiner Nacht. Der Wagen passierte den Kreisel auf der Karume Road und fuhr geradewegs ins Zentrum der Metropole, deren arabischer Glanz bröckelte wie trockener Korallenkalk.

Simon steuerte den Pick-up durch enge Gassen. Er hielt vor dem Postgebäude, stellte den Motor ab, steckte sich eine Zigarette an und legte die Arme lässig aufs Lenkrad. Anderson stieg aus, warf die Wagentür zu und betrat das Gebäude. Drinnen war es angenehm kühl. Der Angestellte am Schalter nickte kurz, ging nach hinten und kam mit einem Packen Briefe zurück.

„Das ist bei uns eingegangen, Mister Anderson", sagte er. „Die Pakete hat Salmin bereits heute Morgen abgeholt."

„Danke", erwiderte Anderson. „Warum hat er die Briefe nicht mitgenommen?"

„Er sagte, Sie würden ohnehin vorbeischauen. Dann kämen Sie nicht umsonst."

Der Angestellte lächelte, Anderson lächelte zurück. Er nahm den Packen und schob ihn unter sein Hemd. Draußen empfing ihn die Gluthölle der Stadt. Er stieg in den Wagen. Sie fuhren zur Kenyatta Road, einige Meter um die Ecke. Salmin hockte auf den Stufen des Institutsgebäudes, dessen schmucke Fassade sich frisch gegen die windschiefen Häuser in der Nachbarschaft abhob. Als er den Pick-up auf den Hof einbiegen sah, erhob er sich und winkte.

„Salam, Martin!", grüßte er. „Hast du schon die Post geholt?"

„Ja. Was war in den Paketen?"

„Bücher aus Stockholm für den ersten Kurs. Und die Unterlagen der Studenten. Wir erwarten zwölf Gäste, nicht wahr?"

„Genau. Hast du dir die Akten angesehen?"

„Natürlich. Zwei von ihnen waren an dem Institut in Kapstadt, wo ich promoviert habe."

„Kennst du sie?"

„Nein. Sie waren nur kurz da, für eine Summer School."

Sie gingen ins Haus. Im oberen Stockwerk kreischten Bohrer. Ein elektrischer Hammer krachte in die Wände.

„Wann kommen die Möbel?", fragte Anderson gegen den Lärm.

„Morgen. Ich habe sie bereits begutachtet", antwortete Salmin. „Ausgezeichnete Qualität. Heute Nachmittag haben sich die Elektriker angemeldet, um die Stromkabel zu verlegen, auch die Datenleitungen für das Computernetz. Bis zum Wochenende wollen wir die Satellitenanlage und die Solaranlage auf das Dach montieren. Es wäre schön, einen Tag freizuhaben, bevor die Studenten kommen."

„Das klappt", beruhigte ihn Anderson. „Was sagt Miss Malindi? Wie viel Verpflegung werden wir brauchen? Ich will mit den Bauern verhandeln. Dazu brauche ich eine Liste, immer für eine Woche im Voraus."

„Sie hat gerade die Küche gesäubert. Wir hatten heute die Monteure für die große Pfanne im Haus. Jetzt ist Miss Malindi zum Markt gegangen, um Obst zu kaufen. Brauchen wir Fleisch?"

„Kein Fleisch", wehrte Anderson ab. „Das hält sich nicht in dieser Hitze. Wenn wir welches brauchen, besorgen wir es vorgebraten."

„Wir brauchen Getränke, vor allem Wasser. Sauberes Trinkwasser."

Anderson nickte. Er zog ein paar Geldscheine aus der Tasche und drückte sie seinem Mitarbeiter in die Hand.

„Im Depot von Abu Hassan kannst du billig Wasser holen. Er weiß Bescheid, ich habe ihn angerufen. Sag ihm, wie viel er künftig pro Woche anliefern soll, auch Saft und Bier."

„Gut, Martin, das werde ich tun. Ich gehe gleich zu ihm."

Anderson blieb allein in dem Raum zurück, der für die Seminare gedacht war. Noch waren die Wände nackt und kahl. Dicker Staub sammelte sich auf dem Boden. Er lief in den Flur und von dort in den großen Garten hinterm Institut, wo eine zweistöckige Remise stand. Das war das Unterkunftsgebäude für die Studenten. Die Zimmer waren fertig, nur die Möbel fehlten noch. Die Remise hatte ein langes, vorgezogenes Dach, das angenehmen Schatten warf und die Räume kühlte. Der Bau schmiegte sich an die alte Mauer, die das Grundstück von den Nachbarn trennte.

Rostige Klammern lugten aus den verwitterten Ziegeln. Früher hatte dieser Ort als Marktplatz für Sklaven gedient, vornehmlich aus Kenia und Tanganjika. Später hatte ein indischer Geschäftsmann ein kleines Gasthaus errichtet. In seinem Gästebuch hatte Anderson gelesen, dass John Speke hier abgestiegen war. Speke war ein Zwitter, halb Abenteurer, halb Forscher, der den Kontinent durchkämmt hatte, um die Quellen des Nil zu finden, dazu Gold, Elfenbein und Ruhm. Vor allem aber fand er Wasser, großes Wasser: den Tanganjikasee und den Victoriasee. Auch David Livingstone, der Entdecker der großen Wasserfälle des Sambesi, startete von Sansibar in die Wildnis.

Das Hotel lief gut, fast hundert Jahre lang, bis es ein zündelnder Mob in Brand setzte. Das geschah in den Sechzigerjahren, als der damalige Hotelbesitzer, ein reicher Inder, unter Macheten verblutete. Aufgebrachte Sansibarer schlachteten innerhalb weniger Stunden mehr als dreizehntausend Araber und Inder im Namen der Unabhängigkeit. Seitdem galt das Grundstück als verflucht. Niemand hatte es seitdem betreten. Auf den Mauerziegeln war die schwarze Patina jenes Pogroms deutlich sichtbar.

Nachdem er sich überzeugt hatte, dass die Arbeiten zufriedenstellend vorangingen, verließ Anderson das Institut, schlenderte durch enge Gassen. Die verfallenden Bauten waren wie die Riffe vor den Inseln, an denen sich das Meer und der Wind als Bildhauer versuchten, an denen sie beständig neues Material antrugen und altes wegwuschen, der unermüdliche Schleifstein der Zeit. Zeit, ging es Anderson durch den Kopf. Was ist das? Der Lauf der Sonne? Des Regens? Des Windes? Die Gezeiten? Zeit, dachte Anderson noch einmal, vielleicht ist das ein gutes Thema für den Start: Wie viel Zeit hat der Mensch wirklich?

Zwei arabische Schönheiten kamen ihm entgegen, in weißen Gewändern und roten Schleiern. Scheu lächelten sie ihm zu, drängten sich kichernd in ein dunkles Tor. Ein alter Jude hockte vor seiner Werkstatt, einem Juweliergeschäft, das vom vergangenen Glanz Sansibars kündete. Seit der Unabhängigkeit waren die meisten jüdischen Diamantenhändler nach Johannesburg, Amsterdam und Rio de Janeiro ausgewandert. Der Alte trank Tee. Die Hitze hatte sich tief in sein faltiges Gesicht gemeißelt. Hinter ihm, im Halbschatten des Geschäfts, sah Anderson eine abgehärmte Frau. Er grüßte. Der alte Mann nickte. Die Frau im Laden winkte. Eine Katze huschte über die Gasse und verkroch sich in den Spalten der Kanalisation.

Er bog in die nächste Gasse, die auf eine schmiedeeiserne Pforte stieß, in einer hohen, mit wildem Wein überwucherten Mauer. An der Pforte befand sich ein schwerer Ring. Als er ihn anschlug, musste er nicht lange warten. Ihm öffnete ein junger Inder in hellem Kaftan.

„Kommen Sie herein, Mister Anderson", sagte er höflich. „Abu Samu erwartet Sie bereits."

Anderson schlüpfte hinein. Hinter der Mauer weitete sich das Anwesen zu einem geräumigen Hof, zum grünen Patio mit Keramikbrunnen, verspielten Bögen und fragilen Zinnen. Am Brunnen ruhte ein gewaltiger Rottweiler, hechelnd hing die blassrote Zunge aus seinem Fang. Das Tier sprang auf.

„Hallo, Penelope", flüsterte Anderson.

Gehorsam setzte sich die Hündin auf ihre Hinterläufe. Spielerisch packte sie Anderson an den Ohren, kraulte das kurze Fell in ihrem Nacken. Er folgte dem jungen Mann über den Hof, mit dem Tier, das nicht von seiner Seite wich. Sie betraten einen schattigen Pavillon vor einem kleinen See mit Teichrosen. Im Wasser schwebten gelbe und rote Fische.

„Bitte warten Sie einen Moment", bat der Bedienstete.

Er ging ins Hauptgebäude, das die Ausmaße eines arabischen

Palastes hatte. Früher lebten darin die Ratgeber des Sultans von Sansibar. Heute residierte hier Abdul Ibn Samu, die graue Eminenz der Autonomiebehörde. Eine Minute verging und der alte Mann erschien, in lässigem Gewand mit sorgsam gewickeltem Turban auf dem Kopf. Er war dick und klein, eine Kugel, so kurz schienen seine Beine. Auf seinem Gesicht schimmerten die ironischen Züge eines Menschen, der viel erlebt hatte und den nichts zu erschüttern vermochte. Jovial breitete er die Arme aus.

„Martin, ich freue mich, dich zu sehen!" Ibn Samu umarmte seinen Gast, legte die Hand auf Andersons Schulter und führte ihn zu einer flachen Bank am Teich. Generös zeigte er auf die Seerosen. „Sieh sie dir an, Martin. Sie fangen das Licht der Sonne ein, sammeln es und heben es für mich auf. Für meine Frauen und meine Kinder."

Auf seinem Gesicht huschten Lichtreflexe, die das Wasser zurückwarf. Ibn Samu wirkte wie ein märchenhafter Sultan inmitten seines paradiesischen Gartens.

„Wie geht es deinen Kindern?", erkundigte sich Anderson höflich.

„Gut, mein Freund, gut. Mein ältester Sohn wird uns bald nach Cambridge verlassen. Er hat die Aufnahmeprüfung bestanden."

„Sehr gut", lobte Anderson. „Ausgezeichnet. Und Kemal?"

„Er geht nach Port Elizabeth in ein großes Hotel, das von Italienern geführt wird. Wenn er sein Handwerk erlernt hat, kehrt er zurück und eröffnet sein eigenes Hotel. Er ist eine Zierde seines Vaters wie die anderen auch."

„Wie geht es Fata?"

„Sie hat das Asthma überwunden. Dank deiner Hilfe, Martin. Die Medizin, die du aus Holland geholt hast, war wirklich gut. Ich stehe tief in deiner Schuld."

Vertraulich neigte er sich zu ihm.

„Was kann ich für dich tun, mein Freund?"

Anderson ließ einige Augenblicke verstreichen. Er spürte Samus musternde Augen.

„Ich brauche eine Genehmigung, damit ich nach phönizischen Wracks suchen darf. Ich möchte einige Ausgrabungen machen und zu den Wracks tauchen. Vielleicht lohnt es sich, sie zu heben."

„Phönizische Wracks? Hier, im Indischen Ozean?"

„Ja, hier."

„Das ist nicht das Mittelmeer, das weißt du schon, oder Martin?"

„So steht es im Antrag für das Institut. Wir prüfen eine These: Haben die Phönizier das Mittelmeer verlassen? Sie könnten Kunde gehabt haben von dieser Küste. Kunde von Punt beispielsweise."

„So, so." Ibn Samu kaute die Worte. „So steht es also in deinem Antrag. Ich wundere und freue mich für dich, wie clever du diesen Antrag formuliert hast. Ihr sucht nicht zufällig auch nach Spuren von Wikingern?"

Anderson spielte Überraschung.

„Mein Freund, ich wusste gar nicht, dass du dich so sehr für meine Arbeit interessierst! Hast du etwa meinen Antrag gelesen?"

Vergnügt funkelten Samus Augen.

„Die Wege Allahs sind unerforschlich und die Wege des Geldes auch. Ich möchte dich wirklich unterstützen, mein Freund. Was brauchst du noch?"

„Außerdem würde ich gern ein Boot im Pemba-Kanal stationieren, für die wissenschaftlichen Tauchgänge. Dass ich das Boot bekomme, haben mir die Schweden zugesichert. Was mir fehlt, ist ein guter Liegeplatz."

„Wo soll es seinen Heimathafen haben?"

„In Nungwi."

Nachdenklich wiegte Samu sein rundes Haupt.

„Die Nordspitze Ungujas kann sehr stürmisch sein. Ich empfehle dir, es nach Stone Town zu bringen, in meine Marina. Du kannst einen Liegeplatz neben meiner Jacht haben. Dann können meine Leute auch auf dein Schiff aufpassen. Man kann nicht vorsichtig genug sein. Was ist mit deiner kleinen Sonnenjacht?"

„Sie liegt vor Unguja Ukuu."

„Gut. Das ist nicht zu weit von Jambiani. Und nun, mein Freund, erläutere mir, wonach du wirklich suchst."

Anderson konnte sich ein Grinsen nicht verkneifen.

„Es könnte sein, dass auch andere Seefahrernationen hierhergekommen sind: die Ägypter, die Wikinger. Bisher sind es reine Spekulationen. Vielleicht finden wir ja wirklich nur phönizische Spuren, älter als die Pharaonen. Die Sensation wäre kaum geringer ..."

„Was hast du schon gefunden?"

„In den Seefahrtsbüchern Alexandrias wurde Sansibar erstmals rund 150 Jahre vor Christus erwähnt. Lange vorher hatte der Grieche Hippalus das Geheimnis des Monsuns gelüftet. Er sagte voraus, dass man mit seiner Hilfe bis nach Indien gelangen könnte. Ich habe mir seine Schriften angesehen. Er wusste viel über den Monsun, als wäre er selbst mit diesem Wind über den Ozean gereist. Er muss zuverlässige Quellen gehabt haben, sehr erfahrene Seeleute, irgendwo an der Ostküste Afrikas."

Samu strich sich über das Kinn.

„Sansibar war ein guter Hafen, das stimmt zweifellos", murmelte er. „Diese Küste wimmelte von Piraten, die das Meer bis nach Arabien und zu den Seychellen beherrschten. Mit den Portugiesen und ihren Kanonen war das vorbei. Eigentlich schade."

Er feixte heiser, wurde aber sofort ernst, fast zornig.

„Und dann kamen die Engländer, als wären sie die Herren der Erde."

„Heute ist die Welt eine andere. Dein Sohn wird in England studieren."

„Du hast recht, Martin. Man darf sich nicht gegen den Lauf der Dinge stellen. Es wäre ebenso sinnlos, die Gezeiten anhalten zu wollen oder den Monsun. Wo vermutest du die phönizischen Häfen?"

„In der Bucht von Kiwani oder auf Pemba."

„Auf Pemba kannst du machen, was du willst. Dafür brauchst du keine Genehmigung. Kiwani ist ein Schutzgebiet. Wenn wir nicht aufpassen, ist bald nichts mehr von den Mangroven übrig."

„Also Pemba. In Ordnung. Damit kann ich leben."

Erneut lächelte der alte Mann.

„Warum willst du alte Schiffe und Häfen ausgraben? Lass sie in der Erde ruhen! Die Toten weckst du nicht auf."

Als Samu endete, folgte langes Schweigen. Das grelle Licht auf dem Teich knisterte. Der Araber fragte:

„Gesetzt den Fall, Martin, du findest etwas, sagen wir ein Wrack. Was passiert danach?"

„Das wäre eine wissenschaftliche Sensation."

„So ähnlich wie die Entdeckung von Eiriks Hafen auf Grönland?" Samu kicherte wie ein kleiner Junge, dem ein gewitzter Streich gelungen ist. „Ich habe mich ein wenig umgehört. Du bist berühmt bis nach Cambridge. Wenn du etwas von Wert findest, kann das viel Geld nach Sansibar bringen."

„Möglicherweise. Allein das Institut hat schon viel Geld hierhergebracht."

„Dann sollten wir jetzt darüber sprechen, was wir mit dem Geld machen."

„Noch habe ich nichts gefunden", widersprach Anderson. „Höchstwahrscheinlich werde ich überhaupt nichts finden. Die Phönizier nutzten Boote aus Papyrus und Holz. Von diesem leichten Material ist nach so langer Zeit kaum etwas übrig."

Samu legte seine Hand auf Andersons Arm.

„Lass es das harte und beständige Holz der Wikinger sein. Wenn ihr etwas findet, kann es leicht passieren, dass wir zu wenig Zeit haben, um über das Geschäft zu sprechen. Dann kommen so viele Leute, die alle ihren Anteil wollen. Das müssen wir vorher regeln. Wer hätte die Rechte an deinen Funden?"

„Bisher habe ich einen Vertrag mit der Akademie in Stockholm."

„Das habe ich mir gedacht. Einmal haben die Deutschen unsere Insel verscherbelt, gegen einen Felsen in der Nordsee. Das muss endlich aufhören. Wenn du etwas suchst, sollst du meine ganze Unterstützung haben. Wenn du etwas findest, muss ein Teil des Gewinns auf Sansibar bleiben. Wir brauchen Schulen. Wir brauchen bessere Hospitäler. Nicht jeder kann seinen Freund Martin fragen, um eine Arznei aus Europa zu bekommen."

„Ich verstehe."

„Also, wie können wir das regeln?"

„Man könnte eine Stiftung gründen, an der die Schweden, mein Institut und die Autonomiebehörde beteiligt sind."

Samu schüttelte den Kopf.

„Nein, die Autonomiebehörde, das sind doch alles korrupte Verbrecher", widersprach er listig. „Außer mir natürlich. Ich besorge dir die Genehmigungen. Du gründest eine Stiftung mit den Schweden. Allerdings schickst du mich in den Vorstand dieser Stiftung, ausgestattet mit allen Vollmachten. Dann kann dir niemand vorwerfen, dass du private und wissenschaftliche Interessen vermischst. Und wir bleiben von der Behörde unabhängig. Niemand weiß, was in zehn Jahren sein wird. Wer dann in Sansibar die Fäden zieht, wer dann die hoheitlichen Siegel verwaltet."

„Du denkst weit voraus, Abdul."

Der Araber lächelte unentwegt.

„Die Stone Town gehört zum Weltkulturerbe der Vereinten Nationen. Der Sohn meines Schwagers ist im Verwaltungskomitee tätig. Er wäre leicht, phönizische oder andere Funde in die Liste einzubringen. Das würde uns zusätzliche Mittel bescheren." Er dachte kurz nach und fragte: „Bis wann ist das Boot fertig?"

„Sie fangen an, sobald ich die Genehmigungen habe. Ich glaube, sie bauen es in einer Werft an der Adria. Das dauert ungefähr ein halbes Jahr."

„Gut. Du kannst deinen Freunden in Stockholm mitteilen, dass die Genehmigungen erteilt werden. Das Verfahren wird in einem Monat abgeschlossen sein. Welche Investition steht dahinter?"

„Eine halbe Million Dollar."

Ein leiser Pfiff glitt von Samus Lippen.

„Du brauchst unbedingt einen einheimischen Geschäftspartner. Das würde die Genehmigungen beschleunigen."

„Was ist mit dir, Abdul?"

„Nein, das wäre zu durchsichtig. Wie könnte ich dann im Vorstand der Stiftung sitzen? Ich dachte eher an meinen Schwager Ibrahim. Er handelt mit elektrischen Geräten jeder Art. Das passt gut zu deinem Tauchschiff. Er könnte den Import der Maschinen und Ersatzteile übernehmen."

„Ich brauche dringend zwei Waschmaschinen für meine Studenten."

„Prima, damit wäre auch das erledigt. Wir sollten uns am Sonntag treffen, um mit Ibrahim alles in Ruhe zu besprechen. Er ist ein sehr zuverlässiger Geschäftsmann. Auf diese Weise bleibt das Geld in der Familie ..."

Samus Hand fiel nach unten. Sofort sprang die Hündin auf und begann, daran zu lecken. Er holte einen Leckerbissen aus den Weiten seines Gewandes und steckte ihn zwischen die gewaltigen Kinnladen des Tieres.

„Ich habe gehört, dass nächste Woche deine ersten Studenten kommen. Brauchst du noch etwas?"

„Ich glaube nicht."

„Ich habe deine Aufstellung durchgesehen. Die Visa liegen bereit, allerdings müssen sie die Studenten persönlich abholen. Das ist Vorschrift. Sollte jemand nicht gegen Geldfieber geimpft sein, ist das kein Problem. Dann musst du die jungen Leute umgehend ins Hospital schicken, damit sie sich ihre Spritze abholen. Du weißt, ich darf keine Ausnahmen machen."

„Ich weiß es und ich danke dir, Abdul."

„Naja, diese jungen Leute. Die brennen darauf, nach Afrika zu kommen, und vergessen die einfachsten Dinge. Ich habe Doktor Raya von der Medical Group gebeten, sie soll zusätzlich Malariaprophylaxe besorgen. Sie meinte, du bekommst das in Amsterdam billiger."

Anderson nickte.

„Wenn Doktor Raya etwas braucht, soll sie einfach Salmin anrufen", antwortete er. „Wir haben eine größere Mengen Lariam mitgebracht und im Kühlschrank eingelagert. In unserem Institut steht ein kleines Krankenzimmer für den Notfall bereit. Für größere Probleme haben wir einen Vertrag mit den Flying Doctors in Nairobi."

„Gut. Du denkst an viele Dinge. Sehr gut."

Sie schwiegen wieder. Penelope lag ihnen zu Füßen. Leise sagte Samu:

„Da ist noch etwas, was ich mit dir besprechen wollte."

Aufmerksam schaute er seinen Besucher von der Seite an, der keine Regung zeigte. Also fuhr er fort:

„Es macht mir Sorge, dich so in deine Arbeit vergraben zu sehen. Es ist nicht gut für einen Mann, immer zu arbeiten. Manchmal muss man die Seele baumeln und sich verwöhnen lassen."

Versonnen blickte Anderson auf die Seerosen. Er wusste genau, worauf Samu hinauswollte. Der Araber setzte seinen Monolog fort:

„Du bist im besten Alter, Martin. Du bist erfolgreich und berühmt. Aber du gehst nie zu Frauen. Das bereitet mir Kopfzerbrechen. Du bist mein Freund."

„Irgendwann werde ich eine Familie gründen. Das kommt zu seiner Zeit."

„Du bist nicht krank oder unzufrieden, Martin?"

„Nein, überhaupt nicht."

„Lass uns offen reden: Vielleicht bevorzugst du Knaben?"

„Nein, Abdul, ganz bestimmt nicht."

Erleichtert hob Samu die Hände.

„Du weißt, ein Wink von mir und es findet sich eine Lösung. Ibrahims älteste Tochter, eine Schönheit, sage ich dir, ist im richtigen Alter. Es wäre eine große Ehre für sie, dir zur Seite zu stehen. Aber ich will dich nicht drängen. Ihr Europäer seid in solchen Dingen manchmal seltsam. Mir ist wichtig, dass du dich bei uns wohlfühlst. Auf deine Art."

„Danke, Abdul. Ich werde darüber nachdenken."

Der Araber lächelte väterlich, umarmte Anderson. Gemeinsam schritten sie durch den Innenhof zur Pforte, wo der junge Inder auf einem Schemel wartete. Er war höchstens siebzehn Jahre alt. Auf seinen Knien lag ein Buch.

„Martin, das ist Dini", sagte Samu. „Er ist ein hoffnungsvoller Schriftgelehrter. Ich habe ihn als kleinen Jungen von der Straße geholt, als Waise. Er wird noch zwei Jahre bei mir bleiben und dann nach Ryad gehen, um die Geheimnisse des Quram zu studieren. Er hat glänzende Aussichten."

Anderson reichte Dini die Hand. Artig erwiderte der junge Mann seinen Gruß und öffnete die Pforte. Fauliger Geruch von Müll waberte durch die Gasse. Samu hob zum Abschied die Hand. Anderson entschlüpfte in die nachmittägliche Hitze, die schwer auf der Stadt brütete. Er schlenderte zum Juweliergeschäft und zum Institut. Dort saßen Simon und Salmin, rauchend, spielten

Karten. Anderson machte einen Rundgang durchs Haus, bis Simon aufgeraucht hatte. Danach setzten sie sich in den Wagen, fuhren langsam durch verwinkelte Viertel, durch enge, abschüssige Gassen, die sich zum Meer senkten. Sie hielten an einer Ladenfront. Simon ging hinein. Als er herauskam, hatte er eine kleine Eismaschine in der Hand. Er wuchtete die Kiste auf die Ladefläche des Pick-ups, zurrte sie mit breiten Gurten fest, wischte sich Schweiß von der Stirn und sprang auf den Fahrersitz. Anderson sagte:

„Zum Afrikahaus, Simon. Anschließend hast du frei."

Der Sansibarer nickte, startete den Motor und holperte auf die Kenyatta Road. Er fuhr zur breiten Strandpromenade, zur Shangani Street, die um diese Zeit sehr belebt war, mit vielen Touristen. Vor der weißen Fassade des Africa House Hotel kam der Wagen zum Stehen. Es war zu früh für einen Sundowner und zu spät für den Lunch, also waren im Hotel kaum Touristen zu sehen. Anderson stieg aus, warf die Tür zu und winkte. Simon brauste davon. Ein Page trat heran. Weil Anderson kein Gepäck hatte, blieb er unschlüssig stehen und wartete. Anderson lief durch die Rezeption zur Treppe, zum Restaurant im oberen Stockwerk.

***

Vom Wasser wehte warmer Wind. Es war Nachmittag und die Sonne begann ihren Abstieg. Das Meer glitzerte wie Lametta. Scharf zeichnete sich das Festland am Horizont ab, eine dunkle Hügellinie, kaum vierzig Kilometer entfernt. Dort lag Daressalam, die Stadt des Friedens. Von dort kamen weiße Fähren nach Sansibar und nach Pemba. Von dort war Professor Ferenc Horváth angereist, ein kleiner Mittvierziger mit starker Brille und Kinnbart, der unterm Sonnenschirm auf der Veranda saß, einen grünen Cocktail auf dem Tisch. Als er Anderson erkannte, sprang er auf und schüttelte ihm überschwänglich die Hand.

„Ah, Mister Anderson! Schön, dass wir uns treffen! Dass wir uns endlich persönlich kennenlernen!"

Horváth war Mitglied der Schwedischen Akademie, in der Gruppe der Biologen und Anthropologen, zu der auch Anderson gehörte. Er lehrte und forschte in Budapest. Zweimal im Jahr kam er nach Ostafrika, um im vulkanischen Gestein nach fossilen Bakterien zu suchen. Er bat:

„Setzen Sie sich bitte. Ich freue mich wirklich, dass Sie Zeit für mich gefunden haben."

Ein dicker Käfer brummte durch die Luft. Hart schlug er gegen das Cocktailglas, rollte betäubt zur Tischkante und fiel auf den Boden.

„Ich hoffe, Sie mussten nicht zu lange warten", sagte Anderson entschuldigend. „Sie wissen ja, nächste Woche kommen meine ersten Studenten. Da müssen wir vieles vorbereiten."

„Nächste Woche?"

„Ja, zwölf junge Leute."

„Das hört sich gut an, Mister Anderson. Bestimmt schicke ich Ihnen eines Tages ein paar unserer fähigsten Köpfe aus Ungarn."

„Welche Ehre! Bestimmt ist ein kleiner Nobelpreisträger unter ihnen."

„Höchstwahrscheinlich", pflichtete Horváth bei. „Wir Ungarn haben die meisten Preisträger pro Kopf der Bevölkerung, statistisch gesehen. Wussten Sie das?"

„Nein. Aber es passt zu Ihnen."

„Haben Sie schon einen Lehrplan aufgestellt?"

Der Kellner kam. Anderson bestellte Tonic und eine geschnittene Mango, Horváth einen Martini. Der Kellner schwirrte ab, tänzelte zwischen den Tischen.

„Um ehrlich zu sein, nein", nahm Anderson das Gespräch wieder auf. „Damit tue ich mich sehr schwer."

Aufmerksam schaute ihn der Ungar an. Er hatte sehr dunkle Augen, einen stechenden Blick, zwei dunkle, schwarze Löcher unter einer hohen Stirn. Nachdenklich wiegte Horváth den Kopf.

„Das ist der Preis der Freiheit", murmelte er. „Hier ist niemand, der Ihnen Vorschriften macht. Keine Fakultät, die Sie mit Lehrplänen und Prüfungsordnungen traktiert. Kein Dekan, kein Präsident Ihrer Universität, die Ansprüche an Sie stellen. Sie müssen alles selbst auf die Beine stellen. Haben Sie genug Geld?"

„Ich glaube schon. Geld ist kein Problem, aber ..."

„Aber es ist kein Ersatz für Ideen, ich weiß. Warum sind Sie nach Sansibar gekommen? Was war der Grund, Ihr Institut hier anzusiedeln?"

Grönland, dachte Anderson. Es ist wie Grönland, nur viel, viel wärmer und heller. Es ist wie Laetoli unter der heißen Sonne und so grün wie der Ngorongoro nach Regen. Es ist karstig wie Olduvai mit seinen Sisalstauden. Es ist wie Aksum, exotisch und voll fremder Gerüche, nur ohne Bomben, Granaten, Krieg und Tote. Bei diesem Gedanken war sein Mund sofort wie ausgedörrt und in seinem Hinterkopf zuckte ein stechender Schmerz. Unguja ist Frieden, beruhigte er sich. Hier kannst du Abstand gewinnen. Du fährst aufs Meer hinaus und bist allein. Es wäre wunderbar, wenn es nicht gewisse Erinnerungen gäbe. Hastig antwortete er:

„Es liegt weit genug entfernt von Europa, von Amsterdam und von Stockholm. Sansibar hat eine ähnliche Bedeutung wie Island oder Grönland: Es liegt strategisch sehr günstig. Hierher kamen alle, die von Westen nach Osten wollten, von Norden nach Süden. Hier konnte man Früchte bunkern und Wasser holen für die Weiterreise. Ich würde es vergleichende Forschung nennen."

„Wasser, verstehe. Ihr Thema, Mister Anderson", meinte

Horváth. „Es ist Ihr alter Trick aus Grönland. Dem Wasser folgen, immer hübsch entlang der Wasserlinie. Damit wurden Sie berühmt."

Die Drinks kamen, eisig beschlagen. Die Mango glänzte frisch und golden. Vom Meer wehte ein sanfter Hauch, schmeckte nach salziger Gischt. Horváth wälzte Martini im Mund, schürzte befriedigt die Lippen und stellte das Glas auf den Tisch zurück.

„Es würde mich nicht verblüffen, wenn Sie in Sansibar die Überreste von Wikingern oder älteren Kulturen des Mittelmeers finden", sagte er. „Obwohl es durchaus denkbar ist, dass die Normannen auf dieser Route gen Osten fuhren. Um das Kap der Guten Hoffnung herum, danach durch die Meerenge von Madagaskar bis nach Sansibar und Arabien. Vielleicht sogar bis nach Indien. Das könnten Sie in Ihrer ersten Vorlesung skizzieren."

„Es wäre reine Spekulation."

„Natürlich. Unsere ganze hübsche Wissenschaft ist sehr spekulativ." In Horváths Augen funkelte Ironie. „Mal ehrlich, Mister Anderson. Was Ihre Geldgeber erwarten, ist nicht nur Spekulation, sondern Sensation. Sie haben ein gutes Händchen für solche Funde. So gesehen, war das Geld für Ihr Institut eine gute Investition."

„Sie reden, als wäre die Schwedische Akademie eine Bank und die Wissenschaft ein Geschäft. Business, big money."

„Ist sie es nicht? Glauben Sie mir, wenn Sie jeden neuen Tag mit dem Kanzler Ihrer Uni streiten müssen, damit er ein paar Euro lockermacht für Briefmarken, Klopapier oder einen neuen Kopierer, dann sehnen Sie sich manchmal nach einer klugen Bank, einem klugen Mäzen, nach big money. Oder einfach nur nach dem Ruhestand. Noch ein paar Jährchen und ich muss keine Rücksicht mehr nehmen. Endlich kann ich mich frei meinen Themen widmen."

„Zum Beispiel?"

Horváth blieb die Antwort schuldig, ungerührt fuhr er fort:

„Sie glauben gar nicht, wie sehr ich Sie beneide, Mister Anderson. Sie sind noch jung und schon aus dem Schneider, karrieretechnisch. Aber ich will nicht klagen. Der tägliche Kleinkrieg an der Universität ist nun einmal die Kehrseite der Medaille. Warten Sie es ab, auch Ihr Institut muss finanziert werden. Sie müssen Schecks ausstellen, nachrechnen, abrechnen, nachweisen. Ich hoffe, Sie kriegen das gut unter einen Hut."

„Ich habe gute Mitarbeiter", bestätigte Anderson. „Die nehmen mir manches ab. Eigentlich kann ich mich ausgezeichnet auf meine wissenschaftliche Arbeit konzentrieren."

„Und warum tun Sie es nicht? Warum tun Sie sich so schwer, das Seminar zu konzipieren?"

Möwen segelten über die Terrasse, hielten sich schwebend im Wind, der vom Meer kam. Ihre Leiber waren weiß und glatt und an den Schnäbeln hatten sie lange Falten unter spöttischen Augen. Horváth redete weiter:

„Vielleicht machen Sie das wissenschaftliche Programm zum ersten Projekt Ihrer Studentengruppe. Learning by doing. Machen Sie es zum Teil Ihres Experiments."

„Darüber habe ich auch schon nachgedacht."

„Was sind das für junge Leute, die bei Ihnen angeheuert haben?"

„Zwei Amerikaner. Einer aus Chicago, promovierter Anthropologe, hat nach seiner Promotion hingeschmissen und im Irak gekämpft. Medal of Honor und ein Stipendium der Veteranenhilfe in der Tasche. Der andere ist Mathematiker aus San Francisco. Stellen Sie sich das mal vor!"

„Wie hat er seine Bewerbung begründet?"

„Langeweile. Aber er versteht etwas von Computermodellen und dynamischen Simulationen. Er hat mir eine interessante

Analyse der Völkerwanderungen in Nordamerika geschickt, nach dem Eintreffen der ersten Siedler mit der Mayflower. Darin hat er verschiedene Umwelteinflüsse und soziale Faktoren erfasst und abgebildet. Sehr clever."

„Okay. Wer kommt außerdem?"

„Eine junge Brasilianerin, die sich mit Wikingern in Südamerika auskennt. Kennen Sie diese Theorie?"

„Per Schiff von den Azoren quer über den Atlantik?"

„So ungefähr. Es gibt wenige Artefakte, aber zahlreiche vage Hinweise."

„Wo hat sie studiert?"

„In Rio de Janeiro, in Boston und in Amsterdam. Dort sprach sie mich eines Tages an, auf dem Flur zur Mensa."

„Sind welche dabei, die Sie eingeladen haben?"

„Nein. Ich habe noch nicht einmal eine Ausschreibung gestartet. Diese Leute haben mich über ganz verschiedene Kanäle aufgespürt, keine Ahnung, wie sie es geschafft haben. Denn offiziell gibt es das Institut noch gar nicht, nicht einmal eine Website. Eigentlich wollten wir es erst in einem Jahr eröffnen."

„So kam Jesus zu seinen Jüngern, Mister Anderson. Der Buschfunk funktioniert. Ich finde es großartig, dass die jungen Leute nach solchen Chancen suchen. Dass sie selbst aktiv werden."

„Da stimme ich Ihnen zu. Der interessanteste Antrag kam aus Sydney von einem jungen Ingenieur."

„Von der Universität?"

„Nein, er kommt nicht aus dem akademischen Betrieb. Er hat Maschinenbau studiert, in Melbourne und Tokyo. Seit einigen Jahren arbeitet er in der Industrie, entwickelt Pumpensysteme für Ölraffinerien."

„Und wie ist er auf Sie gekommen?"

„Professor Anderson, hat er geschrieben, ich habe die Schnauze voll vom Öl. Es ist das falsche Thema im einzigen Leben, das ich habe. Ich kann Wasserpumpen bauen und ich kann mich um die Motoren Ihrer Boote kümmern. Ich kenne mich mit Maschinen aus."

„Wie hat er Sie gefunden?"

„Über Simon, meinen Mechaniker. Die beiden kennen sich übers Internet. Okay, dachte ich. Den Typen schaue ich mir näher an. Also bat ich ihn, mir seine wissenschaftlichen Referenzen zu schicken."

„Und, was hatte er vorzuweisen?"

„Er hat mir die fertig ausgearbeiteten Konstruktionspläne für eine Wasseraufbereitungsanlage geschickt. Um salziges Brackwasser für Trinkwasser aufzubereiten. Ohne Dieselaggregate, ohne Öfen, nur mit der Kraft der Sonne. Ich frage Sie: Konnte ich diesen Menschen ablehnen?"

Beschwörend hob Horváth die Hände.

„Wie ich Sie beneide, Herr Kollege! Solche Leute laufen mir in Budapest nicht übern Weg. Dorthin kommen nur die braven Schüler, die Glatten, die nach der Grundschule auf die höhere Schule gegangen sind und nun auf die noch höhere Schule streben. Die wie Schafe in meiner Vorlesung hocken, abgestumpft und ohne jede Initiative. Wen haben Sie noch?"

„Eine junge Schweizerin, hat in Sankt Gallen studiert, am MIT promoviert, arbeitet derzeit in Kapstadt bei einer ökologischen Gruppe. Die Frau ist Psychologin. Wenn Sie wirklich über Wasser forschen wollen, muss der Krieg aufhören, las ich in ihrer E-Mail. Dann müssen Sie den Frieden erforschen."

„Aha! Interessant! Wollen Sie wieder über Wasser forschen? Ich dachte, hier geht es um Seefahrer?"

„Möglicherweise blickt sie tiefer", gestand Anderson ein. „Und sie hat recht. Wasser ist kostbarer als Öl, zumindest hier in Afrika oder im Sonnengürtel um den Äquator. Als ich in Aksum war, wurde ich verschüttet. Seitdem tue ich mich sehr schwer mit akademischen Fragen. Sie erscheinen mir nebensächlich, unbedeutend, nicht der Rede und des Aufwands wert. Ich habe das Gefühl, dass mir die Zeit durch die Finger rinnt."

„Es gibt Wichtigeres als akademische Sonntagsreden." Horváth nickte. „Ich weiß, das Gefühl kenne ich. Aber was soll man tun? Wir sind alle nur kleine Rädchen im Weltgetriebe. Jeder muss essen und trinken, braucht sein Auskommen und etwas, woran er sich halten kann."

„Mich fasziniert die Klarheit, mit der diese junge Frau das Problem betrachtet. Ohne Umwege, ohne akademisches Geschwafel. Zuerst muss der Krieg aufhören. Der Krieg des Menschen gegen seinesgleichen. Der Krieg gegen die Natur. Dann erst kann der ewige Nomade seinen Frieden finden. Erst dann kehrt sauberes, gesundes Wasser auf die Erde zurück. Nicht der Seefahrer ist das spannende Thema, sondern der Ozean, der ihn trägt."

„Das hat mit Anthropologie kaum noch etwas zu tun. Ist das ein Thema der Philosophie? Der politischen Wissenschaften? Damit setzen Sie sich zwischen alle Stühle, schätze ich."

„Es ist die Frage, wie praktisch Wissenschaft sein kann – und muss. Verstehen Sie nun, warum ich Sansibar gewählt habe? Es liegt sehr günstig, aus allen Richtungen. Irgendwie in der Mitte aller Kontinente. In der Mitte aller Wasser."

„Mister Anderson, Sie könnten Ihr Institut auf Grönland haben oder am Südzipfel von Feuerland. Es würde keine Rolle spielen, denn der Ort, den Sie suchen, ist nicht mit Koordinaten zu fassen. Davon abgesehen: Diese jungen Leute würden Sie überall finden. Machen Sie sich keine Sorgen um Ihre Seminare, wirklich nicht! Von solchen Studenten können Sie selber noch eine Menge lernen."

„Ich hoffe es. Dennoch braucht das Ganze eine Klammer, einen fachlichen Rahmen. Vielleicht sollte ich besser sagen: ein Spielfeld."

„Das stimmt, sonst verlaufen Sie sich, wird es beliebig, ohne Qualität. Und spätestens dann gibt es Ärger mit Stockholm."

Anderson schnitt einen Streifen von der Frucht, öliger Saft lief übers Messer. Horváth schluckte Martini, schaute schweigend zu, wie Anderson aß. Nach einer Weile sagte er:

„Wasser. Es könnte tatsächlich der Rahmen sein. Dieses Thema können Sie anthropologisch anpacken, technisch, politisch, philosophisch, Sie könnten sogar psychoanalytische Studien einbinden, man kann es sogar religiös betrachten oder mythologisch. Die Suche des Nomaden nach dem Wasser."

„Man könnte geologische, chemische oder genetische Studien darin unterbringen."

„Genetische Forschungen? Die Genese des Wassers auf der Erde?"

„Eher nicht. Ich dachte vielmehr an Ihre Forschungen zu den Urbakterien. Das ist Ihr Fachgebiet, Sie sind der Experte, den ältesten Bausteinen des Lebens auf der Spur."

Horváths Gesicht hellte sich auf.

„Daher weht der Wind! Sie sind ziemlich gerissen, Herr Kollege! Meinen Sie meinen Aufsatz über den genetischen Code, aus dem alle Organismen entstehen? Der sich immer und ausgerechnet aus vier gleichen Buchstaben zusammensetzt?"

„Genau. Sie stellen die Frage, warum es immer diese vier Moleküle sind. Warum es keine konkurrierenden Systeme gibt, keinen anderen chemischen Code."

„Das ist in der Tat verblüffend, das treibt mich um! Schauen Sie, in der Natur herrscht die Konkurrenz. Wer sich am besten an seine Umwelt anpasst, überlebt. Wer nicht, stirbt aus. Nur beim

Erbgut gibt es keine Konkurrenz. Ein einziges chemisches Alphabet bringt die gesamte Vielfalt des Lebens hervor. Es rennt mit sich selbst um die Wette, um immer besser zu werden. Aber es gibt keinen Sparringspartner, keine Alternative."

„Suchen Sie deshalb nach alten Bakterienstämmen? Um zu erfahren, warum es keine alternative DNS gibt?"

„Exakt. Es könnte ja sein, dass es vor Milliarden von Jahren mehrere konkurrierende Entwürfe gegeben hat. Am Ende setzte sich das Erbgut durch, wie wir es heute kennen: ein riesiges Molekül aus vier Bausteinen, aus Adenin, Thymin, Guanin und Cytosin."

„Haben Sie jemals andere Substanzen gefunden?"

„Bisher nicht. Nur frage ich mich, warum gibt es dann die Evolution? Denn alle Spezies, die in der Natur gegeneinander und miteinander antreten, tragen das gleiche chemische Muster im Erbgut. Alles konkurriert, nur das Erbgut nicht. Verstehen Sie, was ich meine?"

„Es spielt mit sich selbst."

„Und wird dabei immer mächtiger, verbreitet sich immer mehr über die Erde, erobert neue Lebensräume, neuerdings sogar das Weltall. Es ist ein Superorganismus, der hinter allen Bakterien, Pflanzen und Tieren steckt. Ein Superorganismus in Raum und Zeit. Ich will Ihnen einige Zahlen nennen: Menschen wie Sie und ich bestehen aus hunderttausend Milliarden Zellen. In den Zellkernen lagern rund 125 Milliarden Meilen des Erbguts, zu mikroskopischen Knäueln verwoben. Diese Länge entspricht siebzig Flügen zwischen der Sonne und dem Saturn, hin und zurück, wohlgemerkt. Ihre eigene DNS, mein lieber Kollege, ist lang genug, um die Erde fünf Millionen Mal zu umschlingen. Unser Erbgut besteht aus zwanzig Aminosäuren, die wiederum aus den genannten vier Teilen aufgebaut sind. Alle dreiundzwanzig Chromosomen in Ihrer DNS wurden daraus konstruiert, gezüchtet, mithilfe der Evolution geformt. Als gewundene Doppelhelix. Nur vier Lettern, mehr braucht Buch des Lebens nicht, um seine schillernde Vielfalt zu schreiben."

„Algen, Bakterien, Pflanzen und Tiere, immer ist das Grundschema gleich?"

„Im Prinzip ja. Erstaunlicherweise gab es bis vor sechshundert Millionen Jahren keine Organismen, die komplexer waren als einfache Bakterien, Algen oder Plankton. Doch im Kambrium explodierte plötzlich das Leben. Innerhalb von zehn Millionen Jahren erschienen mit einem Mal Kreaturen, die Arme und Beine hatten, Zähne, Krallen, Tentakeln und Knochen."

„Gibt es dafür eine Erklärung?"

„Es gibt Theorien, aber keinen schlüssigen Befund. Fossilien aus Grönland, China, Sibirien und Südwestafrika haben erwiesen, dass diese Explosion des Lebens überall auf der Welt nahezu gleichzeitig stattfand. Seitdem wurde die Erde vielfach überformt, hat astronomische und irdische Katastrophen erlebt, blieb kein Stein auf dem anderen. Doch die DNS und der zelluläre Apparat, der sie repliziert, erwiesen sich als beständig. Beständiger als Granit oder Eisen. Seltsam, nicht wahr? Nur Wasser ist stabiler, älter, anpassungsfähiger."

Horváth lehnte sich auf die Unterarme. Er hatte sich warmgeredet, seine dunklen Augen sprühten.

„Noch etwas will ich Ihnen erzählen: In dem Jahr, als die DNS in England entdeckt wurde, mischten zwei Chemiker in Chicago eine hypothetische Erdatmosphäre, wie sie lange vor dem Kambrium existiert haben könnte. Sie ließen Wasser, Methan, Ammoniak und Wasserstoff reagieren. Diese Ursuppe setzten sie starken elektrischen Ladungen aus, um Gewitterblitze zu simulieren. Als sie nach einer Woche den Deckel öffneten, fanden sie organische Moleküle, darunter zwei einfache Aminosäuren, Glyzin und Alanin, die sich in allen Proteinen nachweisen lassen. Lässt man den Wasserstoff weg, steigt die Ausbeute an Aminosäuren."

„Was schlussfolgern Sie daraus?"

„Ich glaube, Mister Anderson, wir haben noch nicht im Ansatz erkannt, dass sich da etwas selbst organisiert. Das Experiment beweist, dass Leben nicht nur überall möglich ist. Sondern, dass es auf der Erde mit an Sicherheit grenzender Wahrscheinlichkeit entstand. Es musste einfach entstehen, aus dem Urknall heraus, nach ausreichend langer Zeit. Können Sie mir folgen?"

„Natürlich."

„Und wissen Sie, was dieser gigantische Bioapparat benötigt?"

„Nein. Ich kenne mich in der Genetik nicht wirklich gut aus."

„Wasser. In der Zelle schwimmt die DNS wie in einem Pool oder in einer Blase. Die Zusammensetzung der Flüssigkeit entspricht ungefähr dem Wasser des Meeres. Bisher gingen die meisten Biologen davon aus, dass sich die DNS aus eigenem Antrieb faltet. Chemisch gesehen, ist ihre Spirale jedoch eine Folge der wässrigen Umgebung. Die Basen der Aminosäuren sind im Wasser unlöslich. Also setzen sie sich ins Zentrum des Moleküls, wo sie sich paaren und die gewundene Leiter formen. Verstehen Sie? Erst durch den Kontakt zum Wasser entsteht die doppelte Helix."

„Und worauf wollen Sie hinaus?"

Horváth ließ ihn nicht lange warten, senkte geheimnisvoll die Stimme.

„Auf die schaumgeborene Venus. Der Mensch als Geschöpf des Wassers, des Lichts. Wo diese beiden Elemente aufeinandertreffen, entsteht Leben. Vorausgesetzt, der Kontakt dauert ausreichend lange."

„Dann wäre Leben faktisch überall im Kosmos möglich."

„So sehe ich es, geschätzter Kollege. Man könnte ebenso sagen:

Leben ist eine Eigenschaft des Weltalls, des Universums. Dafür gibt es sogar handfeste Belege: Man hat biologisch wirksame Moleküle in Kometen und Meteoriten gefunden. Kürzlich wurde im Sternbild Skorpion ein Planet entdeckt, der fast so alt ist wie das Universum selbst, mehr als dreizehn Milliarden Jahre. Dieser Methusalem lässt den Zeitraum zur Entwicklung von lebendiger Materie in einem völlig neuen Licht erscheinen. Oder nehmen Sie den Jupitermond Europa, ein ganz heißer Anwärter auf niedere Lebensformen."

Horváth sprach langsam, gedehnt, die Melodie seiner Muttersprache drang durch. Mit erhobenem Zeigefinger sagte er:

„Ich glaube jedoch nicht, dass wir dort oben, dort draußen etwas finden, was wir nicht schon auf der Erde gelernt haben. Weil es bereits in uns steckt. Weil wir jeder die Erde sind und das ganze Universum. Sie, ich, wir sind ein klitzekleiner, verschwindender Teil des Superorganismus und doch zugleich sein Ganzes."

Anderson nippte an seinem Tonic. Zwar hatte er Horváths Studien gelesen. Ausgehend von der Chemie und der Genetik war der Ungar genau dort gelandet, wohin es auch Martin Anderson verschlagen hatte, auf seiner Suche nach Eiriks Hafen, nach Laetoli, nach Punt: zum Wasser. Zu den Gestaden des Meeres, zu den Ufern der Flüsse und Seen, zur einfachsten und rätselhaftesten Substanz der Natur. Nur war die Frage: Wie passten beide Ansätze zusammen? Er fragte:

„Ich würde Ihren Ansatz gern den Studenten vorstellen. Haben Sie nicht Lust, bei uns als Gastdozent aufzutreten?"

Langsam hob der Ungar sein Glas, hielt es gegen die Sonne. Schillernde Flecken tanzten auf seinem Arm.

„Einen Versuch wäre es wert. Gern nehme ich Ihr Angebot an. Ich bin noch einen Monat frei von Verpflichtungen an der Universität, das wird sich machen lassen. Wissen Sie, lieber Kollege

Anderson, auf Sansibar lässt es sich aushalten. Fernab vom Rummel der Kongresse, fernab des Gerangels um Budgets und Deputate. Eigentlich beneide ich Sie: Sie haben Ihre Insel der Glückseligen gefunden."

„Es war Zufall, dass ich hier gelandet bin. Nicht auf Grönland, Spitzbergen oder im Roten Meer."

Horváth lachte und schüttelte den Kopf.

„Nichts geschieht zufällig. Immerhin haben sich unsere Wege gekreuzt. Wir konnten uns nur hier treffen. In Spitzbergen wäre es mir zu kalt, am Roten Meer viel zu heiß. Niemals würde ich meinen Fuß in solche Gegenden setzen."

Auch Martin Anderson musste lachen. Der Ungar breitete die Serviette aus und kramte einen Stift aus der Tasche seines Jacketts.

„Sie wissen, dass ich großes Interesse habe, mit Ihnen zusammenzuarbeiten. Jetzt, da ich Sie persönlich kennengelernt habe, ist dieses Interesse noch größer geworden. Ich helfe Ihnen und Sie helfen mir."

„Einverstanden. Wobei kann ich Ihnen helfen?"

„Ich würde gern Ihre Tauchexpeditionen nutzen, um an den Riffen verschiedene Bakterienproben zu nehmen, aus verschiedenen Tiefen und Schichtungen. Wir könnten eine kleine Station errichten, möglicherweise eine schwimmende Plattform, die uns laufend Informationen liefert. Ich würde gern mehr über mikrobiologisches Leben in tropischen Gewässern erfahren. Ich glaube, dass die Urerde sehr viel wärmer war. Daraus könnten sich interessante Rückschlüsse ergeben. Wenn Ihre Leute nach den Wracks tauchen, könnten sie unserem Team ein paar Proben vom Meeresboden mitbringen."

„Das sollte kein Problem sein. In welcher Tiefe wollen Sie bohren?"

Unschlüssig rückte Horváth an seiner Brille.

„Ich weiß nicht. Ich spreche für eine andere Arbeitsgruppe in Budapest, die ihren Schwerpunkt auf der experimentellen Biologie hat. Die Auswertung der Proben könnte auch für mich nützlich sein. Der Urozean spielt bei der Entstehung des Lebens auf der Erde eine entscheidende Rolle, da sind wir uns einig. Über Bakterien und Mikroben in salzhaltigen Lösungen wissen wir jedoch so gut wie nichts."

„Ich bin mir nicht sicher, ob wir für solche anspruchsvollen Experimente ordentlich ausgerüstet sind. Man muss die Proben sauber und korrekt entnehmen, sicher und kalt lagern, ebenso sicher und kühl nach Europa schicken ..."

„Ich liefere gern die Technik und die Ausrüstung. Natürlich werden zwei oder drei Spezialisten anreisen, die am besten bei Ihnen am Institut aufgehoben wären. Darunter befinden sich gestandene Experten, junge Forscher und gelegentlich hoffnungsvolle Studenten. Wir können abwarten, wie dieses zarte Pflänzchen der Zusammenarbeit gedeiht."

„Gut. Ich habe die Genehmigungen für die Tauchstation zwar noch nicht erhalten, doch das Verfahren ist auf bestem Wege. Ich schlage vor, Sie erstellen eine Liste von wünschenswerten Experimenten. Auf dieser Basis können wir konkret verhandeln."

„Einverstanden, Mister Anderson. Im Gegenzug halte ich bei Ihnen Vorlesungen en bloc. Sagen wir, dreimal im Jahr jeweils eine Woche?"

„Gut, so könnte es klappen."

„Famos. Dann freue ich mich auf unsere Zusammenarbeit. Im Gegenzug biete ich Ihnen an, dass Sie oder Ihre Studenten jederzeit an unserem Kolleg in Budapest frei und ungehindert arbeiten dürfen. Wir Evolutionsbiologen sind sehr an Ihren Forschungen über Wasser, Leben und Zivilisation interessiert. Was halten Sie von meinem Vorschlag?"

„Wollen Sie mich von Sansibar weglocken? Von meinem glückseligen Eiland?"

Horváth lachte, wurde wieder ernst.

„Ich würde mich wirklich freuen, Sie eines Tages als Gast bei uns begrüßen zu dürfen."

***

Tief war die Sonne übers Festland gerutscht, wischte zarte Glut auf hohe Wolken. Eine weiße Fähre pflügte das hellblaue Wasser vor der Küste. Anderson schlenderte über die Uferpromenade, am schmalen Strand mit den Hotels. Er passierte das klobige Gebäude der Wirtschaftsverwaltung und das frühere Konsulat der Engländer, ein kantiger, weißer Klotz aus der Kolonialzeit. Seine Schritte lenkten ihn zu den grünen Gärten von Jamituri, die vor der malerischen Front des Palace of Wonder bis zur Kante des Meeres reichten. Hier zeigte die Stone Town das verwitterte Antlitz ihrer exotischen Geschichte.

Als die Sonne niederging, erwachten die Gärten zu feurigem Leben. Fliegende Händler bauten ihre Stände auf. Überall duftete es nach aromatischen Hölzern und gebratenen Calamari, nach Gewürzen und süßen Früchten. In Scharen strömten die Sansibarer und die Touristen aus den überhitzten Gassen und von den überhitzten Stränden, um in Jamituri die kühle Nacht zu feiern.

Simon hockte auf der Strandmauer, die Beine lässig übereinandergeschlagen, die obligatorische Zigarette im Mund. Von den Verkaufsständen im Park drang der Lärm kaum bis ans Meer. Dort drängten sich die Leute, denn dies war der letzte Abend vor dem Fastenmonat Ramadan. Von der großen Moschee scholl der lang gezogene Singsang des Muezzins über die alten Häuser, über den grünen Park und die Promenade zum Meer, wo ihn der Wind schluckte. Anderson wühlte sich durch die flanierende Menge. Als er seinen Mitarbeiter erreichte, fragte Simon:

„Na, Mzungu, genug gearbeitet? Willst du etwas essen? Oder trinken?"

Ohne eine Antwort abzuwarten, sprang er von der hüfthohen Brüstung und lief zu den Ständen, an denen emsige Händler frischen Zuckerrohrsaft feilboten. Flink schoben sie faseriges Rohr zwischen die Mahlräder ihrer Presse.

Anderson lehnte sich über die Mauer und schaute auf die weite See, auf eine weiße Fähre. Sie kam von Daressalam, ein modernes Schnellboot mit Tragflächen an den Seiten, das schnell über die flachen Wellen huschte. Er erkannte einige Dhaus, die zum Hafen der Stone Town strebten. Gegen die Fähre wirkten sie wie Spielzeug. Von dieser Stelle der Uferpromenade konnte er die Gefängnisinsel Changuu sehen und die Friedhofsinsel Chapwani und die ferne Linie der afrikanischen Küste, ein dünner Streifen jenseits der Meerenge. Ungefähr in dieser Richtung lag Momella, die Station der Anthropologen in Tansania, rund eintausend Meilen entfernt, über Meer und Festland hinweg. Dort lag das Grab Aaron Millers, das hohe Kreuz auf der Klippe überm See, über den Kolonien der Flamingos. Er dachte an die Schlucht von Olduvai und an die Serengeti. Jedes Mal, wenn er nach Jamituri kam, um zu essen und in den Abend zu blicken, wenn er sich treiben ließ, krochen diese Bilder in ihm hoch. Er dachte: Vielleicht ist das Leben nichts anderes als lange, fortwährende Erinnerung. Die Zeit, die vor uns liegt, ist voller Hoffnung. Und die Zeit im Rücken voller Erinnerungen.

Danach dachte er an Grönland, an den Geruch, der vom Nordatlantik aufs Geröll wehte. Das war derselbe salzige Geruch wie hier, nur hier im Osten Afrikas vermengte er sich mit der schwülen Hitze der Tropen, mit dem Dunst von verwesendem Tang und sterbendem Krill. Auch erinnerte er sich an das Geräusch der Wellen: Das kalte Wasser am Polarkreis schlug härter an als der Indische Ozean. Es klirrte förmlich, wenn es auf den steinigen Strand klatschte. Dagegen das warme Wasser der Tropen: Weich wischte es gegen die Mauer, beinahe wispernd. Jetzt herrschte Ebbe, lag das Ufer trocken. Kaum eine Spalte, in der Wasser gurgelte oder tobte.

Er dachte an Aksum, dessen irre Kriegsbilder sich in seine Seele eingebrannt hatten, an das Hundegesicht und seine Prophezeiung, an Addis Abeba und an das sandige Delta des Omo. Er dachte an die Schüsse, an Samsons blutigen Leib, an die Nonne, die ihm das Leben gerettet hatte, und an den Schattenkrieger vom Stamme der Dassanech mit der stahlglänzenden Waffe, an die Silbernacht vom Turkana-See und wie erleichtert er gewesen war und wie frei von Furcht.

Diese Gedanken dauerten nur wenige Sekunden und danach dachte er an Nairobi und an die Universität in Amsterdam, die fern hinter ihm lag. Erinnere dich, sagte er zu sich, erinnere dich! Dazu bist du auf dieser Welt und es kann dir nicht mehr schaden. Denn jetzt bist du auf Sansibar gestrandet, ein Schiffbrüchiger in der Zeit. Du hast dein eigenes Institut, endlich, du bist unabhängig und frei. Nächste Woche kommen die Studenten. Menschen wie Simon, Samu und Horváth sind an deiner Seite. Das ist eine unglaubliche Chance.

An der Färbung des Wassers erkannte er, dass die Ebbe ihren tiefsten Punkt erreicht hatte. In der Meerenge begann das Wasser, neu aufzulaufen. Fast hatte die Fähre den Hafen erreicht. Die Fischerboote setzten volle Segel, um vor ihr anzukommen. Sie mussten die Landzunge mit dem Leuchtfeuer umrunden, denn der Liegeplatz für die Dhaus befand sich auf der anderen Seite des Piers. Schon blinkte der Leuchtturm, um entfernten Schiffen die Einfahrt zu weisen. Ein Flugzeug setzte über dem Meer zur Landung an, zum Flughafen südlich von Stone Town. Simon kam zurück mit zwei Gläsern, bis zum Rand gefüllt mit klarem Saft. Er ließ sich neben Anderson fallen, reichte ihm ein Glas. Bevor er sein eigenes an die Lippen setzte, schnalzte er mit der Zunge und sagte:

„Mzungu, ich sage dir: Allah liebt diese Insel. Es ist herrlich hier."

Die weiße Fähre machte im Hafen fest. Aus ihrem Bauch schwappte ein Schwall von Menschen.

17. Kapitel

Knarrend bogen sich die Palmen gegen den auflandigen Wind. Leise raschelte der Vorhang in der Tür zu Andersons Bungalow. Er saß am Schreibtisch in einem komfortablen Drehstuhl, die Hände an der Tastatur. Vor ihm leuchtete der Bildschirm. Auf dem Schreibtisch türmten sich Papiere fein säuberlich in einer stabilen Kiste. Einige Bögen lagen verstreut auf dem Tisch und auf dem Boden. Neben dem Schreibtisch hing eine Tafel mit Zetteln. Auf der anderen Seite stand ein wuchtiges Regal für die Bücher. Anderson zog eine Seite aus dem Drucker und pinnte sie an die Tafel. Es war eine E-Mail von Professor Leiden aus Amsterdam. Der Dekan kündigte zwei weitere Studenten an, zwei Freischärler, die mit dem Flugzeug bis Dar reisten und anschließend die Fähre nehmen wollten. Anderson tippte eine Bestätigung in den Computer und schickte die E-Mail ab. Auf dem Dach seines Bungalows war eine Antenne montiert, die zur Strandbar reichte, dem nächstgelegenen Zugang ins Internet.

Er schloss das elektronische Postamt, öffnete den Editor und zog einige der herumliegenden Papierbogen zu sich. Auf den Rändern der Seiten waren handschriftliche Anmerkungen verstreut. Er hörte den Wind in den Palmen und spürte, dass er ruhig war, innerlich ruhig, denn er konnte ungestört arbeiten. Er arbeitete stets früh am Morgen, wenn es noch kühl war, bis kurz vor Mittag. Der Bungalow war auf die obere Strandkante gesetzt, das grasgedeckte Dach und hohe Palmen mit breiten Wedeln schützten gut gegen die Hitze. Wenn alles glattlief, konnte er Millers Manuskript bald nach London schicken, ins Lektorat. Der Verlag hatte auch die früheren Bücher des alten Professors produziert. Um sein Lebenswerk zu vervollständigen, sollte bald das letzte Manuskript erscheinen, herausgegeben von Professor

Martin Anderson, Mitglied der Schwedischen Akademie.

Er rief das Dokument auf. Die erste Seite von Millers Manuskript erschien auf dem Bildschirm. Darauf stand nur ein einziges Wort: Laetoli. Ein elektronisches Lesezeichen brachte Anderson zu der Stelle im Text, wo er vor seiner Stippvisite nach Stone Town abgebrochen hatte: Es gibt eine geheime Verbindung des Menschen mit allen Lebewesen, schrieb Miller. Diese Brücke ist die Intuition. Niedere Organismen, Pflanzen und Tiere handeln rein intuitiv. Erst der Mensch ist in der Lage, instinktive Impulse und Intuitionen zu ignorieren. Indem er sie unterdrückt, steht er sich gewissermaßen selbst im Weg. Durch die kulturelle Prägung ist unser Vertrauen in intuitives Sein und Handeln erschüttert. Die Selbstentfremdung führt aus der Kultur direkt zur Wissenschaft. Unserer akademischen Methodik, die sich gänzlich auf die Logik stützt, bleibt der Pfad der intuitiven Suche völlig verwehrt. Was ist die Folge? Der Versuch, die Welt und das Universum rein analytisch zu erklären. Aber Logik ist nur ein gedankliches Konstrukt. Darauf aufbauende analytische Erklärungen, sprich: wissenschaftliche Theorien, bleiben der Enge des Konstruktes verhaftet. Das konstruierte Verständnis von Realität wird als kausale Kette angenommen: Wirkung folgt auf Ursache, Wirkung wird Ursache für den nächsten Zirkelschluss. So führt die lineare Logik des analytischen Verstandes geradewegs in den Irrglauben, dass die Welt auf einfache Weise erkennbar sei. Dass man nur ausreichend vielseitig und ausreichend lange die Wissenschaft bemühen muss, um alles zu erklären und unter Kontrolle zu haben.

Dieser mechanistische Ansatz mag taugen, um Maschinen zu konstruieren, nützliche technische Systeme oder Waffen. Er genügt, um heilende Medikamente zu entwerfen und das Leben zu verlängern, auf achtzig, neunzig, hundert Jahre. Aber – beispielsweise – heilt die Seele nicht.

Denn auf diesem Wege unerreicht bleibt die notwendige anthropologische Veränderung von uns selbst. Statt Medikamente zu schlucken, wäre es besser, gesünder zu leben. Statt Waffen zu bauen, wäre das Geld im Friedensdienst besser angelegt. Statt alt, einsam und depressiv zu werden, geht es um ein anderes Verständnis von Zivilisation und von Gemeinschaft. Liebe, Würde und Sinn bedeuten Kategorien, die sich der zählenden Wissenschaft entziehen.

Unsere Welt ist nicht einfach gestrickt, kausale Ketten sind dafür ungeeignet. Denn Ursache ist stets zugleich Wirkung, wie Wirkung immer auch Ursache ist. Die Kette ist in Wahrheit ein enges Netz, eine multidimensionale Struktur von Filamenten, gefüllt mit dunklen, rätselhaften Lücken, von denen wir nichts wissen, möglicherweise etwas erahnen. In unserer Welt bedingt jedes einander und ist Wirkung zugleich.

Grübelnd lehnte sich Anderson zurück, schaute aus dem Fenster. Frauen wateten zwischen flachen Korallen. Tief beugten sie sich über die Bänke, um Seegras zu ernten. Am Strand häuften sich Plastiksäcke, in denen sie Tang sammelten. Am Nachmittag fuhren sie damit zum Markt nach Stone Town. Der Himmel überm Meer war merkwürdig blass. Mit jedem Morgen rückte der Monsun näher.

Der Vorhang raschelte. Anderson wandte sich um. Ein Junge stand im Eingang, mit schmalen Schultern und glatt rasiertem Schädel, braun wie eine Antilope. Er hatte neugierige Augen und ein breites, weißes Lächeln.

„Jambo, Mzungu! Arbeitest du wieder an deiner Maschine?"

„Ja."

„Störe ich dich?"

„Nein, komm rein, Kovu. Willst du eine Mango?"

Der Junge stemmte die Hände in die Hüften, dachte kurz nach

und schüttelte energisch den Kopf.

„Ich habe gegessen. Erzählst du mir, was du machst?"

„Ich schreibe an einem Buch."

„Was für ein Buch?"

„Ein alter Mann hat es mir gegeben, vor einigen Jahren. Seitdem will ich ein Buch daraus machen."

„Aha."

Der Junge hockte sich auf den Boden und polkte an seinem Fuß. Er war vielleicht acht Jahre alt, höchstens zehn, aber das ist bei den Kindern am Meer schwer zu schätzen. Sie sehen alle sehr, sehr jung aus, bis sie plötzlich, im Handumdrehen, erwachsen sind. Der Junge schniefte.

„Dieser alte Mann, war das dein Vater?"

„Nein."

„Dein Onkel?"

„Nein."

Der Junge legte seinen Kopf in den Nacken.

„Mein Vater ist Fischer. Heute steht der Wind gut, hat er gesagt. Die Thunfische schwimmen bis ans Riff." Er unterbrach seine Worte, legte den Finger auf die Lippen. „Hm. War dieser alte Mann auch ein Fischer?"

„Nein. Er war das, was wir einen Wissenschaftler nennen."

„So wie du, Mzungu, nicht wahr?"

„Ungefähr."

„Und warum hat er nicht selbst ein Buch draus gemacht?"

„Er ist gestorben. Zu früh, viel zu früh."

Interessiert lugte der Junge auf den Schreibtisch, reckte den dünnen Hals.

„Das alles hat der alte Mann geschrieben? Wirklich?"

„Eine ganze Menge, stimmt's?"

Der Junge verdrehte die Augen.

„Ich schwitze schon, wenn ich nur eine Seite aus unserem Schulbuch lesen muss. Wozu muss man lesen, Mzungu? Die Sonne ist da, das Meer und die Fische. Wenn ich groß bin, werde ich Fischer wie mein Vater. Ich brauche keine Bücher."

„Wer liest, lernt, was andere Menschen denken."

Der Junge wehrte ab.

„Ich sehe in deine Augen, Mzungu. Dann weiß ich, was du denkst."

„Und, Kovu, was denke ich gerade?"

„Du bist traurig wegen des alten Mannes."

Kovu sprang auf und boxte Schatten, behände wie ein Kreisel. Er ließ die Arme fallen und kratzte sich am Ohr. Anderson sagte:

„Schieß los! Was hast du auf dem Herzen?"

Verlegen lächelte der Junge.

„Wann fahren wir tauchen? Du hast es versprochen!"

„Natürlich, ich erinnere mich. Wie wird das Wetter in den nächsten Tagen?"

„Ich glaube, sehr gut. Tauchwetter. Wir können bis an die großen Riffe fahren. Was hältst du davon? Oder willst du lieber am Buch des alten Mannes arbeiten?"

„Versprochen ist versprochen", sagte Anderson. „Wir werden uns einen freien Tag nehmen und rausfahren. Aber sprich zuerst mit deinen Eltern. Wir fahren nur, wenn sie einverstanden sind. Es ist nicht ungefährlich, wie du weißt."

Die Augen des Jungen begannen zu glänzen. Heftig nickte er.

„Wir werden so weit rausfahren, dass wir die großen Haie sehen oder vielleicht sogar Wale. Aber dort tauchen wir nicht. Kein vernünftiger Mensch taucht, wo die Haie sind."

Er machte kehrt, rannte jubelnd hinaus. Anderson schickte ihm ein Lächeln nach und wandte sich seiner Arbeit zu. Seine Gedanken fanden nicht sofort den Anschluss. Der Auftritt des Jungen hatte etwas in ihm durcheinandergewirbelt. Intuition, dachte er nach. Intuition ist Leben, Ausdruck des lebendigen Organismus. Das Leben war dort draußen entstanden, vor dem Fenster seines Bungalows, inmitten des Ozeans. Schon der Urozean Panthalassa war belebt und von ungeheurer Organismenfülle geprägt. Wasser ist das beweglichste und häufigste Molekül auf der Oberfläche dieses Planeten. Es existiert in jedem erdenklichen Zustand: flüssig, als Dampf oder Eis. Wo sich Wasser und Sonnenlicht paaren, da entsteht Leben. Scheinbar aus dem Nichts finden sich die ersten Moleküle. Das Leben beginnt mit einfachen chemischen Strukturen, die sich höher entwickeln, zu Bakterien kombinieren, zu Kolonien und Flechten. Der Ozean ist der Ursprung allen Lebens, rauscht bis in die kleinste Körperzelle, in der das Erbgut schwimmt wie in einem eigenen, kleinen Ozean. Jeder Mensch trägt das Meer in sich, ist daraus erwachsen: aus der Gebärmutter, aus dieser wassergefüllten Grotte, aus der Erinnerung an den großen Ozean.

Anderson versuchte, sich auf Millers Manuskript zu konzentrieren. Ich bekenne, nach Laetoli gefahren zu sein, weil mir meine Intuition befahl, dass ich dort fündig werden würde. Das ist eine subjektive und somit vollkommen unwissenschaftliche Methode. Jetzt, zurückblickend, erinnere ich mich vor allem an die Hitze und die Trockenheit. Ich fühlte eine Fieberattacke, diese verfluchte Malaria, die einen auslaugt und die Kräfte raubt. Ich lag im vulkanischen Staub und mir schwanden die Sinne unter der Sonnenglut. Dann sah ich sie. Es ist die Wahrheit, die ich beschwöre. Es gibt keine Vergangenheit und keine Gegenwart und keine Zukunft. Es ist alles verwoben und existiert nur in dieser Verflechtung fort. Ich sah die Australopithecinen: einen Mann, eine Frau und das Kind. Ich weiß, dass sie noch dort sind, in Laetoli, dass sie unter uns weilen, mitten unter uns. Man muss nur seine Sinne befreien, um dies zu erkennen. Einige Leute werden mich für verrückt erklären. Vielleicht bin ich es, aber ich halte ihnen entgegen: Die Begegnung mit der Frühmenschenfamilie in der Vulkanasche von Laetoli war der wichtigste Augenblick meines Lebens. Es war eine Offenbarung, die ich niemals für möglich gehalten habe. Zuvor war ich gefangen im engen Korsett der Wissenschaft. Nun bin ich befreit. Es gibt sie, die Transzendenz der Zeiten. In ihr steckt der Sinn der Geschichte, der Sinn der Werdung des Menschen. Ich hatte sie greifbar vor Augen. Es ist alles noch da und wird immer da sein, so wie ich bin und sein werde. Es ist ein ewiges Mosaik, das in immer neuen Farben leuchtet. Ich wurde christlich erzogen und es war der Heilige Geist, der durch Laetoli lief, das müssen Sie verstehen. Verstehen Sie das? Nach einer solchen Offenbarung können Sie Ihre Bibeln getrost verheizen, ebenso die gelehrigen Pamphlete aus der Wissenschaft. Was sind tausend kluge Worte gegen eine einzige erleuchtete Sekunde?

Anderson gab die Seite auf den Drucker, um sie mit an den Strand zu nehmen. Er wollte den Computer ausschalten, besann sich und warf einen Blick in die Mailbox. Die Studentin aus Rio de Janeiro präzisierte ihre Ankunft und bat, vom Flughafen abgeholt zu werden. Anderson schickte ihr Salmins Konterfei, damit sie am Terminal nicht an windige Taxifahrer geriet. Zwei Mails betrafen das Tauchboot auf der Werft in Novigrad. Anschließend öffnete Anderson ein Schreiben, dessen Absender er aus der angegebenen Adresse nicht erkennen konnte, von der Universität in Heidelberg. Erstaunt las er die Mail und schaute aufs Meer. Es war ruhig und glatt und ohne Hast. Noch einmal las er sie und empfand jenen seltenen Moment im Leben, an dem die Sonne zum zweiten Mal aufgeht. Zur Sicherheit las er die Mail ein drittes Mal.

Lieber Mister Anderson, manchmal ist es gut, dem Rat eines Freundes zu folgen. Manchmal ist es besser, eigene Wege zu gehen. Sie haben sich entschieden, meine Warnung in den Wind zu schlagen, und dafür danke ich Ihnen. Denn nachdem Sie mich zu den Brüdern und Schwestern der Kinder-Jesu-Gemeinde gebracht hatten, wurde ich gut versorgt. Sie haben ihren Weg allein fortgesetzt und wie ich hörte, sind Sie nach Nairobi gelangt. Nach meiner Genesung habe ich Äthiopien verlassen, um als Gastforscher an verschiedene Universitäten zu gehen. Nun bin ich in Heidelberg in Deutschland, wo ich botanische Halluzinogene untersuche. Dabei geriet mir ein Aufsatz über bioenergetische Strahlung von DNS in die Hände, von einem deutschen Professor. Ich habe seine Experimente überprüft und würde gern auf diesem Gebiet weitermachen. Offenbar kommunizieren alle Lebewesen miteinander, über ihre DNS, die eigene Botschaften aussendet und empfangen kann. Leider geht mein Aufenthalt in Heidelberg zu Ende, die Stiftung kann mir kein Geld mehr geben. Ich muss nach Addis zurück. Ich hoffe, Sie leben und Sie leben gut. Selamta, Samson Gebreyesus.

An die Mail war eine Datei angehängt, ein kurzer Abriss der Forschungen in Heidelberg. Anderson druckte den Artikel aus, ordnete die Papiere und ging ins Freie. Eine seltsame Unruhe hatte sich seiner bemächtigt. Er versuchte sich vorzustellen, wie Gebreyesus in seinem Studierzimmer hockte, doch die Bilder ihrer Reise nach Arba Minch und zum Turkana-See schoben sich dazwischen. Damals trug der Student eine Uniform, war Leutnant der Armee und vermutlich des äthiopischen Geheimdienstes. Erneut lief eine Gänsehaut über Andersons Rücken, als er an das viele Blut dachte und an die weißen Augen des Verletzten und an die Nonne, die ihn schließlich verband.

Der Sandstrand kochte. Das Licht schmerzte in den Augen, die sich an den schattigen Bungalow gewöhnt hatten. Er lief zum Wasser. Sein Blick fiel auf ein großes Schiff, das weit entfernt vor der Küste kreuzte. Schnell kehrte er zum Bungalow zurück, um den Feldstecher zu holen, hielt die Linsen vor die Augen und erkannte ein schweres Kriegsschiff mit Geschützen, Raketenwerfern und rotierendem Radar. Suchend schwenkte er die Gläser übers Meer. Ein haushoher Flugzeugträger schob sich ins Bild, mit weißer Bugwelle unter hohem Landedeck. Anderson hatte das Gefühl, diese Szene schon einmal gesehen zu haben, im Traum, aber er erinnerte sich nicht, wann und wo. Er wusste, dass amerikanische Flottenverbände ins Arabische Meer einliefen und zum Golf von Aden. Doch er war sich sicher, dieses Bild geträumt zu haben.

Eine Möwe schwebte über der Lagune, schrill kreischend. Er legte den Feldstecher in den Sand und wandte sich Samsons Skizzen zu. Er lernte, dass die Gene der DNS im Zellkern lediglich zu einem verschwindend geringen Anteil dazu dienen, Proteine herzustellen, nicht mehr als drei Prozent. Mehr als siebenundneunzig Prozent des Riesenmoleküls gelten als sogenannte Junk-DNS, als Datenmüll, dessen Nutzen im Dunkeln liegt. Ein Drittel der gesamten DNS ist durch Sequenzen gekennzeichnet, in denen sich bestimmte Anordnungen der vier Grundbasen bis zu tausendfach oder millionenfach wiederholen. In diesen Abschnitten weist das Molekül eine besonders gleichmäßige, hexagonale Struktur auf, als wäre es ein Quarzkristall. An der Grenze zur physikalischen Messbarkeit sendet dieser Kristall tatsächlich sehr schwache Strahlen aus, die der deutsche Professor als Biophotonen bezeichnete. Da sich verschiedene Kombinationen der Grundbausteine unterschiedlich oft wiederholen, kann die DNS ein enormes Frequenzspektrum aussenden und empfangen, von Infrarot bis

Ultraviolett. Sie ist Antenne und Verstärker zugleich. Erstaunt las Anderson, dass DNS diese Eigenschaften stets zeigt, ganz gleich, ob sie in Bakterien, Wurzelknollen, Palmenfasern oder im menschlichen Hirn steckt. Sie ist eine im Wasser schwimmende, unablässig funkende Boje.

Die Flottille am Horizont wuchs, immer mehr Kriegsschiffe reihten sich, schwimmende Panzerkäfer aus Stahl. Erregt kehrte Anderson zum Bungalow zurück, setzte sich vor den Computer. Er überlegte lange; passende Worte kamen ihm nicht in den Sinn. Entschlossen zog er die Tastatur zu sich und tippte: Komm sofort, bitte. Komm nach Jambiani. Per Mausklick ging die Mail auf die Reise.

Über das Meer hatte sich graue Haut gelegt, Vorbote des nahen Monsuns. Anderson hockte sich vor die Hütte, legte Millers Skript auf seine Knie. Diese Seite des Bungalows war durch ein breites Vordach geschützt, unter dem er sitzen und arbeiten konnte, sogar wenn es regnete. Er vertiefte sich in den Text, aber im Innern spürte er Nervosität. Er hoffte, dass Gebreyesus nicht zögern würde, sein Angebot anzunehmen. Er hoffte, dass der Monsun nicht mehr lange auf sich warten ließ, denn die schwüle Hitze wurde mit jedem Tag unerträglicher, trotz des Windes vom Meer. Inbrünstig wünschte er sich Regen, wie alle lebenden Wesen an dieser harten, heißen, salzigen Sandküste. Er sah Kovu zwischen den Palmen, an der Hand seiner Mutter. Die beiden liefen zum Meer, ohne Scheu winkte die Frau herüber, zeigte der Junge sein strahlendes Lächeln. Anderson beobachtete, wie das Paar in die Lagune watete, vorsichtig, wegen der scharfen, kantigen Kalkbrocken auf dem Grund. Sie sammelten Seeigel oder Krabben. Ab und zu hoben sie etwas aus dem Wasser und ließen es in ihren Beuteln verschwinden. Kovu hielt sich näher am Strand, seine Mutter stieg tiefer ins Wasser. Anderson beobachtete, wie die Frau innehielt, aufmerksam über das Wasser äugte, unter die Oberfläche, in die zahllosen Spalten. Dazu machte sie zwei oder drei Trippelschritte, um Tiefe zu gewinnen, lehnte ihre breiten Hüften wie Schaufeln gegen das Wasser.

Während er über seine Beobachtungen grübelte, verlor er Kovu und die Frau aus dem Blick. Seine Aufmerksamkeit richtete sich nach innen. Ihm fielen Horváths Berichte ein über DNS, die sich im Salzwasser der Zelle zur Doppelhelix formt. Wie sich die DNS aus der wässrigen Zellflüssigkeit schraubt, formt sich der Embryo im Uterus, gleichfalls eine Erinnerung an den ersten Ozean und an die flachen Seen im Rift Valley. Es war die Logik des Wassers, die Logik des Meeres, an dessen zerklüftetem Saum Martin Anderson saß, Kalk und Sand und Palmen und Wasser und Sonne, so weit das Auge reichte. Das war die Suaheliküste, ein uralter Name, abgeleitet von der arabischen Vokabel Sahil oder Assahil: Menschen des Meeres.

18. Kapitel

Heiser brüllte die Brandung. Lange, schmutzige Wellen überrollten das Riff, warfen Gischt in die silbrige Lagune, ungewöhnlich hoch, nachdem sich das Meer im Morgengrauen für einige Minuten sehr weit zurückgezogen hatte, dass die Korallenbänke sichtbar wurden und die Vögel in den Palmen wildes Geschnatter erhoben. Verwundert waren die Eingeborenen zum Strand geeilt. Der Lärm der Möwen übertönte die tosende Brandung, als sich der Ozean aufbäumte und eine gierige Wasserzunge auf den Strand warf, bis fast an die Hütten und die Bungalows. Nach diesem Ausbruch hatten sich die Vögel beruhigt und die Sonne war schnell über den Horizont gekommen, um ihre grelle Pracht zu entfalten. Jetzt ballten sich drohende Wolkengebirge über der See, ein feuchter Gruß vom fernen indischen Subkontinent. Anderson hatte es sich zur Gewohnheit gemacht, bei Sonnenaufgang zu schwimmen, um sich rechtzeitig vor der aufsteigenden Glut in seinen Bungalow zurückzuziehen. An manchen Tagen, bei Ebbe, lag die Lagune fast trocken und man konnte im knöcheltiefen Pool bis an die Riffe waten. Heute drückte hohe Flut besonders viel Wasser herein. Das war nicht ungefährlich, denn vielleicht verirrte sich ein Hai in die Lagune. Vorsichtig hielt sich Anderson in Ufernähe, zog kraulend durch das salzige Wasser, das warm auf seiner Haut perlte.

Er liebte diese frühe Stunde, in der alles unverdorben schien, unbenetzt von der Hitze, die sich wenige Minuten später auf die Palmen und die Lagune senkte. Er liebte es, im kühlen Meereswind seine Lungen zu weiten und nach dem Bad nackt über den Strand zum Bungalow zu laufen, ein Labsal für die Füße, denn um diese Zeit speicherte der Sand den kühlen Tau der Tropennacht. Am Bungalow wartete ein kleines Frühstück auf ihn, genug, um den Hunger zu stillen, zu wenig, damit das Gehirn nicht dem trägen Völlegefühl im Magen verfiel. Er konnte schwimmen und arbeiten und er fühlte sich völlig im Einklang mit dem Rhythmus des Ozeans, mit dem unablässigen Aufschlag der Wellen, die ihr eigenes Zeitmaß sind, denn das Meer hat keine Erinnerungen und keine Pläne für die Zukunft.

Er tauchte, öffnete unter Wasser die Augen und huschte flach über den kalkigen Grund. Als er den Kopf aus dem Wasser steckte, fiel ihm auf, dass der Ozean ungewöhnlich viel Treibgut mit sich führte. Der weiße Sandstrand war bis zu den Palmen von Holz, Tang und sterbendem Kleingetier übersät. Er verließ das Wasser und trat auf angeschwemmte Muscheln, die eine Welle eimerweise ausgekippt hatte. Die harten Schalen der weichen Tiere hatten rasiermesserscharfe Ränder, er musste auf der Hut sein, um sich nicht zu verletzen. Bevor er den Bungalow erreichte, hörte er Simons Stimme, der ihn suchte:

„Mzungu, bist du da?", rief Simon aufgeregt. „Wo steckst du?"

Anderson betrat den Bungalow. Simon stand am Schreibtisch und fuhr herum. Erleichterung glitt über das Gesicht des Mechanikers.

„Gott sei Dank, Mzungu. Dir fehlt nichts."

„Was ist los?"

„Es hat ein schweres Beben gegeben, auf der anderen Seite des Ozeans. Die Behörden haben Flutalarm ausgelöst. Eine riesige Welle läuft durchs Meer. Du musst dich in Sicherheit bringen, schnell! Komm schnell!"

Anderson holte ein Handtuch. Er fragte:

„Woher weißt du das?"

„Sie haben es im Radio gebracht. In Malindi ist das Meer plötzlich um zwei Meter gestiegen, ein Mann wird vermisst. In Dar hat es mindestens zehn Tote gegeben, von einem gekenterten Boot.

Einige andere werden auf See vermisst, für sie gibt es wenig Hoffnung."

„Okay", versuchte Anderson, ihn zu beschwichtigen. „Das kann nur bedeuten, dass die Flutwelle bereits an der Küste angeschlagen ist. Die Gefahr ist vorüber, Simon."

„Im Radio haben sie gesagt, dass Nachbeben nicht ausgeschlossen sind."

„Gut, ich werde vorsichtig sein."

Anderson hängte das Handtuch an den Haken und schaltete das Funkgerät ein, das auf einem Tisch neben dem Computer stand. Er brauchte nicht lange zu warten, schnell hatte er Salmin an der Strippe.

„Was ist passiert?", wollte er wissen.

„Ein Tsunami, Martin. Im Meer vor Sumatra hat die Erde gebebt. Auf Sumatra, in Thailand, Indien und Sri Lanka sind Tausende tot oder vermutlich tot. Das Wasser hat die Strände meterhoch unter Wasser gesetzt."

„Wie sieht es auf den Inseln zwischen Indien und uns aus?"

„Auf den Malediven hat eine eiserne Faust gewütet. Auf den Seychellen gab es drei Tote, aber die Korallenriffe haben den ärgsten Druck abgehalten. Wie steht es bei euch in Jambiani?"

„Die Vögel waren unruhig und das Meer kam kurz vor Sonnenaufgang ungefähr einen Meter hoch. Ansonsten ist nichts geschehen, keine Verletzten oder Trümmer."

„Gut, sehr gut. Das beruhigt mich. Ich wollte einen Fahrer zu euch schicken, um nach dem Rechten zu sehen. Im Radio haben sie gemeldet, dass die Küste des somalischen Puntlands völlig zerstört wurde. Mehr als zweihundert Leichen wurden geborgen."

„Was ist mit Stone Town?"

„Wir liegen auf der geschützten Seite der Insel. Die Flutwelle ist unmerklich vorbeigegangen. Wir hatten großes Glück, wirklich, Martin, ein Wunder."

„Halt die Augen und die Ohren offen. Ich melde mich in zwei Stunden wieder. Am Nachmittag komme ich ins Institut."

Salmin quittierte. Anderson schaltete den Kanal ab, legte die Notruffrequenz auf den Lautsprecher, um alle Durchsagen mitzuhören. Die Meldungen aus Übersee klangen nach einer gewaltigen Katastrophe. Einmal hatte sich Anderson in Thailand umgesehen, wo sich die Hotels bis an die Wasserkante schoben, als sei das Meer ein gutmütiger Tümpel und das Leben an der Küste nur Urlaub mit Kokospalmen, Beachball, Liegestühlen und kühlen Drinks an der Strandbar. Doch in Sekunden kann der Ozean tückische Urgewalt entfalten, ohne Vorwarnung. Kein Element hat so viel Kraft wie das Wasser, wenn es sich zu einer haushohen Welle türmt. Alles reißt es mit sich. Möglicherweise vermag der Mensch, die großen Flüsse in ihr Bett zu zwängen, mit Staumauern und Deichen: den Nil, den Mississippi, den Amazonas, Wolga und Jangtse. Aber der Ozean lässt sich nicht bändigen. Ein Rülpser aus den unterseeischen Gräben und Millionen fliehen in panischem Schrecken.

Simon stand noch immer herum. Seine langen Arme hingen von den kantigen Schultern wie die Tentakeln eines Kraken.

„Danke, Martin", sagte der Mechaniker. „Das beruhigt mich sehr. Ich hatte mir große Sorgen gemacht."

„Um mich?"

Simon nickte.

„Ja, Martin. Um dich."

„Dafür danke ich dir, du bist sehr umsichtig. Wenn du nicht gekommen wärst, hätte ich nichts mitbekommen."

Stolz strich sich Simon über den flachen Bauch, über das weiße, gestärkte Shirt. Bevor er den Bungalow verließ, sagte er:

„Mzungu, auch du bist umsichtig. Du hast die Vögel bemerkt, immerhin. Wie ein echter Sansibarer. So passen wir alle aufeinander auf: du, ich, Salmin. Und die anderen. Dann kann nichts geschehen."

„Das stimmt", pflichtete Anderson bei. „Dann sind wir immer auf der sicheren Seite."

Als Simons Schritte im Sand verklangen, nahm er Millers Manuskript zur Hand. Es war fast fertig. Wenn alles klappte, konnte er es noch heute in den Verlag schicken. Das hing davon ab, welche Nachrichten im Laufe des Tages einliefen. Gab es tatsächlich starke Nachbeben, musste er eventuell den Bungalow räumen und seine Sachen in aller Eile nach Stone Town verladen. Er blickte sich um. Viel gab es nicht, was er in diesem Fall auf den Pick-up werfen musste: den Computer, Millers Papiere und einen Rucksack, der stets griffbereit in der Ecke stand. Es ist lächerlich, sagte er zu sich. Wenn sich das Meer wirklich aufbäumt, kannst du von Glück sagen, wenn du das nackte Leben rettest.

Im letzten Kapitel beschrieb der alte Anthropologe die seltsamen Lichtmuster, die er in Laetoli gesehen und fotografiert hatte, nach seiner Begegnung mit den Frühmenschen. Andersons Gedanken liefen gegen die Zeit, zurück zu jenem Tag, als er Aaron Miller zum ersten Mal begegnet war, am Rand der Schlucht von Olduvai, in der verfallenen Museumsbaracke. Etwas hatte dort begonnen, mit den Spuren von drei Australopithecinen, in Gips gegossen in einer gläsernen Vitrine.

Der Lautsprecher des Funkgerätes knackte, aber niemand meldete sich. Wirklich bedeutsame Ereignisse kündigen sich anders an. Etwa durch das knirschende Geräusch von Schritten am Bungalow. Etwa durch die atemlose Stimme eines schwarzen Jungen namens Kovu, der seinen Kopf durch die Tür steckt. Der sagt:

„Eine Frau ist gekommen, mit dem Postbus. Sie hat nach dir gefragt."

„Eine Frau?" Anderson überlegte. Die Studentinnen, die sich angekündigt hatten, wurden erst in einigen Tagen erwartet. Er schüttelte den Kopf. „Ich erwarte niemanden."

„Es ist eine schöne Frau, Mzungu. Und sie hat nach dir gefragt. Jetzt sitzt sie drüben im Blue Oyster Hotel auf der Terrasse."

Ungeduldig scharrte der Junge mit den Füßen. Weil Anderson schwieg, wandte er sich ab, rannte zum Hotel. Es stand hinter einem Hain von Palmen. Anderson war sich sicher, dass der Junge dorthin strebte, um der fremden Msabu zu melden, dass er die Neuigkeit ihrer Ankunft überbracht hatte. Er hatte das Recht, für diesen Service ein paar Schillinge einzufordern. Anderson überlegte: Wer kommt in diese von Gott verlassene Weltecke, um mich zu besuchen? Die Studenten kannten nur die Adresse des Instituts in Stone Town. Nicht einmal Professor Leiden wusste vom Refugium in Jambiani. Manchmal kamen Journalisten auf die Insel, um ihn zu interviewen. Für diesen Fall hatte Anderson seine Mitarbeiter angewiesen, die Reporter in Stone Town absteigen zu lassen und ihn per Funk zu informieren. Er wollte nicht, dass ihn jemand störte. Salmin war zuverlässig. Akribisch beachtete er diese Weisung seines Chefs. Mürrisch schob Anderson das Skript zur Seite, schlüpfte in ein Hemd und stapfte hinaus.

***

Das Hotel war das größte Gebäude am Strand, ein Stockwerk höher als die Lehmhütten der Eingeborenen, breit wie die Geschäftshäuser der reichen Inder in Stone Town. Sein Dach war mit Gras und Seetang gedeckt, die Wände weiß getüncht. Aus dem ersten Stock schob sich eine Veranda zum Meer, mit bequemen

Korbstühlen im Schatten des vorgezogenen Daches. Dem Besitzer gehörten ebenso die Bungalows, die sich um das Hotel gruppierten. So kurz vorm Monsun waren nur wenige Gäste angereist: ein australisches Seniorenpaar und zwei blutjunge Mädchen aus Vancouver. Ein englischer Geschäftsmann war abgestiegen, allerdings schon vor etlichen Monaten. Per Mobiltelefon hatte er seinen Job gekündigt, um sich in Jambiani einzurichten. Sein Name war Richard. Er saß an der Hotelbar beim Whisky und grüßte kurz, als Anderson die Treppe zur Veranda erklomm. Anderson nahm die letzten Stufen, tauchte aus dem schattigen Aufgang in gleißendes Sonnenlicht. Die Frau, die allein am Tisch saß, drehte sich nicht um. Sie saß schmal und aufrecht, in einem olivgrünen Kleid, das ihre goldbraune Haut betonte. Zögernd schritt er zu ihr und blieb hinter ihr stehen. Nun wandte sie den Kopf. Ein scheues Lächeln glitt über ihre Züge.

„Martin. Ich habe dich tatsächlich gefunden."

Anderson erwiderte nichts. Regungslos saß Sewe am Tisch, ihre Augen auf ihn geheftet, ihre Augen, aus denen das Meer strahlte, wie damals die weite Serengeti, an einem Morgen über den Kopjes von Lobo. Ein feines Ziehen glitt über seinen Rücken. Verlegen räusperte er sich.

„Du hast mich gesucht?"

Sie nickte.

„Ich wollte wissen, wie es dir geht."

„Es geht mir gut", antwortete er rau. „Wie hast du mich aufgespürt?"

Anderson sah, dass sich ein scharfer Zug um ihren Mund gegraben hatte, auch die Fältchen an ihren Augen hatten sich vertieft. Die Haut auf ihren Wangen, dem Kinn, dem Hals, den Schultern und den Armen war jedoch glatt und hell geblieben, als hätte sich nichts verändert. Als wären nicht Jahre ins Land gegangen. Und so war es tatsächlich: Nichts hatte sich verändert. Niemals ändert sich irgendetwas. Sie antwortete:

„Dein Mitarbeiter in Stone Town gab mir den Tipp. Ich stellte mich als letzte Mitarbeiterin von Professor Miller vor. Offenbar hat es ihn beeindruckt."

Jetzt lächelte auch Anderson. Er rückte sich einen Stuhl heran und setzte sich neben sie. Ruhig lagen Sewes schmale Hände an einem Glas mit Tonic. Aufmerksam musterte sie ihn.

„Die Sonne hat sich auf deinem Gesicht verewigt", meinte sie. „Wenn du nach Europa zurückkehrst, wird niemand mehr den Afrikaner in dir übersehen."

„Ich gehe nicht zurück", entgegnete er. „Ich lebe hier. Ich bleibe hier. Es ist wunderbar, hier in Jambiani."

Ihre Augen glitten von seinem Gesicht über den Strand und die Lagune. Sie nickte. Von der Veranda hatte man einen unverstellten Überblick. Frauen wateten im Wasser, rafften Berge von Seetang zusammen und stopften sie in Plastiksäcke. Von oben konnte man die Korallenriffe erkennen, ihre gewölbten Bänke und die flachen Senken, in denen Seeigel hausten. Träge zog sich die Flut zurück. Die Frauen warfen die Säcke auf ihre Schultern und gingen ins Dorf. Sewe fragte:

„Hast du Zeit?"

Er nickte stumm.

„Wollen wir etwas trinken?"

Der Kellner kam von der Hotelbar. Anderson bestellte Papayasaft, gemischt mit Limonen. Sie fragte:

„Störe ich dich bei der Arbeit?"

Er schüttelte den Kopf. Seine Kehle war verschnürt. Verlegen stellte er fest, dass er sich wie ein unreifer Schuljunge fühlte. Sewe hatte ihn überrascht. Sie hatte ihn gesucht. Sie hatte ihn gefunden. Sie war einfach aufgetaucht, hier in Jambiani. Zaghaft fragte sie:

„Woran arbeitest du gerade?"

„An Millers letztem Buch", erwiderte er unsicher. „Sein ehemaliger Verleger will es publizieren, obwohl es eigentlich nicht in die Reihe seiner Lehrbücher passt. Doch in den vergangenen Monaten gab es etliche Anfragen. Deshalb wollen sie es nun doch machen."

„Kerkhoff hat es dir gegeben, nicht wahr? Der Dominikanerpater vom Victoriasee."

Er nickte und fragte:

„Kennst du es?"

„Nein. Aaron hat sehr intensiv daran gearbeitet, aber seine Bücher haben mich nie interessiert."

„Habt ihr nie darüber gesprochen?"

Sie schüttelte den Kopf. Anderson fiel auf, dass ihre Haare länger geworden waren. Sie hatte die schulterlangen Strähnen zu einem Zopf gebunden.

„Als er aus Laetoli zurückkam, hat er kaum ein Wort gesagt. Hat sich hingesetzt und geschrieben. Ich weiß nicht mehr, wie lange. Sehr lange."

„Willst du es lesen?"

„Nein. Ich denke nicht."

Sie schwiegen. Schritte stapften die Treppe herauf. Es war der Kellner. Er stellte eine Karaffe mit Saft auf den Tisch und einen Teller mit frisch aufgeschnittenen Limonen. Dazu legte er eine kleine Löffelpresse, mit der man die Scheiben zerdrücken konnte. Zuletzt stellte er ein Glas mit Eiswürfeln hin. Sewe schenkte ihm ein Lächeln, das er freundlich erwiderte. Zu Anderson gewandt, sagte sie:

„Ich habe im Fernsehen verfolgt, was du in Addis Abeba gesagt hast, auf der Konferenz. Ich sah das Interview, nachdem du von Aksum zurückgekommen warst. Es muss furchtbar gewesen sein."

Er entgegnete nichts. Sie legte ihre Hand auf seinen Arm.

Auch ihre Hände hatten sich kaum verändert: filigrane Fächer aus weichem Porzellan.

„Ich war in Addis", erzählte sie. „Dort traf ich einen jungen Mann, einen erstaunlichen jungen Mann namens Samson. Er berichtete mir, was am Turkana-See passiert ist." Ernst waren ihre Augen auf ihn gerichtet. „Danach verlor sich deine Spur, Martin. Niemand in Addis wusste, ob du es nach Nairobi geschafft hattest."

„Wie hast du mich gefunden?"

„Schließlich rief ich bei Professor Leiden an in Amsterdam. Schon zu Aarons Lebzeiten konnte ich ihn nicht ausstehen und er mich ebenfalls nicht. Vermutlich dachte er, dass ich es war, die Aaron in Tansania hielt. Leiden war so eifersüchtig. Er war es immer noch oder schon wieder, als ich ihn wegen dir anrief."

„Hat er dir gesagt, dass ich auf Sansibar lebe?"

Langsam fuhr ihre Zungenspitze über die Lippen.

„Nein. Er ließ sich verleugnen. Ich kam gar nicht zu ihm durch. Samson hat mir geholfen. Er wusste den Namen des Mannes aus Stockholm, mit dem du dich in Nairobi treffen wolltest."

„Reidar Ovaldson, der Generalsekretär der Akademie ..."

„Genau. Dieser Ovaldson hat es mir gesagt. Sofort, ohne Umschweife, am Telefon. Er ist ein echter Gentleman. Er riet mir: Gehen Sie nach Stone Town."

Der Ernst wich aus ihren Augen. Das Lächeln kehrte auf ihr Antlitz zurück. Anderson fiel in ihre Pupillen: zwei bodenlose, klare Brunnen.

„Samson hat mir eine Mail geschickt", berichtete er. „Ich hoffe, er kommt ans Institut, um mit mir zu arbeiten."

„Das wäre fantastisch, Martin. Er ist sehr talentiert."

„Ja. Ich bin froh, dass ihn die Nonne gerettet hat. Er arbeitet in Heidelberg. Er ist Botaniker wie du."

„Ich weiß."

Eine Pause entstand, fiel zwischen sie auf den Tisch, lange Stille im Schlepp. Anderson schaute sie an. Sie bemühte sich nicht, seinem Blick auszuweichen. Er fragte:

„Und du, wie ist es dir ergangen?"

„Ich arbeite mit Kindern in den Slums von Nairobi. Ich zeige ihnen, wie man kleine Gärten anlegt, für Gemüse und Blumen. Du kannst dir nicht vorstellen, welche Verhältnisse dort herrschen."

Sie stand auf und trat an das eiserne Geländer. Als sie sich leicht nach vorn beugte, das Haar öffnete und das Gesicht in den Wind hielt, die Augen geschlossen, hätte es ebenso gut woanders sein können, zu einer anderen Zeit, in einem anderen Land, über der wabernden Schüssel des Ngorongoro-Kraters. Es gibt besondere Tage, an denen sich alles in allem spiegelt: das Leben in der Zeit in den Erinnerungen. Verzagt sagte sie:

„Diese großen Städte, die sind ein Krebsgeschwür. Die Kinder haben nichts. Kein Grün, keinen Himmel, nichts. Nur Beton, Teer und Abgase."

„Können ein paar Gärten etwas daran ändern?"

Sie wischte sich eine Strähne aus der Stirn.

„Nein, die Stadt bleibt ein Moloch. Dagegen kommt niemand an. Aber in diesen Kindern pflanzen sie vielleicht eine kleine Hoffnung. Denn das ist das Furchtbarste: die Hoffnungslosigkeit, diese Leere in den jungen Augen. Ob du es glaubst oder nicht, noch nie ist mir mein Beruf so wichtig vorgekommen. Und noch nie ist er mir so schwergefallen."

Sie wippte, hielt sich an der Balustrade fest.

„Manchmal vermisse ich die Serengeti. Oder das Meer. Wo das Auge nichts findet, woran es sich ablenken kann."

„Ich dachte, du seist bei den Rangern geblieben. Bei Michael in Tansania."

„Ich war bei ihm, das stimmt. Aber nicht sehr lange", flüsterte sie. „Martin, Michael ist tot. Wilderer haben ihn erschossen."

Mechanisch griff Anderson nach den Limonen. Ein Stich fuhr in sein Herz und wieder heraus, bis hinter die Stirn. Das ist Afrika, dachte er verzweifelt. Deshalb kommt es nicht auf die Beine. Weil es die Besten tötet. Langsam drückte er die Fruchtscheiben aus, goss eisigen Saft in seine Kehle. Er fror, die Säure ätzte in seinem Hals und einmal mehr fühlte er sich gestrandet. Ein Fischerboot schlingerte über die Korallen, keine lange Dhau, sondern ein flacher, zerbrechlicher Katamaran, dessen Mast sich umlegen ließ, wenn das Boot in die Lagune einfuhr und das Wasser flach genug wurde, um es auf den Strand zu schieben. Bei diesem Wetter fuhr niemand weit hinaus. Vor den Riffen lauerte eine starke Strömung, die sogar ein Boot mit starkem Motor abtreiben konnte. Die Boote der Insulaner waren leicht gebaut, damit sie im knöcheltiefen Pfuhl der Lagune manövrieren konnten, auch bei Ebbe. Wenn ein tropischer Sturm über die Küste raste, warf er die Boote manchmal wie Pappe zwischen die Palmen. Eine Dhau überstand diese wuchtigen Schläge nicht. Deshalb lagen die großen Boote an der Westseite der Insel, geschützt gegen die Unbilden des Indischen Ozeans. Die leichten Katamarane ließen sich einfach und schnell reparieren, egal wie verheerend die Elemente tobten. Sewe holte etwas aus ihrer Handtasche, die am Stuhl hing. Es war ein Kuvert. Vorsichtig öffnete sie es und zog eine Fotografie hervor. Sie legte das Bild auf den Tisch.

„Das habe ich in Aarons Sachen gefunden. Ich denke, du solltest es an dich nehmen."

Das Foto zeigte die Fußspur von zwei Menschen in weichem Boden oder Tuff, eingebettet in seltsame Linsen aus Licht. Sie schob es zu Anderson. Er brauchte es nicht anzusehen, denn er kannte dieses Bild, wie er Laetoli erkannte und die ganze Geschichte seit dem Auszug des Frühmenschen aus dem Rift Valley.

Nun war Miller tot, und Michael Onuwa war tot, und nun war es seine Geschichte, seine eigene Geschichte, und es waren seine Spuren auf dem Foto und unten am Strand heute Morgen, denn alles läuft in ewigen Zirkeln, ohne Anfang und ohne Ende, stetige Iteration, wie die gewundene Spirale der DNS. Er fragte:

„Bleibst du hier oder musst du wieder fort?"

„Störe ich dich nicht?"

„Nein. Du kannst bleiben, solange du willst. Hast du ein Zimmer?"

Sie nickte und löste sich vom Geländer. Ihr Kleid knisterte, schmiegte sich eng um ihre Taille. Sie ging zur Treppe.

„Du musst arbeiten, nicht wahr?"

Wortlos senkte er die Lider.

„Ich mache einen Spaziergang", meinte sie. „Es ist schön hier, Martin. Du bist ein Glückspilz. Und ich auch, weil ich dich gefunden habe. Endlich."

Ohne ein weiteres Wort ließ sie ihn auf der Veranda zurück. Als sie unter ihm auf dem Strand erschien, zog sie die Sandalen aus und lief barfuß über den Sand. Sie blieb stehen, um ihm zu winken. Anderson zögerte. Der Kellner kam. Er fragte:

„Darf ich abräumen?"

Weil Anderson nicht antwortete, lehnte er sich abwartend an die Brüstung. Sewe lief mit raschem Schritt. Lange blickte ihr Anderson nach, bis sie zu einem grünen Punkt zerschmolz, der zur bewaldeten Landzunge von Ras Shungi strebte. Als Anderson zahlte, lächelte der Kellner breit. Anderson schlenderte zur Treppe, durch die Lobby, zu den Palmen am Strand. In seinem Bungalow wartete eine Nachricht von Salmin auf ihn: Sein Mitarbeiter kündigte ihm eine Besucherin aus Nairobi an, eine sehr, sehr schöne Msabu. Anderson setzte sich an den Schreibtisch und versuchte, sich zu konzentrieren. Es misslang. Er dachte: Seltsam, was ein einziger Tag anrichten kann. Ein einziger Mensch. Er dachte: Sie hat dich gesucht, so lange. Und nun ist es, als wäre sie nur eine Stunde fortgewesen. Er schob die Papiere von sich, verschränkte unschlüssig die Arme. Sewe war gekommen. Wieder spürte er Unruhe, eine seltsam schwingende Erregung, die ihn kaum auf seinem Stuhl hielt. War das der Monsun, der schwer über den Wellen hing? Er ging hinaus. Der grüne Punkt war verschwunden. Am Wasser stritten Möwen um einen toten Fisch.

**

Die Sonne stieg überm Hinterland der Insel ab. Die Palmen schoben lange Schatten auf den Strand. Wie Pianistenhände wischten ihre breiten Wedel über den Sand und über den verwitterten Kalk der Korallen. Der auflandige Wind hatte an Stärke gewonnen, kämmte das Wasser, das rau in die Lagune schwappte. Während die Sonne hinter die Wipfel der Palmen tauchte, blinkten überm Ozean die ersten Sterne. In diesen Breiten kommt die Nacht schnell, beinahe ohne Dämmerung. Nur kurzes Zwischenlicht flackert am Himmel, gefolgt von tiefer Dunkelheit. Längst hatten die Fischer ihre Katamarane in die Lagune gesteuert und auf den Strand gezogen. Aus dem Dorf klangen Musik und der fröhliche Lärm eines Festes.

Sewe Akashi und Martin Anderson saßen auf der Veranda des Blue Oyster Hotel, am selben Tisch wie am Vormittag. An den anderen Tischen saßen Reisende, die mit Jeeps angekommen waren. Sie wollten zum Südzipfel der Insel, aber dafür war es zu spät geworden, also nahmen sie Quartier. Die beiden kanadischen Mädchen saßen in der Ecke und schrieben Postkarten. Richard hatte einen Tisch für sich allein, schlürfte gekochte Muscheln. Der Kellner hatte eine romantische Scheibe in den CD-Player gelegt, ließ Mozart über die Veranda streichen. Auf den Tischen brannten Windlichter in hohen Röhren aus Glas. Der Kellner kam mit seinem großen Tablett, blieb bei Sewe stehen und servierte frischen Thunfisch, dessen Haut silbrig und blau schimmerte, dazu überbackene Papayas. Sacht flackerte die Flamme im Glas. Sewe schaute aufs Meer.

„Wie oft kommt die Flut?"

„Zweimal am Tag, eigentlich zweimal innerhalb von siebenundzwanzig Stunden", erwiderte Anderson. „Dadurch verschiebt sich der Rhythmus im Laufe eines Mondzyklus. Heute ist Neumond, da herrscht Springflut, der höchste Wasserstand. Wie bei Vollmond."

„Es ist merkwürdig, wie der Mond die Geschicke des Meeres lenkt", sagte sie nachdenklich. „Manchmal glaube ich, auch wir Menschen sind nach dem Mond gebaut."

„Ich bin einmal bei Vollmond auf See gewesen", erzählte er. „Da geriet die Jacht in eine Walherde. Das war irrsinnig. Die Riesen schienen außer Rand und Band. Als ob sie mit der Scheibe dort oben in Verbindung traten."

Zusehends schwand das Licht. Während sie schweigend aßen, krochen die Schatten fast bis an die Wasserlinie. Dort lösten sie sich auf. Salzige Kühle strich von der See zum Hotel. Schwermütig glomm die kurze Dämmerung in den Wolken. Ab und zu trafen sich ihre Augen. Sie lächelte. Sein Blick hakte sich an ihr fest. Sie hörte auf zu lächeln. Ein trauriger Zug umspielte ihre Lippen. In der flackernden Flamme des Windlichtes sah sie viel jünger aus. Anderson wollte etwas sagen, aber sie kam ihm zuvor. Sie legte ihre Hand auf seine.

„Nehmen wir es, wie es ist, Martin. Als Geschenk. Es war ein wunderbarer Tag."

Sie führte seine Hand an ihre Wange.

„Ich bin froh, dass es dir gut geht", flüsterte sie. „Und dass du an Aarons Buch arbeitest. Wenn ich an die Jahre mit ihm zurückdenke, überfällt mich manchmal Verzweiflung, alles könnte umsonst gewesen sein. Dann sah ich dich im Fernsehen. Da hatte ich Angst, dass du alles vergessen haben könntest. Dieser Rummel, die vielen Reporter, der Krieg in Äthiopien. Ich dachte: Jetzt haben sie dich an die Kette gelegt. Jetzt bist du eine große Nummer. Und nun finde ich dich hier und du bist wie Aaron, als wärst du sein Sohn oder wie er, nur viel jünger. Das bedeutet so viel. So viel."

Sie ließ die Hand sinken. Zögernd bekannte er:

„Ich bin mir nicht sicher, ob alles richtig ist. Ob der Weg stimmt. Bald kommen die ersten Studenten. Ich habe keine Idee, was ich ihnen sagen soll."

„Sag ihnen die Wahrheit. Sag ihnen am besten gar nichts. Sie sollen durch die Insel bis hierher laufen. Das befreit den Geist."

Er lachte, sie lachte mit.

„Das würde Salmin nicht mitmachen", witzelte er. „Dem geht schon am Stadtrand von Stone Town die Puste aus. Und Professor Leiden würde einen Herzinfarkt bekommen: Seine besten Talente, auf sich allein gestellt im Dschungel ..." Er wurde ernst. „Warum eigentlich nicht? Ich denke, wir trauen den jungen Leuten zu wenig zu. Man sollte das Experiment wagen. Ich hätte Aaron damals verfluchen können, als er mich nach Afrika holte."

„Aber du bist gekommen, Martin. Und du bist bei ihm geblieben. Und du bist noch immer in Afrika."

„So ist es. Die Studenten, die in einigen Tagen kommen, haben sich auch auf den Weg gemacht. Sie erwarten von mir etwas Besonderes, etwas, das ihnen an ihren Universitäten vorenthalten wird. Vielleicht sollte ich die Seminare wirklich hierher verlegen, nach Jambiani."

„Was sind das für Studenten?"

„Junge Anthropologen und Archäologen", meinte er. „Ein Ingenieur ist dabei, ein Australier. Eine Architektin aus Vietnam, Spezialistin für natürliches Bauen. Ich habe ihre Abschlussarbeit gelesen, über selbstkühlende Termitenhügel. Diese junge Frau hat Leiden einen vier Meter hohen Lehmhügel direkt auf seinen heiligen Campus gesetzt. In seinem Innern finden sechs Menschen bequem Platz. Als der Hochsommer die Leute aus den Seminargebäuden vertrieb, hat sie ein kleines Café eröffnet in ihrem Lehmhaus. Es wurde ein beliebter Treffpunkt, immer gut gekühlt. Mit dem Geld finanziert sie ihre Reise nach Sansibar."

Sewe stützte die Ellenbogen auf die Tischplatte und legte das Kinn auf die Hände.

„Ach, Martin, ein bisschen beneide ich dich. Ich bin mir sicher, dass sehr viele junge Leute zu dir kommen werden. Es spricht sich schnell herum."

Eindringlich bat er:

„Du könntest bleiben und mir helfen."

Groß richteten sich ihre Augen auf ihn, eine offene Lagune. Sie sagte:

„Du brauchst keine Hilfe. Du hast alles. In Nairobi warten diese Kinder auf mich, die es vermutlich niemals auf eine Universität schaffen werden. Ich kann sie nicht im Stich lassen. Ich will dort nicht weg. Ihre Seelen sind meine Seele."

Der Wind frischte auf. Zwei besonders helle Sterne kündeten von der aufziehenden Nacht: Atair und Wega. Über dem Ozean blühte metallischer Glanz, das Requiem des flüchtenden Tages. Schnell fiel Dunkelheit über die Insel. Anderson sog den Duft vom Meer ein, fühlte die summende Spannung in sich. Sewe saß ihm gegenüber, sprach leise:

„Ich würde kommen, wenn es einen Weg gäbe, diese Kinder

mitzubringen. Ihnen zu ermöglichen, was ihnen in der Stadt fehlt. Aber das geht nicht. Du hättest nur Scherereien. Wer will schon eine Bande hungriger Waisen, die auf der Straße lümmeln? Für sie ist auf dieser Welt nirgendwo Platz. Außerdem: Es ist meine Sache, mein Projekt. Damit hast du nichts zu tun. Ich muss bei ihnen bleiben."

„Du könntest in Daressalam oder in Stone Town mit Kindern arbeiten ..."

„Es geht nicht um mich. Es geht um die Kinder, die auf mich warten."

Mild lächelte sie ihn an, durch das Windlicht hindurch, das zum Brennglas wurde, in dem sich Jahre bündelten. Er fragte sich: Wo bist du all die Zeit gewesen, Martin Anderson? Ihre Stimme kehrte zu ihm zurück.

„Das Leben hat keine Bedeutung, außer vielleicht das, was wir für andere tun. Was ich bin, bin ich durch die Menschen, die mich umgeben."

Sie schwiegen. Anderson zögerte, flüsterte hastig:

„Sewe, wir haben uns so lange nicht gesehen."

Seine Hand berührte ihre Wange. Ihre Lippen strichen über seine Finger, schickten Blitze durch die Haut bis in sein Hirn. Sie flüsterte:

„Bei diesem Job in Nairobi werde ich schlecht bezahlt, aber Unicef gibt das Geld, dadurch bin ich von den kenianischen Behörden unabhängig. Sonst wären die lächerlichen Summen längst in der korrupten Stadtverwaltung versickert. Du kannst dir nicht vorstellen, welcher Filz in Nairobi herrscht. Und trotzdem spüre ich große Zufriedenheit. Man kann nicht alles mit Geld aufwiegen. Wenig zu haben befreit ungemein."

„Sewe, ich verstehe nicht ganz ..."

„Ich will meine eigenen Wege gehen, auch wenn es verlockend

ist, bei dir zu bleiben. Du hast ein Institut. Du hast Pläne. Ich habe nichts, nur diese Kinder, die nicht einmal wirklich zu mir gehören, denn manchmal verschwinden sie einfach. Doch ich gehöre zu ihnen, egal, wo sie sich herumtreiben. Warum sollte ich zu dir kommen? Ach Martin, ich liebe mein Leben, wie es ist. Warum sollte ich es ändern?"

Er schwieg. Irritiert glitt sein Blick zum Meer, über das sich tiefe Nacht gesenkt hatte. In den Tropen kommt der dunkle Abend viel schneller als das helle Licht am Morgen. Sewe fügte hinzu:

„Sei nicht verstimmt. Ich empfinde so viel für dich. Ich habe dich gesucht und gefunden. Es ist einer der glücklichsten Tage meines Lebens. Das kannst du mir glauben."

„Ich glaube es", antwortete er mit belegter Stimme. Seine Augen fanden zu ihr zurück. „Ich hatte nie den Mut, dich zu suchen. Ich war zu feige. Ich habe immer einen Grund gefunden, es aufzuschieben."

„Auch ich habe lange gezögert. Es nicht einmal zu versuchen, dieser Gedanke hat mich regelrecht gepeinigt. Es gab in meinem Leben viele Situationen, die ich achtlos vorübergehen ließ. Gelegenheiten, die ich nicht nutzte. Ich wollte diesen Fehler nicht wiederholen. Nicht bei dir. Es wäre unerträglich gewesen."

„Mir fehlte der Mut. Ich habe oft an dich gedacht. So oft."
Zärtlich strich sie über sein Gesicht.

„Wir haben viele Gelegenheiten vor uns, es besser zu machen. Ich bin froh, hier zu sein. Diese Chance habe ich genutzt."

Sie beugte sich über den Tisch. Ihre Lippen trafen seine Wange. Andersons Puls machte einen Sprung, trieb ihm das Blut ins Gesicht.

„Lass uns an den Strand gehen", schlug er vor. „Es ist eine herrliche Nacht."

Die See glitzerte wie Teer. Schwarz wölbte sich der Himmel,

übersät von funkelnden Sternen. Blaues Wetterleuchten blitzte durch die Nacht, riss violette Adern aus der Dunkelheit. Hell zeichnete sich der Strand gegen die Wellen und die Palmen. Über allem schwebte der Geruch von fauligem Tang.

„Das Meer ist ein riesiges Tier", sagte Sewe voll Ehrfurcht. „Jetzt ist es friedlich und wispert. Aber wehe, wenn es erwacht und zu brüllen beginnt."

Sie ging neben Martin Anderson. Er hatte seine Hand um ihre schmale Hüfte gelegt. Sie liefen barfuß. Sanfte Wellen leckten ihre Füße. Er fragte:

„Hast du Angst?"

„Ein bisschen. Ich habe Angst, das Meer könnte sich teilen und ein Ungeheuer käme heraus."

„Es könnte auch ein Licht sein. Das Meer teilt sich und es erstrahlt ein grelles Licht aus einem tiefen Schacht. In allen Farben. Wie wäre das?"

„Das wäre schön. So habe ich noch nicht darüber nachgedacht. Du sitzt oft am Meer, nicht wahr?"

„Sooft ich kann. Es ist wie eine Andacht. Wie Rettung."

„Ein Refugium?"

„Genau."

„Also willst du nicht nach Amsterdam zurück?"

„Nein. Die Universität interessiert mich nicht mehr. Die Kollegen, die Studenten, der satte Apparat. Dieser Abschied ist unwiderruflich. Ich werde meinen Lehrstuhl räumen."

„Wir sind, was wir waren. Niemand streift sein Vorleben ab wie eine zweite Haut. Amsterdam war ein Stück des Weges, der dich zu dem Punkt geführt hat, an dem du dich jetzt befindest. Ohne die Universität wärst du niemals bei Aaron gelandet, hätte dich dein Weg niemals nach Afrika geführt. Sprich nicht abfällig darüber. Du wirst auch hier Studenten haben. Sicher werden dich deine Kollegen besuchen. Die, die den Wert solcher Besuche erkennen."

„Professor Leiden wird sich rechtzeitig in Erinnerung bringen", prophezeite er. „Er wird versuchen, mich im Auge zu behalten. Aaron war ihm Warnung genug."

„Vielleicht will Leiden eines Tages mit dir am Meer sitzen? Vielleicht will er danach auch nie wieder nach Amsterdam zurück!"

Sie löste sich von ihm, hob einen Kiesel auf und warf ihn ins Wasser. Eine weißgraue Möwe strich über die Wellen und verschmolz mit dem Strand.

„Martin, geh deinen Weg und lass die Leute reden! Dein Institut gewährt dir Sicherheit und Unabhängigkeit. Es erspart dir viele Kompromisse, die andere Menschen täglich eingehen müssen, Tag für Tag. Es ist eine riesige Chance."

Der Wind trieb das Rauschen der Brandung von den Riffen auf den Strand. Dort mischte es sich mit knisternden Wellen und knarrenden Palmen. Sewe floh vom Wasser ins Andersons Arme. Bebend presste sie sich gegen ihn, suchte sein Gesicht für einen scheuen Kuss. Der Wind hatte Salz auf ihre Lippen geweht. Anderson hörte den Sand, der von der flachen Böschung bei den Hainen rieselte, ein fein singender Choral. Seine Sinne waren gedehnt, die Nacht und der Ozean schwangen in seinen Ohren. Sewes Antlitz erschien nah vor ihm, flüsternd:

„Das alles haben wir Aaron zu verdanken. Ich weiß, dass er bei uns ist."

„Und Michael", ergänzte er mit vibrierender Stimme.

Erneut küsste sie ihn. Zwischen den Palmen knackte es. Anderson glaubte, ihren Herzschlag zu hören, wie der Wal, dessen Sonar in die Seele eines Tauchers zu blicken vermag. Eng umschlungen schritten sie zu den Hütten, zur weißen Fassade des Blue Oyster Hotel.

19. Kapitel

Der Morgen stieg aus dem Meer, erst mit blasser Schleppe, dann im goldenen Ornat. Feurig wölbte sich die Sonne aus dem Ozean, warf Glutschimmer auf das Wasser. Mächtig griff der Wind in die Palmen, die sich biegsam fügten. Schwarze Frauen durchkämmten das Wasser. Anderson trat vor seinen Bungalow und winkte. Eine der Frauen richtete sich auf und winkte zurück. Mit ausgestrecktem Arm zeigte sie zum Dorf, wo Anderson den jungen Kovu zwischen den Palmen erspähte. Der Junge kam angelaufen, ein kleines Bündel über der mageren Schulter. Fröhlich rief er:

„Guten Morgen, Mzungu! Heute fahren wir hinaus!"

„Natürlich, Kovu. Aber wir werden nicht allein sein. Die Msabu wird uns begleiten."

Der Junge nickte.

„Ich habe mich gestern lange mit ihr unterhalten", sagte er mit gewichtiger Miene. „Sie ist nett, das weiß ich."

Anderson sagte:

„Ich habe gestern auch lange mit ihr gesprochen. Ich glaube, wir können sie mitnehmen. Das geht in Ordnung."

Simon kam von der Garage am Hotel. Lässig hob er die Hand, die Zigarette zwischen den Fingern.

„Ich habe die Eisbox vorbereitet. Man weiß nie. Soll ich Extrabatterien mitnehmen?"

„Ja, zwei Stück. Wenn uns der Monsun überrascht, müssen wir vielleicht schnell zurückfahren. Dann brauchen wir alle Reserven, damit der Elektromotor nicht schlapp macht. Hast du an die Planen gedacht? Es wird heute sehr heiß. Wir müssen das Achterdeck beschatten."

Wortlos nickte Simon, führte die Zigarette zum Mund, ließ sie erglühen. Er warf den Stängel in den Sand und schlenderte zur Garage. Keine Minute später fuhr der Pick-up vor den Bungalow. Anderson sagte zu Kovu:

„Lauf zum Hotel und sag der Msabu, dass wir fertig sind. Wir holen euch gleich ab."

Der Junge gab Fersengeld, quer über den Strand. Anderson ging in den Bungalow, um das Gepäck zu holen. Sorgfältig kontrollierte er, dass der Computer und das Funkgerät abgeschaltet waren. Er klappte die Antenne auf dem Dach ein und verschloss die Fenster. Prüfend spähte er durch den Raum. Anschließend zog er die Tür hinter sich zu. Er warf seinen Rucksack auf den Pick-up, dazu das Bündel Kovus. Vorsichtshalber prüfte er noch einmal, ob die Eisbox ausreichend festgezurrt war. Dann stieg er ein. Simon startete den Motor. Langsam rollten sie zum Hotel, wo Sewe und der Junge warteten. Die Frau nahm zwischen den beiden Männern Platz. Der Junge schlüpfte auf die Ladefläche. Er jauchzte, als Simon den Wagen auf die Küstenstraße steuerte, hochschaltete und beschleunigte. Wie ein Rodeoreiter hockte der Junge auf der Eisbox. Seine Arme flogen durch die Luft. Von der See rüttelten Böen am Wagen.

Um diese frühe Stunde herrschte kaum Verkehr. Schnell brachten sie die Küste hinter sich, querten die Insel nach Kitogani und hielten auf den Pete Inlet zu. Diese Seite der Insel hielt sich noch im Schatten der Nacht, sauber und kühl. Sie fuhren ins kleine Fischerdorf Unguja Ukuu auf einer breiten Landzunge inmitten malerischer Mangrovenwälder. In der Bucht schaukelte eine weißblaue Jacht ungefähr eine Achtelmeile entfernt auf Reede. Sie war zehn Meter lang, mit geringem Tiefgang, gebaut für tropische Küstengewässer. Der Großteil des Decks war mit blauen Solarzellen belegt, unter blitzendem Glas. Es gab keinen Mast für ein Segel und keine Tanks für Diesel, nur hohe Verglasung vor der Kajüte und Radar auf dem Solardach. Ein schmaler Gang führte von achtern zum Bug, zu den Tauchleitern ins Wasser.

Simon parkte den Wagen am Strand und begann, das Gepäck abzuladen. Der Junge half ihm. Ein Fischer gesellte sich zu ihnen, höflich grüßte er die Ankömmlinge. Er reichte Anderson die schwielige Hand und sagte:

„Willkommen! Wie geht es Ihnen?"

„Sehr gut. Und Ihnen?"

„Gut."

„Was macht die kleine Habiba?"

Der Mann lächelte.

„Sie ist wieder gesund. Wenn Sie zurückkommen, sollten Sie uns besuchen. Meine Frau und Habiba würden sich sehr freuen."

Anderson deutete zum Himmel.

„Wie wird das Wetter? Was meinen Sie?"

Der Fischer blickte hoch und schürzte die Lippen.

„Heute bleibt es ruhig und sehr heiß. Kommen Sie morgen nicht zu spät zurück. Es könnte stürmisch werden. Wenn der Monsun so lange auf sich warten lässt wie in diesem Jahr, kann er plötzlich sehr heftig kommen. Seien Sie vorbereitet, für alle Fälle."

Simon trug die Utensilien in ein kleines Boot am Strand, eine hölzerne Nussschale mit zwei Paddeln. Als er fertig war, schob er das Boot ins flache Wasser. Er bedeutete Sewe einzusteigen. Auch der Junge kletterte hinein. Anderson verabschiedete sich von dem Fischer. Ohne die Schuhe auszuziehen, watete er ins Wasser, löste Simon ab und schob das Boot vom Strand. Simon steckte sich eine neue Zigarette an. Er und der Fischer blieben zurück. Als das Boot frei im Wasser schaukelte, schwang sich Anderson über die Bordwand, griff die Paddel und begann, aus der Lagune zu rudern.

Schlanke Reiher segelten durch die Mangroven. Zwischen ihren Wurzeln gluckste schlammiges Wasser. Die Männer am Strand schrumpften. Kovu winkte ihnen, bis das Boot an der Jacht anlegte. Anderson wuchtete die Eisbox und die Kanister auf das Deck. Geschickt enterte der Junge über die Reling, nahm das Gepäck und half Sewe, an Bord zu steigen. Anderson vertäute das Boot am Heck und kletterte auf die festen Planken. Danach kontrollierte er die Batterien und die Solarzellen, schaltete die Elektrik und das Funkgerät ein. Er entriegelte den Kompass, prüfte das GPS und lichtete den Anker. Als er den Motor startete, sah er den Jungen und Sewe. Sie hockten am Bug.

Wie von Geisterhand setzte sich das Schiff in Bewegung, wühlte seine Schraube durch grünes Wasser. Anderson stand am Joystick des Navigationsboards, schaute über Sewe und Kovu hinweg zur Schnauze der Jacht, die sich träge zu den beiden Inseln vor der Küste drehte, Miwi und Niamembe, etwa drei Seemeilen vor der Bucht. Als die Schraube kraftvoller ins Wasser griff, gewann die Jacht an Fahrt, fuhr direkt in den Wind. Offenbar waren Sewe und der Junge ins Gespräch vertieft. Wild gestikulierend wies Kovu auf die grünen Inseln. Sewe drehte sich zu Anderson um und zwinkerte ihm zu. Der Junge stimmte ein Lied an. Weithin schwang seine helle Stimme über die Bucht.

Die Jacht erreichte tieferes Wasser, huschte über sandigen Grund und dunkle Muschelkolonien. Schnell rückten die Eilande näher. Respektvoll nahm Anderson Fahrt weg, denn vor Miwi zogen sich gefährliche Sandbänke ins Meer. Im Windschatten der Insel drehte er bei, stoppte den Motor und warf den Anker aus. Kovu kam mit Gummiflossen aus der Kajüte. Er hatte sich die Tauchmaske über die Stirn gestülpt, dass er aussah wie ein Cyborg. Er hockte sich auf das Deck, streifte die Flossen über die Füße, klemmte den Schnorchel unter das Gummiband der Maske und ließ sich rücklings über die Bordwand fallen. Ausgelassen planschte er im flachen Wasser der Lagune, strampelte wild und winkte. Sewe winkte zurück.

Sie saß am Bug, die Arme um die Knie geschlungen. Anderson ging nach vorn, um einen zweiten Anker auszusetzen, zur Sicherheit, damit das Boot nicht drehen oder driften konnte. Er öffnete die Eisbox und holte eine Flasche Tonic, dazu ein Bier. Sewe deutete auf den Jungen im Wasser.

„Er ist wie ein junger Seehund. Wie alt ist er?"

Anderson zuckte die Schultern.

„Keine Ahnung. Ich glaube, er ist acht. In Jambiani gibt es eine Schule. Dort geht er in die Klasse der Acht- bis Zehnjährigen. Vielleicht ist er schon zwölf. Ich weiß es nicht genau."

Er öffnete die Flaschen und reichte sie ihr. Sie fragte:

„Gehst du auch schwimmen?"

Er nickte. Sie sagte:

„Ich bleibe lieber auf dem Schiff."

„Warum? Das Wasser ist herrlich. Es ist vollkommen ungefährlich, solange man innerhalb der Lagune bleibt. In der Kajüte liegen Flossen und eine Maske, sie müssten dir passen."

Sie setzte die Flasche an, schluckte und sagte knapp:

„Ich kann nicht schwimmen, Martin."

Anderson setzte sich neben sie und ließ die Beine über die Bordwand baumeln.

„Ich könnte es dir beibringen. Mit Flossen ist es ganz einfach. Du brauchst nur die Füße zu bewegen, siehst du, so ..."

Er deutete die Bewegung an. Der Junge rauschte heran und stemmte sich aus dem Wasser an Deck. Von seiner Haut perlten salzige Tropfen. Anderson dachte, dass er wirklich wie ein junger Seehund war.

„Ich habe eine Muräne gesehen", sprudelte es aus Kovu. „Sie steckte ganz tief in ihrem Loch. Dort hinten schwimmt ein Tintenfisch und jede Menge bunter Fischchen. Die schwimmen immer in eine Richtung und dann machen sie kehrt, wie auf

Kommando. Warum tun sie das?"

„Das muss eine Schulklasse gewesen sein", witzelte Anderson. „Alle hübsch hintereinander."

„Hör auf, Mzungu, bei den Fischen gibt es keine Schule", schmollte der Junge.

Er sprang ins Wasser zurück. Anderson stellte das Bier auf das Deck und ging in die Kajüte, um seine Flossen zu holen. Er legte sein Hemd und die Hosen ab, nahm die Flossen in die Hand und sprang über Bord, in einen Schwall glänzender Luftblasen, die mit verspiegelten Kappen aufwärts strebten. Im Wasser schlüpfte er in die Flossen, setzte die Maske auf, tauchte, um sie auszublasen, und steckte den Schnorchel fest. Mit sanftem Beinschlag schwamm er einmal um die Jacht und überprüfte den Rumpf, das Ruder und die kleine Antriebsschraube am Heck. Die Lagune war nur wenige Meter tief. Er konnte das Spiel des Sonnenlichts auf dem Meeresboden sehen, huschende Flecken über geriffelten Wellen aus feinem Sand. Filigrane Fächer wiegten sich in der Strömung. Als er zu den Korallen tauchte, erkannte er über sich das ovale Boot gegen den hellen Sonnenkreis. Er ließ sich an der Ankerleine zum Grund sinken. Der Anker saß fest und sicher. Anschließend trudelte er mit leichtem Flossenschlag zu den Korallen. Aufrecht stand Tang überm Meeresboden, hoch wiegendes Gras.

Es war beinahe vollkommen still, nur sein Herz rauschte in den Ohren. Er liebte diese entrückte Welt unter Wasser, die summende Ungewissheit, in der es keine klaren Bilder gibt und alle Töne zur chaotischen Sinfonie verschmelzen. Hier unten mischt sich das Sonnenlicht mit der dunklen Tiefe zu diffuser Dämmerung. Die Farben lösen sich auf: Zuerst schwindet Rot, dann Orange und Gelb, bis nur noch Grün und Blau übrig bleiben und weiter in der Tiefe nur noch graublaue Schatten. Kaum ein scharf unterscheidbarer Laut durcheilt diese Leere, alle Geräusche aus den entlegenen Winkeln des Ozeans verweben sich zu feinem, nur schwer lokalisierbarem Rauschen: Das gigantische Blubbern der Methanwolken aus den unterseeischen Vulkanen, explodierende Ausbrüche von Lava, der ferne Gesang der Wale, das Geschrei der Seevögel, die schnittigen Wendemanöver riesiger Fischschwärme, die Luftblasen zwischen den Korallen, brechende Eisblöcke in der Arktis, die Schiffsschrauben der Supertanker und Flugzeugträger und natürlich die ewige Brandung, die sich unter Wasser fortsetzt. All dies vereinigte sich zum großen Rauschen rings um den Globus, zum singenden Om der Ozeane.

Er tauchte auf. Sewe stand an der Reling und winkte. Er kraulte zur Jacht.

„Komm rein!", sagte er. „Ich zeige dir, wie man schwimmt."

Sie schüttelte den Kopf. Er streckte die Hand aus. Nach kurzem Zögern ließ sie ihr Kleid fallen, setzte sich auf die Bordwand und rutschte ins Wasser, direkt in seine Arme. Sie hatte glatte Haut und ihr langer Körper lehnte sich heiß gegen ihn, ließ sich von ihm einhüllen. Sie schlang ihre Arme um seinen Nacken. Ihre Haare wischten über sein Gesicht. Atemlos flüsterte sie:

„Lass nicht los. Wenn du loslässt, schreie ich."

„Ich lasse dich nicht los."

Er spürte ihre Brüste an seiner Brust und ihre Schenkel auf seiner Haut. Prustend hängte sie sich an seine Schultern. Er schwamm kräftig, quer durch die Lagune. Von der Seite schoss der Junge heran. Jauchzend hängte er sich ebenfalls an Andersons Schulter, spritzte lachend Wasser auf Sewe. Anderson schwamm zur Insel, bis seine Flossen Sand aufwirbelten. Er rief:

„Endstation erreicht! Absteigen!"

Der Junge hechtete auf den Strand. Sewe rollte sich zur Seite und streckte sich im seichten Wasser aus. Das Meer war so ruhig, dass es fast keine Wellen schlug. Das seichte Wasser am Strand war sehr warm. Sewe beugte sich über ihn, ihr Gesicht verdeckte die Sonne.

„Das war schön, Martin. Ich könnte mich den ganzen Tag auf diese Weise durch das Meer kutschieren lassen."

„Du musst schwimmen lernen und tauchen. Wer einmal unten war, sieht die Welt mit anderen Augen."

Sie lächelte. Ihre Augen und ihre Haut und ihre Haare glänzten, salznasse Tropfen fielen auf seine Brust. Flink steckte sie eine Strähne hinters Ohr, kam herab und lehnte ihre Stirn gegen seine Schläfe. Er sagte:

„Wir sind auf einer Robinsoninsel und jetzt zeige ich dir meine Höhle. Interessiert dich das?"

Neugierig glänzten ihre Augen. Er nahm ihre Hand, stand auf und führte sie über den Strand. Der Junge rannte voraus. Immer wieder blieb er stehen, drehte sich um und hob die Hand. Auch Anderson hob die Hand. Dann drehte sich der Junge um und rannte weiter.

Der Strand stieß an eine versteinerte Wand, die schroff ins Meer fiel. Das war früher eine hohe Korallenbank im Riff gewesen, bevor das Atoll aus dem Meer gestiegen war. Sie kletterten über Felsen zu einer klaffenden Spalte im Kalk. Jetzt herrschte Ebbe. Die Höhlen konnte man nur bei niedrigem Wasserstand erreichen. Sie traten ins Halbdunkel. An den Wänden schimmerten Tropfen und Salz. Plötzlich stieß Kovu einen überraschten Ruf aus. Im angeschwemmten Sand lagen die bleichen Überreste eines großen Fisches, doppelt so lang wie der Junge. Anderson sagte:

„Das war ein Hammerhai. Vermutlich wurde er mit starker Flut angetrieben und fand nicht rechtzeitig den Ausgang."

„Er scheint schon lange hier zu liegen", mutmaßte Sewe.

„Nicht so lange", schätzte er. „Das Meerwasser und der Sand

wirken wie Säure, wie Schmirgelpapier. Wenn das Fleisch einmal ab ist, geht es sehr schnell. Die Knorpel bleichen aus, als läge der Kadaver schon tausend Jahre. Diese Knorpel sind noch ziemlich frisch, wie mir scheint."

„Gibt es hier viele Haie?"

„Es ist ihr Revier. Vor Jambiani, im offenen Ozean, kann man sogar die großen Weißen treffen. An den Riffen dominieren kleinere Arten, Hammerköpfe und Blauhaie. Aber sie sind nicht weniger gefährlich."

Sie kauerte sich in den Sand und befühlte die Überreste. Grübelnd sagte sie:

„Offenbar kommen selten Menschen in diese Höhle. Sonst wäre der Kadaver längst verschwunden."

„Die Kiefer mit den Zähnen sind schon weg", meinte er. „Die geben einen hübschen Halsschmuck. Was wollen die Leute mit den Knorpeln? Hier wird alle Nase lang ein großer Fisch angeschwemmt, manchmal sogar ein Wal. Wer am Meer lebt, für den gehört solcherart Strandgut zum Alltag. Man achtet kaum noch darauf." Er lächelte, machte eine Pause und sagte: „Nur wir Anthropologen sind ganz wild auf Knochen. Zugegeben, nicht auf die von Haien."

„Hast du schon gehört?", fragte sie. „In Äthiopien haben sie die bislang ältesten Fossilien des Menschen gefunden, im Awash-Gebiet. Professor Lintiso hat die Ausgrabungen geleitet. Jetzt ist er ein Held, der neue Nationalheld von Addis Abeba."

„Er wollte in die Lehrbücher eingehen", brummte Anderson. „Das hat er nun geschafft. Vielleicht bekommt er ein Denkmal. Oder ein eigenes Museum in Addis."

„Ich weiß nicht. Es ist mir egal. Ich habe es nur erwähnt, weil ich Lintiso aus Nairobi kenne. Aus der Zeit, als ich für Unep gearbeitet habe, bevor ich Aaron traf. Lintiso war dafür zuständig, unsere Expeditionen nach Äthiopien zu genehmigen."

„Er ist ein hohes Tier. Wer irgendwo im Lande einen Spaten auf die Erde setzen will, kommt an ihm nicht vorbei."

„Er hat mir vor zwei Monaten eine Stelle an der Universität in Addis angeboten. Ich sollte die südliche Flora kartieren. Im Omo-Delta und an der Grenze zum Sudan gibt es etliche unbekannte Pflanzen."

„Hast du abgelehnt?"

Sie lächelte wieder.

„Ich habe es dir erklärt: In Nairobi warten wichtigere Aufgaben auf mich. Natürlich könnte ich Lintisos Angebot annehmen. Ich könnte bei Unep an die Tür klopfen, bei denen würde sich sicher etwas finden. Doch ich würde wieder so leben wie in der Zeit, bevor ich Aaron traf. Als wäre nichts geschehen."

Sie erhob sich aus dem Sand und schlurfte zum Ausgang der Höhle. Scharf zeichnete sich ihr Profil gegen das Licht. Er sagte:

„Ich würde mich freuen, wenn du eines Tages bei mir anklopfst. Die Kinder von Nairobi sind irgendwann erwachsen. Jambiani wird auf dich warten, hier gibt es auch Kinder. Schau dir Kovu an. Ein Prachtkerl, nicht wahr?"

Stolz glänzten die Augen des Jungen. Sie liefen über den feuchten Sand, der ganz kühl war, über die Felsen, auf denen Sonnenglut zischte. Sie kletterten zum Strand zurück. Anderson sagte:

„Nimm meine Flossen. Ich zeige dir, wie man schwimmt. Hast du Angst?"

„Nein", erwiderte sie zögernd. „Nicht, wenn du dabei bist."

***

Über zwei Stunden waren sie bereits in der Lagune, als der Junge aus dem Wasser aufs Deck der Jacht kletterte und sich eine

Limonade aus der Eisbox holte. Langsam kraulte Sewe zum Boot. Anderson blieb in ihrer Nähe, immer darauf bedacht, dass ihre Bewegungen nicht zu hektisch wurden oder sie sich erschöpfte. Als sie die Jacht erreichten, sagte sie:

„Jetzt habe ich einen Mordshunger. Ich hätte nicht gedacht, dass schwimmen so anstrengend ist. Nachher musst du mich wieder kutschieren."

Er schwang sich zur Reling und half ihr auf Deck. Der Junge brachte Handtücher aus der Kajüte. Anderson rieb sich ab. Danach spannte er die Plane über das Achterdeck, als schützenden Baldachin gegen die mörderische Sonne. Er holte Teller, Besteck und Tassen aus der Kombüse, dazu Sandwiches und frische Früchte aus der Eisbox. Sie hockten sich in den Schatten unter der Plane und aßen. Ein Vogel flog über die Jacht zur Insel, wo er kreiste, über den Wipfeln der Palmen. Auf See sah Anderson einen alten Dreimaster. Seine Segel wölbten sich im Wind. Er machte flotte Fahrt. Der Junge ging zur Kajüte und kam mit einem Fernglas zurück. Er hockte sich an die Reling und spähte zur Küste, ein hageres Äffchen mit Stielaugen. Sewe sagte:

„In diesem Alter sind sie so neugierig. Als ob sie die ganze Welt in sich hineinstopfen wollten."

„Er will Fischer werden wie sein Vater. Fast alle Männer an der Ostküste sind Fischer."

„Nur du nicht. Du bist Professor."

„Du irrst. Ich bin auch ein Fischer. Ich fische Erkenntnisse. Ich fische im Trüben. Aber es gibt noch ein paar echte Ausnahmen von der Fischerei. Simon zum Beispiel ist Mechaniker. Ein Mann namens Chamda macht viel Geld damit, seinen Pick-up an die Touristen zu verleihen. Mussa betreibt einen kleinen Kiosk in Jambiani. Dazu gibt es noch ein paar Alte, die nicht mehr rausfahren können. Sie sitzen den ganzen Tag am Strand und flicken Netze."

„Sie waren Fischer und werden es immer bleiben."

„Ich glaube nicht. Die Zeit der Fischer läuft ab. Kovus Vater hat mir erzählt, dass sein Boot immer weiter hinausfahren muss, um ergiebige Schwärme zu finden. Nicht einmal die Haie finden genug zu fressen. Sie ziehen sich in tiefere Gewässer zurück. Alles wird weniger, ärmer, entleert. Die Korallen verlieren an Farbe und an Pracht. Zahlreiche Bänke sind bereits verödet. Es ist ein schleichender Schwund. Ich glaube, Kovus Vater ahnt, dass mit den Fischen auch die Fischer sterben. Als wir uns neulich bei Mussa trafen, bat er mich: Zeig dem Jungen deine Welt, Mzungu."

„Fahrt ihr oft hierher?"

„So oft wie möglich. Manchmal nehme ich Kovu nach Stone Town mit. Er lernt schnell, ohne viele Worte. Er ist zuverlässig. Außer in der Schule. Er hasst Langeweile."

Sewe zuckte mit den Schultern.

„Ging mir ebenso", meinte sie. „Ich wuchs im Ogaden auf. Dort gibt es keine Schulen. Ich kam erst mit zwölf Jahren in eine Klasse, die ich sechs Jahre lang besuchte. Jedes Jahr die gleichen Bücher. So öde, unglaublich öde. Wie war es bei dir?"

„Ich ging in eine protestantische Schule. Unsere Lehrer waren verbohrt und verbissen."

„Du sprichst nicht gut von deinen Leuten, Martin."

„Ich habe viel versäumt als Kind. Vielleicht ist das der Grund, dass es mich hinauszog nach Grönland, nach Afrika. Ich hatte Holland satt, das enge, flache Land, eingezwängt zwischen Deichen."

„Also bist du nach Grönland gegangen und du bist Aarons Ruf gefolgt. Ohne deine früheren Erfahrungen hättest du dich nie für diesen Weg entschieden."

In diesem Augenblick sprang Kovu hoch. Zappelnd rief er vom Bug:

„Mzungu, dort kommen Delfine! Delfine! Sie sind wieder da!"
Aufgeregt wies er zum Achterwasser. Anderson drehte sich
um. Keine hundert Meter entfernt flitzten graue Leiber durch die
blinkende Lagune, durchschnitten krumme Finnen das Wasser.
Das war eine kleinere Art, die weißen Delfine, die die Küsten
des Indischen Ozeans und des Pazifiks bis nach China bevöl-
kern. Auch Sewe war aufgesprungen. Gebannt hielt sie die Hand
über die Stirn. Die Delfine verschwanden so schnell, wie sie aufgetaucht waren. Enttäuscht ließ sie die Hand sinken. Anderson
erklärte:

„Es ist zu heiß, sie machen sich rar. Aber sie werden wiederkommen. Da bin ich mir sicher."

***

Der Wind frischte auf. Kaum sichtbare Schleier schoben sich
über den Himmel wie hohe Nebel oder Milch. Unbarmherzig
drückte die Sonne, auch das Wasser brachte kaum Erfrischung,
so sehr hatte es sich aufgeheizt. Anderson und der Junge tauchten
am steilen Riff, aus dessen Vorsprüngen und Spalten verzweigte
Korallen sprossen. Schwärme von gelben Fischen putzten den
Kalk, tauchten bis zu den Kiemen in biegsame Polypenwälder.
Der Junge winkte. Er hatte eine braune Muräne entdeckt. Kampf-
bereit zog sich das Tier in seine Spalte zurück, präsentierte mes-
serscharfe Zähne. Gebührlich hielt der Junge Abstand. Seine
Flossen wirbelten Schlick aus dem Riff, bogen breite Korallenfä-
cher. Mit einer Hand hielt er sich am harten Kalk fest. Noch einen
Moment, dann schoss er nach oben, um Luft zu holen. Anderson
sah die schmächtige Gestalt über sich, ein schwebender Seehund
vor der Sonne, neben dem dunklen Rumpf der Jacht.
Die Bucht von Menai, die sich zwischen Uzi, den Eilanden Miwi

und Niamembe und der Insel Pungume erstreckt, birgt flaches Wasser. Auf Pungume brennt ein Leuchtfeuer, das den Schiffen in den tieferen Fahrrinnen die Route weist, durch den Sansibar-Kanal zur südlichen Furt nach Stone Town. Die Riffe waren ausgedehnt und unberührt, jeder Quadratmeter eine eigene, vielfältige Welt, eigen und vielfältig wie ein kleines Universum. Anderson erblickte Krabben und Schnecken, ein Königsfisch schwebte vorüber und winzige Sepien. Er hatte noch Luft in den Lungen und schwebte mit sanftem Flossenschlag am Riff entlang, ohne die Korallen zu berühren. Plötzlich standen zwei große Barrakudas vor ihm im Wasser, stählern glänzende Pfeilhechte. Die Sonne warf tanzendes Licht auf ihre Körper. Sie waren auf Beute aus. Ihre kalten Pupillen lechzten nach Tod.

Anderson tauchte auf. Er gab dem Jungen ein Zeichen und ließ sich erneut sacken, aber die Barrakudas hatten sich aus dem Staub gemacht. Dafür segelte ein Rochen über die Korallen. Fast schien es, als würde er grinsen, ein grinsender Magier im weiten Mantel. Die Polypen zogen ihre Fühler ein. Ein kleiner Sandhai kurvte ans Riff. Er erinnerte Anderson daran, dass es Zeit wurde, zur Jacht zurückzukehren. Langsam drängte die Flut in die Bucht. Mit ihr kamen gelegentlich größere Räuber herein. Er tippte Kovu auf die Schulter und deutete zum Boot. Der Junge nickte. Gemeinsam schwammen sie nach oben.

Sewe hockte unterm Baldachin, den Rücken gegen den Radarmast gelehnt. Nachdem sie an Bord geklettert waren, näherte sich Anderson vorsichtig, denn er konnte nicht erkennen, ob sie schlief. Sie hatte die Augen geschlossen. Als er nahe genug war, hörte er ihren glcichmäßigen Atem, kaum unterscheidbar vom Wind. Lautlos setzte er sich neben sie. Ihre Gesichtszüge waren vollkommen entspannt, ihre Lider zuckten. Kovu kam mit einem Handtuch. Warnend legte Anderson den Finger auf die Lippen.

Auf Zehenspitzen schlich der Junge zur Eisbox, um sich Limonade zu holen. Anderson folgte ihm. Kovu sagte:

„Die Msabu ist schön, Mzungu. Es macht viel Spaß mit ihr. Bleibt sie bei uns?"

Er setzte die Flasche an, nahm einen großen Schluck. Sein Kehlkopf hüpfte auf und ab.

„Sie wird uns bald verlassen, fürchte ich."

„Aber du willst doch auch, dass sie bleibt!"

Anderson schaute über die Bucht, auf die Reiher bei den Mangroven. Aus dieser Entfernung wirkten sie wie Insekten. Leicht wellte sich das Meer, das der Wind raute. Dennoch konnte man die Umrisse der Riffe deutlich erkennen. Unbekümmert fügte der Junge hinzu:

„Ich könnte ihr unsere Hütte zeigen und unsere Schule. Vielleicht überzeugt sie das. Ihr wird auffallen, wie schön es in Jambiani ist."

„Du kannst es versuchen. Doch ich denke, sie weiß es bereits."

Der Junge blickte ihn an, mit erstaunten Augen.

„Ist sie eine dieser Zauberfrauen?", fragte er schaudernd. „Die immer alles wissen, obwohl man kein Wort gesagt hat?"

„So ungefähr."

„Wenn sie es schon weiß, warum bleibt sie dann nicht hier?"

Wieder blieb Anderson die Antwort schuldig. Zäh schoben sich die Wolkenschleier ineinander, verwischten den Himmel. Das waren die Vorboten des Monsuns, der gegen das afrikanische Festland drückte. Bald würden die ersten Schauer einsetzen, vielleicht schon morgen. Er schob den Gedanken von sich. Morgen. Sewe erschien am Bug.

„Ich bin eingeschlafen", meinte sie entschuldigend. „Es war so still und dieses leichte Schaukeln ..."

„Hast du geträumt?"

„Ich glaube. Aber ich kann mich nicht erinnern."

„Wollen wir noch eine Runde schwimmen?"

Gähnend streckte sie sich.

„Nein." Sie ließ die Arme fallen. „Ich mag es, auf dem Boot zu sitzen und euch zuzusehen."

Anderson ging zur Kajüte, prüfte die Kühltechnik und die Ersatzteile. Dann holte er den Heckanker ein, startete die Maschine, ließ sie leer drehen und ging nach vorn zum Bug, um den vorderen Anker an Deck zu hieven. Er stellte sich ans Ruder und tourte den Motor hoch. Schleichend kroch die Jacht durchs Wasser. Er hielt parallel zu den Riffen vor dem Miwi-Atoll, in geradem Kurs auf die Nachbarinsel Niamembe. Die Sonne stand auf halber Himmelshöhe. Man konnte sehen, dass ihre Strahlen kräftig und voll Gier ins Wasser griffen. In der Ferne lag die Küste von Daressalam. Anderson steuerte die Jacht an Niamembe vorbei, näher zur Uzi-Insel, zu den dichten Mangroven. Gespenstisch ragten ihre Wurzeln in die Luft. Pelikane strichen übers Meer, Reiher und Möwen. Erbost flatterten sie um die Jacht, flogen Scheinangriffe auf die Reling und das hohe, drehende Radar. Der Motor lief ruhig wie ein Uhrwerk. Die Schraube pflügte gischtige Spuren ins Meer, eine weit auslaufende Schleppe.

Die Jacht lief in tieferes Wasser ein, wo man den sandigen Grund nicht mehr erkennen konnte. Die grünblaue Färbung der Ufernähe wich stahlblauem Kristall. Anderson ließ das Kap von Masoni hinter sich, den südlichsten Punkt der vorgelagerten Mangroveninsel Vundwe. Die Küste und die Korallenbänke traten zurück, sie fuhren in den Sansibar-Kanal ein. Fern am Strand erkannte er eine Siedlung. Dahin lenkte er den Bug, nach diesem Fischerdorf, das Kizimkazi hieß.

Kaum näherte sich die Jacht den Riffen vor Kizimkazi, schälten sich graue Zylinder aus dem blauen Nichts der Tiefe. Der

Junge sprang auf, deutete wild aufs Meer, dessen Wasser zu kochen schien. Eine Schule großer Tümmler lieferte sich ein Wettrennen mit der Jacht. Immer wieder brachen die Delfine durch die Oberfläche, hechteten in die Luft, mit grinsender Schnauze. Anderson hörte die knarrenden Laute, mit denen sie sich verständigten. Ein besonders großer Delfin tauchte aus der See und pflügte das Wasser wie ein Torpedoboot. Dieses Spiel wiederholte sich einige Male. Entzückt standen Sewe und der Junge an der Reling. Anderson nahm Fahrt weg, um die Tiere nicht zu ermüden. Manchmal malt das Glück in den Farben des Meeres. Dass dies ein glücklicher Tag war, erkannte er, als hinter den Delfinen der kraftvolle Blas eines Wals in die Höhe stieg. Dieser Riese war mindestens so lang wie die Jacht. Sein Rücken glänzte unter der tiefen Sonne in rötlichem Schimmer, fauchend schoss die Fontäne empor. Als er tauchte, hob sich die riesige Schwanzflosse aus dem Wasser, eine gigantische Schaufel, die geräuschlos im Ozean versank.

Sie erreichten die Atolle vor Kizimkazi, ungefähr vier Meilen fernab der Küste. Anderson legte die Anker aus. Hier brauchte er mehr Leine, bis sie Grund fassten. Er stellte den Motor ab, schaltete die Batterie aus und kontrollierte den Kompass. Prüfend warf er einen Blick auf das Barometer, das seit Mittag deutlich gefallen war. Möwen schnitten durch die Luft. Träge sackte die Sonne gegen das Festland. Weil der Monsun immer mehr Schwaden übers Meer trieb, leuchtete der Himmel wie eine Kupferkuppel. Man konnte sehen, wie sich die Sonne verabschiedete. Schwer drückte sie gegen den Kontinent, dessen ferne Kammlinie in einer nebulösen Wolkenbank verschwamm. Sterbendes Licht überflutete die See. Leise sagte Sewe:

„Das war ein herrlicher Tag, Martin. Ich hätte nie gedacht, dass das Meer so schön ist."

Die Sonne flimmerte. Alles zog seine Bahn und jegliches hatte seine Zeit. Er sagte:

„Wir hatten Glück. Die See zeigt uns ihre beste Seite."

Er setzte sich auf das Deck, eine Flasche Tonic in der Hand, und schaute zu, wie die Farben über dem Meer langsam wechselten. Der grelle Schein der Abendsonne wich sanftem Pastell, in dem die warmen Anteile dominierten. Die Jacht warf weiche Schatten aufs Wasser. Glitzernder Lichtstaub breitete sich auf den Wellen aus, als führte eine mit Rotgold gepflasterte Brücke bis zur Sonne und in den grellen Ball hinein.

Anderson dachte daran, wie sich das Licht verändert, wenn es in die Tiefen des Meeres greift. Wie sich der strahlende, farbige Sonnenfächer darin verteilte und verlor. Doch nichts geht jemals wirklich verloren in der Welt, und so kippt die Sonne ihr Füllhorn aus, damit sich die Spirale des Lebens dreht.

So ist im Lauf der Sonne bereits all das enthalten: die Korallenriffe, die Mangroven, die Strände, die Palmen, die Sümpfe und die Wälder im Innern der Insel. Das Licht, das die Sonne zur Erde sendet, webt an diesem Netzwerk mit, unablässig, ohne Pause. Es ist die ewige Lichtgestalt des Lebens, das vom Kosmos auf die Erde fällt.

Sewe stand hinter ihm. Er spürte, wie sie ihre Hände auf seine Schultern legte. Sie sagte:

„Als ich dich kennenlernte, warst du gehetzt. Du warst ein Getriebener. Du hattest diesen verzweifelten Blick, diese Furcht, etwas nicht zu verstehen, etwas nicht kontrollieren zu können oder ausgeliefert zu sein. Ich bin froh, dass du dies alles verloren hast, Martin."

„Was bin ich jetzt?"

„Nichts. Ein in sich ruhender Niemand, bei dem ich mich wohl fühle."

Die Sonne berührte den Kontinent, zerfloss zu feurigem Saum, setzte den Himmel in Brand. Gierig fluteten Feuer über die See, leckten am Boot. Wie ein Stein sank die Sonne, schon war sie halb verschwunden. Der Junge holte Decken aus der Kajüte und machte es sich am Bug bequem. Müde blinzelte er in die schwindende Scheibe, von der ein letztes Glühen blieb, das noch einmal hoch durch den Himmel loderte. Dieser Tag erlosch. Doch schon blinkte neues Licht am Firmament. So schnell, wie sich die Dunkelheit über dem Meer ausbreitete, erschienen unzählige Sterne. Es schien, als hätte die Sonne die Wolken an langen, unsichtbaren Strahlen aufs Festland gezogen, denn die Nacht kam klar und hell übers Meer. Anderson erkannte das Sommerdreieck aus Deneb, Atair und Wega. Der Mars schob sich ins Bild. Der Feuerschein auf dem Wasser wich bläulichem Glanz wie Titan. Immer schwärzer geriet die Dunkelheit, immer klarer traten die Sterne heraus, die bleiche Milchstraße, sogar Uranus und Neptun. Anderson ging zum Bug und zog dem schlafenden Jungen eine Decke über den schmächtigen Körper. Er prüfte die Spannung auf den Ankerseilen, holte sich ein Bier und kehrte zum Achterdeck zurück. Sewe war in der Kajüte verschwunden. Er lauschte dem leisen Glucksen der Wellen an der Bordwand und dem Plätschern, wo ein großer Fisch heraufgekommen war. Es war ein friedlicher Abend. Anderson genoss das stille Glück, in Erwartung des nahenden Monsuns. Über der afrikanischen Küste flimmerten schmale Leuchtbänder. Es war der letzte Abgesang der Sonne, herrliches Funkeln von Sternenstaub in ihrem Schlepp.

Sewe kam aus der Kajüte. Sie brachte eine Kerze im Glas und ein Tablett mit Nüssen. Schweigend setzte sie sich zu ihm, gemeinsam schauten sie übers Meer. Irgendwann ging sie zu Kovu. Als sie wiederkam, flüsterte sie:

„Er schläft. Es war ein großer Tag für ihn.“

Sie hockte sich neben Martin Anderson, sagte lange kein Wort. Sie schwieg, bis sie aufstand, um die dünnen Träger über ihren Schultern zu öffnen. Im kühlen Licht der Sterne sah ihre seidige Haut viel heller aus. Sie hatte feste Brüste und klare Linien bis zu dem Schatten zwischen ihren Schenkeln. Sie beugte sich zu ihm, ihre Hand suchte seinen Nacken. Sie küsste ihn und flüsterte:

„Es ist Zeit, Martin. Zeit für den Abschied."

20. Kapitel

Ölig schwappte das Meer, trägem Quecksilber gleich. Schwüler Dunst legte feine Watte auf die Wellen. Dichte Wolken zogen vom Festland über die Meerenge und die Inseln. Immer neue Schwaden trieben über die See. Die dreieckige Rückenflosse eines Hais schnitt durchs Wasser, eine stumme Bewegung, denn der Nebel schluckte alle Geräusche. Martin Anderson stützte sich auf den Arm. Sein Blick rutschte vom Meer auf Sewe, die schlafend neben ihm lag, den Kopf an seiner Brust. Sie war nackt und ihre braune Haut schien glatt wie Wasser. Sanft hoben sich ihre Brüste, straff spannte sich die Bauchdecke über ihre Rippen und das schmale Becken. Vorsichtig fuhr er mit seinen Fingern über ihren Bauch, zu dem grasigen Hügel zwischen ihren Beinen, geheimnisvoll und dunkel wie ein Riff. Feines Zittern durchlief ihren Leib. Seufzend dehnte sie sich, im Halbschlaf lächelnd. Er flüsterte:

„He, bis du wach?"

Sie hielt die Augen geschlossen. Langsam formten ihre Lippen: „Ich bin wach."

Seine Finger tasteten sich übers lebendige Riff, zur verborgenen Spalte. Sie öffnete die Knie, die Augen, drehte sich auf ihn und presste ihn gegen die Planken.

„Sieh mich an!", forderte sie. „Ich bin dein Gegengesicht. Sieh mir in die Augen!"

Ihr Becken rieb sich an seinem Schenkel. Zarte Röte schoss über ihre Züge. Ihr Becken suchte Halt. Sie hatte die Augen weit geöffnet. Ihre Iris pulste. Er flüsterte:

„Du bist mein Spiegel. Ich spüre es."

„Du spürst es?"

„Ja. Durch und durch."

Ihre Pupillen weiteten sich, richteten sich auf die Ferne. Ihr

Atem stieß hart, durch leicht geöffnete Lippen. Himmel und Ozean vermischten sich zu weißem Schaum. Zur Brandung gesellte sich rauschendes Blut. Ihre Stirn fiel gegen ihn. Er fühlte ihre Haare und heiße Lippen, die seinen Mund suchten. Sie keuchte:

„So muss es sein. Ein guter Spiegel zeigt dir alles, die ganze Wahrheit. Der holt hoch, was unter deiner Haut steckt. Ich bin dein Spiegel und du bist meiner."

Plötzlich wölbte sich neben dem Boot eine glatte Insel aus dem Wasser. Steil zischte der Blas in die Luft, rieselte fein übers Deck. Geisterhaftes Jaulen hallte übers Meer. Erstarrt schauten Sewe und Anderson auf den Berg, der sich aus der See hob, ein Wal mit stumpfer Schnauze und weißen Narben auf der nassen Haut. Ein riesiges, trauriges Auge schob sich über das Wasser, blickte geradewegs auf das Paar. Dann rollte der Riese zur Seite und tauchte. Sewe hockte sich auf, um seinen Schatten im Wasser zu verfolgen. Weitere Kolosse erschienen. Die Jacht schwankte. Überrascht stieß Sewe einen Ruf aus. Als Antwort hallten magische Klicklaute über die See.

Der Junge erwachte. Fassungslos betrachtete er das Schauspiel, noch trunken vom Schlaf. Sanft glitten die Wale weg, hielten auf die Insel Pungume zu. Dahinter wartete der offene Ozean, viel tiefer und reicher als die flachen Küstengestade. Die gelassene Grazie der Wale erinnerte Anderson an Giraffen, im Galopp über dem grasigen Land der Serengeti. Es war dasselbe lautlose Schweben und dieselbe Würde und sie hatten dieselbe Trauer in ihren Augen.

Scheu kam der Junge zum Achterdeck. Verstohlen blickte er zu Sewe, die nackt an der Reling stand und nach den abziehenden Walen schaute. Trocken sagte er:

„Ich habe Hunger."

„Wollen wir frühstücken? Wir könnten in Kizimkazi frische Calamari besorgen."

Verlegen druckste der Junge.

„Ich weiß nicht. Was sagt die Msabu?"

Sewe drehte sich um. Hinter ihr glitzerte das Meer.

„Was würdest du denn empfehlen?", fragte sie.

Er überlegte, dann erwiderte er entschieden:

„Calamari, frisch gefangen."

„Also fahren wir nach Kizimkazi", meinte Anderson lächelnd.

Er stand auf, ging zur Kajüte, um sich anzuziehen. Wenige Minuten später hievte er die Anker und startete den elektrischen Antrieb. Gehorsam setzte sich die Jacht in Bewegung. Er drehte nach Osten, zur grünen Küste, wo man die Hütten zwischen den Palmen deutlich sehen konnte. Er drückte den Steuerhebel, dass die Schraube am Heck schäumte. Wie eine Eskorte ritten verspielte Tümmler auf der Bugwelle, die das schlanke Boot durch blaues Wasser schob. Er nahm das Sprechgeschirr vom Funkgerät und rief die Station in Jambiani. Simon meldete sich. Sie sprachen miteinander. Die weißen Hütten von Kizimkazi rückten näher.

***

Simon hatte den Pick-up im kleinen Hafen von Kizimkazi abgestellt. Er wuchtete zwei Stahlflaschen neben dem Pick-up auf die Erde, außerdem eine Kiste mit Tauchzeug. Als er den Deckel öffnete, kamen Luftschläuche und Atemregler zum Vorschein. Ohne Hast schraubte er die Lungenautomaten an die Pressluftflaschen, kontrollierte die Gurte und Schläuche. Anschließend kam er zum Tisch an der alten Kaimauer, wo Sewe, Anderson und Kovu beim Frühstück saßen.

„Heißt das, wie gehen heute richtig tief runter?", fragte der Junge mit glänzenden Augen.

Vor ihm standen ein großes Glas mit Kokosmilch und ein Teller mit den Überresten der Tintenfische. Simon legte ihm die Hand in den schmalen Nacken und sagte:

„Und Onkel Simon fährt mit, um aufzupassen. Wie findest du das?"

Unruhig rutschte der Junge auf seinem Stuhl. Anderson fragte Sewe:

„Willst du auch tauchen?"

Sie schüttelte den Kopf.

„Nein, ich bleibe lieber oben und warte darauf, dass du mir erzählst, wie es war."

„Wir können eine dritte Garnitur besorgen. Das ist kein Problem."

„Nein, Martin. Ich kann nicht richtig schwimmen. Ich würde mich die ganze Zeit unsicher fühlen und euch den Spaß verderben. Mir gefällt es auf dem Boot."

„Gut", sagte er. „Aber irgendwann werde ich dir die Welt da unten zeigen."

Vielsagend lächelte sie ihn an. Simon fragte:

„Brauchen wir neue Batterien?"

„Nein", erwiderte Anderson. „Die Solarzellen arbeiten tadellos. Außerdem haben wir die Reservebatterien. Den Kompressor kannst du auf dem Wagen lassen. Die beiden Flaschen werden ausreichen. Haben wir einen Tiefenmesser in der Kiste?"

„Natürlich. Einen Tiefenmesser und eine Dekompressionstabelle."

„Die werden wir nicht brauchen. Ich kenne eine Stelle, wo wir bei zehn Metern stundenlang auf unsere Kosten kommen. Was sagt der Wetterbericht?"

„Heute soll es noch ruhig bleiben", antwortete Simon. „Die Be-
wölkung könnte gegen Abend zunehmen. Ich glaube nicht, dass
es heute schon regnet."

Martin Anderson schaute aufs Meer, das schwappendes, damp-
fendes Blei war. Möwen kreisten überm Tang. Am Kai hatten
sich Touristen eingefunden, begleitet von einheimischen Guides.
Sewe sagte:

„Es ist seltsam, aber das Meer übt auf mich eine ähnliche An-
ziehungskraft aus wie die Wüste. Früher bei uns zu Hause gab es
manchmal ein besonderes Licht. Vorhin auf dem Wasser hat mich
etwas daran erinnert. Es war so ein Flimmern, ein magisches
Leuchten hinter dem Licht der Sonne."

Simon zog einen Stuhl heran und setzte sich an den Tisch. Aus
Kovu sprudelte es:

„Wir haben Delfine gesehen und heute früh sogar Wale. Simon!
Und gestern in der Höhle lag ein toter Hammerkopf. Der lag schon
lange dort. Den hat die Flut angetrieben."

„Unglaublich. Was hast du noch gesehen?"

„Barrakudas und einen großen Rochen. Da habe ich mich lieber verdrückt."

„Vor Barrakudas brauchst du keine Angst zu haben. Und Rochen, ich weiß ja nicht ..."

„Wo die Rochen auftauchen, sind ihre Vettern nicht weit, die
Haie. Ich mag Haie nicht. Die haben so tote Augen."

„Alle Fische haben tote Augen."

„Delfine nicht."

„Delfine sind keine Fische, Kovu. Sie sehen zwar so aus, aber
sie sind näher mit uns verwandt als beispielsweise mit den Haien."

Der Junge legte einen Finger auf die Lippen und dachte
nach. Er griff nach seinem Glas und trank es in einem Zug leer.
Anderson sagte:

„Wenn wir Glück haben, sehen wir heute die Delfine aus der Nähe. Und Schildkröten."

Der Junge rutschte vom Stuhl. Sie erhoben sich. Simon und Anderson trugen die Stahlflaschen zum Beiboot, das vertäut an der Mauer lag. Anschließend hockte sich die Gruppe in die Nussschale, Simon griff die Paddel und stieß das Boot ab. Er war sehnig gebaut und wie alle Insulaner mit dem Meer aufgewachsen. Stetig schob sich das Boot zur Jacht, die vor der Marina auf Reede schaukelte. Keine Viertelstunde später legten sie an. Anderson turnte zum Deck, half Sewe und dem Jungen. Simon reichte ihm die Tauchgeräte. Vorsichtig legte er sie auf den Planken ab, achtete genau darauf, dass die Gummischläuche der Atemregler nicht knickten. Unterdessen machte Simon das Beiboot am Heck fest. Anschließend kam er ans Ruder. Er sagte:

„Ein Fischer hat mir erzählt, dass immer mehr große Haie in die Bucht drängen. Ihr müsst aufpassen und euch nahe an die Delfine halten. Solange ihr bei ihnen seid, kann nichts passieren. Es gibt keine besseren Aufpasser."

„Was ist mit Quallen?"

„Vor Jambiani hatten die Fischer gestern einige Portugiesische Galeeren in den Netzen, ungewöhnlich groß für diese Gegend und diese Jahreszeit. Ansonsten die üblichen Würfelquallen. Passt auch wegen der Feuerkorallen auf."

„Okay. Wenn du etwas siehst, gibst du Klopfzeichen. Wir bleiben in der Nähe. Ich glaube nicht, dass es gefährlich wird."

Anderson steuerte die Jacht auf die offene See in die Richtung der großen Korallenriffe vor Pungume. Langsam fiel die Küste hinter sie. Er rief Kovu ans Ruder, das der Junge mit feierlichem Ernst übernahm. Die Jacht glitt aus der flachen Uferzone in tiefere Gewässer. Auf dem freien Wasser wurde es merklich kühler. Der Wind war mit schwüler Feuchte beladen, die einen dünnen Film auf die kalten Armaturen und die Tauchgeräte legte. Nach einer Weile löste Simon den Jungen ab, denn die Jacht näherte sich den Riffen.

Anderson kontrollierte die Geräte und die Gurte. Er streifte sich eine Uhr und den Tiefenmesser ums Handgelenk und band sich ein Messer unters Knie, mit starker gezahnter Klinge und Schlagplatte aus Stahl. Das Messer war mit einer langen Leine gesichert, sodass er es nicht verlieren konnte. Er schob den Schnorchel unter den Messergurt, stellte die Geräte auf und öffnete die Ventile. Es zischte leise, das Barometer spannte sich. Simon hatte die Flaschen frisch gefüllt. Damit konnten sie einige Stunden unten bleiben. Anderson überschlug die Tauchzeit, denn er wollte kein Risiko eingehen. Zwölf bis fünfzehn Meter waren unkritisch. Sicher würden sie nicht länger als eine Stunde im Wasser bleiben. Anderson beschloss, den Jungen sofort nach dem Abstieg auf die Tiefe zu führen, um danach gemächlich am Riff aufzusteigen. Das beste Licht für die Korallen herrscht zwischen fünf und zwölf Metern, eine unsichere Dämmerung wie im Dickicht des Dschungels. Dort machte es nichts aus, wenn der Junge länger unten blieb.

Simon stoppte den Motor und warf den Anker ins Wasser. Die Jacht lag längs an einem Riff, das knapp unter die Oberfläche reichte. Vom Deck konnte man seine Konturen gut erkennen. Schroff fielen die Wände ins Bodenlose. Kovu setzte sich in die Gurte, zog die Maske über seine Stirn und schob das Mundstück zwischen die Lippen. Anderson band ihm ein Messer ans Bein. Dann legte er sein eigenes Tauchgerät an, klemmte sich die Maske und die Flossen unter den Arm und ließ sich über die Bordwand fallen. Die See empfing ihn mit Schweigen. Er streifte die Flossen und die Maske über und blies das Mundstück aus. Das Brodeln der Abluft brach durch die Stille. Er tauchte auf und winkte. Vorsichtig hangelte sich Kovu von der Jacht. Die Gurte der schweren Stahlflasche schnitten in seine Schultern. Anderson half ihm, die Flossen überzuziehen, und kontrollierte die Gurte, denn das Material dehnte sich im Wasser. Gespannt blickte ihn Kovu an. Anderson gab das Zeichen zum Tauchen. Geübt knickte der Junge in der Hüfte ab und schoss mit kräftigen Armzügen nach unten. Anderson folgte ihm. Wie eine graue Wand stand die Riffkante vorm diffusen Blaugrau des Ozeans. Sonnenstrahlen fingerten in die Tiefe wie in einen tiefen Kristall. Anderson überholte den Jungen und führte ihn zu einem Sockel, von dem das Riff senkrecht abfiel. Sein Tiefenmesser zeigte vierzehn Meter.

Ewige Dämmerung lag über den Korallen. Ihre Tentakel glichen geisterhaftem Dickicht, wiegenden Wäldern und bizarr geschnitzten Portalen. Die Taucher schwammen horizontal am Riff entlang, auf gleicher Höhe mit einem Schwarm zitronengelber Fische, deren Leiber im Halbdunkel glühten. Eine prächtige Tischkoralle ragte aus dem Riff, Baumkrone und Unterholz zugleich. Die Korallenriffe sind die Regenwälder des Ozeans. Steinkorallen bilden das Rückgrat und den Humus, sie sind die Baumeister der Riffe. Während sie in Jahrtausenden massive Kalkskelette auftürmen, bilden sie Höhlen und Nischen, in denen sich unzählige Arten ausbreiten. Diese Symbiose ist der Schlüssel zur Vielfalt des Lebens. Oberflächlich betrachtet dominiert der tägliche Kampf ums Dasein. Doch an den Riffen wird sichtbar, wie alle Lebewesen miteinander verwoben sind. Wie der gemeinsame Lebenswille aller Kreaturen das vielfältige Netz der Natur webt.

Anderson schwebte durch einen dämmrigen Dom, durch einen Funkenregen und blaue Strahlen, in denen ein harmloser Riffhai mit schwarzen Flossenspitzen segelte. Es war vollkommen still. In diesem Augenblick wurde ihm klar, was er tatsächlich gesucht hatte, zeit seines Lebens, auf Grönland, am Ngorongoro und in

Aksum: Stille. Hierher hatte sie ihn geführt, nach Jambiani, auf den Grund des Meeres. Die Heimkehr des Nomaden, um Stille zu finden. Stille in seinem Innern, die reine Stille von Wasser und Licht.

Anderson schwamm über die Korallen, die sich lautlos in die Strömung lehnten. Kovu drehte sich im Wasser zu ihm um und winkte. Warnend wies Anderson auf einige prächtige Feuerkorallen, die über dem Jungen schwebten. Plötzlich schob sich eine große Schildkröte übers Riff. Ihr unförmiger Leib erschien im Wasser erstaunlich flink, behände huschte sie durch die Korallen. Vorsichtig spähte Anderson umher, denn manchmal kamen die Haie bis an die Riffe, um die Schildkröten zu jagen. Zweifellos war das Tier alt und erfahren. Als es die Taucher wahrnahm, drehte es ab und verschwand hinter einem Vorhang aus Polypen.

Die Stille im Meer ist seltsam vollkommen. Zwar brodelt die Atemluft aus den Tauchgeräten. Zwar hat der Mensch sein eigenes Herz im Ohr. Und der Ozean selbst schwingt auf unzähligen Saiten.

Und dennoch: Nirgends ist die Stille eindringlicher, klingender oder drückender als hier in der See, am Riff, das steil in die Tiefe fällt. Fast schwerelos und lautlos schwebt der Mensch. Selbst plumpe Schildkröten wirken gelassen und graziös. Sie kommen aus dem Nichts und entschwinden darin.

Plötzlich schwebte klirrende Spannung durch den Ozean. Anderson spürte eine Veränderung, einen Alarm. Etwas Großes näherte sich. Aufmerksam wandte er den Kopf, stierte in die Dunkelheit, aus der sich die grauen Leiber von Delfinen schälten. Schnell fasste er den Jungen am Handgelenk und bedeutete ihm, sich in die Korallen sinken zu lassen. Ausgelassen turnten die Tümmler am Riff. Fast schien es, als lachten sie. Sie kamen zum Greifen nahe, ihre glatte Haut streifte Andersons Schulter. Das war kein Zufall. Langsam legte er die Finger auf den Mund. Kovu nickte, beobachtete gebannt das Spiel. Anderson schickte einen Blick hinauf, wo sich die Sonne als weiche Laterne abzeichnete, daneben der dunkle Rumpf der Jacht. Überall huschten Delfine, scharfe, schwarze Leiber. Es schien, als träfen sie sich zu einer Versammlung. Quietschende Laute zerfetzten die Stille.

Er deutete nach oben, stieß sich von den Korallen ab und ließ sich langsam aufwärts tragen. Sofort umringten ihn die Tiere, auch Kovu verschwand zwischen ihren Leibern. Als er wieder zum Vorschein kam, mit glücklichem Erstaunen auf dem kindlichen Antlitz, dachte Martin Anderson, dass dieser Junge selbst ein kleiner Delfin war. Er spürte die Geborgenheit zwischen den Tieren und er war ohne Angst. Er verlor die vorsichtige Nervosität des Tauchers, denn in dieser Gesellschaft fühlte er sich sicher. Gruppen von Tümmlern sind ohne Weiteres in der Lage, große Haie abzudrängen. Wie Torpedos bohren sie sich in die weichen Leiber der Räuber. Es gibt keine besseren Wächter. Sie sind die perfekten Hüter der Geheimnisse, die der Ozean verbirgt. Und sie lächeln immer.

Kovu durchbrach die Oberfläche. Anderson wartete, bis er an Bord gestiegen war, dann tauchte er auf. Sewe hockte an der Reling und klatschte in die Hände.

„Diese Delfine! Ihr Glücklichen!", rief sie. „Martin, ich wünschte, du hättest eine Kamera dabei. Ich könnte mir alles ansehen ..."

„Komm rein!", forderte er sie auf. „Es ist völlig ungefährlich. Lass dir von Kovu die Maske geben!"

Der Junge hielt ihr das Glas hin. Zögernd streifte sie das Gummiband über den Schopf und ließ sich vorsichtig ins Wasser gleiten. Anderson steckte den Kopf unter die Oberfläche. Er beobachtete, wie ihre schlanke Gestalt eintauchte in einen Schwall von Licht. Er fing sie auf, fühlte ihre glatte, heiße Haut. Sie blieb an der Oberfläche, aber sie spähte in die Tiefe, auf die Delfine, die sich am Riff tummelten. Erregt von diesem Anblick rang sie nach Luft, vor Vergnügen jauchzend. Als sich ihre Blicke trafen, rief Anderson:

„Sie mögen dich! Sie sind wie aus dem Häuschen!"

Dicht neben ihnen schraubte sich ein großer Tümmler aus dem Wasser, um einen Salto zu schießen. Lauthals lachend stand Simon auf dem Deck. Er hatte einen Arm um Kovu gelegt, der dem Delfin mit seinen großen Augen gebannt folgte. Klatschend fiel das Tier ins Meer. Anderson schluckte Salzwasser. Er hustete. Sofort umfing ihn Sewe:

„Du darfst nicht ertrinken", flüsterte sie an seinem Ohr. „Liebster, du musst atmen."

„Mit Delfinen kann man nicht ertrinken", erwiderte er lachend. „Aber bitte, rette mich, bitte!"

„Ich werde dich retten", hauchte sie zärtlich. „Ich werde immer da sein, wenn du Rettung brauchst. Ich bin dein Schutzdelfin."

„Ja", sagte er, ohne Atem. „Sewe, das bist du, wirklich."

21. Kapitel

Böen zausten die See, rupften spitze Wellenpickel aus dem Wasser. Anderson saß am Strand von Jambiani. Die Brandung röhrte, unerbittlich näherte sich der steife Monsun. Sewe lief zum Wasser. Sie suchte Muscheln, schlenderte über den feuchten Kies, runde Spuren hinterlassend, die das Meer gierig fraß. Manchmal bückte sie sich, um etwas aufzuheben. Sie hob ihren Fund ins Licht, um ihn zu begutachten. Brüllend rollten die Brecher in die Lagune. Es war beinahe Abend. Weil die Sonne tief in seinem Rücken stand, erschienen das Meer und der Himmel entrückt wie auf einem alten Gemälde. Sewe rief:

„Sieh her, ich habe eine besonders hübsche Muschel gefunden! Die schenke ich dir!"

Er winkte und sie winkte auch. Kovu kam über den Strand gelaufen, rannte zu Sewe, fasste ihre Hand und lief stolz neben ihr her. Andere Kinder folgten ihm in respektvollem Abstand. Anderson hörte Schritte. Kovus Vater erschien.

„Hallo, Martin!", grüßte der Insulaner.

Sein Gesicht war zerfurcht. Seine Arme und seine Hände waren sehnig wie Drahtseile. Er hatte klare Augen mit einem weiten Gesicht, daran gewöhnt, in die Ferne zu spähen.

„Hallo, Faruk", erwiderte Anderson. „Dein Sohn hat eine neue Freundin."

Faruk lächelte.

„Ich dachte, sie ist deine Freundin."

„Nein, sie will uns bald verlassen. Da kann man nichts machen."

Der Insulaner hockte sich neben Anderson in den Sand. Kovu lief zu den Männern, setzte sich zwischen sie. Auch Sewe kam über den Sand. In der Faust hielt sie ein paar hübsche Steine, rund gewaschen und glänzend. Sie hielt Anderson eine gewundene Muschel hin.

„Ich werde ein kleines Loch bohren und dir eine Kette daraus machen. Versprich mir, dass du sie immer tragen wirst."

„Ich verspreche es."

„Du wirst sie auch zum Tauchen nicht ablegen oder zum Baden? Versprich es!"

Er hob zwei Finger zum Schwur. Sie wandte sich an Kovu.

„Du wirst darüber wachen. Du wirst mir sofort Bescheid sagen, wenn er einmal die Kette vergisst."

Eifrig nickte der Junge und warf einen verstohlenen Blick auf Anderson. Faruk stand auf und nahm ihn bei der Hand. Gemeinsam strebten sie zu den Hütten, wo sie mit den Palmen verschmolzen. Martin Anderson sagte:

„Dieser Mann ist weise. Faruk hat das Meer im Blut."

Sie legte ihren Arm um seinen Hals. Ihre Haut roch salzig und ihr Haar schmeckte wie die See. Gierig zog Anderson eine Strähne durch seine Lippen. Sie flüsterte:

„Das Meer ist auch in dir, Martin. Es waren wundervolle Tage. Mit dir. Mit dem Jungen. Auf dem Boot, mit dem Wal, mit den Delfinen."

Sie zählte es auf, als wollte sie die Bilder in ihr Gedächtnis bannen. Zögernd fragte er:

„Wirst du wiederkommen?"

Sie hob die schmalen Brauen.

„Ich weiß nicht. Vielleicht. Vielleicht irgendwann."

„Du könntest für immer bleiben oder nur für eine gewisse Zeit. Wir könnten die Studenten gemeinsam unterrichten. Wir könnten jede Woche rausfahren. Du könntest einen eigenen Bungalow haben in Jambiani oder in Stone Town. Wo du willst."

Zärtlich legte sie ihre Hand auf seinen Arm, wischte feinen

Sand von seiner Haut.

„Lass es, wie es ist, Martin. Ich werde in Nairobi gebraucht, viel mehr als hier."

Anderson schaute an ihr vorbei auf die Lagune. Sie war grau und rau vom Monsun. Murmelnd setzte er hinzu:

„Auch Kovu würde sich freuen."

Sie lächelte.

„Vielleicht komme ich wieder. Jetzt weiß ich, wo ich dich finden kann."

Er wandte seinen Blick von der See zurück zu ihren Augen. Darin fand er alles zugleich: die grünen Hänge des Ngorongoro, die Ebene vor Lobo am Morgen, den Regen über Laetoli und die Delfine am Riff. Ihre Augen waren der Spiegel für alles, was jemals in seinem Leben von Bedeutung gewesen war. Dämmerung senkte sich übers Meer. Am Horizont entluden sich gewaltige Blitze. Das war der Monsun, der näher wirbelte und apokalyptische Zeichen in den Himmel schrieb. Anderson fuhr sich mit der Zunge über die Lippen. Sie waren trocken und rissig. Er sagte:

„Ich wünschte, es gäbe einen Weg, dich zu halten. Das klingt egoistisch, ich weiß. Ich kann nicht anders."

Sie küsste ihn. Ihre Hand glitt in seinen Nacken. Sacht sondierten ihre Finger die harten Hügel über seinen Halswirbeln.

„Ich habe während der vergangenen Jahre oft an dich gedacht", bekannte er. „Ich habe mir immer vorgestellt, wie es wäre, dich an meiner Seite zu haben. Ich hatte aber nie bedacht, dass man einen freien Menschen nicht halten kann."

„Darum gehe ich fort", sagte sie. „Damit ich jederzeit zu dir zurückkehren kann."

Der Wind frischte auf, peitschte grollend die Lagune. Rasend tobte das Unwetter, Schaumkämme auf die Wellen werfend. Obwohl sich Dunkelheit über den Strand senkte, holten die Blitze bedrohliche Wolken aus dem Nichts. Der Ozean reflektierte die Blitze, als wäre er aus funkelndem Eis. Schon verschwammen die Riffe hinter Schleiern von Regen. Dumpf schlugen die ersten Tropfen auf den Strand, behäbige Käfer, die beim Aufprall zerplatzten. Sie klatschten auf die Haut, augenblicklich brach ein Sturzregen über Jambiani herein. Sewe und Anderson flüchteten zu den Bungalows. In Sekunden verwandelte sich der Sand in schlüpfrigen Morast. Gespenstisch glänzten die breiten Wedel der Palmen unter den Blitzen. Heftige Böen zerrten an den Katamaranen der Fischer, die heftig auf der Lagune schaukelten. Heulend griff der Sturm in die Palmen, rüttelte wütend die harten Stämme. Gischt flog bis zu Andersons Bungalow. Er wollte die Fensterläden schließen, aber Sewe bat:

„Lass sie offen bitte. Es ist so schön. So schaurig."

Sie war durchnässt bis auf die Haut und hängte ihr Kleid auf eine Leine an der Tür. Sie setzte sich auf den Stuhl am Schreibtisch, ein schmales Handtuch über den Schultern. Neugierig nahm sie einen Bogen des Manuskripts in die Hand.

„Ist das Aarons Buch?"

„Ja. Ich habe die Korrekturen beendet. Nachher schicke ich es in den Verlag. Die Tantiemen gehen an eine Stiftung seiner Witwe, die sie gemeinsam mit der Universität in Amsterdam gegründet hat. Für Stipendien, für junge Wissenschaftler. Das Geld soll auch verwendet werden, um sein Grab in Momella zu pflegen."

Sie winkte ab.

„Darum kümmern sich die Flamingos. Aaron braucht kein Geld mehr."

Er schwieg und lauschte auf den Sturm, der die Brandung weit in die Lagune verschob. Dort draußen brüllte das größte, das lebendigste aller Tiere: der Ozean. Sewe blätterte in den Seiten. Er fasste sich ein Herz und fragte:

„Du hast mit ihm gearbeitet. Warst du auch seine Geliebte?"

Erstaunt blickte sie auf. Das Handtuch rutschte von ihren Schultern. Sie stand aus dem Stuhl auf, nackt, in voller Länge, und kam auf ihn zu. Das Meer tobte. Sie sagte:

„Sei nicht dumm, Martin. Nicht jetzt."

***

Als Anderson erwachte, war es stockfinster. Regen rauschte in seinen Ohren. Erst nach und nach wurde ihm bewusst, dass er neben Sewe eingeschlafen war. Leise pfiff ihr Atem. Über ihrem Leib schwebte betörender Mandelgeruch, er stieg aus ihren Achseln und dem klebrigen Moos zwischen ihren Schenkeln. Vorsichtig rieb er sich die schmerzhafte Stelle an der Schulter, wo sie ihre Zähne eingegraben hatte. Der Wind pfiff, schob Wolken vor den Mond, wischte sie heulend beiseite. Leuchtend zeigte sich die metallische Scheibe und die Ebbe zog das Wasser weit von der Küste ab. Wie die Buckel gestrandeter Wale ragten die Korallenbänke aus der Lagune, lackiert vom bleichen Licht des Erdtrabanten. Mit einem Mal wurde es so still, als hätte der Sturm die ganze Insel fortgeschwemmt. Anderson ging ins Freie. Fahl schimmerte die Rinde der Palmen. Der Strand leuchtete wie Leinen. Groß und rund hing die Mondscheibe am Nachthimmel, der bis zum Horizont blank gewaschen war. Das riesige Leuchtsegel warf glitzernde Lichtfäden auf die See. Anderson setzte sich in den kühlen Sand. Eine schmale Gestalt kam über den Strand. Es war Kovu.

„Willst du nicht schlafen, mein Junge?", fragte Anderson.

„Ich kann nicht schlafen. Ich bin so aufgewühlt. Die Wale. Die Delfine. Die Msabu, die uns morgen verlassen will."

Anderson nickte stumm. Der Junge hockte sich zu ihm.

„Gibt es denn keinen Weg, dass sie bei uns bleibt?"

„Ich befürchte nicht."

„Schade. Es war schön mit ihr."

Anderson sah nachtbleiche Krabben im Sand. Kovu nagte an seiner Unterlippe. Er fragte:

„Bist du traurig, Mzungu?"

„Nein."

„Aber du siehst traurig aus."

„Nein. Ach, ich weiß nicht. Warum sollte ich traurig sein? Du hast selber gesagt, wie schön es mit ihr war. Die Menschen sind wie die Fische im Meer. Niemand kann sie festhalten."

Kovu blickte ihm ins Gesicht, legte ruhig seinen Arm um Andersons Hals.

„Ich bleibe bei dir", sagte er fest. „Darauf kannst du dich verlassen."

„Das ist gut", erwiderte Martin Anderson und legte seine Hand auf die schmale Schulter des Jungen. „Ich kann deine Hilfe gebrauchen, das weißt du."

„Ja", bestätigte Kovu stolz. „Das weiß ich genau. Die Msabu hat gesagt, ich soll auf dich aufpassen."

Möwen flatterten über der Lagune. Am Horizont dämmerten blasse Streifen. Anderson hörte Geräusche aus dem Dorf, gedämpfte Stimmen und scharrende Planen. Es war die Stunde vor dem Aufgang der Sonne. Es war die Stunde, in der die Frauen ins flache Wasser liefen, um frischen Tang zu sammeln. Schatten gleich huschten sie über den Strand. Die See lag offen und glitzernd. Sie lag so offen und weit.